IMPOTÊNCIA ORGÁSTICA
O PODER DA MENTE

Maximiliano Skol

IMPOTÊNCIA ORGÁSTICA
O PODER DA MENTE

Goiânia – GO
Kelps, 2012

Editora Kelps
Rua 19 n° 100 — St. Marechal Rondon
CEP 74.560-460 — Goiânia — GO
Fone: (62) 3211-1616
Fax: (62) 3211-1075
E-mail: kelps@kelps.com.br
homepage: www.kelps.com.br

Tatiana Lima
Diagramação

Dados Internacionais de Catalogação na Publicação – CIP
BIBLIOTECA MUNICIPAL MARIETTA TELLES MACHADO

S391I   Skol, Maximiliano.
         Impotência orgástica: o poder da mente. / Maximiliano Skol.
    Goiânia: Kelps, 2011.

    300 p.

    ISBN: 978-85-400-0319-4

    1. Literatura brasileira – ficção I. Título.

    CDU: 821.134.3(81)-3

129-2011

Impresso no Brasil
Printed in Brazil
2012

PREFÁCIO

Fui visitar São Salvador... Na Praça Castro Alves estava com a minha filhinha de cinco anos e descortinávamos a Ilha de Itaparica além no azul do mar. Em se voltando para o monumento-mausoléu em homenagem ao poeta, ela perguntou: "Papai, quem é?". Respondi: "Não se lembra da poesia sobre o livro?" De pronto ela resgatou os versos da memória e recitou:

> *Oh! Bendito o que semeia*
> *Livros, livros a mão cheia*
> *E manda o povo pensar.*
> *O livro caindo n'alma*
> *É germe-que faz a palma*
> *É chuva-que faz o mar.*

"Parabéns, filha... É ele, o Castro Alves". Nisto caiu uma pancada rápida de chuva graúda de uma solitária e passageira nuvem. Enquanto mirava a estátua num delicioso espanto, ela exclamou: "Olha, papai, como ele estende a mão a aparar a chuva e aponta para o mar".

Assim sai este livro a semear. As suas personagens falam sem o propósito por esclarecimento baseado em evidências. Entretanto, tem o intuito primordial de dar o que pensar. Aliás, foi concebido com muito esforço de possuir argumentação e mérito persuasivo para ser lido:
(já que é um livro).

O autor.

SUMÁRIO

GÊNESIS REVISITADO

"[...] o Criador em Cristo reconciliando consigo o mundo."
São Paulo: 2 Coríntios 5,19

O Criador escolheu dentre as miríades de galáxias de todo o Universo a sua preferida... Brilhando lá no infinito cósmico em espiral perfeita e permeada de uma densidade de estrelas de textura visual com nuança cor de leite– ela se diz Via-Láctea. E bem na sua periferia, Ele situou um corpo celeste. Então, com uma expressão singela de prestidigitador com suave modéstia deixou escapulir sem muita entonação e até com certa timidez duas palavras, disse: "Fiat lux". Mas foi enfático: aquela aglomeração, gasosa molecular, informe, fez-se esférica de astro celeste fulgurante em grandeza de uma estrela. E com o seu brilhar foi cognominada de Sol. Para ali estabilizou uma massa ígnea que, de aleatória em seu intuito cósmico, terminou por acercar-se da esfera gravitacional deste Sol. E obedecendo, assim, às leis da Física do próprio Criador na interação das massas, acomodou-se atraída girando ao seu derredor numa trajetória definida em elipse alongada, como o seu satélite.

Então, o Criador, caprichoso com essa massa que se apresentava caótica em sua forma física, parecia ter um propósito. Veio a modelá-la quando, pouco a pouco, ao longo da noite dos tempos, perdia o seu estado ígneo e recebeu contorno esférico, contudo geoide. E fez-Se entender, do Seu próprio jeito, que ela seria o único satélite dentre todos os outros que terminariam por girar ao derredor do Sol com qualificações de tornar a mais perfeita obra de arte de   Exímio Prestidigitador. O Criador veio com carinho de artesanato a elaborar uma joia galáctica rara, adereçada com os quarenta elementos químicos propícios e inerentes ao seu metabolismo. Também, tida como um enorme organismo astral, dotado de propriedades de perpetuar-se numa cibernética intrínseca de um ser autoconsciente, capaz de preservar-se das intempéries no decorrer das suas longas eras. Com isso, teve o único intuito de somente transformá-la bela e deu-lhe o nome de Éden. Joia excepcional que, de longe do infinito, se apresenta com uma auréola transparente de azul com pródigas pinceladas de algodoados brancos em constantes suaves movimentos; e que anunciam alegria por possuir beleza. Nenhum outro Sol das faixas espiraladas da Via-Láctea a tem... Ou, talvez, então o Criador enfeitasse do mesmo modo toda a Via-Láctea com inúmeros outros cantinhos iguais, disfarçados na luminosidade desta nuança de leite. Satisfeito com o que fez; exclamou orgulhoso: "Ficou bom!".

Sete dias, dizem, foi a demora deste espaço que o Criador teve para elaborar o seu trabalho. Mas é uma falácia. É uma maneira implícita de simplório o falar que Ele gastou todos aqueles sete dias! Pois o Criador, afeito ao tempo, não tem pressa. Demora alguma lhe toma a paciência que se estende além de qualquer idade em que urgência por tempo e noção de demora, ambas, se anulam. O Criador desconhece a pressa e, para quem não a tem, o tempo decorre sem dilação, ou não tem sentido, ou não existe. Com certeza para Ele, atemporal, sete dias poderiam significar sete segundos ou milissegundos ou, ainda, suas frações. Ou, então, infinitos bilhões de anos. Ele vence o tempo ou Se confunde com o próprio tempo. Mesmo sendo, como dizem, sete dias: para nós Lhe tomou algum tempo, quando ordenou - Fiat lux! – estava finda a Sua obra.

Depois, o Criador, num momento de inspiração, decidiu burilar a Sua obra-prima, dotando-a com povoações de seres com características divinas, mas em condição de encarnados. Esses seres tomariam o patamar do píncaro da criação, reinando sobre todo o Éden. O Criador com reações bioquímicas inventivas engendrou o genoma dessas criaturas e Se surpreendeu quando do resultado dessa intervenção ocorreram seres com características sexuais de hermafroditas verdadeiros. Não se tem evidência paleontológica de suas estruturas biométricas devido à inexistência absoluta de registros fósseis. Acredita-se que seriam bípedes, altos, corpulentos, hirsutos, enormes e esconsos pelo aspecto ginecoide.

Como fossem de origem divina diretos do Criador, entretanto nem toda a Sua essência teriam. Eram submetidos a certas restrições. Possuíam ciência existencial de si próprios, ciência de poder hierárquico intelectual sobre as criaturas do Planeta; e o domínio sobre a matéria e o espaço. Poderiam usufruir de ciência temporal do presente, mas lhe seria vedada a ciência de projetarem-se no futuro. A noção do tempo presente, contudo, lhes dava certo exercício de abstração com o que seriam dotados da propriedade de livre-arbítrio para decisões imediatas e, se bem o quisessem, ao controle também dos seus próprios comportamentos. Aliás, sem a propriedade de premonição do tempo futuro, esse livre-arbítrio tende a ser cego e inútil quanto às opções de escolha na determinação dos seus destinos. E, ainda, não lhes era dada a propriedade de onipresença.

Como apanágio da origem divina, eles se estabilizavam numa idade, da qual não mais haveria sucessão de tempo. Mas a existência de cada um teria um fim sem causa mortis mórbida, pois assim estava inscrito no seu genoma. E essa finitude acontecia como por um passe de mágica numa autodestruição espontânea. Por isso, não vivenciavam o drama de aparentar o progredir da idade. O tempo pertencia-lhes, apesar de delimitado e definido aqui no Planeta. Enfim, pertencia-lhes por natural como parte do apanágio do divino de que são dotados os anjos ou os deuses... Portanto, em vez da morte corporal, apenas desapareciam. Era quando se desenvolvia no indivíduo um autoanticorpo de natureza eletrônica, instantâneo. Então, da unidade ínfima de cada átomo ativava-se uma subpartícula que constituía sua respectiva antissubpartícula; de cada eletro o seu antieletro; daí um antiátomo. E, donde, em seguimento numa cascata de metamorfose eletroquímica do íntimo biológico de cada célula afinal se constituía ao todo uma antimatéria do seu próprio organismo. Essa antimatéria era cerceada ao limite mínimo para que não ocorresse uma catástrofe universal no Planeta e que fosse reservada somente como anticorpo do próprio indivíduo. E, num cataclismo eletromagnético, fazia-se uma explosão surda, que os consumia qual um sopro de uma luz intensa de fótons apontando como estilhaço fulgente de um raio em subida direcionado às alturas do infinito. E eles se envolviam nesta 'desencarnação-arrebatamento', digna do divino. E, de novo, aqueles fiapos de Espírito se reintegravam à essência divina. Eles mesmos ignoravam esse fenômeno e também não reclamavam a ausência, entre si, uns de outros. Como não tinham ideia de futuro desconheciam o sentido de saudade. Saudade é um sentimento de pesar que retrocede ao passado, querendo projetá-lo para um futuro, e que se confunde com o momento atual. E com essa ignorância viviam felizes, desfrutando de um paraíso mental aqui no Planeta, sem o pressentimento de finitude ou de que fossem eternos. Depois quem se sente feliz não reclama o passado e nem se angustia por pressagiar o futuro.

Eram dotados da prioridade de exercerem uma relação sexual reprodutora recíproca com um intercâmbio sexual ativo-passivo em tempo atual mútuo, de perfeita interatividade entre dois parceiros, sem o intervalo de tempo no "troca-troca" do protocolo em que seria exigido de coorte heterogênea durante uma relação homossexual.

Acima de tudo isso, o prazer orgástico da cópula teria de ser apanágio do divino e de primordial caráter recreativo. O motivo condutor para acasalamentos na cópula entre os pares era o próprio prazer como força maior, em detrimento de outros sentimentos mais profundos qual afeição, amizade, ou mesmo o propósito de instituição familiar e social.

Apesar do fato de serem de direta origem divina, mas no contexto de fecundarem-se na perpetuação de si próprios estariam no mesmo patamar de reprodução igual ao resto dos seres vivos do Planeta. Mesmo assim, o Criador admirou-se maravilhado de tanta perfeição. Em todo o Planeta não havia tal característica de reprodução genética assim preconcebida. A perpetuação dessa espécie eleita estava de antemão garantida.

Não poderia haver erro para a sua extinção genética nem margem para descontentamento individual, no sentido de empanar a felicidade geral da criação, designada a viver e gozar das delícias do Planeta como um perfeito paraíso.

O Éden estava, então, estabelecido... E parecia para todo o sempre, se não fosse o fato de essas criaturas terem sido dotadas daquele livre-arbítrio. Esses indivíduos, uma vez com autoconsciência, apesar de limitada, tornaram-se egocêntricos. Perderam-se infelizes, teimosos e beligerantes entre si. E prevalecendo de relativo livre-arbítrio manifestaram-se sem capacidade para administrarem-se nos seus desígnios... A progênie era uma consequência casual de fecundação pelo ato da cópula compulsiva, *como apanágio do divino e de teor recreativo*; e, então, nesse despropósito, mantinha-se a disseminação da espécie.

Infelizmente, nesse tipo de relação, ambos se fecundavam dentro da reciprocidade e da concomitância do ato sexual. Daí, eles manifestarem desavenças quanto à hierarquia de um parceiro sobre o outro: quanto à responsabilidade de quem seria fecundado para a gestação, ou escolhido para germinar. Litígios impossíveis de acordos quanto ao ato sexual opcional: se ocorreria ao mesmo tempo mútuo, ou se ocorreria de modo alternante em que um/outro parceiro teria de ser o passivo e receber em um tempo a carga de esperma; ou ativo, ejaculatório, com o gameta fecundante. Como não se davam ao fenômeno de protândricos (passar de macho a fêmea) ou protóginos (passar de fêmea a macho), mesmo que de modo funcional, e de consenso não litigioso, portanto sem chances para dirimirem essas divergências, resultaram infelizes. E com agressões violentas de mutilação sexuais recíprocas, derivando os descendentes em consequência à beira da extinção... Perdeu-se, assim, o propósito do Criador de ser o Éden as delícias de Sua criatura.

Apesar de a reprodução sexuada, por meio de outro tipo de hermafroditismo, ter sido de efeito positivo no reino vegetal e com alguns animais, gastrópodes, monócitos, como nos caramujos e caracois o Criador, desapontado, reviu o seu desacerto. Assim, decidiu terminantemente expulsá-los do paraíso terrestre. Porém, em vez de executar uma catástrofe universal sobre o Planeta, optou pela eliminação dessa espécie pelo meio do arrebatamento sutil e seletivo de todos esses indivíduos e de uma só vez. E decidiu, também, deixá-los à deriva: erráticos pelo etéreo. Seriam excomungados e sem retorno à divindade original e ao apanágio da coorte no contexto celestial. Estava resolvido o problema. Desencarnados, detiveram de retorno o dote de ciência da premonição de propriedade divina, mas o Criador lhes havia privado, desde o início, do dote de serem onipresentes. Isto é, não tinham capacidade para estarem em qualquer ou todo corpo material ao mesmo tempo, quando bem o quisessem. Assim, depois de expulsos do paraíso, ainda persistem em divagar pelo etéreo rondando o Planeta, como almas penadas até os dias de hoje. E revoltados contra o Criador na espera de uma oportunidade ou reformulação dos Seus planos...

E anseiam desesperados, mas com quase certeza por reencarnarem de novo em seres humanos... De vez em quando, alguns deles, de modo temporão, manifestam-se nos atuais descendentes de Adão...

O Criador, porém, não desprezou o seu planeta, joia rara, apesar de desfeito dos seus habitantes divinos. Encantado com a sua beleza permitiu que o Seu espírito, cuja eluição estende-se sobre todo o Universo, permanecesse de propósito pairando por sobre as águas. E o Espírito continuou pairando sobre esse elemento líquido de onde lhe era inerente o protoplasma da vida. E deste elemento provieram miríades de espécies de vida e de suas múltiplas variedades: desde as mais diminutas às monstruosas em tamanho.

Elaborou o Criador, então, outro projeto e com ele veio Adão, que é um termo genérico e epônimo, cuja semântica se estende para esta geração de novos seres. E recebeu o sopro divino, mas não do Espírito que pairava por sobre as águas. Com este parco sopro divino, mais autêntico, dava-lhe a propriedade intelectual de abstração, porém, desta feita seria isento da capacidade para o exercício de livre-arbítrio. Não teria, igualmente, a capacidade de prever frações de segundo além de qualquer momento por déficit de onisciência. Ficaria a depender em todos os sentidos da determinação do Criador, nem quando ele exercitava por propriedade de ser de origem divina o seu limitado dote de abstração.

Adão não seria aderido às circunstâncias do meio ambiente do satélite. Não seria submetido, como todos os animais, à decadência biofísica. Apesar de sujeito à ação da gravidade, não sofreria a ação deletéria do oxigênio na formação de radicais livres do seu metabolismo sistêmico. A ação do estresse oxidativo pelos radicais livres, ávidos de oxigênio, não lhe causaria o endurecimento do endotélio das suas artérias. Portanto não seria submetido a ter idade e o envelhecimento inexorável. Assim, não alcançava a senectude nem passava por morbidez que levaria sua mente à ideia de sofrimento. E nem sentiria a noção de premonição de morte... Como fora de origem divina, chegaria à sua finitude que se dava também por arrebatamento do corpo em tempo apropriado e pelo mesmo mecanismo dos seus antecessores hermafroditas. Esse fenômeno do arrebatamento do indivíduo Adão estava registrado nas espirais de DNA do seu genoma. Então num certo momento do seu tempo que não seria a sua decadência física no Planeta, denotando a sua idade, ocorreria de modo automático e espontâneo um comando para o seu arrebatamento. Quando se diluía de novo, imbuído no Espírito da unidade divina universal.

Adão brotava autóctone, gerado por zigotos acoplados com gametas portadores de cromossomos sexuais X e "y". Esses dois cromossomos, formando o par 23 do genoma, imprimem no seu esquema genético as características de macho. Nesse caso, só dava Adão. O cromossomo "y" é tido como feioso, nanico, mas combinava com outro gameta de cromossomo sexual X e formava o par "Xy": um par de costelas genéticas, apanágio do próprio Adão. Que se gerava de embrião, mas com prestidigitação divina, pois de repente num piscar de um corisco surgia adulto. Brotava dos embriões simulando do chão bruto, assim como, pela metamorfose, uma cigarra do seu estágio de ecdise ou uma borboleta de um casulo depois de seu estágio de crisálida. Diz a Bíblia: formou o Criador ao 'homem' do pó do chão". O Criador, então, veio também a ficar mais satisfeito com o que viu.

Adão fora invulnerável e insensível ao sentimento erótico em direção ao orgasmo. E fora destinado a ser solitário sem parceira genérica para não ter com quem comungar sensação orgástica nem lhe ser permitido o processo da procriação. Durante o seu arrebatamento, em compensação, ocorria uma intensa sensação de prazer, equivalente a um apagamento orgástico. Esse orgasmo implicaria maior e autêntica relação íntima de divino e sendo apanágio dela quando ocorria sem intenção procriadora. Ao contrário dos hermafroditas, apesar de terem-no de primordial cunho recreativo como apanágio do divino, ocorria-lhes como fatal a reprodução de sua espécie.

O orgasmo com Adão durante o seu arrebatamento teria conotação, sem a finalidade procriadora, de resgatar o atributo da herança divina, no que se diferenciava do resto das criaturas animais. Cujo ato sexual para o orgasmo não há opção de intento recreativo. Mas de estrito propósito para a reprodução de suas próprias espécies.

O Criador notou, depois, que Adão com as suas abstrações, angustiava-se, solitário, no Éden por uma companheira. E se envolvia romanticamente de modo platônico com fêmeas da espécie hominídea. Encontrava-se triste e só, sem fêmea. Surtia visualizar outros machos de companheiras peludas de vulvas facilmente vistas e oferecidas. De vulvas explícitas... Não tinha com quem se apegar em grupo gregário de família, nem por quem disputar uma companheira por posse. Não se lhe apresentava nas suas abstrações oportunidades para exercer ou experimentar o jogo pleno de livre arbítrio no sentido do sexo, e se quedava triste e monótono. Adão persistia em juntar-se às outras fêmeas como ato de imitação intuitiva, ao feitio de ser macho. Além disso, do relacionamento sexual com outras fêmeas, se por acaso ocorresse por si próprio, ou em ser tentado por elas, ou num casual descuido do Criador, não lhe daria progênie na miscigenação de espécies diversas.

Certo dia, Adão avistou um grupo de fêmea Neandertal ao Longo de escarpada de gelo da atual Europa. Movendo-se depressa à procura de melhor visão delas por entre a vegetação espessa de gelo, chegou por exprimir tanta curiosidade que deu aparência de agressivo, com o que logo se reuniram fugindo dele para dentro de uma caverna inacessível. Milhares de anos depois, Adão, muito solitário, deslumbrou ao largo, entre nuvens de fumeiro e vapores existentes no ar, um magote de fêmeas Cro-Magnon, que se desvaneceu distante, apavorado... Persistiu Adão no encalço por companhia e chegou a tentar relacionamento de amizade com fêmeas de outro grupo, primas do Cro-Magnon, lá pelas bandas do atual Oriente Médio, mas de modo beligerante e transitório. Nunca lhe foi propiciado ocorrer-se em rebento espontâneo na longínqua China e comunicar-se com fêmeas da linhagem pertencente ao grupo do Homem de Pequim. Uma espécie de *"homo sapiens habilis"*, que tivera seus dias contados, no entanto, naquele tempo, poderia ter-lhe sido de útil companhia.

Não lhe era propício a disseminação dos seus zigotos sobre muitas áreas do Planeta, devido às condições de hábitat diversas e inóspitas, que ainda persistiam e sucederam à catástrofe redundando na extinção dos Dinossauros. O Planeta ainda passava por profundas convulsões no seu núcleo e daí repercutia transtornos frequentes de acomodação das placas tectônicas de sua crosta e de sua atmosfera na superfície.

Mas Adão continuava ainda no seu dito "sono" bíblico. Rebentos de zigotos de Adão continuavam a formar-se mais amiúde durante milhares de anos, protelando o profundo estágio de solidão. Sentia-se só, com a desvantagem climática, com isolamento geográfico de outras fêmeas do tipo *habilis*, e com o simulacro de pulsões sexuais, mesmo que ilegítimas. E assim continuou só, no seu isolamento étnico e físico, sem uma companheira como ele observava na convivência de coorte de outras criaturas...

O Criador viu que Adão era perfeito produto de geração espontânea e de criação exclusivamente Sua. De engenharia genética divina, recebendo a brisa da alma como apanágio de ser outro tipo de anjo: uma extensão da essência do Criador, feito em carne na nova criatura. Desejaria que Adão se perpetuasse diferente dos anjos da tentativa anterior, nem semelhante aos outros animais do Planeta. Mas, sim, dessa espontaneidade de rebentos, e que ocorressem mais e mais, centenas de miríades deles, distribuídos sobre toda a superfície extensa do Éden: uma população de criaturas Suas, filhos Seus. Que apesar de dependerem do momento meteorológico adequado para os seus brotamentos tinham estrutura para superarem a agressividade do meio ambiente e para a sua disseminação espontânea sobre o Planeta.

Havia, então, dispersão das forças eletromagnéticas englobando o eixo planetário com a sua camada de ionização ainda não estabilizada. Antes da atual localização definitiva do polo magnético, clareiras de camada de ozônio davam-se de maneira errática na estratosfera e permitiam a penetração fácil de radiações cósmicas de todos os tipos sobre a superfície do Planeta... Naqueles tempos imemoriais geração espontânea de seres vivos ocorria à revelia de miríades. Assim, moléculas do tipo DNA eram sequiosos por raios cósmicos, que se furtavam pelas clareiras de ozônio. E provocavam uma espécie de catálise dentro de suas estruturas para uma complexa recombinação/transmutação com algumas outras de carbono e já saíam festejando inteligentemente um código genético de sopro de vida qualquer, num feitio de protoplasma... Havia, também, a radioatividade de elementos nativos contribuindo para a mutação desse sopro de vida que, por si só, interagindo em recombinações com outras estruturas e sobrevivendo ao enfrentar a hostilidade ambiental, tomou seu caminho em direção ao seu hábitat e à evolução de infinitas outras espécies viventes.

E o Planeta girou muito tempo na sua trajetória fatal ao redor do Sol. Adão ainda continuava muito só. O Criador quase chegou a arrepender-Se de tê-lo dotado com a faculdade de abstração. Sente-se só, unicamente aquele que por volição ou intuição, ou logística, e mesmo dentro de raciocínio sofista, assim se sente. Mas o Criador na Sua Magnanimidade veio a ter piedade de Adão. Até que um dia, ordenado por Ele, com relâmpagos ou sem tempestade talvez, deixou-se atravessar pela estratosfera um feixe sorrateiro de raios cósmicos, ultravioletas – quem sabe – que em se furtando assim por clareiras de ozônio, atingiu, em cheio, os gametas do zigoto do suposto Adão. E causou, por um instante de frações de milissegundos, transtorno iônico no seu genoma. Daí resultou uma reação bioquímica dentro do cromossomo "y" que se encontrava combinado com outro companheiro formando o par 23° codificado como o par sexual "Xy" – legítimo e único e que determina a sua característica de ser Adão. Em toda reação química, nunca antes experimentada, pode ocorrer desfechos inusitados e surpreendentes, pois imprevisíveis. E nessa reação bioquímica deu-se um roubo do esquema genético do zigoto do suposto Adão: ocorreu uma mutação dos genes do feioso cromossomo "y", que se transformou numa recombinação instantânea para um novo cromossomo sexual e dito X, muito maior e mais rico em espirais de DNA. Tornou-se ausente o cromossomo "y". O recém-formado juntou-se ao cromossomo X pré-existente constituindo um novo par de cromossomos sexuais. Assim, com a perda da "costela y" do cromossomo 23° do genoma do suposto Adão, estruturou-se (costela-costela) o tronco genético XX, e nesta recombinação engendrou o Criador outro esquema de genoma e para outro tipo de Adão, mas feminino. No quadro dessa recomposição genética, está o símbolo bíblico da "costela" de Adão. A qual ficara dormente durante milhares de anos durante o seu também simbólico "sono" bíblico. Contudo esse sono não é nada mais do que o longo estágio de "zigoto Xy." E reproduziu-se para surpresa do Criador através de uma clonagem, extraindo do próprio esqueleto básico genético de Adão uma "costela," para uma nova espécie de criatura. E deu-lhe o nome de Eva. E o Criador viu que depois desse longo estágio de sono-solidão, centena de milhares de anos, conseguiu lhe constituir uma companheira de igual estirpe. Pensara antes o Criador: "far-lhe-ei uma companheira que lhe seja idônea". Por certo uma companheira da sua estirpe que neste caso fora extraída do seu próprio esqueleto estrutural genético. Eva teria de ser idônea... Eva seria um termo genérico também, visto que haveria, desde então, ocorrência simultânea de surtos endêmicos de inúmeros rebentos deste novo genoma em vários pontos distintos do Planeta. Onde houvesse Adão, assim também haveria por transmutação "espontânea" uma companheira Eva. Os rebentos de ambos seria a obra-prima mais aperfeiçoada do Criador; agora mais artesanal.

Com essa mutação genética Eva é tida como um salto evolutivo das espécies para os evolucionistas. Mas para o Criador foi criatura só Sua. Teria de ser dotada pelas suas características físicas de beleza sem par em toda natureza. "Tomara que persista o recém-criado cromossomo "X" e que seja eterno", teriam pensado assim os anjos hermafroditas expulsos do Éden, tempos atrás, pelo Criador; os quais fizeram festa de tanta alegria lá no etéreo. E ficaram inquietos de muita expectativa de poderem conquistar um retorno ao paraíso perdido.

Teria Eva pele lisa, aveludada, devido à cobertura de recheio gorduroso subcutâneo e macia ao tato. Maravilhou-se Adão. Surpreso, pela primeira vez viu diferença das outras fêmeas, que se apresentavam de pilosidade hirsuta abundante e de distribuição universal pelo corpo. Gerou-se Eva com pilosidade tênue, de pele pura, alabastrina, ou não; de cabelos escorridos, longos, até as ancas, ou não. Mas de gestos suaves e insinuantes; e de andar meigo, voz terna e de olhar significativo.

Entretanto, com um sinal em compensação mais implicante que tudo – apresentava um perfeito triângulo de densos cabelos emaranhados e ilhado no baixo ventre. A postura ereta de Eva equilibrada por duas pernas cujas raízes de coxas cilíndricas ancoravam aquele triângulo peludo e sem introito vulvar aparente – eram o que a distinguia das outras fêmeas hominídeas. Contrastando com o resto do corpo aquele triângulo conotava insinuação de um mistério para uma adivinhação ainda mais enigmática... Os pelos pubianos adquiririam a conotação, de tão expostos, camuflarem alguma coisa que se teria por escondida. Não eram por acaso, e por certo faziam parte das instruções do DNA genético do cromossomo X, que não permitiam mais aquelas vulvas explícitas e oferecidas às bandeiras despregadas para qualquer macho...

O cromossomo que se acopla ao gênero Eva tem o cognome do próprio símbolo matemático, que insinua ideia de desconhecido: o misterioso (xis)"X". E o Criador viu com surpresa e com certo receio de que aquele cromossomo continha muitos outros genes nas suas espirais de DNA, ligados à característica sexual. E que, no caso Eva, determinam a psique feminina. De qualquer maneira Adão enfim se sentiu enamorado de uma fêmea. E venturoso no verdadeiro Éden.

Os namorados se inspiram no seu objeto de ventura. E daí veio também a Adão a primeira noção elementar de expressão gráfica. Tanto assim que tivera registrado da sua veia artística alguns rabiscos rupestres em que os primeiros ensaios de geometria tinham sido um triângulo adornado por linhas tortuosas, mesmo que esparsas... No entanto, definiam segmentos pilosos. E tinha deixado, também, sinais de noção de perspectiva quando registrou na pedra dura das grutas o relevo de um suposto monte coroado de soltos arbustos... Estava registrada para sempre a primeira ideação do monte de Vênus. "Esse monte hoje em dia ameaçado, tão perseguido por uma estética perversa, ou pela burrice intencional de eliminá-lo definitivo do relevo abdominal feminino". Pensam assim os anjos expulsos lá no etéreo.

Adão, curioso, perante a presença do corpo de Eva, não via vulva por mais que o escrutinasse. A sua mente não alcançava uma configuração concreta do segredo por trás daquele triângulo, por mais que lhe adivinhasse a sua imaginação. A não ser se Eva lhe fosse tangível para obter uma certeza por pura evidência. Mas ela, esquiva, nem se lhe abria as pernas. Adão era todo, apenas, curiosidade. Enchia-lhe as vistas o seu tronco avantajado enfrentando imprudentemente o espaço, com mamas soltas, que pareciam despencar do corpo num gesto brusco de um pequeno pulo. E balouçavam, festivamente, com graça e firmeza. Mas, para Adão, não passava além das curiosas observações.

Na sua mente, via uma companheira de humor instável, e errático. Que coincidiam com sangramentos entre as pernas, também, de maneira e de tempos irregulares. Depois de algum tempo, milhares de anos talvez, Adão pôde discernir que esse humor adquirira variações periódicas, que batiam certinho com as mudanças do ciclo da Lua, negaceando no céu. Assim quando a Lua minguante terminava por ocultar-se do céu, Eva franzia rugas na linda testa, tornava-se deprimida. Sisuda, resmungava coisa com coisa, corria sozinha pela floresta em desordenada pressa e a coincidir por um comportamento arredio com o que se postava à distância de Adão – inclusive de noite nas cavernas.

A presença do luar era um motivo de espairecimento para Eva, quando de espírito irrequieto então se regalava, divertindo-se com a beleza do astro no firmamento. Entretanto, quando a Lua nova, espantada, tímida, ressurgia no horizonte seria quando suas pernas lambrecadas de sangue mostravam o seu suplício. Mas cujo alívio completava-se com a fase de quarto crescente muito antes do tempo em que a Lua cheia, imensa, gloriosa despontava no outro horizonte. Então, depois do sangramento, vinha-lhe o sorriso, o antigo charme que se maximizava no pleno esplendor de Lua cheia. Eva também se transfigurava cíclica em outra. E enchia-se de alegria com a beleza suave da Lua, enorme, encantando o firmamento... No entanto, aos poucos, o satélite minguava misterioso e no final vinha a ocultar-se de novo na imensidão do escuro. Restava para Eva o consolo das estrelas.

A sua índole por natureza feminina não se contentava, assim, com noites de monotonia tão fácil. E ansiava pelo retorno da Lua.

Portanto, acontecia nessa ansiedade cíclica uma influência na psique de Eva por um mecanismo fisiológico de retroalimentação: do 'psico-neuroendócrino' no somático e vice-versa. O psíquico interagindo no funcional que ("de tanto dar água mole em pedra dura, tanto bate até que fura") se torna processo orgânico. E assim, vinte e oito dias tem o ciclo lunar ao redor do Sol, como também o ciclo menstrual de todas as "Evas". Essa coincidência calha em cheio com a fisiologia maleável e complexa do organismo feminino, que fora sofrendo no correr dos milênios influência das emoções por vislumbrar no astral as fases da apresentação da Lua: que de oculta e com mistério reaparecia diminuta, depois se avolumava, crescia e, no final, fazia-se esplendorosa de Lua cheia. E nisso fora assim moldando a psique feminina...

Adão nunca se sensibilizou por esse processo de fases da Lua, recolhido à noite no profundo das cavernas em sua solidão. Essas coisas esquisitas no corpo e no comportamento de Eva não se davam com outras fêmeas hominídeas. Adão nunca tinha presenciado tal fenômeno antes, cuja ocorrência no corpo de Eva seria algo de outro apanágio próprio de herança genética e diverso no contexto das outras fêmeas do reino animal. E indagava-se por aquele sangramento oculto. E também se daquele triângulo poderia manifestar-se alguma nuança de vulva... Admirou-se Adão de serem desprovidas desse fenômeno as outras fêmeas, ou então lhe passou por ignorância como desconhecido. E tentava adivinhar se por aquele mistério de triângulo ele poderia *chegar lá*... Pela intuição também se atinge a evidências e que naquela época era-lhe, ainda, uma faculdade não evoluída ao suficiente para ser efetiva como sua ferramenta de conhecimento, em desprezo ao raciocínio, porque ambos se achavam incipientes. Intuição é um curto-circuito para chegar-se sem muito exercício de lógica a um termo de evidência, mas exige ou funciona melhor se ocorre por um toque do subconsciente por antecipada experiência. E Adão não era muito capaz de intuir ainda. Sua noção pregressa com hominídeas apenas lhe aumentava mais incertezas de uma vulva recôndita. Mesmo assim, ele intuiu e perguntava-se: "por que protegida com tanto mistério? Assim tão intangível!"... Adão desconhecia em absoluto as artimanhas de vulvas e ainda mais daquelas com apanágio das "evas".

Muito antes de Adão, numa retrospecção, desconfiou o Criador que ao cromossomo X outras qualidades estariam inerentes por suas inscrições genéticas, diversas de outras fêmeas. E aqui, Ele, quase se arrependendo do feito, viu claramente reconhecida a Sua desconfiança – concluiu que Eva era dotada de orgasmos espontâneos: *tinha mais autêntica divindade*. Poderia abusar desse dote e temeu pelo destino de Adão, pelo futuro da relação entre os dois e do Seu projeto.

Adão teria por ausente a reação do tipo erótico. Eva, ao contrário, sofria no seu sistema o jogo cíclico da influência de hormônios condicionados pela mudança, também cíclica, das fases da Lua e pressentia, dias antes do seu sangramento, sensações de que alguma coisa estava lhe faltando. E esse pressentimento teria de ser concordante com o intercâmbio entre estrogênio e progesterona na sua fisiologia de fêmea. Uma insólita ansiedade obedecendo ao processo de sua dialética fisiológica transmitia uma mensagem à sua mente da ausência de alguma coisa. Que cada vez mais lhe parecia tão plausível ao ponto de um dia num vislumbre casual, sem saber como e por que, sentiu uma sensação de uma passagem deliciosa tomando conta de todo o seu corpo e a terminar por ser de desfecho orgástico. Assustou-se, mas não com tanta surpresa, pois reconheceu o que lhe faltava... Essa sensação deliciosa se tornou cada vez mais desejada por Eva. Repetia-se sequencial, mas de duração curta. Depois cada vez mais se transformou numa onda de um crescendo para um pico mais intenso, de teor delicioso prolongado, e com maior frequência durante o correr do dia. Eva, iniciada na sua dialética fisiológica hormonal pela "volta-da-lua," terminou por sentir-se equacionada com a sua psique; e tornou-se, então, orgástica. E agitada, feliz, alegre por demais, impregnada de tanta reação eufórica, tipo dopamínica, esperava com ansiedade o período entre os seus sangramentos quando se encontrava mais vulnerável às ondas orgásticas. Desde então se originou o que se chama de libido, para surpresa do próprio Criador.

Adão estranhou sua alegria e tornou-se, por sua vez,

desconfiado, e fez-se grosseiro com Eva. Torturado pelo mistério das suas reações tomou uma atitude de desprezo por ela, com resquício de um ciúme, sem causa aparente. Mas com a quase certeza de que havia alguma causa insólita inerente à condição de ser Eva. Veio-lhe um sentimento de solitário e chegou até se desejar ao retorno de como o fora antes. Ele só. Na sua solidão – mas só.

Eva, por sua vez, cismava curiosa por um apêndice serpentiforme sem cerimônia e sem enigma entre as pernas de Adão que, de quando em vez, manifestava-se rígido e reto, sem propósito algum. Mas como em se tentando, mudo, um diálogo entre os dois. Eram ereções neurais autonômicas, espontâneas, fisiológicas, limitadas ao arco reflexo medular do sistema nervoso periférico, sem ação mental e nem de origem psíquica central do cérebro. Às vezes, era uma resposta reflexa por uma bexiga repleta de urina; ou por um estímulo retal a pedir por evacuação de excremento, talvez. As ereções intermitentes noturnas durante o sono, no período REM, ocorriam sobre Adão por uma descarga parassimpática próprio do ser macho, e tendo como alvo os seios cavernosos do seu pênis. Portanto, ereção sem apoio do subconsciente durante o sono, e ausente de estímulo erótico. Acontece esse fenômeno até no feto macho na fase intrauterina, confirmado pela tecnologia semiológica hodierna... Mas Eva desconfiava: "Tinha sido aquilo uma terceira perna frustra na tentativa de recuperar de novo alguma função?". Ele, em contraposição, com o indicador, apontava-lhe aquele misterioso triângulo, querendo na sua timidez, denotar uma indagação.

Eva, com psique feminina, há muito tempo tinha chegado à conclusão de que respondia com frequência seletiva, perante as ereções do apêndice de Adão, com orgasmos sorrateiros. E mantinha-se em segredo. Era a característica manifestação do erótico feminino ligado às espirais de DNA do cromossomo sexual, que o Criador por descuido e com surpresa tardia veio a reconhecer. Adão, inocente e ignorante, fazia ver-se de si mesmo, apresentando-se perante Eva com o seu corpo, sem rodeios e sem segredo. No entanto, então lhe apontava com o seu dedo indicador, inúmeras vezes, num gesto de desencantado reclame, o que significava por recôndito (lá) naquele misterioso triângulo. Desesperado porque ali algo estaria oculto, desconfiava ele. E que por certo seria um fruto deleitável, mas de difícil acesso. Já Eva, na sua fantasia, configurava Adão como uma árvore oferecendo-lhe um fruto apetitoso de fácil preensão manual, assim duro e maduro. Nesse mal-entendido passaram-se os anos. E o drama entre os dois entrava na noite dos tempos, na espera do amanhecer de qualquer dia...

Até aqui, tudo bem... Se não fora uma reviravolta na mente onisciente e inventiva do Criador, que logo Se arrependeu do feito quando viu Adão não mais só, no entanto, continuava infeliz... Já tivera experimentado, antes, um tipo de zigoto de hermafroditas, que mesmo de orgasmo com caráter recreativo, fizeram-se infelizes e de encontro ao Seu projeto. Tornaram-se intrusos no Éden, que deveria ser a Sua criação de primor ao redor do Sol... Foram arrebatados do Paraíso e exclusos da divindade original. Um segundo arrependimento pela elaboração de Adão e Eva seria inapropriado à própria autoestima do Criador, que decidiu identificar-Se através de Sua aparição e dignar-Se por usar de diplomacia com um diálogo entre os dois. E, então, conciliou-Se com a proposta de um acordo de modo sutil, ainda que por ação tardia, quando quis delimitar as propriedades divinas de suas criaturas. Que mostravam uma furtiva premente tendência no âmbito do exercício de livre-arbítrio. Um acordo no qual Adão e Eva poderiam apetecer de tudo do Éden com exceção do fruto de uma árvore chamada na metáfora do Criador: ***"árvore do bem e do mal"*** – situada bem "no meio" – enfatizou. Era uma maneira com que o Criador Se fazia sensível aos sentimentos de Adão quando o viu em condição desigual de dotes; e parecia consolá-lo no Éden. E deu a entender a Adão, em particular, para ser mais íntimo com Eva. E que agora já não se encontrava a sós, não necessitava da antiga busca por hominídeas e que se adequasse ao feitio maroto de sua companheira. E para Eva, segredou-lhe também em particular que apenas tivesse orgasmos espontâneos (não havia outra saída), e em se limitando a ver e admirar o órgão sexual do companheiro. E que continuasse sorrateira. Ainda mais lhe fez entender, literalmente, que para ela o fruto proibido equivaleria à perda do seu hímen. Por coincidência o Criador concebeu esse hímen como sendo marca genética exclusiva da nova criatura: um selo, cuja violação servia como alusão ou prova de desobediência. Eva fora codificada com essa característica de fêmea especial em toda natureza. Nenhuma outra fêmea tinha sido dotada de um carimbo de enigmática significação hermética. E de um mistério que muito mais tarde ainda persiste como um "porquê" transformado em patente antropológica. A não ser que o mistério não passe de uma medida inventiva do Criador para dar a Eva sinal de origem divina, ou dotá-la mais pura em higiene física...

Eva, extrapolando a pressão erótica de seus orgasmos espontâneos, teria alucinações oníricas sobre o apêndice da via urinária de Adão, o qual com interdita função ainda por revelar-se continuava dormente no seu potencial de órgão sexual. E este apêndice então se lhe apresentava nos sonhos como uma serpente. Com quem confabulava de modo confidencial e deixou-se convencer de suas ideias. E em todos os sonhos a serpente animava-lhe no erótico. Tudo num sonho pode verter-se em um pesadelo ou em uma maravilha de fadas. Adão, por sua vez, era sempre perturbado com um sonho repetitivo em que se despencava ao fundo interminável de um covão, circundado por um emaranhado de arbustos, e de cujas bordas ele se desgarrava numa vertigem em direção ao precipício. Era a influência sub-reptícia do erótico de Eva permeando seu inconsciente e exigindo decodificação simbólica. Acordava desesperado e em pânico. Eva, por sua vez, ao contrário de Adão, começou a ter sonhos molhados. Amanhecia grudenta entre as coxas por inúmeros orgasmos noturnos, portanto tranquila e em delícia.

Influenciada pelas ideias da serpente nos sonhos e mais a tendência de psique feminina por quebrar regras, ela, muito ardilosa, convenceu Adão a enfrentar o desafio do enigma desse fruto. Quem sabe, seria um jogo de brincadeira do Criador para provar a capacidade de interação entre ambos... Quem não arrisca, não petisca. E petiscaram às escondidas do fruto mais apropriado ao seu paladar genético. E foi aqui que Eva, prevalecendo de suas inscrições genéticas   do cromossomo X, veio a usufruir, para surpresa do Criador, da faculdade de livre-arbítrio. Desconhecendo a inerente onipresença do Criador e, também, muito pior, esquecendo-se do hermético e antropológico símbolo do seu hímen, mas já tendo intuído, por prévia experiência orgástica onde o sabor do fruto seria apreciado, induziu Adão na partilha do paladar do fruto proibido. Ambos desobedeceram ao Criador, que os pegou no flagrante. Adão se fez de omisso. Sua mente era um vazio de pensamento paralisado pela surpresa do orgasmo sentido. Fez-se de ausente. Seu cérebro, ainda em se recuperando de um nocauteado, não tinha ideia alguma do que dizer, também não perdera nada e simplificou o pensamento: "Foi a Eva". Mas Eva já não se teria sido digna de confiança, sabia antecipadamente de tudo e do que queria. E o Criador fez-lhe ver desta vez que lhe fora dotada de um selo como prova de verdade para não inventar desculpa. Comera do fruto, perdera o seu hímen, o proibido, e inventou: "A serpente me enganou". Ainda mais, repetiu a desculpa inúmeras vezes. Todo mentiroso reproduz o mesmo pretexto para adquirir--se de autêntico e assim, convicto, ser capaz de depois ter potencial persuasivo e poder de convencimento.

Não precisava inventar que tivera um diálogo com um réptil. Aqui vigorou, pela primeira vez, o exercício do engodo. E o anjo-chefe hermafrodita lá no etéreo, o Pai da mentira, usando de paráfrase imitou o Criador num tom de vitória: *"Fiat mentio!"* – E *"a mentira se fez!"*. Tendo Eva como veículo catalisador, ele engendrou um reinado que se interpôs intruso, desde então, no pretenso Éden. E haja vista que o Criador pensou no sentido de adular Adão: "Far-lhe-ei uma companheira, que lhe seja idônea". Imagine se não o tivera sido...

Aqui, também, ocorreu, pela primeira vez, o tal de assédio e/ ou aliciamento para o primeiro ato de estupro sexual. Além disso, paradoxal, partindo da fêmea. O mais integral e autêntico, o cúmulo do estupro, sobre uma também absoluta virginal condição (divina) de inocência e por uma ação timbrada de influência diabólica. E de repercussão de absoluta e irrevogável infâmia. E Adão espantou-se perplexo pela eclosão inusitada do orgasmo desperto, antes desconhecido, que lhe veio na imitação de um suposto arrebatamento. Embora extemporâneo; e não passava de uma vertigem sutil de ausência inútil, mas implícito no ato sexual com sua legítima espécie. Sentiu a delícia daquela convulsão súbita de apagamento prematuro antes da sua programada ascensão, sob o jugo orgástico, como apanágio ao divino.

Daí, então, Adão apercebeu, de repente, o triângulo peludo de Eva com uma conotação de nudez. Mas foi pela própria conscientização do seu ciúme que ressentiu essa nudez. Reconheceu na sua pele o sentimento impulsionador do macho à disputa pela posse ou pela conquista da companhia da fêmea. E fez exigir de Eva que lhe cobrisse os pelos pubianos, pois, com aparente malícia, insinuavam o introito vulvar, que sem constrangimento permanecia explícito nas outras fêmeas. E censurou Eva de estar nua, mesmo de vulva recôndita. E, para consolá-la, deu uma de cúmplice: também se cobriu a parte peluda do seu púbis no baixo ventre. Em Adão a distribuição dos pelos pubianos tinha a forma geométrica de losango, em vez de triangular própria de Eva... Assim taparam-se os sexos.

De repente, sobre o Planeta havia uma população de seres diferenciados do resto dos animais, porque já se inventavam por cobrirem-se, fugindo ao natural como foram criados. E daí começou a primeira inventividade da espécie... Desde então, os pelos pubianos tomaram lugar de excepcional atração na fantasia da sexualidade de Adão. Assim como os odores do ferormônio das fêmeas o é para outras espécies na época do cio em toda natureza. Faro não tem fronteira, mas os pelos pubianos de agora em diante teriam o bloqueio da visão... E haja mais fantasia!...

E que fez tão simbólico aquele implicante triângulo. Só muito mais tarde com o refinamento do ciúme de Adão por si numa fixação fantasiosa da sua psique, é que veio a acontecer o fenômeno do amor tão implicante quanto o próprio triângulo.

O Criador então se fez de irado não mais permitiu uma nova geração espontânea de Adão e/ou Eva. Assim como não haverá geração espontânea de Adão, nem haverá, também, de espécie alguma. E o que era tido como Éden converteu-se no que hoje se chama de planeta *Terra*. Estava abolida a ocorrência de geração espontânea sobre toda a face deste satélite...

E condenou Adão e Eva de maneira adversa daqueles anjos hermafroditas – ambos, desde então, teriam que alcançar a sua finitude pelo processo mórbido de oxidação do seu organismo. E adquirir o envelhecimento, mas, de agora em diante, passar pelo processo doentio de forma sofrida. E pressentir com penúria a angústia de morte física. O liame que os mantinha comungados com o Criador teve solução de continuidade. As inscritas nas espirais de DNA que determinavam o arrebatamento deterioraram-se; ou não encontrariam mais receptores no cérebro de ambos. Ou essa função genética não recebia resposta da ação prestidigitadora do Criador pelo elo divino desfeito. E assim estava decretada e selada a exclusão de ambos do espírito legítimo. Perderam o apanágio de origem divina. Desceram de patamar; e confundiam-se com aquele prévio sopro que movia sobre as águas. E agora o corpo impuro e doentio merecia: "ao pó voltarás"... Mesmo que se cansassem por sentirem-se fartos de avançados em excesso de anos, somente pela tragédia do suicídio poderiam livrar-se do jugo do corpo. E, de agora em diante, outras qualidades divinas, se o quisessem, teriam que ser adquiridas por processo lento e evolutivo.

E o Criador sem se fazer de rogado, porque o desastre já tinha acontecido, fazendo vistas grossas à sua autoridade desrespeitada, disse em tom pomposo: *"Crescei e multiplicai-vos"*. Nisso, Adão, com espanto de uma descoberta casual notou que em certas fases da Lua Eva seria propícia à fecundação, como os outros hominídeos do Planeta. E de sua progênie, sem o querer, estava competindo com o Criador na gênese e de forma pirata de clones da Sua criatura. Lembrou-se de que ouviu do Criador:- *"Crescei e multiplicai-vos"*. E, com muito orgulho, deu-se por conta de que também seria capaz de sabedoria criativa.

O Criador, na Sua infinita sabedoria, aparentou sofrer outro cochilo quando não evitou ter dotado a Adão de aspermia / ou Eva de anovultória. E com o serem estéreis executariam ambos a função orgástica com apanágio do divino, sem a função procriadora, mas de cunho recreativo, primordial, e continuariam sendo propalados no Éden por geração espontânea. Sem o Seu cochilo, não lhes teria ordenado "o multiplicar-se". Quando Adão desde esta ordem também se achou no lugar do próprio Criador e competindo com Ele. Deu-se em seguida uma nova geração de seres reproduzidos por Adão-Eva, e de uma nova espécie designada de *"Homo sapiens sapiens."* Que se multiplicou sobre a face da Terra como uma praga daninha: *de saber o que sabem...*

Devido àquele brotamento espontâneo em diferentes regiões geográficas o zigoto de ambos sofreram influências do meio ambiente (habitat), da radiação ultravioleta, da radiação de elementos nativos, que contribuíram para a mutação do DNA a dar origem às características ontogenéticas das diversas etnias. Ademais com certeza 'Eva' de sensibilidade aguçada teria tido, por influências ambientais climáticas e geográficas, a sua psique permeada em direção às mudanças, também, somáticas da estrutura 'biométrica' dessas etnias. Contudo todas elas pertencentes à uma única genealogia antropológica, porque do DNA mitocondrial maternal pôde-se concluir que todos os seres humanos provieram da linhagem de Eva e pela ação direta do Criador. Contrariando a teoria Darwiniana de evolução por hominídeos. De qualquer maneira com a queda do paraíso pela conjunção carnal heterossexual, tendo Adão como reprodutor e não mais dependente de geração espontânea, cada etnia descendente de Eva 'cresceu e multiplicou-se'. E se distinguiu, também, através de sua predestinada adaptação ao seu próprio hábitat. Assim temos os africanos da região sub-Sahara; Asianos (China, Vietnam, Laos, as Filipinas, Indonésia e Tonga; os caucasianos (povos da Europa, norte da África e oriente Médio; os aborígenes Australianos e os aborígenes da Nova Guiné. Portanto cada etnia com as suas diversidades ontogeneticas carregam uma genealogia única das Evas. Adão não teeria tido compromisso com a identificação das suas descendências por omissão do DNA mitocondrial no gameta masculino... E somente o DNA maternal é passado de geração a geração dessa espécie sapiente. De Eva, somente dela, derivaram as etnias da espécie humana.

Dizem que, no Éden, assim que a visão de pelos pubianos ativou a mente de ambos a terem consciência de si mesmos com nudez, tornaram-se sapientes. Isto é aceito, por alguns, como sinal de processo evolutivo, pois se teriam iniciados no exercício de livre-arbítrio e na inventividade do vestirem-se. Ademais cometer desobediência, já é exercitar livre-arbítrio; e livre-arbítrio é jogo de raciocínio, que é sapiência. Então a queda de Adão, pelo decreto do Criador, veio carregada sobre ele com a aquisição de um remorso na sua consciência de que tinha sido expulso de um ambiente paradisíaco e de que o Éden já não seria mais o mesmo. E o seu inconsciente pela visão dos pelos pubianos se impregnou de um arquétipo com a noção do "pecado original"... Outros acham, hoje, com arrogante exegese do Gênesis, que essa expulsão de um paraíso seria como o símbolo da perda da pureza de vida sem a consciência ou noção do fenômeno de morte. Mas aqui Adão não se teria com a ideia de eterno e/ou sem tempo; também, não teria noção do seu nascimento, como não o teria de sua morte, pois se dava por arrebatamento. Assim, agora, já tinha noção de como se germina, nasce e morre. Os rebentos espontâneos nunca possuíam ideia de sua geração, nem se desapareciam por arrebatamento. Quem não sabia do seu princípio, tampouco saberia do fim. Agora sim: "do pó nasceste, a ele voltarás".

Apesar dos pesares, o Criador fora condescendente com Eva quando lhe deu a prerrogativa, por ser portadora do cromossomo 'XX adâmico, ' de continuar, dentre todas as fêmeas, a ser a única de ter orgasmos quantas vezes o quisesse; com ou sem propósito; e espontâneos ou provocados...

E ainda com uma atitude de magnanimidade, prometeu solene: "Enviar-vos-ei um filho Meu, legítimo, no sentido de redimir-vos de vosso erro." Isso leva a entender que a geração de Eva não era bem-vinda pelo Criador. E veio a cumprir a Sua promessa: "o Criador estava em Cristo reconciliando consigo o mundo (2 Coríntios 5, 19)". Tentou redimir a Adão do seu erro enviando um representante de estirpe divina aos seus descendentes, aqui na Terra. Aliás, com desapego de muito carinho, pois lhe deu a primazia de ser Seu único primogênito filho. E fê-lo nascer por uma gestação de uma criatura, muito procurada e escolhida, embora de estirpe adâmica. Mas que não tivesse na psique ideações da primeira Eva. Uma criatura que teria mantido o cumprimento do acordo no antigo Éden – de não experimentar da ciência da *"árvore do bem e do mal"* – e por este mesmo motivo teria como prova irrefutável seu hímen intacto. Maria seria a ferramenta com as propriedades exigidas pelo Criador de prover ao Seu filho o teor de divindade, sem mescla genética de humanos evoluídos de linhagem hominídea da Terra, mas dos supostos descendentes diretos do decaído Adão. Maria seria o equivalente ao repositório da manipulação do genoma tipo *in vitro*, mas de modo orgânico (*in vivo*) e de geração divina. E sem se envolver com desobediência ao fruto proibido: sem ruptura de hímen gerou o Messias, como todos o sabem. Houve violação dos princípios biofísicos naturais para os descendentes do Adão decaído, que nessas alturas de evolução há muito se esqueceram de fenômenos de divindade.

E o Espírito divino Se fez carne para recobrar à geração adâmica o seu primevo liame desfeito. Ainda, pior, a atitude de Adão, através dos seus descendentes, prevaleceu-se contra o Criador. E competindo com Ele em valores intelectuais de sapiência não quiseram entender a Sua mensagem ou disseram que o Messias era falso.

O Criador tem como resolvido em sua decisão de manter viradas as Suas costas aos seres então incluídos na taxonomia antropológica pela nomenclatura de *"Homo sapiens sapiens."* E, com muita paciência, que Lhe é infinita, espera que um dia uma catástrofe 'atômica' e apocalíptica universal venha sobre o Planeta por um ato falho de descuido ou numa decisão proposital de loucura dos seus habitantes para a sua autodestruição. Quando não por um impacto de um asteroide errante sobre o planeta repetindo a extinção dos seus habitantes como ocorreu antes aos dinossauros.

No entanto, a Terra na sua cibernética intrínseca de 'Gaia', por si própria, terá tempo de sobra e oportunidade para assegurar sua beleza, ainda que sobrevivente. E poder reestruturar sua desgraça meteorológica, reconstruir seu relevo geográfico, readquirir sua antiga harmonia ecológica ambiental até atingir o hábitat apropriado de *"um novo céu e uma nova Terra."* Destinada para a futura geração de *homo divini,* a qual receberá, por certo, outra ordem do Criador com autoridade em repetição pomposa: "crescei e multiplicai-vos", porém sem cunho de desprezo. Então, desta vez, a ordem virá com muita ressonância 'erótica de teor divino', isto é, de apanágio imprescindível para a dinâmica dessa multiplicação, sem implicação dissidente. Também sem interdito. E, certamente, não mais virá de experimento como antes, quando a Sua criatura Adão teve por armadilha opcional a escolha de cometer desobediência. Virá com determinação artesanal do experiente Criador que não Se admitirá num terceiro erro.

Erro humano é inescusável, não tem perdão, porque não tem conserto. Ação divina mesmo que seja em erro, entretanto no fim tem tempo de sobra para dar tudo certo. Assim o Criador, certíssimo, sem experimentar, verá a Sua obra-prima da Via-Láctea receber novos seres com carinho de artesão supremo, matemático primado!... Então com convicção do induzido pelo Seu cômputo numérico, dirá: "ficou bom!".

E me passou esta história um velhinho peregrino, que se fez pensador e trazia consigo um diminuto livro de bolso do seu preferido guru. E continuou a tecer os seus comentários, que me pareciam de opinião muito pessoal e bem íntima do Gênesis, com uma timidez de muita modéstia:

Da geração de Adão e Eva acreditam alguns de serem, em si, os legítimos descendentes diretos dessa genealogia e reconhecem-se como povo escolhido pelo Criador e ligados à espera do verdadeiro Messias. E que pertencendo à linhagem do autêntico Adão, escapam de ser um filete ancestral de chimpanzé. E o resto dos humanos teria sido derivado pelo processo lento da teoria Darwiniana da evolução das espécies, quando, na época de Adão, já se apresentavam como hominídeos de vários tipos em fases evolutivas. Certos ou não, contudo deixa transparecer o contexto bíblico do livro Gênesis que Adão pertencia a um patamar genealógico privilegiado. E que a sua queda do seu legítimo estádio significa um retrocesso de natureza divina para uma de igual estirpe à qual pertencia o resto do reino animal. Quando o Criador, de propósito, por maior descaso determinou que os hominídeos encontrassem hábitat favorável à sua evolução ao nível de sapiência para castigar mais ainda a geração adâmica. E sentenciou a todos num só golpe à estirpe de "humanidade".

Adão, com a sua expugnação: de não ser arrebatado, não ser mais sem tempo, mas retornar ao pó e de ser excluído de sua origem divina – veio a ter a consciência nítida de sua finitude. Espantou-se, viu que tudo e toda criatura também tinha um fim. E o sentimento de morte tornou-se um espantalho gigantesco invadindo, impregnando de temor tudo e todos os viventes de origem divina, ou não, sobre o planeta Terra. Com a noção de morte, então, na Terra tudo – o resto que a imaginação mais fértil pode conceber – veio com ela, agora, programada na mente das gerações de Adão. A instituição da cadeia trófica com o predador voraz, que tem de disseminar terror sobre a vítima fatal perseguida, tomou conta de todos os seres com uma inquietação geral sobre o Planeta. As guerras com suas vítimas intimadas a morrerem por causa alguma ou causa alheia, ou absurda. A fome perante tanta possibilidade de recursos de ampla e variegada fonte de alimentos com fartura do Planeta, exuberante de fertilidade. O terror das falsas democracias, inclusive com seus governadores estaduais e prefeitos municipais. O horror das ditaduras absolutas, (mas sinceras, porque não disfarçadas pelas eleições, ditas democratas). O jugo das globalizações. A falácia das religiões com sua impreterível necessidade antropológica. A frustração da ciência que, com ilusão, tenta desvendar com facilidade tecnológica as suas buscas racionais e só se aprofunda em mais mistério. A petulância de arrazoados das filosofias com axiomas e questionamentos, sem alguém com faculdade suficiente para lhes dar resposta. A ansiedade da poesia com sua aleatória pretensão de alguma coisa, que desconhece. E a arte ante a inquietação pela beleza que implica ter, mas se limita só no arremedo do belo natural. A angústia herdada através dos arquétipos ou condicionada na aprendizagem vinda pelos genitores. O medo do homem por sentir-se caniço e frágil. E os adeuses doloridos por não terem a certeza de retorno e de novo serem vistos, ou não terem o direito de serem sempre vistos. E o cansaço com o suor do rosto para o Adão decaído pelo trabalho. Que antes lhe era poupado por ser o seu corpo dotado de aminas essenciais ao seu metabolismo, quando qualquer ingestão de alimento inespecífico o sustentava. Como o Criador o privou do seu arrebatamento e também lhe negou outras atribuições ao seu organismo, assim: de agora em diante teria de suplementar-se pela busca do alimento proteico angariado e sofrido por conta própria. E as dores de parto para Eva se quisesse perpetuar o *seu Adão*. E o mistério do amor: só se satisfazendo a exigir a nudez."

E falando em tom de desiludido lamento:

Paradoxal, quando se confronta a atenção do Criador, que se compadece da solidão de Adão oferecendo-lhe Eva, mas ao tempo que traz nessa oferta outro tipo de isolamento implícito e maior, com o que seria a abstenção sexual incongruente ao seu anseio de comunhão gregária. Contudo, neste caso, seria com uma parceira à sua altura hierárquica. Companheira tão digna, pois tinha sido arrancada de sua própria *carne*...

Adão sendo engendrado como único, em criatura divina, teria de ser despojado de consorte e de intento procriador. Sozinho, estava fadado a ser puro no sentido de castidade. Tinha sofrido impulsos de comportamento sexual entre hominídeas por influência imitativa dos machos, tentando adequar-se e identificar-se num ambiente gregário heterogêneo e sem solidão...

Eva, no entanto, teria vulva disfarçada, mas lhe veio com expressão genética de orgasmos espontâneos de caráter recreativo, apanágio do divino, assim como os hermafroditas. E não havia entre outros animais este tipo de modelo por seguimento. Eva com certeza, de antemão, sabia o quê queria, diferente de Adão, que ignorava em absoluto algum orgasmo e lhe era ausente a tensão promotora à libido.

O orgasmo, como apanágio do divino no indivíduo Adão, seria durante o seu arrebatamento quando se comprazia com impregnação de prazer intenso, num êxtase de ausência, resgatando-se da carne para então adquirir plena consciência da sua divindade. O engendrar do genoma de Eva clonado de Adão com o cromossomo X, de características inusitadas por si, parecera de caráter experimental e de perspectiva imprevisível para o Criador. Como no caso dos hermafroditas, outra vez cochilou no Seu propósito de oferecer a Adão uma companheira que lhe seria idônea. E ofereceu-lhe logo a Eva timbrada na genética a experimentar orgasmos espontâneos para conviver com um parceiro, que teria de ser, no divino, puro de corpo e mente...

Não havia em todo o reino animal uma ocorrência idêntica de tão díspar. E o Criador, depois, viu-Se num dilema. E para não Se render ao cochilo de onisciência, não dispôs de outra saída senão optar por um acordo absurdo entre as suas criaturas – que se comportassem castas. Ou teria Eva apanágio do divino com outros amplos privilégios sobre Adão? Sendo assim, então o Criador teve intenção proposital e não se descuidou no Seu engendrar de Eva, que teria de exercitar seus orgasmos, além de espontâneos e sorrateiros, porém ignorados por Adão. Ou teriam de ser intercambiados e íntimos – numa coorte de gênero semelhante? E de ficar somente nisso? Mas que no final pressionaria Adão a adquirir, no seu novo isolamento, um despertar erótico de relação homossexual com parceiros. E nessa conformação de comportamento sexual – o orgasmo sem propósito reprodutivo – se resgataria no seu sentido mais amplo e de conotação divina. Talvez fora essa e intenção do Criador...

Eva veio, de qualquer maneira, para desorientar de modo sutil Sua intenção qualquer... E pior, como dizem, veio perturbar com conivência diabólica, pois Eva foi convencida pelo anjo-chefe hermafrodita a tentar Adão para o seu primeiro ato de conjunção heterossexual e desfazer por completo o plano original do Criador para as suas criaturas. Eva, de erotismo exagerado e fora de controle, induziu Adão que, já recebendo por empatia os estímulos dela, pressentia com polução noturna orgasmos subliminares. E, desde então, talvez desejasse fossem legítimos. E ambos se comportaram semelhantes aos outros hominídeos nos seus recursos de reprodução genealógica, mas que veio, pior ainda, a ser uma catástrofe quando tinham um padrão reprodutivo sem o freio sazonal pelo controle da natalidade habitual das outras espécies... E perderam a investidura do divino de que se fizeram indignos e foram expulsos do Paraíso. Também se despiram de uma inocência inerente à natureza dos instintos – agora sabemos do que fazemos, porque o sentimos e gostamos do que fazemos: não somente porque o sentimos, mas também pelo prazer de exercitar livre-arbítrio...

Absurdo, igualmente, o fato de o Criador não ser receptivo à genealogia por conjunção carnal de dois seres de origem divina e de igual estirpe – costela por costela... Por que não se fez o Criador de condescendente com infinita benevolência a permitir-lhes de serem companheiros sem a decaída do Éden?

Contraditório, outra vez, o conceito de compaixão por solidão biofísica de Adão para em seguida impor-lhe uma solidão em meio gregário. E quando reagiu adverso, mas justo num jogo de livre arbítrio e optou pelo inevitável, junto a uma companheira que lhe foi doada, decaiu, em seguida, para mais outra solidão espiritual da qual até hoje não conseguiu libertar-se. Essa terceira solidão maior, mais trágica e eterna, constitui-se na sentença implícita de queda total do paraíso com a desobediência por não se recolher na abstenção da relação heterossexual legítima... Mas "quem é o barro para se queixar do oleiro?"...

Parece, repetindo, que há uma sugestão neste intuito do Criador que leva a supor o Paraíso como sendo a concepção de uma geração de homossexuais. E todos por criação direta Sua. Os hermafroditas teriam entre si uma relação homossexual dupla, *"bissexuada interativa"*. Possuíam um potencial de propriedades para ação recíproca, simultânea, e concomitante de funções homo e/ou heterossexual e era do agrado do Criador. Caíram na Sua desgraça com o desentendimento que logo se fez dessas funções, como dissidentes pela alternância do ser ou não o suposto parceiro ativo/passivo. Porém seriam escusáveis num ato quando seria natural, inevitável e pertinente, a estimulação sexual do parceiro de ser também ativo.

Com a nova criação de dois gêneros opostos, engendrados cada um no seu próprio continente e tidos como únicos, *per se*, Adão/Eva, impossibilitaria a contenda do impasse em que se envolveram os hermafroditas. Terminou que, assim, gêneros semelhantes formariam um perfeito par homossexual e feliz – é o que dá para entender ao deparar-se com a ideia do fruto proibido numa relação heterossexual.

O erro de Adão e Eva tinha sido em provar do fruto da experiência *hétero* e daí o pecado. E com essa experiência ocorreu de serem capazes, ademais, de competirem com o Criador quando Eva seria propícia de germinar criaturas. É quando o Criador condescendente, contudo frustrado e vencido pelo maligno anjo-chefe hermafrodita, através da conivência de Eva, reconcilia-Se com a ordem suprema: *"Crescei e multiplicai-vos..."*. E o fez num gesto de desprezo permitindo expansão de criaturas à revelia, uma vez não mais marcados de caráter de divindade e indignos de Paraíso.

Eva não resgatou, ao invés desfez o privilégio de ter assim orgasmos somente de função recreativa, bem como o apanágio dos divinos. Mas em comungar-se com Adão ocorreu neste contexto à função reprodutiva. Com o que, além de competirem com o Criador, baixaram à condição de decadentes. Outros afirmam que a geração de Eva fora iniciada a contragosto do Criador devido à assessoria do "Pai da Mentira", anjo-chefe hermafrodita. Expulso do paraíso, e que, com certeza, influenciava Eva desprevenida nos seus sonhos.

Caíram do paraíso assim que comeram da ***"árvore do bem e do mal"***, quando então calharia melhor afirmar-se da ***"árvore meu bem é meu mal"***. E preconceber que o conceito de paraíso e de divino teria sido uma relação homossexual no degustar do fruto da ***"árvore do bem e com meu bem"***. Uma relação somente entre parceiros de gêneros semelhantes. Ou, aliás, como outros podem subentender, numa segunda alternativa, seria a prática automasturbatória por cada um dos gêneros na sua solidão. Usufruindo da ***"árvore do bem, só comigo-meu-bem"***, e sem propósito reprodutivo nem competitivo com o processo da criação divina. Quando Eva poderia abusar do seu clitóris de suposta função privilegiada que não outra senão orgástica; e estaria quite com o interdito proclamado pelo Criador. São opções de conceitos de Paraíso. Estão atuais essas duas tendências como se vê na propagação/proliferação da indústria pornográfica. Explorando e estimulando essas duas tendências."

Estranho que o autor do Gênesis com o quadro da criação do homem, apesar de toda a sua experiência com o povo no Egito e de sua peregrinação junto ao povo judeu no deserto, nunca chegara a perceber esse paradoxo. Que pega em cheio de atualidade com a tendência moderna de liberação sexual e aparenta conclamar a homossexualidade como o paraíso perdido da Criação.

Excluso foi o cromossomo "y" do genoma de Adão. Saiu, cedeu lugar a outro pela reação bioquímica numa metamorfose perfeita por ação do Criador e que, com ou sem requinte diabólico, descerrou de Adão os seus grilhões de solitude... E que permaneça assim com as suas 'evas'...

Mas, milhares de anos depois, os descendentes de Adão/Eva evoluíram na teimosia de competir em engenhosidade com o Criador. E agora já se dispõem com sabedoria à manipulação do genoma em laboratório, usurpando uma ação inventiva de exclusividade única do Criador quando criou Sua obra mais perfeita. Até nos força a supor que o anjo-chefe hermafrodita, nesta geração de Adão, acha-se vencedor e persiste na teimosia de desfazer-lhe a sua ligação ou a sua reconciliação com o Criador. E lá no etéreo, com sua relativa capacidade de futurólogo, persevera na contemplação de que a geração adâmica, conhecedora da engenharia genética, venha a roubar do Criador o seu poder de clonagem. E, num desses momentos de prepotência, chegue a engendrar outro cromossomo sexual formando um trio do atual par 23°, ou outro par extra "24°" (cuja série por coincidência calharia com a consagrada conotação popular). Ou mesmo engendrar em qualquer do "y" ou X uma carga de recém-desenvolvidos espirais de DNA numa clonagem que até casual, porém que faça renascer na Terra receptáculos de estirpe apropriada para ressureições da sua coorte amaldiçoada. Mas às miríades de reencarnações: e dos seus desterros retornem a desfrutar do paradisíaco planeta terrestre.

De vez em quando, ainda que raramente, ele tem percebido erros aleatórios de genética ocorrerem aqui no Planeta. É quando o par de cromossomos 23° se constitui receptáculo de outros companheiros intrusos formando genomas de combinações insólitas e das mais diversas: XXy; Xyy; XyX; xXy; ou XXX, causando muita confusão na mente da vítima.

A sua paciência é infinita. E espera que ocorra uma pandemia de embriões ambissexuos por gerações artesanais dos descendentes de Adão. No que, em se maximizando sua competição inventiva com o Criador, progridam a manipular o genoma e a recobrarem, num retrocesso, aquelas características genéticas idênticas aos primevos hermafroditas. Aí, então, (repetindo), essa recombinação ou clonagem estará pronta para prevalecer reencarnado nesses embriões o excomungado sopro divino. E recuperando o seu apropriado hábitat biofísico, antes perdido, aqui no planeta Terra. Mas planeta assim reconquistado em novo Éden, mesmo a contragosto do Criador.

Adão errara desobediente – "Quem errou uma vez... Erra duas... E três"... Diz uma canção popular muito antiga.

O erotismo de Adão veio do seu condicionamento induzido pelos orgasmos espontâneos de Eva... Adão, ao contrário de Eva, estaria eternamente inocente e sem "pecado original". Nunca teria experimentado orgasmo por automanipulação erótica nem por ato sexual com qualquer parceira que antes perseguia por uma vocação imitativa. Depois, desde o momento que adquirira o seu padrão de comportamento erótico junto a Eva, experimentaria diminutos simulacros de arrebatamento orgástico, mas inúteis porque teriam somente o propósito para cumprir a pena de multiplicar-se. O desejo desse arrebatamento retornaria ao Adão como uma eterna busca atávica e como uma neurose de um arquétipo divino do paradigma perdido. Essa busca é o perverso motivo condutor da vida humana até hoje.

O Criador, ao que pareceu, quis redimir-Se do erro anterior

com os Hermafroditas criando geração espontânea de Adão. No Seu propósito de transformar o Planeta propício à criação de seres engendrados com apanágio do divino e de usufruí-lo dentro de uma esfera de felicidade plena, própria de Sua essência, Ele eliminou dessa nova criatura o orgasmo com finalidade recreativa e procriadora. Contudo manteve-o somente no período do arrebatamento para não perder de todo o signo marcador de sua divindade. Mas Lhe teria sido melhor com uma geração espontânea autóctone de zigotos com gametas sexuais do gênero Eva – ao invés de varão adâmico. Os orgasmos de Eva para a Sua surpresa, com o experimento, vieram espontâneos a qualquer momento e sem finalidade procriadora. Seriam mais legítimos, teriam mais timbre de divindade. E, mais além, ocorreria uma fertilização autóctone e espontânea do seu óvulo possuidor só de gameta com cromossomo sexual tipo X e, desse modo, por ter órgão propício à gestação, reproduziria criaturas do mesmo gênero numa coorte de semelhantes. Eva não encontraria motivos para sentir-se em solidão diante de outras comunidades gregárias subjugadas à procriação de membros com o intercurso sexual macho/fêmea. Zigotos com cromossomo sexual "y" seriam exclusos; e inexistente o macho Adão. Em consequência manter-se-ia, na prática, a busca do orgasmo somente exercitado pelas delícias do que seriam inerentes ao apanágio de caráter divino. Situada num patamar diferenciado das outras espécies do Planeta, Eva teria consciência de sua origem. Ao contrário de Adão que, incapaz de experimentar gestação e procriar, se manifestava encarnado por brotamento espontâneo: e nunca chegou a perceber o modo do seu aparecimento ou de sua origem. E por isso se estranhava sem a oportunidade de manter-se gregário e em grupos familiares, chegando ao ponto de sentir-se solitário. Com a geração de Eva, não teria o Criador submetido a Sua criatura à solidão, nem ao drama da *"árvore do bem e do mal"*, cujo fruto foi exposto à prova do difícil juízo de livre arbítrio como sempre de precária medida, nunca inferida justa.

O anjo-chefe hermafrodita, com sua experiência na passagem terrestre, talvez tivesse suspeitado desde o início do erro do

Criador. E houvesse preparado armadilhas sorrateiras de situações eróticas às vistas de Adão de outros hominídeos em organização social gregária, com o intuito de fazê-lo sentir-se com a angústia de solidão por uma companheira fêmea e ser heterossexual... O anjo-chefe hermafrodita percebeu o cochilo do Criador, quando levou em conta a desvantagem do pobre Adão perante tanta exuberância erótica de Eva. Que se entreteria entre si com seus orgasmos espontâneos, já inerentes, caracterizando o peculiar de sua genética e dentro do seu próprio erotismo. E que seria capaz de procriar-se a si mesma se fosse fertilizada de gametas autóctones, fecundantes, e sem a inseminação com o intercurso de parceiro heterossexual. Suspeitava, também, que o Criador tivesse preconceito recalcado devido ao estigma pregresso por uma relação hétero, durante o litígio entre as Suas criaturas hermafroditas. Quando Adão e Eva, ambos, são deparados sujeitos à *"árvore do bem e do mal"*, com a implícita opção de escolha entre obedecer ou não, esse anjo por maldade induziu o casal à opção da desobediência. Ele pretendia, com isso, que ocorresse uma segunda manifestação dessa relação heterossexual, que desta feita não fazia parte do intento do Criador.

Foi quando lhe abriu a brecha para manifestar-se como oponente supremo no exercício de constituir-se intruso e dissidente. Então, aconteceu a sua primeira e grande oportunidade de obter êxito; e quando, também, deu origem ao seu vislumbre ilusório de poder exercitar a sua ação e de estar à altura de competir com o Criador. Desde então, com pertinência, tornou-se intruso como personagem dissidente nos Seus planos. E desvela-se em ação sustentada, intrometendo-se teimoso com sua influência no precário livre arbítrio dos descendentes de Adão.

Se, ao invés de Adão fora Eva a criatura engendrada com o sopro divino para arrematar o pico da criação do Éden, ela não padeceria o sentimento de solidão da qual Adão fora vitimado. E o anjo hermafrodita se renderia, invejoso, ante a prioridade de Eva sem "opções" ou "alternativas", usufruindo do Éden, que lhe foi negado. E terminaria por anulado ante tanta inventividade absoluta do Criador. Assim, ter-se-ia no Jardim – a *"árvore somente do bem"* – outro tipo de árvore, mas que em semântica conotaria em genética "antropológica" a existência somente do fruto reprodutivo da criatura Eva. Uma árvore frondosa extensiva – e de modo, outra vez, semântico – a todo e qualquer espaço do Éden, invadindo tudo com a propriedade invasora da luz, no que seria o Planeta em si o seu próprio hábitat. Árvore aconchegante, *"somente do bem"*, sem apelar por livre-arbítrio na opção de gênero sexual. Árvore, como o seu próprio nome denota, somente na produção de gametas de cromossomos X, com o que tendo fertilizando o óvulo de Eva germinaria zigoto legítimo do seu gênero... E, assim, na convivência gregária, reunir-se-iam grupos de Eva em época apropriada do período lunar, fértil, da ovulação para bacanais de prática homossexual ou mesmo de modo solitário, em prática masturbatória. Quando gametas sexuais X, pela polinização tênue do ambiente, grudassem nas vulvas pegajosas de secreções vaginais propícias, de propriedade química legítima, exclusiva, e destinada a prosseguirem com destino à fertilização do óvulo: no contexto de geração natural e assexuada... A multiplicação de Eva ocorreria de maneira condizente com geração espontânea sem nenhuma necessidade do macho Adão. E sem a presença do parceiro ambivalente em gênero, mas litigioso, como acontecia com a desastrosa experiência dos hermafroditas. Também Eva seria capaz de ter orgasmos espontâneos por motivo erótico aleatório qualquer, e tal inseminação ocorreria às miríades. Assim, a multiplicação da descendência de Eva estaria garantida por reprodução de si mesma sem o estigma do "pecado original" e do fruto proibido. E, ainda mais, com orgasmos de propósito recreativo, timbrado de divino com geração autóctone de reprodução vivípara e livre da relação sexual de intento procriador. Que por si seria diferenciada da perpetuação dos demais animais heterossexuais do Planeta, desligados do sopro divino e de baixo patamar, pertencente ao resto da criação irracional do Planeta...

E da ***"árvore somente do bem"*** – sem interdição alguma – não haveria ensejo para o drama da opção questionável do "ser ou não ser" obediente. O seu fruto pródigo seria permitido a toda Eva com os seus orgasmos espontâneos ou também manipulados com o uso do clitóris de que fora agraciada, cuja finalidade funcional seria a não ser outra que exclusivamente orgástica. Assim Eva de propósitos recreativos estaria feliz no Planeta feito Éden: obra prima do Criador, completo, tanto de beleza física, dita "geográfica" quanto de riqueza espiritual, dita "divina."

Sem aquela primeira oportunidade no Éden para exercitar sua influência sobre a criatura divina, nunca se teria notícia da existência do anjo hermafrodita, que se exilaria para sempre no etéreo. Parece que o anjo-chefe hermafrodita supunha Eva com um potencial para dar-lhe oportunidade de manifestar-se. E a teve, outra vez, quando desafiou (ou paradoxalmente colaborou com) o Criador quanto à fidelidade do Seu servo Jó. Em seguida, também, com a anunciada aparição do Messias, despertou de novo o anjo hermafrodita desejando pôr em ação a sua influência. Dessa feita, hipertrofiou-se o seu ego, julgou-se prepotente, chegou ao ponto de dialogar com o Messias e impor-lhe desafiantes propostas, no intuito de mostrar-se atuante. E depois obteve êxito com o ensejo de influenciar a Sua crucificação. E aconteceu que, desde então, a sua presença aqui no Planeta se fez permanente na desesperada geração adâmica.

O planeta Terra está predestinado à sua própria autodestruição com a geração adâmica, que de presença *non grata* tornou-se praga daninha. Ao contrário, numa geração autóctone de Eva, nunca lhe ocorreria quebra da infração de um interdito no Éden nem a sua expurgação do divino, como se deu na geração adâmica pecaminosa de duvidosa esperança até os dias de hoje. Submetida à pressão de busca inútil por uma felicidade incógnita. Com o seu anseio intelectual evolui em civilizações imbuídas de esperança por uma condição menos infeliz. O planeta Terra está sendo transformado num grande repositório de "excremento-lixo" e evolui par uma sucata sideral resultante da loucura dos seus habitantes por se inquietarem, tentando preencher o vazio espiritual sem o liame divino. Adão, com a sua descendência nesse conceito, foi prejudicial ao propósito do Criador em fazer do seu planeta Terra a mais perfeita obra de todo o Universo. Do contrário, com a geração só de Eva estaria por si mesma engendrada numa esfera indissolúvel de beleza, felicidade e paz; joia rara que continuaria sendo o Éden, como lhe quisera, antes, o Criador...

Hoje em dia alguns comentam que com a 'liberalização de Eva' parece haver uma tentativa de nova redenção do ser humano para um retorno ao suposto paraíso adamítico. Eva liberta-se através da sua própria revelação em riqueza do seu misterioso orgasmo, com imensas facetas. Mas de si e para si; e com o suposto potencial de felicidade espiritual que virá com essa liberalização no decorrer dos tempos.

Assim, hodiernamente, Eva parece se reinventar de homossexual e termina por agir na tentativa de quitar a sua dívida com o Criador, quando, em conivência diabólica, induziu Adão à desobediência e ao uso de livre arbítrio em experimentar do proibido fruto da "árvore do bem e do mal". E nessa tentativa de reconciliação, movimenta-se ativa em reverter o seu comportamento para uma divisão de águas entre macho e fêmea. E a manter-se de longe, somente de companheira, embelezando o Éden, como sugeria o Criador... E, assim, estarão ambos quites – Adão terá de recuperar a sua castidade também reinventada. E Eva com os seus orgasmos espontâneos, ou sem intento de intercurso heterossexual, como à primeira vista quis assim o Criador, manifesta-se "redentora" da felicidade humana com o aumento sustentado do lesbianismo. E consequente incremento do homossexualismo lato sensu. Se isso teria sido a intenção do Criador, alcançará Eva o seu propósito de redimir as criaturas ligadas ao apanágio no exercício do orgasmo sem interdição e com inexorável requinte do divino. Eva revelar-se-á tida, então, como um "Novo Messias", com a promessa de reconciliação entre o Criador e a Sua criatura. Estará redimindo-se do antigo estigma de conivência diabólica quando desobedeceu ao Criador numa relação heterossexual prematura e recuperará para Adão a oportunidade de redimir-se por si próprio. Adão poderá muito bem optar, por sua vez, ao encontro da sua redenção reinventada também em coorte homossexual. Só que o virá tardio. Assim, resta saber qual o destino de Adão: se permanecerá casto ou reformulado num grupo definido de homossexuais ou se continuará oprimido pela tentação de Eva como um arquétipo exigindo relação hétero que o excomungou decadente do paraíso.

Eva em reinventando o seu padrão com a suposta **"árvore do bem"** se realizaria atual, então, pela "utópica inseminação" do seu óvulo com artifício laboratorial de gametas somente com cromossomo sexual X; já usando das prerrogativas tecnológicas de manipulação do genoma celular. Assim, Eva só daria à luz outra Eva... Adão, por sua vez, encontrando seu novo propósito, semelhante à Eva no âmbito homossexual, tornaria apenas em se limitando a ser o repositório biológico social providente de gametas fertilizantes. Uma população do indivíduo Adão no planeta Terra seria mantida, cerceada em porcentagem, mas suficiente para a sua subsistência. E somente como repositório vicariante da **"árvore somente-do-bem"**, produzindo selecionados gametas de cromossomo sexual X para multiplicação de Eva no planeta. Este Adão, restante e limitado, também seria reproduzido selecionando-se in vitro os seus gametas de cromossomos sexuais "y" no sentido de formar o par "Xy", para inseminação artificial do óvulo no útero de determinadas Evas para esse fim destinadas. E com a estrita função de fazer-se em gestante tipo "proveta biológica" na procriação do macho. Sem perder, também, o caráter da confraria homossexual e sem o estigma do fruto proibido da **"árvore do bem e do mal"**.

"Se Eva for assim reinventada no âmbito dessa "utopia", haverá uma reformulação cíclica da humanidade e será como tivesse almejado, talvez, um suposto perdido intento do Criador. Adão voltará a adentrar-se naquele dito "sono" bíblico e das suas 'costelas genéticas' miríades de Evas se multiplicarão sobre o Planeta, no seu legítimo propósito do primevo Éden.

O chefe hermafrodita por certo perderá a batalha e frustrar-se-á de não mais poder influenciar a precária propriedade de livre-arbítrio da geração adâmica, porque tudo estaria a contento e no seu lugar...

E talvez "novos céus e uma a nova terra" revelar-se-ão por uma remida desobediência no primeiro Éden. Quem sabe o Criador talvez reformulasse a sua sentença e permitirá uma anistia para relação heterossexual, e Adão, de outro modo, se encontrará também redimido do pecado original, sem necessidade do sacrifício de um 'Novo Messias'...

Tudo está mudando, tudo se recicla no correr dos tempos e tudo pode acontecer de bom no Planeta.

Só resta saber aqui na Terra onde o fenômeno morte, que veio com a queda do paraíso e que é o limite de tudo e em detrimento de todo o resto que de bom acontece, não teria repercussão tão infame, como a sua fatalidade.

Ou, esquecendo tudo isso, renegando o relato da Criação bíblica, reconhecer com cumprimentos a teoria evolutiva na genealogia das espécies...

Eu ouvi todo esse relato que eu desconhecia do Gênesis, sentado à sua frente. E não me dei conta do tempo que passava. Uma versão insólita e inédita, produto de sua abstração de aparente autoridade. Porque com conhecimento de causa e até com mescla de visão profética... Mudei de posição, levantei-me. Promovi um estiramento do corpo, pois ficara estático e tentei renovar a corrente de sangue nos meus músculos. E sem me sentir cansado, mas com renovadas forças queria que ele continuasse. E ele enfatizou:

Os hermafroditas deram no que "deram" (fez sinais de aspas), os homossexuais vão dar no que "dão" (outras aspas) e os heterossexuais vão dar no que vão "sendo" (de novo com aspas): – bissexuais enrustidos e/ou metrossexuais invertidos.

De qualquer jeito, fica registrada a conscientização de nudez por culpa dos pelos pubianos, que depois de disfarçados tornaram-se como símbolo do pecado original: um arquétipo na alma humana. Que, por sua vez, significa o estado de angústia da criatura "Adão" dividido entre a busca do "Criador" e a busca de "Eva". A primeira transcendental, eterna e incerta; a última objetiva e de finitude certa.

E, no final, despediu-se. Deu-me um abraço isento de sentimento, um abraço automático e, num gesto de desiludido, terminou:

Depilem-se ou vistam-se todos aqueles que se sintam pecadores e mortais.

IMPOTÊNCIA ORGÁSTICA

"Não há grande beleza sem algo
de estranho em seu equilíbrio"
Francis Bacon.

Como Narciso!... Eliane não se continha sem admirar se...
Vinha o que viesse... Seus olhos negros, enormes, de cílios
longos, são protegidos por sobrancelhas depiladas com
esmero de artesanato. No olho direito, a córnea é contida
equilibrada entre a simetria ovalada das pálpebras. Já no outro,
devido a uma conformação desigual do esqueleto do rosto por
dismetria congênita, as pálpebras são mantidas de uma abertura
menor e oblíqua. Ali, a córnea além de ser subtraída por quase um
quarto de círculo, desvia-se de leve com o foco da pupila em
direção mediana... Entre pregas de discreto epicanto, que é
reconhecido como um sinal típico de beleza feminina, o nariz se
estende longo, com discreta tortuosidade, obedecendo à estrutura
óssea do rosto. E termina com narinas de bordas planas e angulares
sobre uma boca de lábios exuberantes e carnudos. As asas das
narinas explicitam, na sua abertura, a impressão de animal em
busca de faro. Os lábios na protrusão da mucosa relembram um
disfarçado anseio de beijar. Em seguimento, para arrematar as
linhas do rosto, ocorre um queixo quadrado emoldurando o lábio
inferior, que se rebaixa, às vezes, em lassidão no canto esquerdo,
quando alguma concentração do pensamento lhe esvazia o cérebro,
num branco total. De acordo com o oblíquo do olho esquerdo, a
sobrancelha sobre ele segue o contorno em arco angulado dando a
conotação de alerta e de camuflado espanto. A desigualdade de
foco das pupilas lhe dá um leve estrabismo concêntrico de difícil
identificação sob os cílios longos e espessos, mas que faz diferença

como resultado final de insinuada beleza exótica. Os seus cabelos abundantes e longos descem aglomerados e obedecem às mudanças de um lado para outro com facilidade, sem desalinho. Assim, desnudando ora uma face, ora outra, os cabelos mantêm o seu rosto num fortuito resguardo contra intrusa escrutínação. A dessimetria discreta do seu rosto com o tênue desvio do foco de seus olhos imprimem o seu olhar com fascinante esplendor de vida. E do queixo quadrado a protuberância dos lábios de mucosa carnuda transparece uma constante carga erótica. Enfim, nisso reside toda a beleza intrigante de Eliane – feito irresistível!

Do seu rosto emana um fascínio com pendor de mistério... Observada com perspicácia, pode-se dizer que o rosto de Eliane seria a composição astuciosa de duas faces contíguas. Os músculos do rosto executam contrações tônicas ou se relaxam coincidentes com suas emoções; E assim, ele adquire semblante que ora apresenta um visual assomado por uma predominância de uma face, ora da outra, donde se torna disfarçada a incongruência da sua assimetria. Os olhos de Eliane, com a córnea de uma negritude intensa, contrastando com a conjuntiva de um branco cor do leite, lembram uma entidade fantasmagórica materializada, que lhe confere um deslumbre de uma mulher com requinte do fatal.

Às vezes, também, Eliane demonstra uma beleza distante, própria de quem se enclausura em sua vivência introspectiva sem estímulos externos, mas de sonhos.

Por isso, ela também, não se continha. Cedo ao despertar do seu descanso noturno e antecipando a ação do primeiro abrir de olhos, antes de qualquer indagação, pressentia o seu sonho legítimo: olhar-se a si mesma na vigília do dia. Mantinha ao nível da cama e ao lado um amplo espelho aderido à parede para olharem-se ao acordar. E, na alvorada, em confirmando de relance a sua própria existência, com reconfortante surpresa quedava-se, em seguida numa madorna, morrinha de dorme e vela que as condições atmosféricas da aurora propiciam aos despreocupados. Aquele doce 'dorme-dorme' matinal tinha uma demora, que lhe parecia eterna, e nela a sua quietude e a sua calma tinham um cunho de celestial. E de quem do nebuloso estado de meio-sono encontrou o seu querer com a premonição de ressuscitar-se para as delícias de um céu. E vivenciava, com antecipação, os prazeres indescritíveis do suposto céu. Do céu aqui na terra. Bom mesmo era estar acordada viver no paraíso de ver-se a si mesma.

O seu olhar era irresistível; e ela o sabia, por si. E reconhecia a atração que os seus olhos exerciam para aventureiros em busca de imprevisto. Aquele olhar seria capaz de inspirar noites apaixonantes, de êxtases sem limites. Afinal, se o seu olhar causava atração, provocava também receio e afastamento. Na indução pela dinâmica sôfrega do erótico, do qual nunca se é capaz de imaginar qualquer desenlace, corre-se o risco de chegar até ao ponto culminante e automático do estupro ou do assassínio. Por isso, para o precavido, bom mesmo seria somente absorver o despontar de emoções fluentes daqueles olhos, sentir-se enamorado em mirá-los e degustar toda energia de estética cheia de mistério que refletia dos traços daquele rosto.

O nariz pontiagudo com discreta curva inerente à assimetria da face seria grosseiro quando visto como peça, isolado; ou se fosse implantado em outro rosto feminino se tornaria um defeito físico, uma deformidade. Em Eliane, porém, estava encaixado com matemática, equilibrado com o resto das linhas e relevo no contexto do seu rosto. Se por qualquer justificativa ou pura vaidade ela se dispusesse a desejá-lo para outra estética através de cirurgia plástica incorreria o cirurgião num impiedoso erro profissional de incompetência, imprevidência e imperícia. O que seria uma mutilação, não do nariz em si, mas de toda a estética que o conjunto dos componentes do seu rosto conformava. O ato médico resultaria num desastre irremediável, por mais perfeito que o parecesse aos olhos do seu cirurgião. Sem o nariz natural 'implantado' pela sua genética naquele formato de rosto, o feitiço do seu mistério perderia para o lugar-comum das estéticas e a sua destruição estaria consumada.

De compleição exótica, Eliane apresentava uma indistinta ambivalência: misto de macho bonito e/ou de fêmea linda – concebida com presunção do fatal. A imagem da dubiedade de gênero sexual, de bissexualidade, dessa dupla vicariante de combinação viciosa: ora exalando macho, ora fêmea, ora macho-fêmea travestida, mantinha desorientado quem se aventurasse a sondar sob os seus reflexos o centro de todo aquele mistério. Enigma de uma esfinge intuindo fatalidade.

Para Eliane esses detalhes tão sutis não ofereciam motivos de indagação e não saberia, também, distinguir-lhe as facetas. Só se via numa penumbra de encantamento, e isso lhe bastava. Ora se impregnava com a beleza da visão hemifacial do seu rosto, ora com a surpresa da visão da outra, e não haveria razões para reverem-se em monotonia – quando, então, o via num só conjunto indistinto, ainda mais belo, como terceira opção. Nada lhe importava; caso se incomodasse por qualquer mágoa, ou se entristecesse, o seu refúgio por onde se reconciliava era a sua própria imagem. Diante do espelho, toda dor, todo cuidado de vida tinham fim. Era a sua capela... Ali, na sua imagem, a sua alma se elevava e atingia os píncaros das regiões extra gravitacionais: solitária, inacessível a qualquer amargura, angústia, tristeza ou remorso. Mirando a sua própria imagem era como se entrasse em nirvana, sem executar a técnica postural do protocolo de meditação budista. Mas tendo como fim primordial a sua própria estética, que era a sua essência divina. E estava certa: toda beleza é de caráter divino... Causava-lhe um prazer indescritível o mirar-se ao espelho. Via-se como alma irmã, em paz consigo mesma, em perfeição de graça desfrutando experiência mística que droga alguma seria capaz de proporcionar-lhe. Sem compromisso com as horas, sem obstáculo, via pelo espelho os seus reflexos como se chegasse à antecâmara do suposto céu: "Entre! Eu sou você, a casa é sua!". Nessa autofilia via-se a si mesma sem discussão nem diálogo do: "Eu te amo, se tu me amas", sem o compromisso fisiológico de reciprocidade. Também sem mecanismo de retroalimentação obrigatória; sem o "outro" de Sartre. Era um sentimento de amor por si mesma, de amor sem dúvidas inexistente entre mortais. Um amor perpétuo; de amor pelo amor e para outro amor; e vice-versa. Amor sem condição; nem a morte lhe seria em vão; levaria consigo a si mesma com o sentimento do tropismo aos seus próprios reflexos, como o da magia da luz pela qual rodopia o besouro e se esgota até a morte. Assim, decerto haveria, também, nesse obscuro extremo outro espelho – eterno, numa outra equivalência de luz e de reflexos. Outro tipo de luz com outro quantum, em outro universo paralelo, que com certeza refletiria de novo o seu corpo e refeito da suposta esfera do nada. E recobraria todo o seu sentimento através de uma troca narcisista. Afinal, a vida se narcisa no espelho da morte, a morte se narcisa no espelho da vida. Haveria nesse extremo de morte uma troca reflexiva, ainda que do nada pelo nada, uma barganha autêntica, soberba, incomensurável, eterna, intransferível, sem ciúme, sem medo de compromisso inexorável...

Assim era Eliane ante o espelho. Havia com ambos uma transferência mútua de dar e receber; em recíproca – sem perda; uma barganha de luz pela luz – sem sombra; de sentimento por sentimento– sem mágoa; de reflexos por reflexos – narcisistas. Um círculo vicioso de uma hermética que não permitia alternativa intrusa de monotonia dentro do seu intercâmbio visual de si mesma... Afinal, uma permuta sentimental do seu amor pelo reflexo do corpo a mostrar-se pródigo e digno por ser amado. O que as circunstâncias do dia não lhe davam, o espelho o tinha e lhe oferecia – e era o bastante. Os seus olhos diante do espelho transfiguravam-se enormes e de tropismo fatal. Com o delgado pescoço inclinado para um lado, e o olhar direcionado para cima ante o espelho, o discreto estrabismo adquiria força de levitação: então, olho por olho, alma por alma se admiravam infinitamente sem tempo nem pressa, longe de remorso, ausente de suspeita. Em estado de completa inocência. Nessa autoadmiração, era purificar-se sem penitência – alcançar o termo de eternidade, implícito na magia do belo e vivenciar a paz. Uma paz infinita, inebriante.

Experiência psicodélica ou estupefaciente de modo algum chegaria a efeito de tal psique, droga nenhuma alcançaria tanto poder de causar dependência psíquica, comportamental, ou biológica sobre Eliane quanto o hábito de narcisar-se... Como nunca tinha experimentado, ainda, o rebote de abstinência, ou de enfado para despertar senso de autocrítica ou autoabuso, não conscientizara a noção do seu comportamento. Era como se estivesse, ainda, na inocência adâmica. Era assim, todo mundo deveria ser assim; também sou do mesmo jeito. Seguia, sem o saber, o princípio do yoga: "Observar aquele que observa" e concentrava-se em si mesma. Suas percepções sensoriais atingiam nessa concentração amplitude de quase onisciência com um arrebatamento nebuloso e ausente de quem se encontra em estado imaterial e divino. Pressentia as dimensões intergalácticas como se estivessem reduzidas na sua consciência e, então, todo o universo lhe pareceria tangível. Os seus ouvidos captavam sinfonias, que se perpetuavam suavemente de ecos diluídos no longínquo, sem perturbar o silêncio absoluto do infinito, emitidas por vibrações de cinturões magnéticos e como se fossem executados por uma epifania de anjos... Prevalecia-se sobre os entraves da Física com essa transcendência cósmica, como se a realidade do universo fosse com suas leis um joguete dentro do seu cérebro intuitivo.

Eliane cresceu pela sua juventude, alcançou a adolescência e sempre encantada pela comunhão de si mesma e autossuficiente. Desenvolvera um comportamento arredio por sentir-se em desconforto nos contatos no meio social... Condicionou-se sonhadora. Sem ambições contenta-se com pouco, com a condição de que esse pouco lhe permita um espelho – qualquer superfície lisa especular, capaz de refletir, aceitar luz e apurar reflexos. Não seria natural limitarem-se os seus devaneios somente na sua estética e prescindirem-se de teor autoerótico. Com o aprimoramento da sua concentração egocêntrica as suas fantasias teriam de ser direcionados fatalmente a adquirir conteúdo erótico. E assim aconteceu. Sem muito esforço conseguiu, tal qual no Yoga, propriedades do seu chacra pélvico, que se tornou receptivo, sensível, capaz de mudanças fisiológicas com funções específicas subordinadas ao estímulo de sua libido. E de onde orgasmos espontâneos às centenas poderiam ser elicitados. Sua mandala, seguindo esse ponto de vista, tornou-se o seu rosto e seu corpo. E sua satisfação com seu autoerotismo uma ordem.

O tempo continuou no seu passar. E, agora, com vinte anos, desavisada, imbuída por excesso de autoestima, encontrou o seu alter ego. E complementou-se na sua psique estabilizada ao ponto de ser incapaz de sensibilizar-se com qualquer tipo de sentimento por outrem como objeto de amor ou objeto sexual. E se apresentava com vivacidade, alegre, e com um inerente sorriso dentro de seu âmbito egocentrista. Transparecia uma jovem a entrever as doçuras de estar com vida, mas sem preocupar-se com suas incertezas.

Então, sem propósito algum e de modo compulsivo, numa reação automática e impensada decidiu tornar-se prostituta. Pudera! Não pertenceria a ninguém... Mas, narcisava-se. E logo se certificou da sua inadaptação a esse tipo de atividade. Na espera de uma oportunidade apropriada de força convincente para renegar a prostituição ocorreu de conhecer o Alberto na própria Casa, onde frequentava. E com a promessa de "nunca mais" retornar, com ele se uniu em casamento... O Alberto funcionou, ao que parece, apenas como agente catalisador dessa promessa. E vivia esposa do Alberto. No entanto, cada vez num crescendo distante do mundo do marido com uma união que já se estendia por onze meses. Desligada da convivência a dois; entrelaçada com os conflitos a dois; as arestas entre os diálogos ainda mais salientes, e menos polidas. O estresse entre as forças digressivas fizeram-na perder o controle de suas reações físicas e do seu emocional...

Internou-se no hospital com sintomas de dores pélvicas. Também se queixou de palpitações, de zumbidos; de formigamento nas polpas digitais, na ponta da língua e nos lábios. Acusava falta de ar, dores no peito com respiração suspirosa e zonzeira... Após vários exames complementares para elucidação diagnóstica os sintomas foram interpretados pelo médico como de somatiformes e fazendo parte de um quadro clínico de esgotamento nervoso... "É uma paciente poliqueixosa"; e os motivos de sua falta de saúde são erráticos. Tinha feito um Ecodopplercardiograma com o que se conformou com o diagnóstico de Discreto Prolapso da Valva Mitral: de caráter e de prognóstico benignos. Mas agora com suposta ligação a condições de ansiedade.

– Doutor, fale com meu marido para não ser tão avaro... Nossa casa não tem um espelho decente... Pedi-lhe um aposento espelhado como se vê nos motéis, mas ele me taxa de pervertida, de ainda sonhar com coisa de prostituta; e tudo mais... Diz que tem de economizar e planejar o futuro... Olha, doutor, meus olhos estão fundos. Estou pálida, nem mais sei quem sou. Meus cabelos, tão longos, estão caindo. Minha visão parece fosca, não me vejo bem ante os espelhos... Sem apetite, estou fraca. Estou confusa, tenho medo de ficar louca... Doutor, eu me perdi! Sinto-me só, não tenho um amigo, uma paixão, um desejo. Vivo por viver. Sinto até falta de fantasia, tudo me parece por demais real e cruel. Diga ao meu marido que cuide de mim; que note com interesse as minhas queixas... O médico a ouviu com atenção, depois tentou confortá-la:

– Paciência, vou dar-lhe uma menção a seu favor. Acredito que vai ouvir-me. Vou tentar o possível para ajudá-la.

– A minha pressão arterial está sempre baixa; o que devo fazer? Tomo Efortil, mas não tem valor nenhum. O corpo já se acostumou.

– Não existe a doença "pressão baixa". É um mito na mente do povo.

– Mas como, doutor? E quando vou desmaiar; meu corpo fica bambo, minha cabeça fica zonza!...

– Não é assim como pensam. A ignorância aceita qualquer desconforto físico do corpo tendo com causa "pressão baixa" ou então pressão alta. Sua pressão arterial de 120/80 está ótima. Depois, por favor, gostaria de ter a sua visita em retorno no meu consultório– e saiu o médico. Nisso, a mãe chegou; seguiu ansiosa em sua direção e deu-lhe um beijo na testa. Notando o desânimo da filha, perguntou:

– Que ambiente soturno, querida!... Piorou?

– Estou ainda com dores, mas diz o médico que é coisa à toa; e vou ter alta amanhã. Ele está me sugerindo uma interconsulta com um psiquiatra.

– Onde está o Alberto?

– Queremos nos separar.

– Que bom! Filha, a vida a dois num casamento em desarmonia é um ambiente que lembra o inferno. Entrou o irmão mais velho e, muito solícito, perguntou-lhe se desejava alguma coisa.

– Eu não quero muita coisa, Orlando. Neste quarto até o espelho no banheiro me entristece, é baço, carece de reflexos. Que solidão, este aposento de hospital! Bem, hospital não é lugar para ter-se lamento de solidão, porque é o próprio isolamento por si. Sinto-me na cela de uma prisão. Voltar para casa não me motiva alegria. Estou confusa, percebo-me tão pobre! Sem um espelho decente, nem me maquio. Meu cabelo... Nem sei como se acomoda. Meus olhos devem ter olheiras, devem estar tão paralisados! Experimento ter até saudades de mim mesma. Há muito tempo eu não me vejo. Ah! Se eu pudesse ficar alegre para sonhar...

– Sonhar com o quê, filha? – perguntou a mãe.

– Com qualquer motivo inocente. Estou muito triste, preciso de alguma fantasia fora da realidade. Ou me falta inquietude quando se gosta de alguém, ou careço de sentimento de ciúme, ou necessito me entreter com a esperança de uma saudade ausente... Sinto meu físico desgastado... Mamãe, você tem um espelho aí? E você, Orlando, não tem espelho no bolso? Queria retocar minha maquiagem. Os homens, às vezes, trazem espelhos de bolso, aqueles os mais vaidosos. A vaidade está desaparecendo. Deve ser resgatada. Devemos nos lembrar do físico – dizem que "o corpo é templo do Espírito Santo...". Uma vez vi um homem descendo do ônibus com um pente preso no emaranhado do cavanhaque. Talvez por esquecimento quando quis apenas alisar, escorrido, o hirsuto do seu cabelo. Também aparentava deboche proposital por mostrar vaidade, ou, no que simulava desleixo, pretendia conotar irônico desprezo ao julgamento de outrem, não sei. Ou talvez não tivesse um espelho ou um amigo para dizer-lhe: "Olha o pente!" Mas demonstrou zelo pela aparência e vaidade... O Alberto não atende aos meus cuidados comigo mesma. Disse que um dia desses posso transmutar-me numa estátua de tanto me olhar. Disse que não consigo deter-me de certos impulsos banais, fazendo parte de meus atos tão impensados, que já se tornaram cacoetes perante espelhos. E continuou falando...

A mãe e o irmão, apenas a ouviam. Recebeu alta hospitalar. De volta a casa, o Alberto tentou um diálogo, mas o tiro saiu pela culatra, e o desentendimento sem retorno teve o seu desfecho:

– Eu?... Que lhe faço tanto bem!...Eliane, sem muito indagar, retrucou:

– Que tipo de bem?... O bem que você me faz eu também posso fazê-lo...

– Como? Virou sapato?

–Nunca!...Nisso, o Alberto cheio de ressentimentos, estimulado, acirrou:

– E o ciúme do pênis... Ela, intimidada, afirmou:

– Que posso fazer se tenho pênis ou não?... Mas sou autêntica. Vou ter de viver sem ele, apesar do ciúme, se é que o tenho apesar de tantos artefatos para substituí-lo. A inveja que você afirma esse ciúme me provoca, não me faz competidora para projetar carinho a outrem, não me faz castrada e nem castradora. Não tenho ciúme de coisa qualquer. Eu passo para mim o meu carinho por inteiro, numa reciprocidade perfeita. Isso que você me faz, eu também me faço... E ficou na reticência...

– Por isso me sinto tão solitário!

– Por quê?

– Você não pensa em mim. Está sempre ausente.

– Como não? Não lhe dou beijinhos? Não dormimos juntos? Não comemos juntos à mesa? Você pode queixar-se do meu sexo, porque não entende do meu problema.

– É a alma, mulher... A alma que tem de ficar perto, não o corpo.

– A alma é minha...

– E o seu amor por mim?

– Se a alma é minha, faço do meu amor o que bem quiser.

– Disso eu sei. Disso eu sofro

– O que você disse? – indagou, porque não tinha ouvido a sentença. Que distorcida e fraca saíra com dificuldade da voz trêmula do Alberto.

– Estou apenas murmurando... Você só vê uma alma- a sua própria. Você só vê um corpo - o seu próprio. Você só enxerga o que quer ver. Eu sei, você tem o seu amor para o seu próprio uso e abuso. Você deveria ter nascida hermafrodita.

– Que quer dizer com isso?

– Macho-fêmea, eu o disse: dois sexos num só corpo anatômico e seria, na sua função sexual, autossuficiente. Seu nome poderia ter sido Ele-Ela, mas lhe fica bem como Ele-Ana.

– Você está ficando doido?!

– Por que você não me diz, ao menos, do seu amor por mim?

– Não é preciso, você bem o sabe. Nós nos casamos.

– Diga-me, nem que seja de mentirinha.

– Mentir? Nunca o Sol nascerá para surpreender-me num flagrante de mentira. Sabe qual é o seu problema? Você não tem vida interior. Quem tem vida interior, nunca fica solitário, porque tem a si mesmo.

Depois desse diálogo errático, sem senso de propósito definido, Eliane decidiu: melhor, naquele dia, seria retornar à casa da mãe. Separou-se do Alberto. E se divorciaram.

Foi para a interconsulta e avaliação clínica do psiquiatra. Ele sem rodeios e afoito, talvez imprudente, de cara, deu-lhe a sua impressão:

– Toda dor pélvica feminina, sem causa evidente, tem um sentido de fundo sexual... De provável causa masturbatória em excesso, uns casos... Eliane, rápido, cortou a fala do médico:

– Doutor, há semanas não sei o que é relação sexual... Ele retornou:

– Então!... Era isto que eu queria dizer-lhe: de sentido sexual ou de mais ou de menos, donde se conclui então: se você se masturbar, é bem capaz que passa.

E a convenceu, com poucos minutos de diálogo, a tomar Amitriptilina. E que retornasse para seguimento em um mês. A medicação provocou reação adversa com palpitações. Desiludida com o médico, nunca mais o viu.

Eliane se percebeu sozinha. Lembrou-se, então, de um homem que lhe declarou amor dois anos atrás. E lhe parecera verdadeiro quando ela tentara frequentar, como prostituta, as boates da cidade, antes de se casar com Alberto. E talvez lhe fosse uma esperança de retorno à sua antiga estabilidade vivencial. E sentiu a ausência do Alves. Talvez nunca tivesse uma noite sequer sem se lembrar dele, cuja memória permanecera-lhe no subconsciente... Essa lembrança fez-se cada vez mais vívida. Agora parecia declarar-lhe que um amor não é de procura, não é de conquista, não se escolhe, apenas acontece. E, pela primeira vez, ocorreu-lhe a descoberta de outrem como objeto de atenção sentimental. O Alves tinha acontecido no seu caminho, mas lhe passara despercebido. Aquele homem, que lhe assediara com persistência e declarou-lhe amor dois anos atrás, agora lhe pareceu ser verdadeiro. Pensou em redimi-lo. Ele lhe permaneceu na mente como um fantasma de um caso mal resolvido. Ela, que nunca tinha experimentado tal sentimento, sentia-se desconfortável. A lembrança do Alves se lhe fixou como mais um entrave que a incomodava em suas relações com os outros homens... Esquecera-se do número do seu celular e, pela internet, foi-lhe impossível localizar o Alves. Encontrou seu endereço e telefone, pesquisando no Cartório Eleitoral com uma ordem judicial. Indo ao fórum, fez uma queixa ao juiz de que o pai do seu filho tinha-se mudado de endereço e estava inadimplente com a pensão alimentícia havia um ano. A ordem judicial funcionou a contento.

As mulheres são persistentes e têm sempre muito empenho por encontrar aquilo que querem e buscam... Eliane o descobriu em outra cidade no estado de Minas Gerais, vizinho ao seu. Pelo celular, falou que tinha se divorciado do Alberto e gostaria de encontrá-lo; e fez perguntas:

–Posso aparecer por aí?... Você está sozinho, descompromissado?... Ninguém vai perturbar-me por ciúme?...Ele, aterrado por ser tão fácil hoje em dia ser localizado, mas ao mesmo tempo estático, pela surpresa agradável de ouvir a sua voz, perguntou:

– Como você me descobriu aqui?

– Coisa do destino, como você diz, meu querido Alves.

– Não se dê ao trabalho de vir, eu vou vê-la.

Sem perda de tempo, suspenso no ar, feliz, ébrio de amor e de vodca, pensou em solilóquio: "Agora é a vez de *o monte ir a Maomé*". Enquanto dirigia seu carro pela viagem, percorria também na sua memória e resgatava as lembranças de como a conhecera e que lhe permaneciam intensas...

Era uma madrugada de sábado. Sim. E lembrava: havia dois anos... Ele entrou na danceteria. Havia um tumulto de corpos em revoluções rítmicas entre o fumeiro do ambiente permeado de luzes, cores e *lasers,* que se transmutavam em feixes infinitos de jatos intermitentes. Era uma barulheira louca, animadora, de sons de percussão mesclados com agudos estridentes de cordas instrumentais. Dentre todo aquele emaranhado de vultos em contorções e gingados frenéticos, o Alves vislumbrou a presença de Eliane. Discerniu de longe os movimentos de sua cabecinha mais alta. Ele simulando passos de dança, um aqui, outro acolá, deslizando-se de um corpo, acotovelando outro, mas sempre em frente, chegou-se bem perto de Eliane! Admirou-se da coordenação suave dos seus músculos no vaivém do ritmo. Os cabelos longos em cascata desciam como se cada fio preso por uma imantação. Toda ela numa só mensagem de convite à fantasia e ao amor. A voz energética da cantora que se ouvia entoava: *soft and gentle you'll be mine, baby...* Tentou fisgar um pouquinho de luz do seu olhar e achou-se numa descoberta inesperada que o levou compulsivo a dizer meio alta voz, meio terno:

– Estou louco por você!... Ela recebeu a frase com um sorriso e um acenar de cabeça inexpressiva no movimento do ritmo. O Alves se afastou. Não seria bom de dança. As mulheres prestigiam num baile os bons parceiros... Foi ao balcão do bar na entrada da danceteria e esperou, dando tempo para outra oportunidade sem o tumulto e o barulho do centro do salão. Sem muito esperar surgiu-lhe Eliane. Com a fronte suarenta, respirando ofegante, encostou-se ao balcão com uma leve freada do impulso do seu corpo – pediu um copo com água e viu o Alves:

– E aí?... Você é novo por aqui?

– Bem, sou novo na cidade, mas há muito tempo eu a conhecia.

– Como assim?

– Na minha mente você já fez parte de mim. Você é tudo que eu quero com a sua beleza. Deslumbrado, vendo-a em detalhes sob a claridade das luzes, ali, fora da danceteria, não conseguiu refrear o impulso e disse:

– Eu amo você!

– Você está mesmo louco; nem me conhece...

– Faz parte do destino – o amor à primeira vista... Como é o seu nome?

– Eliane... Tchau... Vou dançar... Disse em tom de descaso a papo de galanteios de bêbado.

Alves sentiu uma sensação de desamparo, como aturdido por um terremoto. Engoliu mais uma dose de vodca e voltou ao Hotel, indignado consigo mesmo por ter se desiludido tão fácil. Informou-se de um funcionário na recepção do Hotel sobre quem seria a moça alta dos cabelos longos de olhos vivos e negros, de olhar exótico...   Assim que descrevia os seus olhos, mais se conscientizava do seu encanto.

– Se você quiser revê-la, ela frequenta uma casa noturna

chamada "LA VIE EN ROSE" – e, querendo exceder-se em mais útil, terminou: – Use a camisinha.

Alves ficou decidido a revê-la. E, desta vez, intercambiar os seus propósitos com convicção e menos romance. O seu fracasso se lhe afigurava imperdoável, inescusável. Como lhe restou um vazio tal qual num sonho, concluiu que em todo sonho é-se levado e não se tem direito a comando. No sonho, a alegria é curta, as intercorrências são imprevistas; o fio do enredo é intercalado de cortes nas intenções de significado simbólico. E com situações intrigantes de pânico ou desespero quando só o despertar traz alívio. Alves estava disposto a não despertar da fantasia desse sonho. Acreditava no amor à primeira vista. Sempre dizia: a primeira impressão é que vale. Já tinha perdido outras "impressões" por não saber acudir com firmeza os seus desejos de assédio. E prometido a si mesmo ficar mais atento e persistente nas oportunidades. Lembrou-se da música *One Enchanted Evening*: "nunca deixe escapar, quando você vir o seu verdadeiro amor".

Assim, no outro fim de semana, dirigiu-se à "LA VIE EN ROSE". Saudou o porteiro, postado elegante e estático, a direcioná-lo com um sinal, ao vão da ampla sala. Era um ambiente brumoso de luzes tênues, mas de cores alegres e de um contágio de fantástico. À direita situavam mesas em posições estratégicas e decoradas com flores, preparadas com elegância. À sua frente uma área de dança. Sentou-se num sofá. O garçom se aproximou de uniforme escuro, com gravata-borboleta, preta, que contrastavam e realçavam o branco da camisa com brilho, sob a luz negra, de ofuscar os olhos.

– Uma vodca, dupla, por favor!... Sim, com limão e gelo... Como música de fundo ouviam-se as antigas bandas de *jazz*. E logo, assim que a Casa ficou repleta de freguesia, mudou-se o ritmo para mais quente e agitado, mas continuou antiga e dizia: *She's got Bette Davis eyes*. A música atingiu-lhe como uma facada no seu peito, lembrando os olhos de Eliane. O movimento da Casa aos poucos tomou sua própria dinâmica. Mulheres entravam e saíam, confabulavam entre si qualquer assunto. Algumas se acomodavam nas mesas com seus pares ou tomavam assentos nas poltronas, formando, também, pares com fregueses. Outras se postavam no balcão do bar papeando com garçons. Não tardou muito entrou Eliane e, sem percebê-lo, nem dar atenção ao redor do ambiente, delineou um giro de corpo simulando pose como para fotografar-se diante do grande espelho que ocupava um lado do quadrado da sala. Esboçou um sorriso diante do seu reflexo e endereçou um beijo ao vazio, mas para si mesma. O Alves intrigou-se, porque. agora e por coincidência, uma música antiga: *Sophisticated Lady* fazia fundo lânguido no ambiente; era mensagem para impacto de outra ofensa, de outra facada. Respirou fundo. Buscou oxigênio para o coração a falhar com uma batida extra. Mudou de posição no assento por uma descompostura com outra arritmia seguinte. Desconfiado de estar demonstrando mal-estar, para disfarçar o incômodo acrescentou à mudança de postura um gesto, que lhe saiu esconso ao solicitar, impulsivo, de longe, outra dose de vodca fora de tempo. Pois não terminara ainda de ingerir a primeira. Segurou também contraído o seu diafragma para controlar a pulsação. Soltou um simulacro de tosse tímida para imitar descontração. Chegou o garçom, o Alves embaraçou-se para explicar o pedido de outra dose extemporânea, que foi ingerida de modo convulso. E perguntou, dando a entender que a pressa seria para a curiosidade de saber:

– Quem é aquela de vestido preto e de cabelos longos?

– Susana – respondeu o garçom. – Vou chamá-la para você; e se movimentou em ação de presteza.

– Escuta! O Alves, com um gesto, chamou-o de volta:

– Ela tem algum 'rabicho'?

– Não se preocupe, ela é livre. Vou dar-lhe uma menção por você. O aviso do garçom pareceu não lhe ter chegado, pois ela, sem olhar para ele, sentou-se, não de frente, mas numa posição lateral que, para encará-la, o Alves teria de girar o rosto de viés em torno de um ângulo de quarenta e cinco graus. E para não parecer lânguido demais, permitiu-se apenas em ser atento por ouvi-la. E desse ângulo provinha uma voz quente, suave, meio rouca de contralto, rica de timbre, bem-articulada. Aquela voz enchia o recinto e suplantava o encanto do fundo musical. Aquela voz, sozinha, valia por todas as mulheres da Casa. Um ciúme prematuro apoderou-se do Alves e, por coincidência ou por outro qualquer motivo perverso, ouviu uma orquestração elegantíssima em versão francesa da música: "Quem Há de Dizer" (do Lupicínio Rodrigues)... "e quando ela fala ilumina toda a sala"... Ele se sentiu envolvido por uma espécie de tortura sentimental quando lhe prenunciava o seu intento fadado ao insucesso. Perdeu o ânimo, rendeu-se ao fracasso. Estava havendo muita coincidência e sincronismo de circunstâncias com seus sentimentos. Procurou apenas relaxar, já que o ambiente se dispunha a isso e pressentiu o exagero de suas emoções. Conteve-se. Tomou outra dose de vodca, pagou a conta e disfarçou para o garçom, com uma despedida fria, tola, longínqua, tentando lhe passar a impressão de que sua entrada ali, fora somente casual. Como se não tivera propósito algum e de que se esquecera de ter perguntado por Eliane.

Na chegada ao Hotel estacionou seu carro; demorou alguns instantes para desembarcar. Ante o volante, de cabeça baixa, sentiu-se triste. Chegou à recepção quando recebeu um recado pelo recepcionista:

– O Ricardo, garçom de "LA VIE EN ROSE", pede para o senhor entrar em contato com ele – passou-lhe o número do telefone. Ele, sem notar o número, reteve o cartão por puro reflexo de um gesto sem propósito em um dos bolsos, sem dar valor ao recado e decidiu dormir. Meia hora depois, o telefone tocou; era o garçom:

– Saiu da Casa cedo demais, senhor Alves! Volte aqui amanhã, vou levá-la de cara a cara perto do senhor.

– Como você sabe que estou aqui neste Hotel?

– Ora, senhor Alves, não esquenta... O Alves deu-lhe algumas desculpas apressadas e prometeu voltar. Retornou à boate na noite seguinte... Saudou o porteiro; e como de costume fez-lhe o antigo gesto. Sentou-se no mesmo sofá. De longe percebeu um sinal do garçom, que de muito atento o vira.

– Como está se sentindo hoje, senhor Alves? – perguntou-lhe o garçom, muito cortês.

– Qual o seu propósito em ter de bancar de cáften?

– Assumir o interesse da Casa... Um freguês como o senhor merece ser conservado.

– Tem certeza de que só fica nisso?

– Certeza absoluta; não tenho conflito pertinente algum. Faz parte do meu profissional. Aqui, nós os garçons, de cara fazemos uma ideia preconcebida dos fregueses e dizemos: aquele é "assim" ou "assado", ou dizemos aquele "é tudo o que se pode pensar". Mas o senhor se enquadrou numa qualificação de uma incógnita, não pude ainda preconceber uma ideia sobre sua pessoa, a não ser que é um homem frequentador da noite, atraído pela magia dos contornos, e das nuances entre o fulgor das luzes. Outros, aqui chegam com propósito definido, mas o senhor se delicia com o agito aleatório da noite. Fregueses assim, nós prestigiamos. Por isso, eu o vejo com bons olhos... Vou lhe passar uma fofoca: ela é ainda 'cabaço' nesta Casa. Está aqui há uma semana e até hoje homem nenhum foi capaz de induzi-la a dormir por companhia.

– Como você tem certeza disso?

– Sabemos de tudo o que acontece por aqui.

– Está bem. Traga-me a mesma bebida, por favor. O Alves se levantou do sofá e sentou-se à mesa mais próxima. Nisso, passou por ele, quase de raspão, uma mulher alta de cabelos longos, olhos enormes, esguia, troncuda de ombros e de busto, cabeça erguida, dominante, autoritária e intrigante. Aquela visão fez estremecê-lo – "Meu Deus!". Levantou-se, seguiu lhe os passos adentro da sala com o cuidado de passar despercebido. Olhava-a furtivamente, à medida que ela movia o corpo e o rosto. Estudava-lhe os ângulos, a cinética dos músculos, as atitudes, a mímica da face, e apaixonou-se, perdidamente. E pensou: "O corpo sempre fala. Para mim a expressão corporal dessa mulher me comunica um código a denotar mistério: – decifra-me ou te devoro"... Sentou-se no centro da sala, acenou para o garçom para que ele o localizasse fácil entre os fregueses. A mulher, sempre inquieta, dirigiu-se numa caminhada firme em direção ao espelho, executou as mesmas poses e os trejeitos semelhantes aos de Eliane... "Meu Deus, aqui tudo parece ensaiado"! O garçom, com a bebida, aproximou-se:

– Aqui, senhor Alves... Tudo nos seus conformes?

– Escuta! Quem é aquela mulher?

– Mas como! É a Susana, é que ela não o viu.

– Linda daquele jeito?!

– Hoje ela apareceu maquiada; hoje ela está produzida. Vou apresentá-la ao senhor como prometi e, por via das dúvidas... O senhor a conheceu sem pintura.

– Então, é você a Eliane?... – nem esperou pelo garçom. Ligeiro, sem mais nem menos, foi ao seu encontro e apresentou-se quando ainda se postava ante o espelho.

– Sim, mas meu nome aqui é Susana: 'nome de guerra', você entende...

– Estou apaixonado pela outra... É mais bela que você,

– Ótimo! Então você é de sorte, agora tem as duas – apontou-lhe a sua imagem no espelho...

– Vamos nos sentarmos?

– Ótimo! – respondeu. O Alves sentiu-se realizado e manteve-se alerta; intercalando doses de vodca que o garçom prestativo lhe servia... Ela, também, era servida com uma bebida de suposto teor alcoólico, dissimulada numa taça com gelo e limão. Nunca bebia. Confessou abster-se de álcool. Conversaram num bate-papo alegre em que cada um tentava competir em agrado mútuo.

O tempo correu sem dar conta, como sempre, de que era tempo. Lá pelas tantas da noite, o Alves comunicou a Eliane que iria ao toalete. Executou no início uns passos trôpegos, depois se equilibrou. Foi com o pressentimento de, ao voltar, encontrá-la no mesmo lugar, ou, noutra hipótese, ela estaria se divertindo em poses perante o espelho, já que era mulher inquieta... Mas não se encontrava no salão: talvez tivesse ido, também, ao toalete... Esperou com paciência, deleitando-se com a sua esperançosa volta, que não aconteceu... O seu garçom, também, não lhe soube dar uma dica de que rumo tinha tomado, aonde tinha sumido a companheira.

– De vez em quando, ela faz isso – comentou o garçom. Regressou amargado para o Hotel, sentindo-se, por demais solitário. E decepcionado com uma atitude estranha, incompreensível, daquela mulher. Chegou a ponto de descrer do ser humano como regra geral. Tentou fazer um balanço da noite a ver se sobressaísse uma justificativa para o comportamento descompromissado de Eliane, mas em vão. Talvez exagerasse na cota das doses. "Talvez a culpa fosse minha – pensou– ou deu um branco na minha mente num palimpsesto alcoólico e não me lembro"... Para ter uma noite de sono, apagou por completo essa elucubração, e os seus sentimentos por ela. Disse a si mesmo: "Esqueça", e esqueceu! Fez de conta que esqueceu e estava dando certo.

Uma noite, passeando pela ampla praça de fronte ao Hotel encontrou duas moças amigas com o que se interessou por uma delas, a mais bonita. Que o indeferiu, porque, naquele exato momento em que lhe tentava assédio, achegou lhe o namorado de surpresa e deu-lhe um beijo. Assustou-se pela casual concomitância. Disfarçou o embaraço com perfeição, desviando o seu interesse para a companheira, sem outro propósito senão o de safar-se da situação em que passara batido. Foi bem-aceito pela outra. E logo se fizeram de acordo quando terminaram a noite num motel...

– Você me surpreende. Bom que sua amiga teve o namorado e a perdi. Há poucas mulheres como você de corpo e de sexo... Semíramis respondeu:

– Você é diferente do resto dos homens. Você deve ter tido muitas paixões a seus pés. Tenho muito dó delas. E já estou com pena de mim... Desde esse dia, o Alves teve como recompensa da perda da Eliane o apoio da Semíramis e com frequência, direto se encontravam nos motéis.

Um dia, o Alves aproximando-se apressado e empurrava a porta de entrada do Banco do Brasil quando uma voz vibrou-lhe nos ouvidos:

– Gatão! – olhou para trás, e a voz continuou: – Você sumiu! Era Eliane, de costas, com um pequeno espelho e maquiando-se, mas ligada nele... Linda!... Tal qual nas suas memórias que desejou estivessem apagadas.

– Você quem me desprezou – respondeu num tom de alívio.

– Apareça lá hoje!

De novo, o garçom se apresentou ao Alves com o costumeiro trejeito festivo de boas-vindas:

–Ela procurou pelo senhor que deu no sumiço. Que aconteceu? O trabalho?... Está sobrecarregado?... Bebe o de sempre?

– Por favor.

A Casa estava lotada, plena de fregueses. O Alves olhou ao derredor, ávido, na busca da imagem que lhe enchia os olhos e esvaziava sua mente, como num descanso de paz. Toda beleza tem equilíbrio, transmite paz para os olhos, pensou. Por isso admiramos e produzimos as coisas belas. E nos encantamos com os artistas... Não demorou muito e veio Eliane, atravessando o salão. Deu uma pausa com um giro de corpo em frente ao espelho enorme. Sorriu para si mesma. Fez um biquinho de beijo e dirigiu-se festiva em direção à mesa do Alves como se fora guiada por controle remoto. (Rápida é a mente e certeiro o olhar das mulheres. Tudo instintivo). Sentou-se. Ali, com aqueles olhos inebriantes, agora ao seu lado. Graças a Deus!... Ela se fez mais íntima e contou-lhe de seu tempo de estudante, do seu primeiro namorado, de seus cantores preferidos, suas músicas, suas leituras. Evitou contar-lhe como foi a sua primeira relação amorosa sexual. Dizia ela:

– Não gosto de recordar como foi nem com quem o foi. Só sei que foi um desperdício: está na lixeira da minha memória. Ele a ouviu e lembrou-se do Pequeno Príncipe e do seu diálogo com a raposa: "O que é cativar?". Não pensou na resposta, já se sentia cativado e repetiu:

– Eu amo você, Eliane! Você é muito linda! Essa sua beleza

para mim é uma afronta, um desafio! Ela recebeu o elogio, de cabeça baixa, meio despretensiosa, meio desligada da confissão e agradeceu:

– Muito obrigada – em tom frio de quem está acostumada a ouvir frases de elogios. Se a "espera" do encontro mais aconchegante com Eliane fora o que, no início, o fez tão feliz, mas tal qual no Pequeno Príncipe aconteceu que mais tarde ele, triste, lamentou: "Nada é perfeito". Quando num dos supostos passeios costumeiros de Eliane aos espelhos, com seu hábito de ir e 'volto já'– mas vir; de repente, sentiu a sua ausência e demorou-se a aparecer. Ele, num instante de bobeira, após várias libações, desconcentrou-se. E pelo que se lembrava, em penumbra, há alguns minutos ela se encontrava, como se voltasse enquanto dialogava com uma amiga. Concebeu o seu retorno, nesse seu cochilo de desconcentração, mas não voltou. Sumiu de repente. Para quem se distrai na bebida os fatos acontecem tardos na mente, e sempre com imprevistos no final.

Eliane desapareceu, sumiu. Garçom nenhum dava notícia dela. O seu garçom amigo não conseguia disfarçar do rosto os músculos despencados em decepção, por mais que se esforçasse para manter uma máscara de face com expressão festiva. Aproximou-se do Alves e lhe segredou para o seu conforto que havia rumores na Casa de ser Eliane dependente de drogas, dando prioridade ao vício em detrimento de seus compromissos profissionais.

– Ninguém sabe ao certo. Talvez na sondagem que fez do senhor não reconhecesse reciprocidade de potencial parceiro no vício. Tudo é possível, senhor Alves, você tem o meu apoio. Alguns a julgam frígida, outros acham que seja lésbica. Outros a veem tão frívola com os fregueses e chega ao ponto de ser taxada de incompetente ou desinteressada em obter lucro financeiro. O Alves voltou ao hotel. Para não se sentir tão magoado e para o seu próprio consolo, julgou ser um comportamento patológico, esse de

Eliane. "Nada é perfeito"... É uma pobre doente!... pensou. Resignou-se com a lembrança da Semíramis, que já desconfiava do seu interesse por outra mulher, e um dia comentou, tratando-o por apelido:

– Guto, você parece me repartir com outra mulher. Você só se encontra disponível para mim no meio da semana... Ele simulou desinteresse pelo assunto, desconversou o papo, que ficou sem resposta.

– Divertiu-se muito, senhor Alves? – perguntou-lhe o recepcionista do hotel, enquanto lhe entregava a chave do apartamento.

– Muito mal.

– O senhor está sentindo-se bem?

– Excedi-me na bebida, eu acho...

– Com alguma mulher?

– Sim. Tal de Eliane, Susana... Eu não sei...

– Meu senhor, fique esperto. Essa moça é problemática. Muda de boate em boate e até de nome, sem se firmar em Casa noturna alguma. Tenho ouvido queixas contra ela, apesar de ser muito linda. E tenho para mim que ela mantém um padrão de comportamento por não encontrar homem nenhum corajoso nesta cidade para dar-lhe uma tunda.

– Ah! Se for por isso, deixa comigo – respondeu o Alves na volúpia da embriaguez.

Voltou na noite seguinte à boate. Fez-se de rogado, não se sentou como sempre. Posicionou-se ao lado do balcão do bar e ali mesmo bebericava sua vodca sem maior interesse senão o de cumprir o intento de uma pequena desforra. Seu garçom amigo estranhou-lhe a atitude em não se sentar à mesa:

– O senhor me lembra de um freguês que mudava sempre de postura cada noite que aqui vinha. Dizia ele que a sorte é caprichosa como a mulher o é: não aceita rotina...

Eliane sentindo-se desconfortável com a nova atitude do Alves aproximou-se e deu-lhe um suave beijo no rosto. Festejava, ao seu redor, com passos de tango que se ouvia como música de fundo e, enquanto naquela ginga de festa, o Alves foi automático: sem mais nem menos, desferiu-lhe dois tapas no rosto com a destreza proposital de estalo em vez da força necessária de machucar... Um alvoroço tomou conta do salão. O garçom logo se pôs entre os dois:

– Não se perturbem, gente! – equilibrou a bandeja com garrafas e copos suspensos no ar e, com uma das mãos, afastava pessoas e gesticulava: – É coisa de marido e mulher, gente... – tentando acalmar algum penetra e intruso de briga. Um *sapatão,* com ferocidade de quem recebeu as dores das pancadas, enfrentou a turbamulta e abriu passagem em direção ao Alves, empurrando um aqui, outro acolá, seguindo em frente. O alvoroço só se quedou estático quando se ouviu um tiro no ar. Aproximou-se um jovem policial:

– Tenho acompanhado os dois desde o início; afastem-se todos. O sapatão reagiu agressora; o soldado encostou-lhe o revólver com um empurrão no queixo... Chegou perto do Alves:

–Vem comigo, rapaz, vamos lá fora... Deixa ver seus documentos... – depois da revista, comentou: – Você parece uma boa pessoa; vou dar-lhe um conselho: este lugar aqui não é para você. Um dos policiais enfatizou:

– Você corre o risco de ser machucado por causa de um simples buraco... Tanta mulher por aí... O primeiro policial aconselhou:

– Se você gosta dessa moça, tire-a daqui para outro ambiente e podem se distrair. Este lugar é perigoso!

O Alves percebeu que sua missão estava cumprida e prometeu não retornar ao local. Nas ruas da cidade, havia opção de sobra por mulheres que nas boates, mas se contentava com as qualidades do corpo e sexo de Semíramis, pois cada vez mais se tornava excelente parceira de cama. Dias depois, seu celular tocou; era Eliane:

– Foi difícil localizar você, estou com saudades. Vem me ver na boate "L'ADMIRAL", mudei de Casa e conservei meu próprio nome. Sei que você gosta de tango. Vou dançar só para você!... Ele resgatou seu desespero, como se recebesse uma confissão de arrependimento ou uma declaração de amor. Renovou sua carga de energia sentimental e de novo o espectro de uma sensação gostosa de amor remido encheu seu coração de felicidade. Mandou-lhe um buquê de rosas com uma mensagem do apóstolo S. Paulo: "*O amor tudo sofre, tudo crê, tudo espera, tudo suporta. Amo-te muito. Sou todo teu... Alves*".

Voltou na mesma noite para visitá-la nesta outra Casa para onde se tinha mudado. O salão estava repleto com frequência máxima de fregueses. Alguns sentados, uns de pé e outros dançando num circuito amplo do recinto. Garçons enérgicos e prestativos enviesavam-se por entre as mesas. E ouviam-se músicas em estilo próprio de discoteca. Sentou-se numa mesa na periferia do salão. Eliane, ao vê-lo de longe, pediu licença das companhias da mesa em que estava e dirigiu-se ao Alves. Chegou, já dando passos e gingando ao ritmo da música. Dançava frente à sua mesa em sua homenagem, numa festa, só para ele. Olhares se dirigiram em direção aos dois. Ela se esmerava em ritmadas contorções do seu corpo. Com um vestido fendado longo, preto, decotado expondo os troncudos ombros, delineando músculos, de onde se sobressaíam dois longos braços cujas mãos de dedos suaves suscitavam no movimento do corpo um requinte harmonioso e de ternura. Uma vez ou outra, o Alves, sem perturbar seus movimentos de dança, imprimia-lhe um beijo rápido e certeiro no dorso de sua mão. E assim havia uma correspondência à homenagem que recebia. Era uma festa íntima entre os dois. Às vezes soltava-lhe no ar sopros de beijos quando, pelo gingado do corpo com outra coreografia, ela encarnava o espírito de uma nova música. Sentia-se vitorioso, embora não muito feliz. Não se dava mais à liberdade descontraída de deixar à solta o fluxo de suas emoções. E se comprazia precavido, aceitando tudo aquilo como outra manobra tentadora de uma mulher imprevisível. Apesar do compulsivo desejo de ser dono daqueles trejeitos, que só existiam em Eliane. Quem sabe ver-se no espelho, melhor ainda sabe mostrar-se para ser bem vista por outrem... Às vezes, absorto esquecia-se de precauções, e suas emoções nas asas do efeito endorfínico do álcool promoviam-lhe lampejos de uma liberdade feliz. Logo, porém, retroagia em comando de si com as reservas precatadas do seu subconsciente.

Outros poderiam suspeitar de sua frieza perante tanta euforia de uma mulher tão linda a interessar-se por ele. E o fazia de corpo e alma... "Você tem muita sorte, moço!", disse alguém; "Isto é que é amor!", acrescentou outro. Qualquer música reentrante que se ouvia, já estava engendrada, absorvida, encarnada e expressa nos trejeitos de Eliane envolvidos no ritmo, ou na sua mensagem sentimental. E, assim, palmas esparsas de aplauso aqui e acolá soavam, de vez em quando, a depender da preferência de quem, também, apreciava a música que ela interpretava com o apropriado tipo de coreografia. Depois dessa demonstração festiva, valendo como cumprimentos pela nova reaproximação entre os dois, Eliane lhe deu um beijo chupão no rosto e sentou-se ao seu lado... Ela aparentou-se feliz por tê-lo também de volta. Contou-lhe novidades. Coisas que aconteceram durante o tempo em que os dois não se viram... E esteve em consulta médica com dor pélvica... Disse, acima de tudo, sentira a falta dele... Ele a ouvia encantado, mas se prometera ficar mais atento e desconfiar-lhe dos movimentos para não terminar a noite em desencanto.

Acontece: nem tudo é como pensamos ou como queremos. É como a aparência nos fala. E a aparência é tudo quanto vemos e nos satisfaz, mesmo sendo ilusório aquilo que percebemos. O importante é ter condições de percebê-la. Então, deixemos rolar as aparências até provarem se são verdadeiras. E se não o são – contentamo-nos com o que vemos, se nos faz feliz. O Alves, com essas ideias que de repente passaram pela sua cabeça, sentiu-se relaxado e distraído. Mas descuidou-se. Depois de um tempo Eliane desculpava-se com a licença por papear ali, indo e vindo.

Após outro papinho acolá com as amigas, mas indo e vindo... e de novo, pediu licença... E, como se desse um pequeno retoque no vestido sobre o seu corpo (lembrou-se dessa impressão o Alves) diante do espelho, desapareceu num piscar de olhos sem dar notificação. Como se fora arrebatada, raptada ou fugidia. Esse piscar de olhos talvez não fosse tão relâmpago assim, talvez tivesse sido até lento demais para o seu poder de concentração, que se afrouxara com o excesso das doses. Ele, que tinha prometido a si mesmo ficar cuidadoso e atento às andanças da companheira, outra vez terminou sua noite sem ela. Para quem ultrapassado se intoxica, a atenção se afrouxa, o tempo perde o compasso, a visão se anuvia e o pensamento fica distorcido com arrazoados. A realidade se mostra de nuança falsa ou se torna de face antípoda. O Alves se viu sozinho. Levantou-se, esvaziou o copo num só gole disfarçando satisfação e pressa, dando a subentender atrasado em acompanhá-la a qualquer que fosse o lugar Eliane tivesse ido...

Nem pagou a conta, acenou para o garçom que a debitasse e sem esperar por confirmação, evadiu-se. Retornou ao Hotel e viu-se mais sozinho do que nunca e deprimido. Encontrou-se de testa contra um muro e num beco sem saída. Fez uma avaliação retrospectiva e lembrou-se de que, em toda a sua vida, tinha tido a mesma história. Sempre uma tendência sentimental, exagerada e vulnerável de apaixonar-se por mulheres. E, assim, resgatou uma sequência de amores. Uns nunca confessados; outros inapropriados; e outras paixões explícitas, mas mal ou não retribuídas. E concluiu: deveria decretar um "basta!" à sua tendência de descontrole sentimental. Que lhe pareceu de uma morbidez por carência crônica, calcada, talvez, em distúrbio de angústia infantil e refletindo agora na idade adulta. "Os meus amores, no fundo, são sintomas de recalque psicológico, fora das proporções do real: no âmbito de fantasia", pensou. "Isso não passa de uma manifestação de ansiedade crônica procurando alívio nas ilusões amorosas". Achou-se incapaz de avaliar a si próprio e de creditar-se autoconfiança. Lembrou-se de Sócrates: "Conheça-te a ti próprio!".

Concluiu que precisava estufar um pouquinho a autoestima; e não merecia tudo aquilo... Entrou em contato com seu sócio e afirmou-lhe a sua transferência de cidade. Só assim, ficaria livre de Eliane e de suas armadilhas. "Maldito o homem cujo coração é preso pela mulher, porque a mulher tem mil e um laços," lembrou-se de Salomão. Semíramis veio ao seu encontro de despedida. Sentaram-se os dois numa mesa do seu bar preferido. Ela veio de óculos escuros, mas não foram capazes de esconder duas gotas traiçoeiras de lágrimas, que lhe desceram sobre as maçãs do rosto. O Alves as enxugou, emocionado, com dois beijos. Uma despedida magoada e sentimental; afinal, tinha sido um relacionamento sem ressaibos. Depois decidiu despedir-se de Eliane, também. Mas foi a compulsão de revê-la que o fez pensar assim com a desculpa de um simples adeus. Não quis adentrar-se na boate nesta última noite na cidade. Chegou-se à porta e pelo porteiro mandou um recado escrito a Eliane. Ela de longe lhe configurou um bico de beijo no ar; leu o bilhete, mandou-lhe outro beijo como se não acreditasse na decisão do Alves. Ele a retribuiu, não com um beijo, mas com o aceno de adeus. Entrou no seu carro e partiu. Olhou para as luzes da cidade já distante; e depois para o relógio no painel do carro: eram vinte e duas horas.

Resgatando essas lembranças, e então, dois anos depois, estava ele, estrada afora, dirigindo o carro em direção ao seu objeto de amor marcado pela incerteza. Estava sendo levado sem uma convicção razoável que justificasse a procurar de novo a mulher que lhe burlara tantas vezes suas tentativas de expressar-lhe o seu verdadeiro amor. De repente diminuiu a velocidade do carro, como se quisesse ter, talvez, a possibilidade de decidir mudar de ideia. Espantou-se e perguntando a si mesmo em voz baixa de solilóquio:

"Eu, de novo! Que faço eu aqui?!... Há uma teologia dissidente sugerindo a morte de Deus, pensou. Os agnósticos para quem Deus não existe, ou é incognoscível. Milagres não acontecem mais. Outros afirmam que a razão está periclitante. Mas foi dito "*que o coração tem razões que a própria razão desconhece.*" E seguindo qualquer contexto, vou apelar pelas funções atávicas ou arcaicas do meu cérebro e resgatar o antigo pendor do instinto. Associá-lo com a contingência da sorte que é a mais cobiçada de todas as probabilidades e ver no que dá. Venha o que vier; e o instinto renasça em mim... Bem, Eliane desta vez é outra pessoa. Divorciada, reformada da prostituição. Regenerou-se com num novo nascimento bíblico, talvez. Será que eu mereço isso?... No entanto, é com o jogo da bateia no garimpo que se arrisca. E o diamante se encontra no cascalho bruto, mesmo. Quem sabe Eliane será a minha pedra preciosa esperando ser lapidada? Sou acostumado às bateias: uma a mais, não me faz diferença... Faz parte da busca."

E esqueceu-se, de novo, de que sua angústia tinha alívio nas fantasias... Ingeriu uma dose de vodca, direto de uma pequena garrafa que mantinha no porta-luvas. Pareceu decidido seguir em frente e pisou forte no acelerador. No entanto, assim que o fez, estarreceu-se quando vislumbrou de longe a Polícia Rodoviária, numa batida de rotina, examinando documentos de um viajante. Chegando perto, recebeu sinais para dirigir-se ao acostamento. Admitiu a possibilidade de submeter-se ao bafômetro; e mais perto parou o carro. Pegou o Novo Testamento do porta-luvas do carro e fez de conta que estava orando com o livro aberto apoiado sobre o volante. Os dois policiais liberaram o viajante. Aproximaram-se e abordaram o seu carro:

— Seus documentos, por favor! Passou-lhes os documentos, mas antes fingiu disfarçando um susto e a fechar o livro devagar e piscando os olhos como se recuperasse de uma concentração profunda; e que aos poucos os percebia.

— Senhor Antônio Augusto Alves, como está?...Sente-se bem?

— Estava fazendo uma oração, senhor Oficial, costumo parar de vez em quando e pedir proteção na viagem; e aproveitei...

— Qual é o seu santo preferido?

– Sou evangélico, senhor Oficial, sou presbiteriano.

– O colega aqui também é presbiteriano... – e terminou: Muito bem, tudo em ordem, pode seguir viagem.

Vinha aproximando-se um carro, o segundo policial lhe deu sinais para que seguisse; e, voltando-se para o Alves disse:

– Espere um pouco... Parece que tem muita fé, senhor Antônio Augusto, interceda por minha mãe no hospital; está com Mal de Alzheimer.

– Com certeza! Vamos nos unir então e orarmos juntos. O Alves desembarcou do carro e conduziu os dois policiais para o acostamento. Os três se juntaram em círculo com as mãos nos ombros, mutuamente com as cabeças fletidas e de olhos cerrados.

– Senhor Jesus Cristo, Tu mesmo disseste que quando dois ou três estiverem reunidos em Teu nome, aí também estarás. Assim, Senhor, rogamos aqui reunidos que a Tua misericórdia e proteção se estendam à mãe enferma deste Oficial aqui presente. Que a Tua mão curadora lhe dê muitos anos de vida e que ela volte, ó Senhor, a recuperar-se da memória para poder assim lembrar o Teu santo nome e louvá-Lo mais ainda. Amém! – terminou o Alves.

– Boa viagem, companheiro. Que os seus sonhos se realizem – disse-lhe o segundo policial. Que ao mesmo tempo se movimentava em direção a outro carro, interceptado com sinais para estacionar no acostamento.

O Alves se reconfortou de volta ao volante e seguiu em frente. Nisto, pelo retrovisor, viu que sem perda de tempo os guardas já tinham o motorista como algemado. Teve o impulso de por curiosidade parar seu veículo. Estacionou ao lado da rodovia e com o par de binóculos observou o confronto. O outro policial retirava de dentro do porta-malas um segundo homem, subjugado pelo revólver sobre o seu pescoço. "Traficantes de drogas", pensou. Mas tinha pressa de seguir caminho, ganhar tempo e chegar sem atraso... E concluiu: "Quanto vale o poder da fé! Ainda bem que a *vodca é a bebida – que não diz'*..."

Quando notou que estava a ponto de chegar, comunicou a

Eliane, do seu celular:

– Você é o meu grande amor, eu a amo muito! Em trinta minutos estarei com você!

Sentiu-se irreal dentro do fato de estar prestes a revê-la. E pensava: "Uns acreditam no anjo da guarda de que fala a Bíblia. Outros encontram probabilidades de ordem dentro do caos. Outros ainda afirmam que a fé transpõe montanhas, mas por último o que está em vanguarda e valendo em eficiência é a tecnologia. Mas a que devo apelar neste momento, no jogo do amor? A artifício da chantagem? Ou do jogo limpo? O amor autêntico não aceita o recurso da chantagem! – *Seja o teu falar sim, sim; não, não* – diz em algum lugar na Bíblia".

Então, o Alves deixou de indagar por qualquer lógica para justificar-se. Deu vazão ao controle do instinto, "que pela ação do inconsciente", disse para si mesmo: "tem às vezes poder sobre o nosso julgamento em circunstâncias e fenômenos intricados e em certas situações em que a experiência nos falta". E assim a intuição prevaleceu. Reencontrou-se após essas pequenas digressões e seguiu caminho.

Entrou no perímetro urbano. Os semáforos pareceram-lhe tardos, preguiçosos, na troca de sinais para quem tem pressa; e cada segundo lhe pressentia minutos... Chegou à praça, no local antes combinado. Lá estava Eliane em frente do próprio Hotel de outrora... O Hotel agora, de pintura nova, parecia-lhe em festa ou não parecia, mas para ele tudo simulava festa. De longe, circundando a praça percebia o vulto de Eliane, vestida toda de branco e de saia curta. Os sapatos de cor verde, de salto alto, esticavam em extensão os seus joelhos e delineavam o perfil de suas longas pernas com esmero e ternura. Vendo os contornos dos seus joelhos estendidos, elaborando o perfil harmonioso das pernas, comentou no seu íntimo: "Que Evolução, qual nada!... Como têm coragem de afirmar que esta espécie de beleza tem ligação genealógica com chimpanzés! Foi Deus..." Ela segurava ao lado uma pequena maleta prateada. Os cabelos esvoaçando ao vento acrescentava mais ânimo e sensação de efeito eufórico à sua vinda... O Alves mantinha os olhos no seu vulto enquanto circundava a praça. Em frente ao Hotel, e ao lado de Eliane, um pequeno homem com inúmeros balões multicoloridos, juntos, pressionados num formato de um conjunto globoso, anunciava a sua mercadoria. Era como se o mundo inteiro se tinha transmutado naquela visão de que nada mais existia e com a sensação de que o tempo também se tinha paralisado. Uma densa comoção de êxtase tomou conta do seu ser e não se sentia mortal. Pressentia-se eterno, onipresente no tempo e no espaço, diante daquela imagem de fêmea linda. Veio a concebê-la divina e extraterrena no seu pensamento, pois se lhe afigurou tudo aquilo como irreal. Sendo divina, teria de ser irreal.

Parou o carro, mal estacionado, no passeio perto do hotel. Correu ao seu encontro, negaceou o corpo quase abalroando uma criancinha distraída com os balões, chegou até Eliane e deu-lhe um abraço como se tivesse apertado a própria carne de tão encaixado o aconchego das estruturas físicas dos dois corpos. A mãe da criancinha acompanhando a cena esboçou um sorriso. O homem dos balões reconheceu o encontro tão fervoroso e não se conteve: colocou de modo sorrateiro em uma das mãos do Alves o fio que retinha um balão, enorme, cor de rosa que teimava em encontrar alturas. O Alves lhe rejeitou a oferta com um gesto de agradecido. O vendedor de balões então lhe dirigiu gestos de aplausos, e assim prestigiava a festa entre os dois.

Na portaria do hotel, um recepcionista o reconheceu:

– Senhor Alves, como é bom revê-lo!... O senhor não morrerá nunca. Na semana passada, procurou pelo senhor um garçom dizendo ser seu amigo. Depois uma mulher que se dizia sua admiradora, também telefonou. Não lhes dei informação nenhuma do seu cadastro. Não saberia com que propósito a queriam. Veja quanta coincidência. O senhor tem o dom de ser lembrado. Tem tendência de ter vida longa.

– Que Deus te ouça, amigo!...

Nem chegou a entrar no apartamento do hotel, apenas o manteve de reserva. Desta vez confiou a si mesmo a não se desgrudar de Eliane. No saguão do hotel, dirigiu-se ao bar, emocionado e ali mesmo, no balcão, pediu uma dose de vodca.

– Você está linda, Eliane! Cada vez mais linda! Não acredito no que vejo!... Vamos jantar, estou com fome. Vamos ao meu restaurante favorito... E rever a minha cidade preferida.

Dentro do restaurante, Eliane estendeu sobre a mesa os longos braços, que alcançaram as mãos do Alves e as abraçava com ternura: mãos sobre mãos.

– Alves, meu querido, eu quero morar com você. Sou fácil. Não vou dar-lhe trabalho... Só tenho um problema – adoro espelhos. Prometa-me uma suíte com espelhos, é só isso; quero de você só isso. Você vai me ter sem lhe dar empecilho algum; e quanto vou ser feliz.

– Como assim, uma suíte?

– Assim... – ela a descrevia, fazendo gestos...

Ele ouvia tudo aquilo como um delírio juvenil, mas entrecortou o próprio silêncio:

– Meu amor é todo seu, Eliane; vou cuidar de você. Tantos espelhos você quiser, tantos ambientes que você preferir e todo o meu amor, que eu sou todo seu.

Entre beijos, promessas e risos, os dois se sentiram como que já adaptados um ao outro, levados pelo enlevo das emoções de se terem ambos em frente, em carne e osso. O Alves, para ter certeza de conter-se, apelava mais para o efeito etílico da vodca como amparo ao domínio das emoções. O garçom veio com a dose de vodca, expôs o cardápio e interrompeu a corrente de intercâmbio entre os dois. Ocorreu um breve silêncio. Ela já antecipava na sua imaginação e vivia a sua suíte. O Alves restaurou a conversa:

– Eu estou com fome, você me parece sem apetite. Você está longe. Pensando em quê?

– Na suíte... Os seus olhos tinham um brilho de uma energia alegre; ora corrigindo o discreto estrabismo, ora aumentando a discrepância de foco ainda mais. O Alves deslumbrava-se com a mudança de foco dos olhos e ficava confuso, atordoado com o fenômeno de tanta beleza. E tanto mistério.

– Não se preocupe; você se desespera à toa. Longa é a vida. Haverá tantas luzes, recorrentes pores do sol e muitos espelhos. Você é tão simples. Vou fazê-la feliz. Não se angustie.

Enquanto ele restaurava a sua fome, ela pouco se alimentou e continuava sonhando: - O quarto tinha sido decorado com espelhos. Havia dois ambientes atapetados e separados por um desnível de meio degrau – um de vermelho alaranjado, outro de verde... Havia uma infinidade de espelhos, inclusive no teto. Era impossível encontrar um pequeno espaço nas paredes equivalente a meio centímetro em que não estivesse limitado por quina de espelho. Havia um dispositivo automático de direcionar espelhos para que se dispusessem paralelos. Entre eles, a imagem de Eliane seria repetida infinitas vezes. Iluminação indireta, mas também com luminárias ou projetores, em cada canto, de várias intensidades com feixes de luzes a laser, que se cruzavam nos seus trajetos coloridos; e luz negra... Imaginou um sistema de projeção eletrônica programada que apresentava cenários num telão com motivos diversos: praias longínquas, outras próximas, com ondas gigantes descambando altas espumantes, imensas. Os cenários teriam de ter a imagem com motivo fixo, sem cinética alguma, nem de água corrente para que não fosse tentada a distrair-se em concentração dispersa de si mesma... Monstruosas sombras de arranha-céus iluminados ou casas solitárias com motivos campestres. Montanhas... (e não se esqueceu de Machu Picchu). E concebeu uma paisagem desértica com uma configuração de um oásis na fímbria que parecia infinita de tão longe... Cachoeiras, pores do sol, luares, jardins. E considerou uma imagem de um quarto vazio como tema de solidão e isolamento, que ela tinha dúvida se o apresentava, por ser triste... Com o mecanismo eletrônico automático programado, as imagens apresentavam-se, cumpriam o seu papel e retiravam-se. O ambiente seria planejado para aperfeiçoar uma acústica de *home theater* e que todo som fosse abrangente (*surround,*) propagado sussurrante, límpido. A música atingiria os ouvidos, cristalina pura, inebriante. Cada som emitido poderia ser discernido individualmente palpável, tangível, como se fosse direcionado para impregnar de vibração todo o corpo, com o sentido do tato... Ainda, um guarda-roupa com modelos de vestes a escolher de conformidade com o humor do seu espírito de cada dia. E idealizou uma banheira transparente de hidromassagem num recinto todo espelhado: nas laterais, no piso como no teto, e que lhe davam uma visão do seu corpo nu, por infindos ângulos, flutuante numa nuvem de espuma. E ali na suíte um dispositivo para dispersão de névoa de gelo seco...

    – Você vai ver: vou tentar o possível para agradar-lhe.

    – Será tudo isso em que estou pensando? Eu poderei, de vez em quando, modificar os motivos dos quadros, não é verdade?

    – Será o que você imaginar. E no adaptar-se uma ou várias câmeras, captando você em diferentes ângulos com respectivos telões, vai até dispensar os espelhos.

    – Acho que não, apesar de ser uma boa ideia. Os espelhos receptam reflexos naturais. Têm outra magia... Depois de uns segundos de silêncio, em que parecia tranquila e realizada, olhou bem direto nos olhos do Alves e disse:

    – Eu sei me comportar e não lhe passarei motivos para ciúme. O Alberto desconfiava muito de mim. Uma desconfiança ligada mais para uma questão de honra e proteção egotista, próprio de homem.

    O Alves tencionou num movimento de dar-lhe um beijo, ela inclinou-lhe o rosto assim que o pressentiu, mas houve um pequeno desencontro, então lhe ensejou um beijo de viés e dissonante sobre um olho. Contudo estava selado o acordo. De repente ela toma uma atitude de como quem sentiu a emoção do resgate instantâneo e casual de uma lembrança perdida e por isso tornou-se tardia, mas em tempo e disse: –Eu tenho que lhe confessar...– suspirou suave num descompasso da respiração como querendo adquirir coragem: – Vou lhe confessar. Tenho uma disfunção sexual, meu querido Alves. Mas se você souber administrá-la conquistará dentro de mim o mais puro amor... Não somente pelo amor, também por gratidão. Tenho um problema de adaptação sexual com o que os meus parceiros se desesperam e não se conformam. O meu problema é que sou rasa e me ocorre dispareunia, como diz meu médico. Quero dizer-lhe: tenho coito doloroso. Por mais que minha urgência de prazer se intensifica ainda difícil se torna a gratificação do ato sexual. O Alves não deu muita atenção à sua queixa até que ela, em tom de desabafo dolorido, com aquela voz rouca de contralto segredou-lhe outra vez:

– Eu sou rasa, meu querido Alves, e não estranhe minha pergunta se achá-la indecorosa ou ousada: mas quantos centímetros têm o seu pênis? – tentando evitar um vexame do Alves, continuou sem trégua e quase em tom de apelo: – Não se escandalize! – e abraçando-lhe mais nos braços, falou: – os homens detestam intimidades, eu sei, quando quebrantam a fantasia de um relacionamento. No entanto, não me permita sem uma resposta! Quantos centímetros tem a dimensão do seu pênis? – sem esperar resposta, perseverou, sôfrega, com a sua voz feita grave, com ternura, explicando:

– Meu ex-marido o tem enorme – e soltou os braços do Alves–tinha receio de ser traumatizada, comportava-me indeferindo a maioria dos seus avanços. Eu inventava desculpas com cautela e com cuidado para não feri-lo. De novo, colocou as suas mãos, agora de uma tremura fina, sobre as mãos do Alves que a via mais linda quando se embaraçava com seus pensamentos e disse: – Nunca dei conta de falar isso para ele, ficava na intimidade sem uma saída de abrir-me. Eu disfarçava as minhas angústias perante os espelhos. Eu os queria, ele os negava. Como existe um muro separando as pessoas entre si e os sexos! Assim, nosso relacionamento entrou em decadência e com ela veio o divórcio... Disse-lhe: sem os espelhos meu mundo cairia... O hábito de ver-me era antigo, com o que me relaxava e encontrava uma diversão inocente de volta à adolescência, sem malícia de pensamentos intrusos de infidelidade. No espelho, eu descobria a mim mesma com autoestima e confiança emocional... Diga-me, quantos centímetros tem o seu pênis? – implorou, mais uma vez, com voz rica, limpa, até sem a suave rouquidão.

– Por que tanta preocupação? Eu nunca tive a curiosidade de medi-lo, nem sei de que modo se mede – disse o Alves ao mesmo tempo em que esvaziava o copo num só gesto. E concluiu:

– Fique tranquila, para tudo se tem um jeito.

– Então a gente tem de dar um jeito... Assim vamos encontrar algum acordo. Você é homem maduro com a sua experiência sexual, sabe controlar-se. Gosto dos homens mais maduros. Dou-me bem com eles. Meu orgasmo vem fácil e aí me satisfaço rápido. Depois se torna penoso para mim. Julgam-me de frígida... Estranham o meu comportamento de admirar-me ante o espelho. Dizem que a minha vaidade é um sintoma vicariante de compensação para a minha frigidez. Não me importo com o que falam, sinto-me bem como sou... O meu hábito tem sido de muito suporte às minhas angústias. Meu ex-marido, desabafando ressentimentos, disse que na minha última encarnação eu teria sido hermafrodita, e nesta estou passando por um estágio evolutivo. E com o tempo, finalmente, chegarei a ser heterossexual, sem mescla de tanto gostar de mim mesma. "Como existe um muro entre as pessoas!" (Eliane sempre repetia essa frase). Tenho a impressão de que o relacionamento homem/mulher dará fatalmente numa encruzilhada de três caminhos: à esquerda para aqueles que se ajustaram entre si e comungam uma paz, adotando para ambos, em família, preceitos de uma moral social sadia... À direita, encaminhar-se-ão aqueles casais de comum acordo comungando entre si uma conduta de práticas sexuais, que os mantém unidos como família; mas de uma sexualidade aberta, plena de liberdade absoluta e sem censura. Com ausência de ciúme e falta de senso de possessão individual. Cada um com seu *habeas corpus*, sem compromisso aos preceitos de fidelidade conjugal nem tampouco aos preceitos religiosos e morais – até o nível em que a sociedade os aceita. E ela aceita de tudo. Terminam felizes... No caminho do meio, trilharão aqueles casais que nunca se encontrarão entre si. Esses nunca chegarão a ser libertos nem de uma maneira, ou de outra, mas persistentes em tentar um ajuste das suas arestas, sem se entenderem e tampouco sem nunca discernirem por que estão fiéis a si próprios e ao outro. Indecisos entre a moral religiosa e a imoralidade profana, mesmo que não seja plena, perfilando entre o que é de direito do homem e da mulher, sem nunca encontrarem os seus limites e num desacordo permanente. Num inferno resultante do querer impor sobre outro o seu ponto de vista, os seus traumas, os seus recalques. Tornam-se erráticos e infelizes...

O Alves ouviu aquilo e admirou-se. Deve ter sofrido muito esta beldade para chegar ao ponto de abstrair-se e alcançar ideias com requinte profético de pensamento futurista...

– Você nunca me pareceu tão inteligente. Eu a julgava vazia. Mesmo com a condescendência do meu amor por você eu a tinha como incompleta. Dizem: o amor é cego! Porém, agora vejo: você se tornou ainda mais preciosa para mim... E ingeriu uma dose de vodca, que degustou como vez nenhuma antes.

– Bem dito, meu querido Alves. Com você eu serei outra; você vai transformar-me. Com meu ex-marido foi diferente, sinto que você me tolera; eu acredito no seu amor. Vou ser boa para você. Não lhe darei tropeços nos seus compromissos de trabalho e sociais. E lhe serei fiel, eu prometo!

O apartamento do hotel que esperasse. O Alves viu-se envolvido numa sensação de êxtases e recebeu as indagações de Eliane dentro de uma densa atmosfera de encanto, embora feitas por detalhes fúteis e sem importância, mas como fazendo parte da abertura do primeiro encontro. As emoções intensas do amor tangem o cérebro para a transcendência eufórica de felicidade e o mantém desligado do plano do real. O cérebro se torna sensibilizado à recepção de mensagens delirantes dos sentidos e algumas das suas faculdades mais nobres se embotam.

Depois do jantar, dirigiram-se para o melhor motel da cidade.

Ela mesma o escolheu. O que mais lhe seria apropriado. Exigiu a suíte mais sofisticada: – de teto espelhado, de espelhos verticais e luz ambiente; inclusive com um dispositivo para névoas de gelo seco. Dentro do apartamento a intensificar mais ainda o feitio de encantamento, o Alves continuou com suas ingestões de vodca. Moderou qualquer intenção de assédio à Eliane que aparentava feliz e a deixou livre. Ele estava tranquilo; e se tivesse que haver ação no sentido do ato sexual teria de partir dela, pois as suas atitudes pregressas o tinham feito precavido e temeroso. No final, estranhou-se cansado e sonolento. Talvez o relaxamento da emoção relativa à ansiedade da expectativa do primeiro encontro, agora aplacada, o fizesse embaçado e monótono. Acontece muito que algum sentimento de desencanto e de vazio acometa a mente do vencedor depois da competição. Tudo que fora antes difícil para o vitorioso, pareceu-lhe fácil depois do triunfo; assim afrouxa os ânimos ou então se paralisa sem saber o quê, ou como começar de novo. Ou, então, o Alves intoxicara-se demais, passado da devida conta. Deitou-se de costas sobre a cama, sem se despir, com os joelhos dobrados na quina do colchão, os pés no carpete e com a cabeça apoiada sobre as mãos entrelaçadas, numa atitude de ganhar um tempinho de pausa e relaxar. Enquanto conversava com Eliane a admirar-se ao espelho, pareceu que dormiu. Quando não, aos poucos foi acordando e, naquela madorna percebeu que Eliane tinha controlado o jogo de luzes do apartamento do motel... E então lhe apareceu de pé, envolvida dentre a névoa de gelo seco diluída no centro do recinto. Como uma visagem estava em frente ao enorme espelho que cobria toda extensão da parede e vestida de branco longo, vindo da sua delgada maleta prateada. Com os cabelos estendidos, soltos, descambando pelo torso, ali quedava absorta, descalça, imóvel, parada como uma estátua... Depois, devagar se achegou bem perto diante do espelho. Com apoio da mão direita ao vidro e nele o rosto colado, beijava-se nos reflexos da sua boca carnosa. Manchas de decalque da pintura dos lábios de cada beijo eram disseminadas ao longo, sem escrúpulos e podiam ser enumeradas. Ela voltou ao centro do amplo apartamento no intento de adquirir posturas. Estudava-se em trejeitos do corpo para descobrir-se mais bela; e dava a entender que se pressentia modelo estético imbatível, lá no topo. Encantava-se com o próprio charme de que ela sabia verdadeiramente ser dotada. Tinha noção de beleza, tinha noção das justas proporções das suas linhas, dos seus contornos e certeza de que ninguém seria capaz de ridicularizar o seu comportamento.

Os comportamentos, muitas vezes, são julgados através de valores desconexos. Fora uma mulher feia, dir-se-ia Eliane de louca. Sem beleza, mulher não tem direito nem de dar-se à fantasia de achar-se bela sem cair no ridículo. No entanto, diz-se que beleza é relativa, como a noção de verdade também o é... Eliane adquiria uma atitude e nela se demorava; elevava o rosto e em conjunto com o corpo executava movimentos laterais de um lado para outro, em rotações vagarosas, sem pressa e sem tempo. Deliciava-se com a imagem do seu corpo, ora exposto nu pelas fendas do longo vestido, ora expondo o delineamento das formas insinuadas através da veste. Encantava-se com a beleza do seu rosto, com o misterioso magnetismo dos seus próprios olhos, que se encontravam, às vezes, quase vedados pelo desalinho proposital dos feixes de cabelos descambados no rosto. Mas réstias de luzes refletiam do brilho dos olhos, venciam esse desalinho e reverberavam faróis luminosos pelo espelho com maior sensualidade. Cada pose se seguia em sequência lenta com câmbio de luzes e sombras, à revelia, mescladas com tênues nuvens de gelo seco a dar-lhe ainda mais a imagem do etéreo, do intangível, do mais puro arroubo dos sentidos. Tudo que é intangível é belo. Toda beleza é intangível e eterna. Cada pose refletida pelo espelho tinha uma demora sem tempo em que na intensidade da languidez expandida parecia um século. Cada oportunidade para mudança de poses era como se fosse à vez de um sonho. Mudança que ocorria num gesto brusco e, como que o forçando a enquadrar-se numa espécie de ruptura contra uma resistência para outra postura, já preconcebida. Mas que era recebida num paradoxo de espanto. Antes, tal mudança de postura antecipada era pressentida em êxtase num tipo de *fading* (desvanecimento), e quando aceitada naquele paradoxo de clímax de espanto todo seu corpo se estremecia em paroxismos de finos tremores cedendo em brusca e imediata pausa de suposta estátua. Viva estátua!... Quando os seus olhos brilhavam mais intensos e se extasiavam ante uma repentina nova visão de si mesma.

O Alves observando supôs ter chegado a resumir o protocolo de Eliane na sequência: – **Pose** (estátua + êxtase+ *fading)* > **ruptura** (espanto-estremecimento) > **pose** (estátua + extase+ *fading),* **ruptura>** etc. num círculo vicioso. O Alves permaneceu calado, absorto, contemplando a cena impassível... Apenas a concebeu como sendo mais outra peça de Eliane. E comportou-se como se a cena lhe fosse familiar e assim a admitiu para não ser vitimado como antes o fora por tantos imprevistos. Continuou apenas observando. Sentiu-se desperto e sem cansaço. Com discrição dirigiu-se ao bar, serviu-se de vodca. Ela não se deu conta disso, estava muito concentrada na sua solidão de si mesma. Ele se sentou na banqueta do bar lateral, e ali permaneceu confuso, atônito, mas ao mesmo tempo atraído pela sequência de posturas de Eliane, que pareciam obedecer a um esquema coreográfico de um mistério. Indagava de que cena poderia predizer alguma novidade e, enquanto investigava por encontrar uma explicação, sentou-se em atitude de impotência. Deixou rolar, sem ter outra opção senão a de admitir a circunstância. Tomou uma atitude de sem propósito e usá-la como diversão, embalado pela música New Age vindo suave com uma conotação celestial... Sorrateiro, voltou à cama, deitou-se em posição supina e dessa vez com a cabeça erguida por um travesseiro comprazia-se somente em olhá-la e admirá-la.

A respiração de Eliane se tornou lenta como se controlada; e suspensa em prolongadas excursões. Ela ventilava o ar para dentro e fora do peito de modo imperceptível, dando a impressão de estar em estado de apneia. É que nessa altura do seu protocolo perante os espelhos encontrava-se no platô fisiológico, apropriado, para ativar as funções do seu chakra pélvico. E nesse estágio teria surtos de descompassos suspirosos mais profundos quando, então, cerrava os longos cílios por um tempo, depois liberava as pálpebras numa abertura ampla como num despertar inesperado de um êxtase sentido. Eram encontros com orgasmos... Do que se seguiam piscadas dos olhos mais rápidas como que tentando resgatar uma concentração para aquele arroubo experimentado, porém perdido. Era um estilo de masturbação tendo como instrumento provocativo para os orgasmos os estímulos da visão de seus próprios reflexos. E com esplendor sentia-se desligada de tudo na sua solidão de delícias, somente só... O longo corpo esguio se estremecia todo por inteiro durante o orgasmo. E a sequência se repetia várias vezes. Vezes sem conta. Do corpo de pernas longas 'intermináveis' e de tronco andrógino que dá seguimento em linha comprida e suave aos ombros alargados: sobressaiu o longo pescoço. Apontou o queixo quadrado para cima em hiperextensão cervical, com os longos braços estendidos paralelos; e as mãos com os dedos confinados entre si e em atitude de prece: simulou projetar-se... Aparentava direcionar o seu corpo em ascensão contra a gravidade, num sentimento de atingir as alturas, alcançar um acme no infinito; e num patamar de delícias supremas. E então foi quando neste estado de levitação orgástica sustentada demorou-se em estátua numa postura estereotipada... No seu estado de catatonia orgástica perante o espelho conotava a intenção de querer-se ser apenas alma. Vivenciava alturas celestiais, usando o corpo mortal em estado orgástico. E que a matéria se fizesse sem finitude, vibrante, eterna, em estado de gozo estético puro – nem os santos, os iniciados em nirvana, os drogados em alucinógeno, os loucos maníacos e esquizofrênicos o conseguem. Eliane já o vivia.

Eliane seria produto autóctone puro, um fenômeno sem ligação genética, uma mutação isolada extemporânea, de que só se ouve falar nos gênios raros, nos epônimos da mitologia ou na epifania dos santos ou no panteão dos heróis e dos deuses. Seria espécie rara, imune à nossa gravidade, ausente do âmbito terreno com comportamento esdrúxulo orbitando numa esfera incógnita, sem atingir, refratária, as raias da loucura. Não teria vez na pornografia, não tinha cunho de perversidade ninfomaníaca, nem dons para ser mãe, esposa, amiga e daí nem lésbica. E tampouco se adaptou no contexto das prostitutas. Contentando-se que lhe viessem curiosas noitadas, com as tentações das penumbras das alcovas exóticas para dedicar-se ao seu íntimo amor narcisista – não seria amante de ninguém a não ser de si mesma. O seu rabicho seria ela mesma. Ao que parece seu autoerotismo sofreu um entrave na sua evolução infantil. Seu ego aderiu à sua imagem corporal e sem retorno. Sua libido seria incapaz de ser projetada em outrem como objeto e nela permaneceu um duplo de sujeito e objeto num jogo recíproco de erotismo e de amoroso... Libido é uma noção do belo, sobreposto ao sexo... Ou vice versa... Olhando-se ao espelho, envolvida nas luzes do apartamento com sombras diluídas, a aparição de sua figura descendia com um deslumbramento de outra dimensão cósmica e fora de nossa realidade.

Duas horas se passaram. Então, muito devagar, toda nua, como se prestasse um compromisso, só a si mesma, denotando evitar o menor ruído, Eliane se sentou na cama respirando um silêncio que dava para ouvir o ruído do ar pelas suas narinas. O seu coração pulsava em fortes batidas no peito. O Alves lhe chegou perto, e um êxtase de repentino clarão perpassou por seu cérebro como numa revelação:–"Quanta beleza de corpo, que eu desconhecia!". Ela se movimentou, dirigiu uma das mãos que no gesto adquiriu um fino tremor de adrenalina ao passar de leve pelo sexo do Alves. Ele antecipando esse movimento já estava armado e no gatilho. O corpo de Eliane expunha pequenas convulsões de diminutos feixes musculares dispersos sob a pele. Via-se uma das pálpebras em contrações rápidas. Ao longo do pescoço a pele se enrugava por tremores de fascículos musculares localizados. O mamilo esquerdo se retraia repetidas vezes. Em cima do monte de Vênus contrações dos músculos sob a pele do baixo abdômen movimentavam os pelos pubianos em ritmos intermitentes para cima e para baixo. Seu corpo aparentava ser imantado de carga elétrica, cuja tensão procurava esvair-se despolarizando as placas neuromusculares, mas de maneira errática. A ruborização sanguínea da pele se desfazia de modo recorrente e incompleta, em consequência disso, permanecia intermediada por máculas como de sarampo disseminadas ao redor do tronco. A textura da sua pele se convertia em arrepiada e crespa, pela elevação reativa dos folículos pilosos. Ela tentou enunciar algumas palavras, mas saíram de uma desconexa locução de gaguez. A esses pequenos espasmos subcutâneos se sucedia um tremor do corpo inteiro, generalizado, concomitante com um desfecho orgástico. Repetia-se esse tipo de recarga energética, seguida da mesma descarga generalizada sucedente, quando lhe dava sensação de alívio.

O Alves recebeu o seu toque trêmulo e suave; retribuiu-lhe com a mesma ternura. E ele apalpou os seus grandes lábios entre as pernas, cheios, estufados lisos por mucosidade a escorrer pela face interna das coxas. Eliane sentiu a intensidade do molhado e disse:

– Acho que estou menstruada...

Alves suspeitou que aquela miragem nos espelhos fosse também não só uma prática simples de narcisismo, mas um protocolo de excitação erótica ou mesmo, com certeza, de um tipo de autoerotismo narcisista masturbatório. Sentiu sua vulva rechonchuda; os grandes lábios fofos, estufados e polpudos encheram-lhe a mão. Introduziu lhe os dedos e pareceu ter uma sensação na sua sondagem de um precipício por um cânion profundo. Pensou: "Ela se diz rasa, mas deste jeito?".

Eliane, de repente, pôs-se ajoelhada sobre a cama. Prostrou-se com a cabeça entre os cotovelos fletidos como se em prece maometana. Depois estendeu os braços, tomou uma posição de quatro apoios: ali se quedou. "Posição para uma relação sexual que seria a sua preferida", pensou o Alves e assustou-se. Eliane, nessa posição sem dizer uma palavra – a postura já diria tudo... Pela primeira vez ele pressentiu estar pisando em terra estranha, em território desconhecido e adentrando-se às cegas num âmbito ignoto e perigoso... "Mulher que lamenta o ser rasa procura posição defensiva, não se expõe sem guarda". Era uma espécie de chamamento literal, numa atitude deslavada para aceitação de qualquer imprevisto. E se quiser que venha...

O Alves se viu temeroso e desconfiado. Queria cativá-la cada vez mais, contudo devagar. Ela se lhe afigurava digna do seu amor, não queria perdê-la por comportar-se compulsivo. Entretanto, com essa deixa, ela despertou-lhe sua pulsão sexual de maneira tão explícita que lhe tornou difícil suplantar a dúvida se teria de acontecer, como outrora, quando uma situação de encantamento se dava num desfecho de desencontro decepcionante... Contudo, animado, armado, rígido, aproveitando a posição em que ela se lhe apresentava de quatro, de vontade própria, denotando uma linguagem para ele ainda não decodificada, mas pertinente, concluiu que não poderia perder essa oportunidade, que vinha como uma ordem. Era a sua linguagem, era a sua maneira, há muito resguardada e protelada, talvez por faltar-lhe receptividade. Ele se viu sem outra saída senão ceder à sua convocação; subestimar os seus temores de uma armadilha, conceber que tudo corria a contento e nos conformes. E despiu-se, também; ficou nu. O Alves usou da mucosidade da vulva como lubrificação do pênis e teve a intenção compulsiva de penetração anal, já que se dizia ter dispareunia com coito vaginal. Não conseguiu disfarçar o seu intento, porque Eliane pressentindo essa possibilidade reagiu com uma leve extensão do pescoço e inclinou-se de lado em sua direção valendo como um gesto de censura:

– Parece que você está se divertindo com meu sangramento. Ele respondeu:

– Não se perturbe... Dou em uma de vampiro... Ela se acomodou com o retorno do seu pescoço e apoiou-se de novo entre os antebraços sobre a cama. Então, o Alves dirigiu-se ao bar, ingeriu uma adequada dose de vodca com o propósito de ajudá-lo a conter-se comedido. Pensou de novo: "Quanto desperdício de beleza num corpo que eu nunca saberia!". Tornou-se, portanto, convertido por um esplendor de deslumbramento. Esfriou-se no erótico com efeito de castração. Sua reação sexual se arrefeceu ao extremo, e a sua ereção sofreu decremento para flacidez. Aproveitando a posição em que Eliane se encontrava, assim exposta, estática, teve oportunidade para que seus olhos concentrados percorressem o delineamento das formas daquele corpo numa abstração deliciosa de levitação transcendente de quase arrebatamento. Para sua surpresa, veio a ser puro e sublime. Só buscava e só lhe interessava agora apreciar as formas do belo. Toda beleza é divina, isenta e imune de pecado. "All high beauty has a moral element in it", dizia Ralph Waldo Emerson... Então, dentro dessa atmosfera de encantamento, o Alves se absorvia no corpo de Eliane. Seguindo os contornos dos glúteos, que se delineavam pelo quadril eliminando proeminências ósseas, e disfarçando-as com harmonia perfeita, viu que formavam um globo cujo circuito seguia sem alternância e se fundiam com as coxas como fosse modelado por artesão cuidadoso. Nada se excedia nem faltava na configuração entre os glúteos, quadris e coxas. E depois vinha a sequência da bacia para a cintura que subia gradualmente em ascensão ao tronco numa simetria, que era uma paz para os olhos. Fechou os olhos. Imaginou ser um cego que poderia alcançar o simulacro de céu ali naquele corpo com seu tato. Os cegos devem saber se estão nesse tipo de paraíso somente através do seu refinado tato! Sem enunciar uma palavra, e assim concentrado, dirigiu as mãos a tatear as curvas, começando do tornozelo. Cada mão no seu respectivo membro: direito e esquerdo. E foi prosseguindo ao longo do tendão de Aquiles, subiu uma curvinha pela panturrilha, desceu uma suave segunda curva até o cavo poplíteo. Ali sentiu um relevo entre duas colunas rígidas de inserção tendinosa, de onde espraiam os músculos em leques nivelando, ao longo de harmoniosa subida, a conformação do volume posterior da coxa. Alcançou uma quarta curvinha, que declina para uma incisura transversal quando se junta aos glúteos das nádegas redondinhas ao tato num circuito de um globo perfeito Ele se surpreendeu com o fato de que, pela sensibilidade tátil, as mudanças de relevo eram transmitidas mais intensas à mente. Pois teriam de percorrer um longo trajeto através da sua carne por vias nervosas aferentes, desde a polpa digital ao seu cérebro. E fazia-se sofrido por mensagens de interconexões neuronais, dependentes de neurotransmissores, a provocar estímulos pelos cornos posteriores da medula para alcançar a via talâmica. E no final atingir o encéfalo, quando as linhas do relevo, depois de decodificadas, eram intensamente sentidas. Toda curva explorada era sentida no seu cérebro como um impacto de um projétil acelerado ao longo das vias nervosas sensitivas da sua medula espinhal. E maravilhou-se do achado. Cada linha de curva, ele percebia, solicitava em seguimento por outra de maneira premonitória e que não seria capaz de continuar sem aquiescência da seguinte – assim ele o pressentia. E percorrendo milímetro por milímetro a epiderme desse corpo identificava todo poro de folículo piloso com seus dedos tornados hipersensíveis, Porém trêmulos, pelo efeito de adrenalina, que no mais das vezes tocavam a pele ora sim, ora não. E percebeu que aquela textura sentida era típica de pele de colágeno firme, que nunca chegaria a deteriorar-se com celulite nem com estrias durante o seu estiramento na gestação. Queria que aquela maciez de pele e aquela configuração física de corpo, perpassando o longo trajeto de fibras nervosas, entranhassem na sua carne e no espírito. E se fizessem de uma lembrança eterna. No ser intuitivo, concebeu essa outra perspectiva de sentir o pressuposto usando da faculdade do tato levar vantagem sobre a visão. Essas apalpadelas, de agora em diante, seriam sensações só suas e como lembranças nunca mais lhe fugiriam. Pois sua mente estava capturando cada segmento daquele corpo, englobando todo o conjunto daquelas curvas no arquivo mais recôndito do seu cérebro e que nunca mais se apagassem. O amor pode passar, mas a memória de que fora um grande amor nunca haveria de passar. E, não mais se contendo, abriu os olhos.

Emocionado foi em busca do celular para fotografar alguns ângulos mais sutis das curvas de Eliane e pensou garantido: "Não vou esquecê-las, estão registradas na memória do tato, na memória visual e como arquivo de cópia na galeria de imagens". Ao fotografá-la espantou-se com tanto encantamento, como se a visse pela primeira vez. E recuperou a sua ereção. Seu cérebro se impregnou tanto daquelas formas que teve um impulso incontido de masturbar-se. E quem sabe, como nunca tinha tido excitação tão intensa, chegasse a ponto de poder exorcizar, com aquela indução erótica, a maldita disfunção orgástica que o perseguia. Desta vez o seu orgasmo tinha de vir, pois estava programado. No entanto, logo percebeu que esteve sob o raciocínio por uma expectativa ilusória.

A absorvente beleza do corpo de Eliane de novo o surpreendeu com batidas aceleradas do seu coração num estágio de regressão sexual juvenil ou de neófito. Foi ao aparador de bebidas e ingeriu mais uma dose dupla de vodca de um só golpe. O efeito do álcool veio a aplacar a sua emoção de modo a poder desfrutar do arrebatamento dos seus sentidos; e a premente urgência de masturbação foi suplantada. A sua embriaguez etílica trouxe-lhe outro tipo de impotência, mas que ele julgou oportuna e bem-vinda. Pensou melhor... E deixou sentir-se à deriva naquela atmosfera de encantamento. Eliane, estática, na mesma postura, ausente das circunstâncias, mantinha-se entretida com os seus reflexos nos espelhos.

Depois de ter curtido os pequenos detalhes daquele corpo, o Alves prosseguiu no intento agora de degustá-lo todo ele em conjunto, mas de longe com uma ampla visão panorâmica. Meticuloso, avaliando-o desta vez, no subjetivo, de longe murmurou: "Que simetria, meu Deus!..." Uma nádega na paz da sua curvatura poderia tomar-lhe todo o tempo de uma eternidade. Porém continuou deslumbrado com a mente em retrospectiva de alcoolizado, girando sua lógica num círculo vicioso sobre o corpo de Eliane. Desligando-se das nádegas, viu que avançavam sobre os quadris numa volta fugaz, uma espécie de curva que não o queria ser e resistia em ceder sua função de contorno, assim lhe parecia de modo, então, contrário, da vez que usou do tato (quando uma curva carecia da outra seguinte).

No seu demorado especular do corpo de Eliane, sua mente deslumbrada dispersou o seu propósito de vê-lo num conjunto. E viu que as nádegas como que dividiam o corpo em duas metades simétricas, entremeadas por um vão que se alongava sobre o tórax até a coluna cervical. Os músculos paravertebrais salientes sobressaíam de cada lado da espinha dorsal dando perímetro para um entalhe cujo sulco seria um convite para deslizar-se uma lambedura sem fim. Distinguindo o corpo de Eliane dividido ao meio, ora apreciava uma metade ou outra de cada vez, ora também via as metades conjugadas numa só visão única total. Quando considerava o lombo do corpo, ele o sabia simétrico, mas não se convencia e comparava-o depois na divisória da coluna vertebral, duvidoso se poderia ainda detectar uma nesga de incongruência entre um e outro relevo de músculo que pudesse lhe dar mais uma surpresa anatômica peculiar. E então se detinha num só detalhe, numa curva, num aglomerado de protuberâncias confluentes, no formato de uma articulação, no relevo anatômico de um músculo sob a pele. Assim, sempre em detalhes, via baixadas, protuberâncias e intersecção de feixes musculares... Não sabia se era sua 'embriaguez etílica' ou o seu enlevo emocional perante a estética daquele corpo que o mantinha nessa visionária reviravolta mental; e a sua noção de tempo pareceu-lhe de passagem lenta. Talvez a explosão de uma mancha solar ocorreu de atingir e influenciar naquele momento a rotação terrestre, e "o tempo se fez tardo", pensou... E achou melhor assim...

E fechou os olhos, esticou a língua afora. E transformou-se todo ele em regressão à fase oral infantil num universo de paladar a fim de degustar a maciez da pele roliça do bumbum. Arreganhou a boca no máximo que lhe permitiu a sofreguidão, abocanhou num só bocado todo o conjunto dos glúteos de uma nádega. Pondo em perigo, com tanta abertura, uma iminente luxação da articulação da mandíbula. Saboreou no subjetivo a carne que se avolumava como uma enorme teta enchendo-lhe a boca, que a sugava intermitentemente para alcançar maior preensão de massa muscular e executar concomitantes suaves mordidas. Quando se excedia no entusiasmo, Eliane o alertava: "Calma!"... E nessa alternância de sucção e mordida, sensibilizava os feixes musculares dos glúteos de Eliane, que num rebote erótico estremecia-se num espasmo universal de gozo. Mudava de atenção para outra nádega e o ciclo de delícias se sustentava...

Embevecido, então, pelo seu escrutínio dos detalhes e com a sua suposta regressão oral, imaginou aquele conjunto de carne exposta em sangue vivo, esfolada, desprovida de epiderme, como um animal preparado para a ação do magarefe no matadouro. E pelo ensaio das mordidas teria sentido, pela sutileza de que é dotada a mucosa da boca, como se degustasse, pedaço por pedaço, aquela carne fresca e sanguínea. E chegou a supor de ter como engastado na garganta a sensação de tentar deglutir um fragmento maior... Absorto nessa abstração, sua mente desenfreada presumiu vislumbrar sobre a cama a armadura esquelética daquele corpo descarnado, desfraldando farrapos de tendões e nervos estraçalhados, desfiados por garras de dentes agudos de fera faminta ou por bicadas de abutre voraz. Prejulgou, assim, ver pedaços de tendões esgarçados, farrapos pendurados ao longo dos ossos articulados. Todavia, no conjunto de um esqueleto de equilíbrio perfeito. E o achou lindo. De repente, sentiu-se um pervertido sexual, necrófilo. Um bárbaro antropofágico; um depravado canibal, diabólico e trágico. Tentou repelir essa ideação e nesse contratempo foi ao bar e ingeriu uma dose dupla de vodca. Com o que, sacudiu a cabeça em movimentos laterais rápidos, em mímica de afugentar do cérebro ou expelir pensamentos intrusos. E o esforço deu certo. Como num milagre de um renascimento, converteu-se numa atitude paradoxal em puro, sublime. Estupefato, santificado e maravilhado, perante o corpo de Eliane, que agora lhe trazia a revelação de ser uma criatura de origem divina: isenta de imundície da carne. "Meu Deus", ele exclamou murmurando: "isto é tudo o que eu   Te peço; é só o que eu preciso. E por ter tido tudo isso terminarei meus dias mais feliz. O Universo é curvo, porque assim o criaste. E até a luz na sua propagação fizeste-a obedecer atraída para um trajeto curvo. O horizonte é curvo e nessa curvatura as manhãs tão amenas e os misteriosos pores do sol se tornam tão belos que eu sempre Te agradeço. Há curvas que o são somente pelo fato de formarem qualquer desencontro por uma reta. Mas Tu, Senhor, Tu és o engenheiro das curvas de linhas mais harmônicas para as delícias do cérebro pela visão. Tu és o Senhor das curvaturas, das formas estelares e dos seus círculos em movimento com que engendraste a mecânica da matéria e da energia de tudo o que criaste, mas obedecendo em leis gravitacionais de modo curvo. Tu és o Senhor das simetrias (e dando apoio ao leve estrabismo de Eliane, reformulou): mas se alguma dissonância calhar na sua obra de artesão sublime vem com o propósito de dissimular monotonia e estruturá-la ainda mais bela. Quando não as engendras harmônicas, por compensação lhes dás equilíbrio nas linhas com o deliberado propósito de fazer valer a Tua sutileza. E agora neste exato momento eu quero agradecer-Te por esta visão dos contornos apolíneos deste corpo, das curvaturas artesanais deste corpo, que só Tu pudeste criar em toda a natureza. Não há curvas de perfeição igual, e são elas o quanto consiste tudo o que eu preciso. E isto me basta até o fim dos meus dias".

E não se notou prolixo no agradecimento. Mas, cada vez Mais sentia levitar-se numa esfera de aguda percepção dos sentidos que se concentrava com um vazio gostoso de anestesia da alma e do corpo. Encontrou-se numa sensação de esquecimento e de transe; e que já não vivia, como se tivesse sido arrebatado por um tênue êxtase de felicidade, que lhe pressentia eterna. Sentou-se na cama; mas mantendo distância para, de contínuo, apreciar as configurações do corpo de Eliane. Depois se levantou. Com a mente enlevada na paz pela divina perfeição de curvas e ainda insatisfeito pela somente especulação visual, quis outra vez senti-las tangíveis. E apalpa as nádegas de Eliane. As duas nádegas separadas por um ângulo aberto de linhas tão suaves lhe deram água na boca. E de novo ainda se viu perverso quando engoliu a saliva com gula de paladar. Uma mão desliza entre a fúrcula por onde enseja o cóccix. Em seguida, tateia a vulva profunda – um cânion– que antes o surpreendera e percebeu a leveza dos pequenos lábios, aveludados, parecendo tentar expandir sôfregos por espaço. Assim o concebeu pelo tato. Os grandes lábios de bulbos repletos de pletora 'sanguínea', proeminentes, suplantam absorvendo os pequenos lábios. A vulva tinha alcançado o estágio de repleção máxima. Assim, carregada, parecia uma enorme concha de amêijoa projetando afora no espaço, invadindo as coxas e cuja abertura de valvas se fazia simétrica ao meio. Não havia mais distinção agora entre grandes e pequenos lábios; estes não conseguiram espaço e sucumbiram. Os grandes lábios, regurgitantes, numa explosão pletórica e sem aparente espaço, entre as coxas são intensamente comprimidos. O Alves se aproximou e pressionou, ternamente, a mão a sentir turgidez pela exuberância da saturação sanguínea ali estagnada. Os grandes lábios de repletos, assim, mais além-expandidos, por entre o vão das coxas e pressionados afora simulavam em protrusões dois testículos extrovertidos, estrangulados, tendo embaixo a profusão hirsuta dos pelos pubianos conotando uma coroa de negritude.

O Alves deu um leve toque em Eliane com a intenção de comando. Ela pressentiu a sua mensagem, afastou suas pernas pelas laterais e liberou a abertura ampla das coxas. Sob a ação da repleção sanguínea bulbar dos grandes lábios e dos músculos elevadores do ânus, movidos por estímulo erótico, duas pregas na região posterior se entreabriram em formato de V invertido. Expondo uma mucosa lisa, brilhante, encharcada de muco e contígua com a parede rugosa vaginal, que se insinuava antecipada, como uma tentação. Apesar dessa oferecida abertura vaginal, o Alves se viu atraído pelo disfarçado, tímido, orifício anal: – um ponto de maior pigmento de melanina, para onde convergiam rugas verticais em leques concêntricos. E aproveitando do excessivo muco introduziu no orifício a polpa do dedo médio lubrificado rompendo aquela timidez, que se instigou reagindo com uma contração reflexa forte. Indo mais fundo adentro sentiu a pulsação de uma pequena artéria, que lhe transmitiu a frequência das batidas aceleradas do coração de Eliane; retirou o dedo. O introito vaginal semiaberto e oferecido trouxe-lhe à lembrança a sua queixa de dispareunia. Então, evitou a tentação de sondá-la. Em seguida, deslizando a mão de leve sobre a extensão da vulva e subindo o monte de Vênus, os seus dedos divagaram pelo emaranhado entre os caracóis dos grossos pelos pubianos. E sentiram, ao tocá-los, o crepitar com estalos das descargas eletrostáticas em cada polpa digital. Admirou-se dessa sensação e desejou que talvez se repetisse. Então voltou sua curiosidade ao ânus. Observou que o orifício agora se contraía ao mais discreto toque sobre a pele. Sondou, de novo, as pulsações das artérias, lá dentro, ainda mais rápidas. Então, um aperto circundou o dedo médio e essa contração se estendeu como uma onda sobre todo o períneo: grandes lábios até o clitóris, numa convulsão rápida e única. A glande do clitóris se movimentou submersa sob o capuz num descer e subir de rebote rápido. Os pequenos lábios não se conformaram. Insuflados de sangue, ergueram-se dentre as valvas de aparente amêijoa, encontraram espaço, expondo a sua mucosa como duas pétalas aveludadas e transparentes em pleno desabrochar de botão. O Alves se viu estimulado em curiosidade por detalhes físicos, como um especulador meticuloso, próprio de anatomista... E maravilhava-se com essas minuciosas observações. Mas há miríades de vulvas, nenhuma delas tem conformação anatômica igual, pensou... E deu-se a si mesmo um tempinho, indo ao bar para um trago de vodca...

Retornou obsessivo em suas observações: trouxe o copo com vodca e o posicionou ao lado accessível sobre a cama. Eliane mantinha-se impassível entretendo-se ao espelho, a manter a mesma posição. A vulva se apresentava de uma vermelhidão, de mucosas estufadas. O clitóris apontava firme, aparentando esforço para manter-se proeminente e não sucumbir sob a envoltura volumosa do capuz sobre o seu lombo. O vermelho rutilante das mucosas amplas da vulva tremeluzia como labaredas impregnadas de tanta carga energética. Assim o pressentia o Alves. (As paredes da vagina eram uma nascente de onde porejavam miríades de gotas de secreções viscosas como lágrimas perenes). As correntes de secreções fluentes do introito inundaram todo o períneo. Resvalavam desde cada lado da vulva e confluíam sobre a glande, lombo, capuz do clitóris e espraiavam coxas abaixo. Em seguida, uma enxurrada da copiosa aguadilha se dispersou sobre as cordoalhas crespas dos pelos pubianos. Formava vários cordões caudalosos, longos, de muco que na sua filância despencavam no vazio. E, no descambarem, constituíam-se entremeados de formações gotosas como pérolas translúcidas, enfileiradas, como num rosário, escorregadias, em direção ao lençol da cama. O Alves traspassou a sua língua, esticada longa, sobre este rosário que se desfez, por um instante para recompor-se depois, teimoso. Afastou-se um pouco e experimentou testar a sensibilidade da pele de Eliane. Primeiro, estimulando-a com um sopro suave das bochechas cheias de ar bem junto ao ânus, em seguida inspirou profundo seus pulmões e chegando-se, quase tocando a mucosa da vulva, exalou lento o ar quente do seu fôlego. E fez isto alternando o ar da bochecha frio pelo ar aquecido da ventilação dos seus pulmões. A mudança intermitente dessa leve diferença de temperatura foi o suficiente para a pele, tornada hipersensível, receber estímulo e provocar uma contração de toda a vulva, que tendo como epicentro a região anal se iniciou com uma forte depressão espástica do músculo elevador do ânus na base do músculo pubococcígeo. E daí a onda contrátil se transmitiu ao longo dos grandes lábios, atingindo no final o lombo do clitóris, que se rebaixou na sua extensão e encobriu a sua glande. Então, uma onda rebote pela contração do clitóris é estimulada e ricocheteou uma resposta até ao redor do ânus de onde partiu. E de novo outra onda de contratura se refaz do ânus, repetindo o trânsito por três ciclos e parou. Eliane teria tido prenúncios de orgasmos ou então um orgasmo que se fez frustro. O Alves suspeitou que um estímulo continuado perpetuasse os mesmos ciclos de modo, talvez, infindo. De repente, os grandes lábios de bulbos ainda mais cheios se fizeram agora cilíndricos, amplos, polpudos, enormes, avançando abaixo preenchendo com ganância o vão das coxas exibindo os pequemos lábios exuberantes desabrochados com mucosa aveludada, translúcida e rutilante.

O Alves se afastou, ingeriu um longo gole de bebida, no sentido de outra pausa. Os pequenos lábios cada vez mais de um vermelho vivo, límpido, expandiam as suas bordas sinuosas às laterais, permitindo discernir os vasos sanguíneos salientes. E o Alves numa ultra percepção concebeu visualizar glóbulos do sangue fluindo pelas suas ramificações vasculares. Ao mesmo tempo ele percebeu uma contração rápida dos grandes lábios num movimento de rotação interna consumindo as abas dos pequenos, engolfando-os na vulva. Ficou atônito quando o processo se reverteu: os grandes lábios se fizeram cilíndricos, cada um no formato de um rolo compressor, e com movimentos de rotação no sentido de dentro para fora expandiam de novo os pequenos lábios, cujas abas cobriam metade da vulva de cada lado. Após uns segundos de pausa, outro movimento de sentido inverso de rotação interna sepultavam os pequenos lábios entre os rolos. Devido ao excessivo muco gotículas do líquido esparziam-se em chuviscos sobre as nádegas de Eliane. (Assim ele as via). E, depois, de modo repetitivo, os pequenos lábios afloravam rápido, como se fazendo zombaria ao espanto do Alves que começou a duvidar de sua sanidade ou da sua acuidade mental. Chegou-se perto, apalpou a vulva e sentiu somente a turgidez de dois lobos cilíndricos e sua mão se adentrou no cânion entre eles, antes sentido. O Alves, estupefato, começou a duvidar de suas propriedades visuais e táteis, pressentiu um momento de desespero. E até julgou estar diante de vulvas diversas, ou uma vulva de propriedades vicariantes. E confabulava: –"pode ser que não ocorre este fenômeno, e não o ser verídico, mas que o vejo, eu vejo". Procurou tateando pelo molhado das gotas e não as conferiu. "Mas que eu o vejo, eu vejo", repetia.

Eliane pousava ainda quieta. Somente balançava as nádegas, num movimento pendular lateral, alternando de um lado para outro como fazendo fita ao Alves, ou charme para si mesma diante do espelho. A vulva se apresentava dividida, explodida em metades, cujas mucosas repletas e rubras roçavam-se entre si com carícia, acompanhando o movimento oscilante da pélvis. Agora, não era mais necessário estímulo externo para as suas contrações orgásticas que de maneira espontânea e sucessiva ocorriam, assim que ela executava o movimento suave da pélvis de um lado para outro. De contínuo, recorrentes e teimosos os filamentos espessos de muco desciam até a cama e sempre intercalados por uma série de bolinhas qual pérolas reluzentes. O vermelho escarlate da mucosa da vulva já agora lhe parecia mais escuro com nuance de vinho tinto. Essa cor denunciava repleção de sangue estagnado com toxinas por lhe "faltar fluxo suficiente a montante para renovar seu oxigênio," pensou o Alves. E induzido, maravilhado com essa intuição na sua mente, respaldou a sua língua ao longo de toda extensão ampla da vulva. Saboreou como numa gula ciosa do seu paladar aquela secreção viscosa convidativa que do mais profundo dos humores de Eliane seria digna de um deus – ele, que se achava há pouco um simples mortal.

O Alves vivenciando tudo isso experimentou um transe emocional único além da probabilidade do resto dos mortais e teve por direito classificar-se ao nível do patamar inerente aos deuses. Sua mente entrou em dispersão. Sentiu, de novo, um impulso incontido de masturbar-se, vencido por tanto estímulo erótico à sua frente. Apesar de farto lubrificante ali exposto, ele, automático, encheu-lhe o côncavo da palma da mão com uma cusparada e ensaiou alguma manipulação sobre o pênis. "Quem sabe, possa eu, diante de tanto estímulo, chegar ao orgasmo! O meu urologista vai gostar de ouvir isto", lá no íntimo, ele pensou. Mas se conteve... Seria um ato inescusável, um desperdício compulsivo. Então se lamentou de falta de autocontrole; e não se perdeu de todo. Quis ser mais forte; e o conseguiu para controlar-se, ter paciência e antegozar aquele momento da "primeira vez". Essa vez que engenhosidade nenhuma dentro da percepção sensorial dos fenômenos permitiria outra igual de novo. A próxima vez nunca mais seria como essa do primeiro encanto. O tempo não perdoa, não tem retrocesso. Sentiu-se flutuante numa levitação total do seu ser, numa gostosa sensação de irrealismo ou de sonho, possuído de uma paz transcendendo alturas sem gravidade, como uma alma usufruindo de seu almejado paraíso. Com essa indução em sua mente, tornou-se impotente de tudo, perdeu sua ereção, mais outra vez. Dividido, no entanto, entre a plenitude etérea e a realidade premente do corpo de Eliane, confuso, procurou uma saída e tentou libertar-se do encantamento, que o bloqueou, dirigindo-se ao bar. Queria um alívio, sentia-se num sufoco. Repôs a vodca dentro do copo e ingeriu uma longa dose. Com essa pausa livrou-se da desconcentração intrusa, sentiu-se recuperado, armado e rígido. Retornou ao nível dos mortais. A abundância de muco fez com que ele com prazer delicioso o distribuísse como lubrificação sobre o seu pênis, hirto, palpitante num ato de libidinagem naquele momento lhe conferido como lícito. Mas teimoso, seu pensamento em círculo obedecendo ao axioma de que toda linha curva termina de encontro ao seu início, teve de fazer outro esforço imenso para refrear-se impulsivo, convocar autocontrole. Mas não se conteve. Capitulou, rendeu-se. Perdeu-se nos seus pensamentos e murmurando coisa com coisa deu início ao seu ato sublime... No avanço do impulso sentiu que o cânion da vulva resistia-lhe à penetração, como se tivesse de vencer a barreira dos grandes lábios. Que de bochechudos e fofos formavam agora um obstáculo de duas colunas cilíndricas laterais, não mais elásticas. Com sucessivos impulsos do pênis ele conseguiu vencer essa resistência. E aventurando-se às cegas por entre as ribanceiras do cânion se achou no introito por acaso. E o pressentiu. Adiantou-se neste acesso, mas o percebeu como se fosse um esfíncter, uma espécie de anel contraído. Uma vez vencida a resistência deste anel, sentiu-se levado com todo o seu corpo, inteirinho, percorrendo adentro de um túnel circular compacto. E foi indo: penetrando fundo. Sentindo no seu cérebro as dobras das paredes vaginais, relevo por relevo, que lhe despertavam mais ânsia pelo contorno seguinte, e que não tivessem fim. Além, mais adiante, a cavidade afunilou-se e esbarrou na estreiteza de um gargalo onde o pênis foi garroteado ao nível da junção da glande, que, comprimida, expandia enorme. O Alves retrocedeu e sentiu do desnível desse obstáculo, um abalo de um salto, cuja onda de trepidação se transmitia do seu sexo por todo o corpo, repercutindo no cérebro e sentido com uma surpresa de encantamento. Avançou, de novo, através do obstáculo; outra onda o envolveu mais uma vez. Experimentara o fenômeno mais vezes. Eliane murmurou-lhe:

– Calma... Você chega lá. Quando ele a ouviu, desligou-se do experimento. E no que o Alves acionou o impulso da pélvis adiante, a glande comprimida adentrou-se pelo sobressalto. Ultrapassou essa resistência e descaiu para um espaço sentido de cobertura com toque aveludado onde o pênis parecia ser acariciado por suaves compressões erráticas. Mas localizadas, circundando toda a glande. Era a porção da vagina que tornava horizontal e pressentida como um tipo de câmara, repositório de abundante muco pegajoso. Ele seguiu em frente com a conivência das palavras de Eliane. Foi, avançou e deu de encontro a uma barreira terminal de forma convexa e rígida. Chegou "lá"! Ali se esbarrou no fim da jornada. Então se ressentiu quando se lembrou do alerta: "mas ela se dizia rasa!". E deixou passar esse refletir inoportuno. Concentrado na barreira terminal; lá ele firmou a sua 'estaca'. Ali se encontrou com conforto e paz completa. Eliane parecia transfigurada e tranquila, relaxada e gostosa. Com gestos suaves acariciava-se no próprio rosto, nos cabelos, no pescoço, nos lábios; ora apertava os mamilos, ora comprimia as bases das mamas. O Alves mantinha as suas investidas de cópula compassada, encantado no vaivém pelo relevo "quebra-molas" circular do gargalo. Eliane reagia às ações serenas do Alves com aceitação de agradecida, numa embriaguez de tranquilidade e paz suspirosa. Percorria todo o seu ser um enlevo de graça e de êxtase infinito. Lá dentro o Alves sentiu o pênis estrangulado pelas contrações fortes dos orgasmos sucessivos e intermitentes... Não era nada rasa...

– Sinta-me lá dentro, meu querido Alves – ela falou, desejando despertar-lhe mais sensível às suas reações. Ele há muito o percebera e, sôfrego, mansinho respondeu:

– Sim, estou sentindo. Eliane enfatizou:

– Então não mude de posição – e acrescentou, quase murmurando: – Continue calmo.

O Alves, comedido e com ternura, sentiu-se, afinal, o dono de todas aquelas imagens refletidas pelo espelho. Sentiu-se vencedor contra o espelho. Descobriu com a sensação de agradável surpresa de que teria tido a noção do seu próprio corpo como que circunscrito, delimitado sem referência. Entretanto, agora, de repente, numa revelação, além de identificar-se a si mesmo, pareceu-lhe expandido, com autoconsciência de que estivesse fora dos seus limites e dimensionado por enorme tentáculo, que o suplementava além no espaço. E o que era simples se tornou composto: acoplado em outro ser; e o que era múltiplo se fez uno: dois corpos conjugados em um; e o que eram cargas elétricas isoladas e erráticas: neutralizaram-se num aconchego: estáveis, completas, realizadas e felizes. Eliane, então, experimentava inúmeros orgasmos consecutivos. O Alves, admirado de tão intensos foi induzido por curiosidade a enumerá-los, mas no afã das emoções desistiu. E, assim, tomou por concebido que os orgasmos chegariam à casa das centenas. E nessa multiplicidade orgástica, as contrações conduziram Eliane ao patamar de um novo estágio de resposta sexual chamado "furor uterino" – de antiga nomenclatura para tal descrição erótica feminina. "Furor" em que os componentes de todo o baixo ventre: vagina, útero (incluindo trompas), bexiga, uretra, reto, ânus – todos são mobilizados sobre uma condição de veemência num só compromisso. Associam-se aos músculos retentores do assoalho pélvico, circundando o sexo feminino, e entram numa voragem em clímax de contração entesada, tetaniforme. Então o gargalo limitado na sua estrutura hipertrofiou-se numa onda, e seguindo o eixo tubular longitudinal da vagina adquiriu formato cilíndrico e de contensão uniforme sobre o pênis do Alves. Eliane comentou:

– Você cresceu dentro mim... Ele se lembrou da sua queixa de dispareunia:

– Está com algum desconforto?

– Não, meu Alves. Mas sinto que você atravessa por meu ventre. Era a atuação do 'furor' vaginal e/ou uterino. Os orgasmos não seriam mais intermitentes. Deles sucedeu um arrocho sustentado e de intensidade exaltada, incontido como um turbilhão ávido tentando engolir algo que nunca encontra. O Alves ergueu seu olhar para o alto, num gesto terno de agradecido e maravilhado, disse bem no silêncio do seu coração: "Amém, Senhor".

Em seguida veio-lhe um sentimento de arrependido por um agradecimento inapropriado, no exagero do gesto carregado de erotismo, irreverente ao que um dia fora tido como fruto proibido do Éden. E tinha requinte de aplauso àquela desobediência primeva. Transtornado por isso, a situação já não se fez agradável. Quis ver-se livre da sua ereção. Almejou que, talvez, se conseguisse executar suas investidas de vaivém e acometido por aquela inusitada excitação erótica poderia chegar ao orgasmo, esgotar a repleção sanguínea dos seios cavernosos e remover o seu pênis. Eliane não se conscientizou da situação, sentiu repuxos e tentou agarrar em qualquer suporte para firmar-se; segurou as dobras dos lençóis da cama e comentou:

– Não precisa puxar-me para trás, vá em frente...

E, assim, se no início lhe foi difícil a penetração, agora, com a perda do relaxamento intermitente das garras da vagina, deu-se lugar a uma única reação ultra orgástica de contração intensa, mantida espástica, que retinha o seu pênis em dificuldade para a saída. Toda a vagina era uma compressão uniforme: o gargalo, no que se expandiu longitudinal, configurou-se naquele formato de um tubo. E pior, a base do pênis estrangulada como por uma trava de mandíbula exacerbava sua ereção mais rígida, em estado de priapismo e sem alívio. O que lhe pareceu, no início, a imagem de amêijoa de valvas entreabertas, agora a pressentiu de valvas cerradas. Os músculos do assoalho pélvico exerciam a sua função máxima a que o Criador assim lhes tinha destinado. Não fora à toa que se fizeram com engenho, encaixados, circundando os orifícios destinados ao esvaziamento das escórias nas funções vegetativas. De propósito, também, o Criador lhes tinha destinado para ter condições procriadoras e executar pulsões eróticas de fêmea. Ali, naquele local, resumido em um círculo de limites ósseos de extrema firmeza, o Criador com perfeição divina optou, com sabedoria só Sua, por um entrosamento mecânico harmonioso de forças musculares individuais em cada função *per se;* apesar do contingente potencial de suas forças antagônicas. Assim, chegou a inferir nesse raciocínio, o Alves. Entretanto, agora, em Eliane, essas forças coligadas num só desígnio, por mecanismo insólito, encontravam-se com o anel constritor dos músculos da vagina numa única ação agonística de contensão mecânica sustentada.

Ao Alves, nunca fora permitido alcançar qualquer reação orgástica, ele bem o sabia, além daquele delicioso platô que era do seu feitio. E apresentou-se preso, engatado, atrelado dentro de Eliane, como num engaste. Disfarçou a situação para não se tornar embaraçosa, mas logo lhe assomou um susto com sensação de pânico. Uma batida forte do seu coração acompanhadas de outras em sequência rápidas trouxeram-lhe uma ligeira sensação de vertigem. Sentiu aquela antiga dor no peito pela qual, por desleixo, não se submeteu ao teste ergométrico requisitado pelo seu cardiologista.

Eliane pressentiu o seu embaraço, virou-lhe o rosto e deixou escapulir uma doçura de sorriso, que lhe deu ânimo e veio como um milagre. Com o que esqueceu seu desconforto e, intuitivo, improvisou uma solução – procedendo com delicadeza disse:

– Veja, minha querida, como você está linda! – e repetiu: – Eliane, veja-se no espelho... Olhe como você ficou linda! De fato, os músculos do seu rosto lhe deram uma expressão de paz e descanso...– Olhe! – ele repetiu. Ela abriu os olhos, executou com o pescoço um gesto rápido transladando os longos cabelos para um lado e liberando a visão para o espelho. Recuperou a si mesma e adquiriu uma distração na sua própria imagem. Os olhos resgataram outros brilhos. Percorriam o resto do seu corpo, sem uma vez sequer ter curiosidade de uma discreta pausa; e notar que tipo de homem, despido, seria o físico do Alves. E parecia sozinha. A presença do Alves era-lhe estranha naquela situação distraída pela redescoberta de si mesma, como se estivera ausente há tempos. Encontrara-se, a si mesma, de novo. Girava o rosto, ora com os cabelos despencados sobre ele, ora desnudando-o, ora deslizava uma das mãos ao longo dos cabelos em cascata acompanhando cada curva. Apalpava de leve as coxas, os seios, os lábios; e devido à sua distração o Alves notou o relaxamento gradual e progressivo da vulva, quão enorme era a garra do complexo músculo pubococcígeo. E para libertar-se daquela contenção afastou seu corpo num retro impulso. A arrancada no retirar da glande, no final, ainda estrangulada provocou um estalo de timbre sonoro musical do ar reverberando, implodindo nas paredes do oco vaginal de contensão desfeita. Graças, também, à descarga adrenérgica resultante do pânico sentido, seu priapismo não ofereceu resistência à flacidez. Então, refeito do susto, com muito alívio ele voltou a sua prece ao Criador. Pediu perdão. Mais uma vez, sussurrou: "Amém, Senhor!".

E concluiu certo, ou não, que o protocolo de Eliane ao espelho decorria de uma dependência vivificante por sua própria imagem refletida, no sentido de elicitar a sua energia erótica. Sem este protocolo não haveria iniciação ao sexo. E isso o seu marido anterior nunca soubera conceber. E o ato sexual se tornava penoso para ela, supostamente doloroso fora dessa iniciação narcisista, que lhe era imperativa. E era interpretado por ela como rasura vaginal, porque nunca chegava a ser sintonizado com a sua vivência narcisista e sempre em tempo psicológico inapropriado. Daí a sua diagnosticada dispareunia de avaliação errática e desconhecida, também, pelo seu Ginecologista. Assim, estava explicado o comportamento descompromissado de Eliane como a sua má adaptação à prática sexual. A sua premente tendência de fugir e de negacear encontros com parceiros fortuitos. "Valeu!", disse o Alves, para si mesmo, "Valeu!".

Eliane, então, permaneceu deitada, num silêncio em que relaxou, como se esgotada. Depois, recuperando alguma energia, dirigiu-se calada ao banheiro e sentou-se no vaso com intenção de urinar. Nisso introduziu os dedos e sondou a sua vagina. Num gesto condicionado cheirou a secreção e espantou-se por faltar-lhe odor de esperma. Continuou a urinar tranquila sem muita indagação e, ao entrar no apartamento de modo maquinal, dirigiu-se aos espelhos para distrair-se. Mas a ideia da vagina inodora de esperma logo lhe veio numa crescente perturbação mais consciente. E ainda mirando-se ao espelho, sentiu-se inquieta. Teria ocorrido a ejaculação do Alves e para onde?... Esquecendo-se por um tempo de si mesma, porém numa progressão crescente de curiosidade, já perturbada por não ter evidenciado o odor *sui generis* do pegajoso líquido, em extrema desconfiança surpreendida, perguntou:

– Alves, como é? Que aconteceu?... Cadê você? Cadê o seu

orgasmo?

– Eliane, minha querida, é que chego ao clímax do orgasmo, mas nunca seguido por ejaculação.

– Mas, como? Você entra na exceção à regra por motivo proposital? Quer ser diferente?

– Não, não é tanto assim. Há pouco eu pressenti a possibilidade de experimentar pela primeira vez a sensação do orgasmo quando me achei intensamente estimulado ao fotografá-la. E quis apressar-me oportuno com uma masturbação vigorosa e mais programada para consegui-lo. Entretanto terminei a não me arriscar noutro decepcionante fracasso. Esperava que cedo ou tarde eu tivesse de informar-lhe do meu problema. Só faltava a oportunidade, que você criou. Não é coisa séria. O meu Urologista relatou-me que sou portador de um de distúrbio sexual, que ele chama de 'anorgasmia,' Uma entidade da Medicina rara no homem, mas seria o equivalente à frigidez sexual muito comum nas mulheres. Pior para mim seria a ejaculação precoce considerada pela Medicina como uma variante de impotência sexual do homem. Eu me mantenho no mais alto patamar de prazer, num platô de excitação agradabilíssimo, sem, no entanto, chegar a disparar desse pico sensitivo o desfecho da ejaculação e do orgasmo, propriamente dito. Há mulheres que estranham um homem sem ejaculação e por este motivo ou outro, próprio delas, rejeitam-me.

– Eu já seria uma delas.

– Não me importo, se me rejeitam. Eu me acho ótimo. Nunca chego à decepção do decremento erótico. Estou sempre em alerta e com a carga intacta. Meu urologista me diagnostica de Impotência ou Disfunção Orgástica. Uma entidade incomum em que não necessitei de treinamento tântrico. É tudo natural e me dá vantagem, disse. Talvez com intento de confortar-me, ou não, acrescentou: –Todos os machos deveriam ser assim, sem nunca chegarem ao orgasmo. As mulheres chegam ao orgasmo fácil e múltiplo, por isso se dispuseram desde o início dos tempos a se submeterem na prática da prostituição, do contrário não tolerariam as suas mazelas. Isso me dá vantagem de sempre ter o impulso erótico constante e pronto para toda eventual ereção: igual acontece com o galo num terreiro ou outro tipo de reprodutor. Minha libido tem de ser controlada. E teceu elogios ao meu comedimento sexual senão entraria no rol dos estupradores em série.

  – Meu Deus, Alves! E não tem tratamento? Você procurou uma segunda opinião?

  – Sim. Outro urologista surpreendeu-se com a raridade do fenômeno: é o mais raro dos casos de impotência sexual. Alguns a chamam de aspermia psicogênica, porque se resolve com a psiquiatria. Mas, como não demonstro distúrbio psíquico algum, não me deu solução. Pensou ele que eu podia até ter uma hipertrofia congênita do músculo detrusor da bexiga, ou do complexo músculo pubococcígeo, que se conteria em tensão única, sem descontração ampla do disparo orgástico. O oposto ocorre nos casos de extremo pânico agudo quando, com o relaxamento desses músculos por desequilíbrio do sistema nervoso autônomo, se daria uma micção urinária ou uma descarga de fezes, involuntárias. Ou então uma espermatorreia por um orgasmo espontâneo. Contou-me sobre o caso insólito ao meu, em que o paciente ejaculava, mas sem a sensação de prazer pré-orgástica. Ao mesmo tempo disse que as mulheres vão me adorar. E afirmou: "Você é portador de *impotência orgástica*, mas não se indigne com isso". O oposto seria o cúmulo da impotência, que é a ejaculação precoce quando ocorrem orgasmo e ejaculação incontroláveis sobre a mulher antes da penetração. Vem concomitante com um tipo de pânico, ou por um deslumbramento inesperado, e demasiado excitante de um corpo de mulher. Esse tipo de orgasmo espontâneo e inesperado é comum nas mulheres, mas a sós e sem parceiro perante um estímulo visual ou imaginário... E tem ainda a *impotência coeundi* ou impotência copulatória em que a vítima se torna incapaz após os segundos iniciais de seu desempenho quando o pênis se torna coxo de ereção. A resultante da última seria uma situação embaraçosa, traumatizante de desencantos para os parceiros. "Você é um homem de sorte. Considere-se de superpotência sexual, uma joia rara. E nunca vai necessitar de Viagra ou droga semelhante", disse-me ele...

    – Um estímulo extra como uma massagem na próstata, não lhe ajudaria? Você indagou dele sobre essa possibilidade? – e Eliane, com um sorrisinho sarcástico, continuou: – Se você quiser, sou a primeira e também a única a ser-lhe disponível, e deu-lhe um suave beijo no rosto para imitar mais intimidade com o assunto. Eu costumava manter-me prevenida carregando sempre na bolsa um kit de gel e dedeiras de látex importadas da Coreia. Da Farmácia, perto da boate, cujo dono era sul-coreano, comprávamos os produtos: quando então ele dava uma girada de corpo e com discrição os pegava da gaveta ao lado do caixa. Há homens que exigem essa manobra por um prazer mais intenso. Espero que você não me leve a mal... Há outros que se exacerbam somente quando lhe causamos dor estrangulando a base dos testículos. Talvez esses sejam um tipo próprio de masoquistas ou talvez mais espertos.

    – Bem, são opções que ainda não tentei recorrer. Quem sabe com a sua conivência você tem nos dedos a minha cura – e terminou dando, em troca, outro sorriso de gozação.

    – Se não lhe faz falta o orgasmo, e você se orgulha sem ele... E presumo também ser capaz de manter-se em masturbação sustentada por horas seguidas e que haja estímulo apropriado. Nós dois somos almas irmãs, meu querido Alves, nascemos um para outro. Você me fotografou. Eu quero ver as fotos e descobrir-me segundo a sua concepção estética do meu corpo. Chego a ter ciúme de você com esse seu orgasmo protraído usando-as e abusando do seu modo de ver-me... – nisso se dirigiu ao espelho e beijou-se deixando a marca dos lábios na mancha do batom no vidro. Virou-se, de repente, para o Alves e disse: – Bem, vamos mudar de assunto? Vamos somente nos amar, meu querido Alves...

    Naquela mesma manhã, de cortinas cerradas, mas já teria vislumbres de fantasmas o lusco-fusco do dia lá fora, assim os dois muito se amaram. Eliane confessou-lhe:

    – No orgasmo que nunca lhe vem, você não morre. Enquanto eu ascendo ao céu de delícias e retorno num contínuo alternante de onda de subir e descer. Se você não consegue a sua vez de morte, e mantém-se arrebatado é o trampolim para que eu me embale ao céu várias vezes e permaneçamos juntos. Ele desabafou seu coração em votos de amor eterno. Eliane tinha certeza de que encontrara também o seu par e a sua paz. O Alves teve depois tempo suficiente para de todos os ângulos e posturas diversas continuar descortinando inúmeras configurações de Eliane, usando os recursos da sua noção de estética e cumprindo o fatal destino programado pelas suas pregressas fantasias.

    – Que bom você me descobriu, meu querido Alves – disse Eliane dando um suspiro profundo e de frente ao espelho. Soltou um sorriso lerdo, esquecido, que parecia de quarentena, resguardado, paralisado no seu rosto, dormente, à espera de um momento certo para desabrochar. Desta vez, não estava se vendo. Os olhos abertos pareciam vazios sem percepção dos seus reflexos. E aparentavam alcançar além dos seus limites, absorta de si mesma: quando o seu duplo se desfazia... Talvez ou com certeza, apenas por aquele instante.

    Alves lembrou-se do cantor Nat King Cole, entoando: *Around the world, I've searched for you...* e que depois termina: *no more will I go on around the world, for I have found my world in you!* Então, ele comentou:

    – Você foi detectada por minhas buscas, minha Eliane. A imagem da sua estética foi calcada do arquivo dos meus sonhos. Tornou-se para mim a dimensão de todas as mulheres, e isso é tudo. Lembra quando lhe disse: "amor à primeira vista?" É um modo de dizer. Eu só antecipava encontrá-la para dizer: "achei!.." *"Quando te vi amei-te já muito antes, tornei a achar-te quando te encontrei."* Esta frase é do poeta Fernando Pessoa... Você já era preconcebida por mim... *"Batei e abrir-se-vos-á, buscai e achareis".*

    – Acho, fui eu quem descobriu você. Sua voz tentando dar um sentido de surpresa saiu dissonante e teve um timbre de rispidez...

– Também não. Quem busca acha. Sou, como lhe disse, adepto da teoria da predeterminação dirigindo nossas vidas. Aos poucos fui sendo programado com essa preconcepção fatalista. Ah! Como eu procurei você!... Ou estava impresso no meu DNA genômico essa procura, escrava de um impulso instintivo e cego, que me levou à busca ou foi um produto de uma preconcepção consciente... Aliás, se a exigência dessa impressão genética ou a instância de uma preconcepção consciente promoveu essa diligência e determinou o meu destino, ninguém é capaz de revelar. Sou de origem Presbiteriana com ideologia Calvinista da predeterminação. Entretanto, creio eu, o nosso destino é o resultado final de escolhas, até das mais pequeninas. Elas traçam o trajeto do nosso futuro. Saber escolher presume premonição e sentido de causa e efeito. E requer o temor à inconsequência. Então, existe um mistério: se temos um destino pré-traçado ou se traçamos o nosso próprio destino. Mas desde o dia em que a encontrei eu sabia que você estava predestinada para mim. Conseguir você seria cumprir uma ordem. Eu tenho o pressentimento de que manterei junto a você o mesmo patamar de deslumbramento do nosso primeiro encontro. E assim acabam e se resumem nesse encantamento diante de você todos os meus sonhos, num eterno porvir.

Alves se sentou ao bar, enquanto ingeria sua vodca, falava num tom de solilóquio: – As fantasias se apresentam de uma cumplicidade com nuances de difícil triagem. Uma criancinha vasculha, de inocente curiosidade, atrás do espelho com a impressão de a sua imagem encontrar-se ali. Ou quando vê pela primeira vez uma figura intensamente colorida, desenhada em moldes tão vívidos, ela tenta agarrá-la daquele plano com a ilusão de três dimensões. Passa e repassa a face dorsal da mãozinha, tentando por cima do desenho num sobe e desce e num vaivém horizontal a ver se consegue agarrá-la do papel. E segurá-la em suas mãozinhas. Assim, também, se percebemos as sensações dos fenômenos tão intensas com a limitada capacidade dos sentidos perdemo-nos na fantasia e na avaliação de suas dimensões reais. E nos angustiamos. Mas temos de preparar-nos em alerta, estender as antenas a captar os sinais, que as fantasias elas existem; e são fiéis. E ao se realizarem então descobrimos que as fantasias têm muito de verdadeiras, apesar da mescla de outras ilusões. A vida em si é uma inquietação no cérebro por autoafirmação em ser diferente e único, como o de ter um querer e batalhar numa busca de adquiri-lo. Alguns nunca encontram o que quiseram, mas outros o alcançam e sentem que já viveram o bastante e agradecem os seus fartos dias. O ter-se vivido significa ter realizado o sonho do seu querer. Outros nunca chegam de saber ao certo daquilo que almejariam por ter. Nunca assumem um compromisso qualquer. Por nada buscam, nem por abstração sentimental alguma se inquietam. A vida para esses nunca terá significado de dias parcos ou fartos. Simplesmente passam sem noção de terem vividos. E quem sabe? Viveram felizes... Mas o sonhador inquieta-se infeliz e busca. O mais importante nessa inquietação seria não se acomodar na lei do menor esforço e ter a certeza exata do que se busca no sentido de possuir o desapego suficiente e a força para rejeitar falsas impressões; não ser-se envolvido por elas e dá-las por achadas... Só sabemos daquilo com que sonhamos, só vemos daquilo que sabemos e só queremos daquilo que sabemos. E nesse raciocínio fechamos o círculo numa linha curva de retorno aos nossos sonhos. Portanto para realizar-se um sonho requer a posição de enfrentar-se na sua busca, e desprender-se na alternativa de "ou tudo, ou nada".

— Meu querido Alves, pelo que vejo, o álcool embota lhe o cansaço e também lhe inspira melhor o discurso. Ele, como se não ouvisse o comentário de Eliane a fazer poses diante do espelho, apenas a admirava, e voando solto no seu pensamento, continuava:

— As realizações de nossas fantasias dependem de nossa aptidão perceptiva de reconhecê-las em suas possibilidades. De ter persistência em distingui-las das ilusões e, sobretudo, de nossa capacidade de sonhar. Mas com cuidado! As fantasias podem tornar-nos santos ou demônios dentro dos limites da nossa finitude... – fez uma pausa, ingeriu mais uma dose de vodca e continuou: – As fantasias são frutos das nossas ideias e se chegam a ser tidas como sonhadas: – é que são realizáveis. Por isso, se fantasiamos a existência de um Criador, com certeza Ele realmente existe. Assim como fantasiamos e provamos, estupefatos, o conceber a imensidão de todo Universo, temos que fantasiar e aceitar como certo, e mais perplexos ainda, a existência do Criador. Hoje, parece que me sinto um novo convertido ou me divagava como um incrédulo... – fez outra pausa, ingeriu o resto do líquido do copo e continuou: – Não podemos, sendo nós tão finitos, imaginar ideias de coisas provindas do nada. Assim seríamos deuses a criar ainda o inexistente. E se nos falta razão para nossas ideias: que apelemos pelo induzido através do instinto...

Eliane, enquanto ouvia toda essa fala, mirava-se no espelho... O Alves como se despertasse de um transe, disse-lhe:

– Você!... Você sonha tanto!

–Nem tanto, meu querido Alves – e numa proposta inesperada de outro assunto ela comentou: – Na vida há algo em tudo que faz a diferença. Esse algo pode ser tão diminuto, mas ser o suficiente de ser aquele pouquinho que chega a suplementar o limiar da diferença. E pelo tanto de pouco nos faz subestimá-lo no cálculo para depois inferir com espanto que aquele tanto de pouquinho alcançou além da medida e fez a diferença. É como a última gota a provocar o derrame... Você foi o único homem que conseguiu chegar lá!

– Como assim?

– Ora, meu amado Alves, não seja ingênuo. Você foi o único homem que já penetrou nas profundezas sensíveis da minha vagina e descobriu-me um tesouro, um eldorado de prazeres. Você, meu querido! Só você chegou lá! Ninguém o conseguira... Ela continuou falando... Ele rápido foi ao banheiro. Afastou-se de Eliane que se viu sozinha e sem ouvidos. Quando, então, se calou.

O Alves recebeu a mensagem como se um terremoto estremecesse as suas estruturas. Atordoado, reagiu em cheio ao impacto de afirmações, que se lhe apresentavam contraditórias sobre uma condição, antes, tanto reiterada. Viu-se diante de um mistério. E para quem está intoxicado, qualquer pensamento pode vir de axioma intruso e nebuloso. Por que Eliane se fixava naquela pertinente indagação de suas "dimensões" e como se fora uma condição estabelecida, calcada em experiência desgastante e sofrida?... Eliane renitente, outra vez, fugia-lhe; agora, não mais no físico, mas nas ideias. Não descontinuava no espaço, porém desconversava com semântica. Era possuidora de uma mente ambivalente e indigna de qualquer confiança. Uma mente de requinte diabólico.

Nessa perplexidade, viu-se de novo, mais uma vez, vítima... Viu-se que se encaminhara longe num labirinto de um engendrado sentimental, que há muito o tivera levado fora da interface da realidade. Sentiu-se possuído de uma revelação: "Essa mulher não existe, é produto de minha própria lubricidade, da minha criação psíquica, talvez mórbida e apenas fora de meu controle. Preciso resgatar-me". Estremeceu-se nos refolhos. Rejeitou com repugnância o resto da vodca quando fez menção de ingeri-la e despejou o líquido na pia. De volta, foi direto ao paletó, e dali conseguiu uma cartela de comprimidos do sonífero Midazolam. Mastigou uns tantos e ingeriu o resto. Sem dizer coisa alguma, deitou-se para dormir, tal qual numa fuga caracterizada por pânico. Pelo que se lembrou por último num resquício em penumbra, antes de adormecer, Eliane se encontrava diante do espelho paralisada em si mesma e punha-se com uma das mãos a desfiar para um lado os seus longos cabelos...

Acordou... Olhou no relógio: meio-dia. Com uma data além do dia anterior. Eliane não se encontrava. Indagando da recepção do Motel, informaram que tinha tomado um táxi e deixado um bilhete. Comunicou à portaria do quanto bebeu, solicitou-lhe a sua despesa. E veio anexo à nota de cobrança um recado que ele rasgou sem ler. Deveria tê-lo lido. Reviu as fotos da Eliane e, sem piedade, eliminou-as do celular... Pagou, a mais, outra dose dupla de vodca, entrou no carro e dirigiu-se para o Hotel quando, no caminho, ele se lembrou de Anthony Quinn no filme *Zorba o Grego,* e repetiu para si mesmo: – *Life is trouble. Only death is not. To be alive is to undo your belt and look for trouble.*

E conformou-se – "estar vivo é desatar o seu cinturão (das calças) e procurar problemas".

O Hotel já não lhe pareceu festivo e até a nova pintura assomou-lhe aos olhos carregada de um astral depressivo e de desencanto que ele suspeitou fosse também por efeito de sua ressaca. Desfez a reserva da hospedagem pagando-lhe as diárias, sem soltar qualquer comentário ou justificação por sua ausência. Na saída, olhou para o homem dos balões, acenou um adeus. O homenzinho deu-lhe um sorriso. Sinalizou um gesto para que se achegasse. E notando sua tristeza estampada executou um trejeito festivo de corpo imitando animação, e disse:
– Senhor Alves, não se sinta tão triste! – e entregou-lhe um envelope donde retirou um cartão com desenho de um gatinho, dizia: *Você, meu amado! Você foi o único homem a penetrar-me fundo e descobrir-me um jeito de gozar. Amo-o muitíssimo. Mil beijos. Toda sua, Eliane.* Sem ainda ter consciência do impacto da mensagem escrita, ele ouviu a voz familiar:
– Querido, e os meus espelhos que você prometeu? Ele se voltou num meio giro e encontrou atrás de si aquele corpo como descendesse das alturas. E inacreditável!... E chorou lágrimas escondidas entre as pálpebras, que se fizeram rasos de água.
O homenzinho com gesto de aconchego juntou os dois num abraço, enquanto isso se descuidou ou não, ou então o fez de propósito: e os balões multicoloridos se soltaram esvoaçantes aos céus e com os ventos. Balões expandindo-se numa explosão festiva. O Alves, ligado na emoção daquele momento, pôs lhe nas mãos alguma soma de dinheiro que julgou superar de muito o preço dos balões, tentando ser pródigo com um brinde à sua sensibilidade de compartilhar a sua alegria. Olhou com pausa longa para os balões dispersando-se cada vez mais soltos no ar sobre a praça. Uniu-se a Eliane e seguiram, abraçados. Os dois em direção ao carro trocando beijos em efusão de apaixonados... O homenzinho limpava com um lenço branco lágrimas inopinadas. Juntou as mãos em atitude de prece e ajoelhou-se dirigindo para cima palavras

ininteligíveis. O Alves, mais uma vez, olhou para o alto em direção aos balões, depois viu o homenzinho estático na posição de súplica para o além. Circundando a praça, de longe, sentiu-se tentado por outro olhar ao Hotel e por um último adeus ao homenzinho. Que, identificado à distância graças ao lenço e ao globo reluzente da calvície, continuava na mesma posição. Estacionou o carro para visualizá-lo melhor, usou o binóculo e se surpreendeu:

– Veja-o, você mesma, Eliane – e passou-lhe o binóculo: – Veja! Ele ainda está de joelhos e com o lenço enxugando as lágrimas!

– Adivinha por que...

– Deve ser muito sentimental!

–Sim, é o meu tio, irmão da minha mãe. Alves considerou-se festejado, como se toda a família estivesse ali representada. Não se conteve emocionado, quando lhe escapuliram a escorrerem duas gotas pesadas de lágrimas pela face abaixo. Tentou disfarçar sua reação em não as enxugar, mas Eliane as aparou passando-lhe no rosto, com delicadeza suave, os dedos da mão esquerda e disse:

– Meu Alves, você faz parte de mim, agora batizado meu homem! Comungando com a família entre aspersão de lágrimas...

Enquanto o carro se movimentava, Eliane via com o binóculo que o homenzinho continuou balbuciando coisas, ainda ajoelhado, enxugando lágrimas e ausente de tudo.

IVANA

"As soon as there is a body and as soon as
"there is" an Other, we react by desire…"
J. P. Sartre (Being and Nothingnes)

Devido ao desequilíbrio de ações antagônicas do sistema nervoso autonômico simpático/parassimpático, Ivana era castigada pelas próprias condições fisiológicas do seu corpo que funcionavam de maneira exacerbadas. Dotada de mente ultrassensível a percepção pelos sentidos, ela se torturava por estímulos aleatórios, que exerciam efeitos nocivos ás funções vegetativas. Que eram de respostas exageradas sem supressão adequada, concomitante, do outro mecanismo antagônico desse sistema nervoso vegetativo. As funções vegetativas do corpo são autorreguladas e balanceadas. Independem da vontade. Mas se processam através de interações neuro-hormonais de biorretroalimentação, que mantêm as funções mais primitivas da sobrevivência do organismo em perfeita harmonia. E, assim, em Ivana o desequilíbrio reacional dessas forças antagônicas terminou no distúrbio crônico doentio, muito incomodo, que se diagnostica de: – distonia neuro vegetativa somatiforme.

Portadora dessa distonia, era comum Ivana ser surpreendida com uma orelha pálida, sem sangue, em contraposição com a outra vermelha e pletórica de tanto afluxo sanguíneo. Ao tato, uma orelha permanecia quente, mas a outra, de um frio cadavérico. Ela procurava recursos com consultas para livrar-se do incômodo, e médico nenhum lhe tinha conseguido tratamento apropriado. Sua transpiração aos esforços ou às emoções a enxaguavam como debaixo de chuva. Era frequente ver, através das suas vestes, uma axila inundada de suor contrastada com a outra, enxuta, que lhe dava a suspeita de que tivesse se esquecido de usar o desodorante nos dois lados. Qualquer contrafeito lhe provocava diarreia, cólica intestinal ou sangramento menstrual. Planejar sair de casa numa determinada hora se tornava um suplício de fracasso. O atraso se faria por perda de tempo gasto em caminhadas impulsivas, viagens intermitentes ao sanitário com sensação de urgência urinária, por evacuações líquidas com gases tempestuosos, ou por esperar que gotas de antiespasmódico lhe sanassem as cólicas intestinais. Às vezes, também, pelo penoso trabalho de uma ou duas trocas de absorventes devido ao sangramento intruso entre as pernas no tempo da menstruação.

Hemicranias e visão de moscas volantes lhe acometiam com frequência, sem motivo aparente. Correspondia à mínima e inútil pressão psicológica com urgência urinária de minuto a minuto em situações e/ou lugares inapropriados. Mãos e pés gelados, calafrios ou sensação de calor lhe vinham a qualquer pensamento errático do qual não tinha ideia. Tudo nela era exagerado. Suas pupilas não dependiam de estímulo físico para reagirem e para se acomodarem. Uma emoção mais íntima lhe fazia abrirem e fecharem alternadamente, igual acontece nos olhos de aves como de papagaio. De acordo com uma emoção perene de modo exagerado uma pupila se dilatava, enquanto alguém lhe advertia: "Você tem pupilas desiguais, consulte um neurologista".

Era-lhe um drama numa relação amorosa sexual com qualquer parceiro. Queixava então de cefaleia, procurava cobertura ou abrigo com meias para esquentar os pés frios; vinham-lhe cãibras, náuseas, tonturas e mal-estar geral - quando se queixava: "Meu coração parece disparado". Ou lamentava: "Meu coração parece que não bate," checava se no pulso sem própria técnica e de fato não batia, então entrava em inesperada crise de pânico. O encontro com o tal parceiro que prometia ser uma maravilha se convertia em inescusável decepção. Não era à toa que não se dava a relacionamento adequado com o sexo oposto.

Dir-se-ia de Ivana como um tipo de gente que tem reflexos hiper-reativos, como ninguém tem, e entra no rol da exceção à regra. Que tem capacidade cognitiva aguçada e – vê demais; de alto sensório – sente demais; que fantasia coisas tão vívidas como alucinações – um tipo de gente com percepções tão intensas ao ponto de se tornarem próprias de um sensitivo ou de um esquizofrênico. Era vítima de um estigma que não pedira, nascera com essas condições exacerbadas, que dependiam de seu sistema neurofisiológico ultra receptivo. E foi, então, com essa sua hipersensibilidade que qualquer motivo ao despertar-lhe uma reação erótica deflagrava, também, sem opção para resgate um fatal orgasmo espontâneo inesperado e inoportuno.

Com o correr do tempo conscientizou-se do seu erotismo. Com esta conscientização evoluindo, afinal, aprendeu a conviver com os seus orgasmos. Que na condição de serem de caráter satisfatório se tornaram tanto de desejáveis que terminou a indagar por artifícios no sentido de obtê-los. Então, essa distonia neurovegetativa a condicionou por natural pertinência a induzir suas pulsões afetuosas direcionadas e seletivas para motivos sexuais de onde recebia sua melhor recompensa. "Nem todo mal é mal". Ou *à quelque chose malheur est bon.* E, melhor ainda, pelo exercício dessas pulsões afetivas, adquiriu, com surpresa de uma descoberta casual, como numa revelação de um estalo que poderia executar com engenho o controle da fisiologia dos seus orgasmos. Agora, por ela administrados, fizeram-se voluntários e automáticos.

Os orgasmos espontâneos ou inesperados continuavam, e apoquentavam-na, às vezes. No entanto, as suas visitas à Avenida eram sempre de delicioso espairecimento em busca programada de orgasmos automáticos. A sua mente se converteu num tipo de *software* de onde podia resgatar arquivos ricos de fantasias sexuais clicando apenas o item apropriado ao seu interesse da janela dos seus olhos. Com seu limiar de excitabilidade sexual de baixo patamar, com pouco estímulo obtinha resposta intensa e sem rodeios, direto no plexo do seu órgão de choque: a sua genitália. Essa sensibilidade sexual aos estímulos evoluiu, foi refinando-se, progrediu em sutileza e perspicácia ao ponto de ser capaz de detectar em motivos bem insignificantes uma aparente conotação erótica. Mas que na sua aguda percepção, agora programada, seria o suficiente estímulo para deflagrar o gatilho em direção ao orgasmo. Configurou-se uma mulher cujos pensamentos se engendravam em busca de fantasias eróticas gratificantes. Que se tornaram normais para ela e se fizeram em não mais como um hábito, mas um lazer, tipo um *hobby*. Ela já administrava com afinco a faculdade de permitir-lhe executar os seus orgasmos... Um hábito condicionado verte-se pela frequência do seu uso em dependência viciosa de difícil controle e daí, carente de si mesmo, termina impreterível e sem retorno por salvamento nas raias do abuso.

Executando frequentes passeios pela Avenida, chamava a atenção de qualquer passante despretensioso que, de repente, sem querer, com espanto, seria forçado a sentir-se atraído por uma mulher bonita. Um dia, um transeunte surpreendido ao vê-la, soltou em murmúrio alto, sem reflexão, ao lado da esposa: "Mulher tem de ter bunda... contudo antes de terminar seu pensamento na palavra... alta" a frase foi entrecortada por um ardido beliscão. "Comporte-se!... Na 'alta' deveria estar você que não sobe mais", completou a esposa.

Ivana expressava no alternar dos passos o requinte e a sensualidade do seu espírito feminino. No seu andar com balanço de cadência suave, os joelhos faziam movimentos de discreta báscula para dentro, repercutindo em ricochete na pélvis, que então adquiria um vaivém de retrocesso lateral. Caminhando, dava a impressão de que o passo, com a cinética do quadril, no ir para frente gingava para trás num tipo de drible de ilusão de óptica. Também não era preciso ser um bom observador para surpreendê-la de vez em quando com andar de modo esconso, com passos travados e semifechados. Era quando o seu corpo perdia a cadência. A coordenação motora do ritmo dos passos submetidos à interferência das crises orgásticas convertiam o seu andar, às vezes, em marcha errática, ebriosa ou desorganizada.

O estímulo para o seu automatismo tinha caráter heterossexual e seletivo. Seria por uma particularidade de um corpo que se lhe afigurava atraente. Contudo de modo transitório. Essa particularidade variava de tempo em tempo, pois logo se embotava, obedecendo à lei do enfraquecimento dos retornos pelas vias reflexas. Direcionava, nessa faina seletiva, a atenção para um nariz avantajado no contraste de um rosto, um estilo de cabelo assanhado, ou cabelo de corte rente; para peitorais hirsutos de um tórax corpulento; sobrancelhas cheias; cavanhaque curto; uma braguilha vultosa... E assim por diante na busca de renovar o estímulo. Aliás, o que mais lhe surpreendia a sensibilidade erótica era defrontar-se de carro no cruzamento de uma preferencial com uma caminhonete parada, mas de vidro fumê, disfarçando o motorista e aguçando-lhe a fantasia na curiosidade do misterioso atrás do volante. A visão deste quadro estampado se lhe afigurava segredos insondáveis. Ela permanecia no cruzamento sem pisar no acelerador para a sua vez de partida: as pernas se esqueciam. Uma ausência do seu cérebro paralisava lhe qualquer ação muscular motora. Era a consequência da resposta exagerada do seu sistema nervoso autonômico da região pélvica, que ativava sobre a vulva enxurradas de fluxo sanguíneo. E os grandes lábios de bulbos bochechudos, estufavam pressionando as laterais por mais espaço, donde lhe advinha um estímulo para uma sensação gostosa.

Quedava-se ausente. Em contraposição, ela comprimia uma coxa de encontro à outra a intensificar um espasmo orgástico. Só depois de várias buzinadas da fila de motoristas apressados, então surpreendida recuperava a compostura, acelerava o motor e partia. Antes, porém, distribuía um ar de desdenho com reprimenda e confabulava consigo mesma: "panacas". O que implicava o fato de ser o carro sempre uma caminhonete de vidro fumê seria um mistério.

Voluptuosa, fazendo charme, queixo erguido passeando pela Avenida, incrementada pela sua fantasia erótica, Ivana estava armada de uma sensação como se tivesse um pênis ereto, rígido no platô da excitação, entre as pernas, pronto para disparo do gatilho ao menor estímulo. Contudo, não seria um pênis e sim uma vulva. Do mesmo modo que no macho as vesículas seminais expandidas, repletas de líquido prostático, dão-lhe desconforto e exigem com urgência por descarrego orgástico, os seus grandes lábios, também, com a repleção sanguínea eram sentidos com batidas de um dolorido agradável, mas que a apoquentava pedindo alívio. No homem, quando as vesículas seminais se desafogam com o orgasmo, a tensão da libido naquele momento se extingue; assim, a coação da premência erótica se atenua. Já em Ivana, com a sua libido condicionada ao exercício mental, havia uma pletora sanguínea perene sobre os seus órgãos genitais tanto a jusante pela ação dilatadora sobre as artérias, como a montante. Pois cada orgasmo promovia uma estagnação sanguínea venosa, cuja pressão sobre o seu sexo era um apelo lascivo constante e sem salvamento. No estágio de clímax do estímulo sexual, sentia subindo pelo seu corpo as vibrações de um sonido ruidoso causado pelo atrito abrupto e turbulento do fluxo de sangue, como enxurradas nos vasos dilatados do baixo ventre. Com essa congestão, a vagina e o útero com sangue estancado pesavam encharcados embaixo do seu umbigo. Os grandes lábios embebidos estufavam proeminentes e volumosos, suculentos, como uma espoja elástica. Toda a sua pélvis era palco de um redemoinho de sangue pulsando em cada batida do coração. E contrações da musculatura pélvica alternavam-se com relaxamentos dando a sensação gostosa de sucção intermitente por todo o baixo ventre. Era a preparação fisiológica de alerta para os orgasmos. Bastava um clique de vislumbre de um enlevo erótico qualquer, como estímulo, para o seu pensamento libertar o gatilho; e então se seguiam orgasmos, um após outro. Era quando se podia vê-la de pernas contraídas, depois frouxas, relaxadas, de andar trôpego, esconso, sem prumo e às vezes caía num apagamento total. Durante minutos Ivana desconhecia tudo, ausente de todos. Deslocada no tempo e no espaço recebia ajuda de quem quer que fosse; e, recuperada desse apagamento, ajeitava-se, limpava qualquer coisa do vestido, pedia desculpas, dava um toque de charme no cabelo e se investia de novo na Avenida, como se nada tivesse acontecido. E seguia com seus cílios pontudos descansados sobre os olhos grandes e esverdeados como uma coroa em leque. Os músculos esternocleidomastoídeos como duas colunas paralelas demarcavam um queixo sobressaindo angulado de linhas suaves, mas firmes, que avançavam o rosto em frente, dissimulando desligamento de tudo, com altivez e desdenho.

Um dia, na Avenida, dois policiais traziam um fugitivo do qual lhe desabotoaram as calças para que ele as segurasse no sentido de mantê-lo de mãos ocupadas em garantir o pudor, e facilitar a sua contensão sem as devidas algemas. Mas um impulso casual foi interpretado como reação à fuga e provocou num dos policias um movimento enérgico com o que as calças se soltaram e sem cueca expuseram a genitália, enorme, despencada entre as pernas. Foi uma nudez instantânea para uma visão de relance, mas Ivana o percebeu denso, como estímulo carregado de caráter sadomasoquista e reagiu com um orgasmo violento. Perdeu o tônus de sustentação e caiu sobre o asfalto. Veio simultâneo com relaxamento do trígono da bexiga urinária e sentiu o frio do líquido pelas suas vestes. Rejeitou ajuda de mulheres que dela se acercaram. Recompôs-se ainda no chão, amarrou pelas mangas longas em derredor da cintura a sua blusa, e levantou-se. Entrou na loja adjacente, escolheu uma veste qualquer e no vestiário se trocou... Às vezes, o estímulo embotado pela monotonia da repetição lhe escapava ou vinha-lhe sem muita potência. Permanecia, então, um platô de excitação sensual assomando-lhe todo o corpo, numa onda de levitação ausente, num tipo de paralisia tanto intelectual como motora. E nesse impasse também se desmontava, encolhida sobre o asfalto, na esperança de desfazer-se da impregnação sensorial, passar a crise frustrante sem ter chegado ao desfecho orgástico. Sentia-se irritada nessas situações; num desespero de desencanto, envergonhada dentro de uma insatisfação incômoda. Então, tentava disfarçar a aparência como se estivesse sido ofendida por uma circunstância qualquer, mas a carga energética estaria intacta na sua potência sensual, e Ivana, rápida, fazia-se refeita em seu charme. E estava de novo disposta para outra tentativa.

Assim era Ivana... Experimentaria centenas de orgasmos espontâneos por dia. Nesse modo repetitivo, terminou por adquirir um padrão de comportamento agitado, energético, executando as tarefas com rapidez e com gestos demonstrando um estado de espírito alegre, disposto e contagiante. Às vezes, as mulheres sentem um rápido e passageiro êxtase de indução erótica, associado com um fino tremor das mãos e na elocução das palavras, que não sendo atendida naquele exato momento essa euforia de adrenalina sensual passa. Em Ivana, não há picos de hipersensibilidade ao sexo, mas sim um estável limiar de erotismo sustentado... Atualmente, permanece incapaz de dissimular a sua energia erótica. Diante de estímulo propício, seu rosto se transfigura e reverte mais cheio de repente, como por encanto, quando os músculos faciais se juntam coligados de maior tônus e se hipertrofiam. A pele do rosto hiperemiada com irrigação sanguínea torna-se de um róseo pletórico, as pupilas se dilatam enormes, as pálpebras se distendem com um olhar de regozijo ou por busca de maior visão. Os cabelos se eriçam pelo retesamento dos bulbos capilares e se soltam volumosos ao redor do rosto, que adquire fácies de leoa estampando profunda voluptuosidade. E tenta camuflar sua reação com suave sorriso denotando misterioso contentamento.

A Farmácia de Esquina contratou recente um balconista calvo, cujo formato da cabeça brilhosa sugeria-lhe o simulacro da glande de um pênis enorme. Fazia visitas periódicas à Farmácia a fim de pequenas compras, quase desnecessárias. Seria quando retirava da bolsa e ajeitava no rosto os óculos escuros que pouco usava. Mas lá dentro eram-lhe exigidos como disfarce para o intento a que se dispunha. E com o corpo em discreta torcida apoiado no balcão acompanhava os movimentos do atendente com o olhar oblíquo para cima direcionado aos contornos da careca. O olhar em pasmo, ângulo aberto, absorto, estarrecido, olhos grandes, congelados pela paralisia das pálpebras. Ali costumava entrar em transe orgástico apresentando-se como um tipo de lipotimia, próprio de pessoas com astenia neuro-circulatória. E interpretando assim, os atendentes de uniforme branco, solícitos, deitavam-na num sofá de uma sala próxima, ao lado dos balcões. E recebia socorro desnorteado, contudo o recebia, até refazer-se da suposta crise de "pressão baixa". "Mas a senhora tem muita sorte de passar mal sempre aqui na Farmácia quando estamos disponíveis... Sua pressão está ótima agora: 120/80... Procure um médico."... A orientação seria dada.

Última vez, Ivana foi atendida pelo balconista, foco da projeção do seu estímulo condicionado e responsável por alugar a sua sensibilidade. Enquanto circulava o manguito do esfigmomanômetro no seu braço para aferir a pressão arterial foi surpreendido com uma mão vazia suave de dedos longos e trêmulos, que se encheu, numa gana rápida e num só apanhado, de sua genitália: pênis, escroto, pelos pubianos; com uma garra convulsa. Ele afastou-se com movimento brusco do corpo para trás, assustado, quase em pânico:

– Não, minha senhora, não me faça isso! – e posicionou-se de novo como antes numa postura profissional. O seu susto fê-la também repelir por inibição voluntária as contrações dos músculos pélvicos e da vulva abortando o desfecho do orgasmo, que no seu erotismo tornou-se frustro.

– Não posso perder meu emprego – segredou-lhe ele em voz suave – foi difícil encontrar este. Por favor, posso lhe dar meu telefone, mas não me desmaie, outra vez mais, nesta esquina.

– Foi sem querer, seu bobo!

– Não estou interessado se tem querer ou não. Não se pode é perder o pudor nem a ética profissional. Aqui entre nós, assim que me empreguei, tenho observado as visitas à nossa farmácia, e a sua figura a passar aí passa pela Avenida... – ele notava dos olhares de Ivana em sua direção um espanto congelado rápido, quase imperceptível como se fosse devido à passagem de uma faísca elétrica pelo seu cérebro. E, por sua vez, também, absorvendo a força da mensagem então sentia o impacto na envoltura da próstata que se manifestava por uma contração automática do esfíncter anal.

– Aqui, meu cartão. Disfarça, por favor, disfarça!

– Eu vou acionar a Delegacia da Mulher – retirou os óculos escuros, pegou com gesto brusco o celular e simulou discagem, dizendo: – Você está me insultando!... (queria dizer "me enchendo o saco," mas segurou a baixaria).

– Vera Lúcia, venha aqui – pediu auxílio à outra atendente. – Me ajude, venha – tentando desviar o vexame a que chegara enquanto direcionava Ivana, segurando-a pelo braço, fingindo apoio, olhando de soslaio com movimentos nervosos para os lados da loja até a saída do recinto.

– Ufa! Vera Lúcia, muito obrigado! Um sufoco, meu Deus!
Ivana deixara-se levar pelo atendente e retirou-se devagar ensimesmada, decepcionada. Mudou de mão, mas passava   pela farmácia após colocar por um tempo, como recurso de dissimulação, os óculos escuros e percorrendo o outro lado da Avenida. Mesmo assim, o balconista notava de longe no seu andar um sincopado dos passos, uma cadência trôpega com uma ou duas estacadas como se esbarrasse num obstáculo. O balconista entendia que alguma coisa estava acontecendo e via que ela, ao se recuperar do transtorno fugaz, naquele trecho retirava em seguida também os

óculos escuros. Murmurou para si mesmo: "Quanta beleza sensual, quanto desperdício! Sabemos muito pouco sobre mulheres, mas elas sabem muito bem quando um homem as entende"... Nunca lhe telefonou. Ele, também sem saber o que perdia, esqueceu, mas antes murmurou de novo para si mesmo: "Carga demais para o meu caminhão", queria dizer "meu coração"... Conformou-se como perdedor, mas conservou o emprego, graças a Deus.

Conheci Ivana de maneira inusitada. Eu estava na sorveteria da Praça Central, ao relento. Sem previsão de chuva naquele dia, muita gente já ocupava a área sem cobertura do local. E quando, girando o olhar em derredor das mesas, sem propósito nenhum, surpreendi Ivana num flagrante e me assustei com seus olhos por um tempo de segundos congelados sobre mim. Percebi um estremecimento do seu corpo como num impacto de coisa qualquer. Achei aquilo estranho; minha imaginação me trouxe uma suspeita que tive de duvidar para não me censurar de mente poluída, contudo fui incapaz de não me mostrar perturbado com o que se passava por aquela reação. Devo ter expressado algum trejeito sutil, mas traidor, transparecendo-me receptivo ao fenômeno. Pois ela o percebeu. E já pressupunha que teria havido entre nós uma mensagem empática. Logo o garçom se aproximou e me entregou um recado: "Paga-me um sorvete?" E sem se identificar como se soubesse ser reconhecida, terminou com rabiscos do rosto de um gatinho. Achei aquela atitude de extremo carinho à minha então carência afetiva e por ser prestigiado na multidão por uma moça tão bonita. E para minha surpresa se me apresentou em frente como se fora transladada por mágica. Eu via uma mulher morena de um metro e setenta por aí, olhos grandes, verde-claros, o rosto oval, de queixo erguido, lábios carnosos e um cabelo moreno longo, que descia até os ombros. Linda! Estimei-a acima do peso ideal para o meu gosto e me admirei, pelo visto, a não se importar com a balança se estava ali por um sorvete. Só me restou usar de um aceno mostrando-lhe o assento da cadeira para compartilhar a mesa comigo.

– Acho que um encontro igual a este merece algo mais apropriado que não um sorvete. Aceita uma bebida como melhor opção? – perguntei.

– E servem aqui bons drinques se você os prefere, mas eu não, não bebo mais.

– Por quê?

– Não, não bebo mais.

– Por quê? – insisti.

– Sem beber me levo fácil ao meu eldorado, você deve adivinhar... Eu chego lá rápido.

– Será que estou entendendo?

– Isto que você está ouvindo. E o que você pareceu denotar quando me viu.

– Tem certeza?

– Claro, você o viu. Você não é bobo – defletiu o pescoço para o lado, deu uma pequena recuada na cadeira e com um sorriso leve de sarcasmo:

– Faço dieta, eu me abstenho de álcool e aproveito mais – sua voz com leve tremura tinha tons de uma suave e terna rouquidão. E continuo:

– Há muito tempo venho me aproveitando do seu encanto!

– Desconfiando se alguém perto estivesse a ouvi-la, imitou dissimular o pensamento quando o lindo rosto adquiriu uma seriedade infantil e disse: – Sonho com você à noite... – e em tom baixinho: – Meu lençol se mancha de tanto molhado e de dia quando o vejo tenho orgasmos maravilhosos. Meu inconsciente adquiriu a função e o hábito de libertar todos os meus desejos e fantasias eróticas através dos sonhos. – E com um ar de pesarosa: – Vejo-o quase todos os dias, mas nunca tive oportunidade de um vis-à-vis como agora.

– E por que teve a coragem de apresentar-se tão explícita, como o fez?

– Porque chegou ao ponto de extravasamento a minha curiosidade. Acho que é só curiosidade mesmo. Vi suas pupilas de um verde-claro transparente em que se podia notar o aparelho muscular da íris em movimentos alternados de abrir e fechar. Nunca tinha percebido fenômeno semelhante em ser humano. Era um tipo de escrutínio dos seus olhos ou um tipo de exultação interior. Notei também ondulações fortes e rápidas das batidas do seu coração no pescoço. E com um ar de arrependida pela confissão inútil, ou talvez decepcionada com a impressão face a face da minha pessoa a desfazer-lhe o pressuposto encanto. Com voz quase trêmula, acrescentou:

– Estou até surpresa. Porque não há outro motivo.

– Você exercitou algum treinamento mental para adquirir tanto poder de concentração ao ponto de...

– Não... Vem tudo natural como numa boa porcentagem de mulheres. É que elas não falam.

– Penso que você é uma mulher excepcional.

– Talvez mais privilegiada... Antes de revermos o cardápio em cima da mesa, o seu celular toca a trilha sonora: *My Heart Belongs to Me*. Levantou-se, atendeu ao chamado com reserva, à distância, e depois se aproximou:

– Desculpe, tenho de ir, minha mãe me chama. Não se preocupe. Eu sei encontrá-lo. Não se esqueça de mim, muito obrigada pelo sorvete! E, às pressas, entrou no seu carro, dando adeus pela janela com as mãos abanando e, no final, soltou um beijo.

Foi tão rápido o meu encontro com Ivana que ficaria com a impressão vaga de um contato fortuito, de um bate-papo trivial, com mentirinhas e sem importância e o esqueceria, se não fosse o sentar-se ao meu lado, sem pedir licença e sem cerimônia, um desconhecido que de pronto perguntou:

– Você a conhece há muito tempo?

– Gostaria de conhecê-la melhor. Uma jovem bonita, inteligente. Por quê?

– Sou o primo mais achegado. Inclusive já estivemos próximos ao incesto se é que se pode chamar assim, apesar dos lócus genéticos serem esparsos. Só quero prevenir-lhe que homem nenhum será capaz de ganhá-la. É muito independente como um animal na selva. E o rapaz continuou, com pressa a desabafar: além disso, é frígida; de constituição física frágil, mas isto não lhe cerceia sua independência. É de emoções frouxas, desmaia à toa, de comportamento errático, mente dispersiva, sem projetos, vive o dia a dia à custa da família. Não sei se estou a incomodá-lo. Achei que você estava interessado nela... Só não quero você no pé da minha escada...

    – Não se preocupe, ela não faz o meu tipo.

    – Acho bom, mas faz o meu... Fique esperto!... Tchau...

    – Até logo. Ausentou-se. Vi que saindo da praça parou no meio-fio, deu uma olhadela para mim ao atravessar a Avenida.

    De outro lado, numa mesa próxima, um rapaz bicava cerveja enquanto uma jovem linda saboreava sorvete na taça. Ela me encarou e disse:

    – Oi!... E com e um sorriso maroto:

    – Você hoje está perseguido!

    – Como assim?

    –Um sujeito aqui, disfarçado, às escondidas, esteve observando a sua mesa... Intercalou então o jovem em vez da companheira: aquele primo, que falou com você, foge dele como o diabo fugia da cruz antigamente. Também é um grande apaixonado pela Ivana e perigoso. Jurou o primo de morte por tanto ciúme. Cuidado para não ser vítima de uma tragédia, bancando o pivô da trama.

    – Não me preocupo, não estou interessado na Ivana, nem planejo me envolver...

    – Quero apresentar-me: sou o cunhado, esta é a irmã.

    – Ela necessita de tratamento psiquiátrico como você deve ter notado, mas o difícil é convencê-la – disse a irmã.

    Senti uma espécie de aviso, daqueles vindo por forte intuição, de que não deveria perder a imediata oportunidade de partir. E sem terminar o sorvete, disse:

    – Bem, tenho de ir: muito obrigado pelo aviso... Até logo. Assim ao atravessar a Avenida em direção ao meu carro, passou na minha frente o segundo jovem ciumento, com sua mão esquerda segurando uma luva preta e um chaveiro, mas ocupada em calçar a mão direita. Via-me com olhar direto e pesado. Recebi naquele gesto um 'recado'. E entrei no meu carro. Sentei-me a pensar durante instantes, e tão concentrado, que me assustei com batidas na janela.

— Sente-se bem?

— Sim, estou bem.

— Pensei que você passava mal!... Quando se foi, deslumbrei pelo retrovisor a cabeça do balconista da farmácia. Não me dei conta do calor estanque dentro do carro, mas acho que, devido ao desconforto, girei de viés a chave de ignição ou não pressionei gasolina suficiente, e o motor espirrou umas vezes. Notei o atendente ainda ligado em mim; numa reviravolta rápida, retornou e perguntou:

— Tem certeza?

— Tudo bem. Estou ótimo. É o calor.. E ele deu um sorriso, abanou-se com as mãos como se também estivesse sentindo o mesmo e deu-me outra oportunidade de observá-lo. Pensei comigo: "A cabeça do sujeito é um falo". E mais íntimo ainda, sem cerimônia por baixaria, murmurei: – "Cabeça de pica".

Outro dia, por coincidência, na Avenida, topo, quase abalroando, a Ivana saindo às pressas da farmácia, resmungando qualquer coisa.

— Que foi? – perguntei.

— Um tolo! – ela disse. – É um panaca, mas é um símbolo! Tentei uma vez apalpá-lo por uma compulsão inadvertida, acredito. Pois não preciso dele.

Então, atinei com a calvície do atendente da farmácia cujo aspecto por certo também lhe impressionara para ter tanto alvoroço. Aconteceu continuarmos no mesmo sentido da Avenida e enquanto ainda restava a sua emoção em desabafo, dizia:

— Vivo numa espécie de metafísica do sexo, em que tudo para mim é abstrato, mas reflete na minha matéria.

Achei que falava sem o saber, somente por falar, com o intuito de reconciliar-se consigo mesma e recuperar-se de algum branco mental.

– Você numa outra de suas fantasias...

– Dos meus fetiches – retrucou.

– Tem diferença?

– Tem sim. O fetiche é um tipo de carimbo no nosso cérebro. Marcado ali fica como uma senha, que usamos para possuirmos o outro com aquilo de que somos carentes, por diferença de gênero. As fantasias nos paralisam no outro, mas cria os fetiches. O fetiche nos realiza através do outro com função dinâmica.

– Não é também uma fantasia?

– Não, não é. A fantasia é uma fuga, uma ideia. O fetiche tatua o nosso cérebro de modo eterno. Nisso alcancei meu carro estacionado no passeio, e disse lhe:

– Escuta, Ivana, este assunto merece uma bebida, vamos ao Italiano?

– Você é quem manda. Sou toda sua. De corpo e mente, acompanho você...

– Então vamos. Chegamos ao restaurante. Estacionei o carro bem de frente à entrada. Ivana, rápida, pediu desculpas dirigiu-se ao sanitário. Instantes depois, ela volta radiante. Deixou-se recostar relaxada na cadeira, suspirou fundo e decidida:

– Vou beber com você e quebrar minha abstenção... Pedi ao garçom duas doses de vodca. Ivana trajava saia longa, solta, de seda esverdeada, de cós baixo, uma blusa de algodão branca, curta, expondo o umbigo e decotada mostrando o charme do seu busto, também, com mangas aderentes até metade dos antebraços. Calçava sapatos brancos bicudos, estilo *scarpin,* que lhe ficavam bem... No brinco de ouro traspassado na cicatriz umbilical havia encravados três rubis. Notei desta vez suas mãos sutis de gestos ternos, unhas longas, bem-cuidadas, com um brilho azul-celeste. Cada unha recebia uma tonalidade variando de grau de acordo com o tamanho do próprio dedo. No punho esquerdo, uma corrente de ouro com vários pingentes pequenos, que poderiam ser figas ou falos, não pude distingui-los. Usava brincos de ouro nas orelhas dos quais despencavam três fileiras de longos pendentes com pedrinhas de rubis escuros. Deitou a bolsa de couro luzidio ao lado, colocou o celular dentro dela depois de desligá-lo, mas se arrependeu, tornou a religá-lo e disse:

    – Daí, você quer ouvir? Não é?

    – E então?... Primeiro me conta direitinho esta história...

    – Nasci assim, ela me interrompeu, aceitei-me assim, não me importo se não me aceitam como sou; não quero ser possuída por alguém e nem quero que alguém seja possuído por mim, como é de costume. Mas de antemão, e num paradoxo, já me considero 'possuída' e qualquer outrem sempre é possuído por mim a meu modo...

    – Mas como, sem possuidor?

    – Eu mesma exerço essa dupla função. Isso faz parte de um tipo de metafísica do sexo que as pessoas ainda não se deram conta. E só se sentem bem com o sentimento de ser possuído e/ ou possuidor por compensação mútua com alguém no sentido real e objetivo.

    – Mas, em matéria de sexo, a gente deve possuir o quê?

    – Um amor é que não é. Nem também o corpo físico. Coitado de Cupido: outros deuses o suplantaram, ela lamentou. Mais saudável seria possuir o fetiche e, ao mesmo tempo, em contrapartida, ser pertencido por ele num equilíbrio fisiológico sem vencedor nem vencido. Na realidade, ninguém faz ato sexual por "amor" (fez gestos no vazio, insinuando aspas) à pessoa física *per se* como objeto do desejo, e não se conscientizam disso... Fazem sexo usando o sentimento que tacham de "amor" como justificativa por desconhecer a fantasia como a essência do fetiche, que é, por sua vez, a energia propulsora do ato sexual. O sentimento de "amor" é só ilusão. E a sua confissão é tão sub-reptícia e fugaz, de onda compulsiva, de momento incontrolável, e por isso mesmo não confiável, porque é enganosa. As pessoas sabem muito bem disso quando comentam: palavras de "amor" são como "plumas ao vento," que passam de leve, são levadas ao léu. E passam, é natural que assim aconteça. Desse sentimento provém a angústia de quem se julga possuidor, todavia sempre inseguro com receio de perder o objeto preconcebido, como seu amor durante um intercâmbio romanesco. É tão perturbadora quanto à outra angústia daquela pessoa, que se ressente na perspectiva de não ser um dia aceita mais de objeto amado, e possuída. No fetiche não existe espaço para o pesar consequente à causa perdida, nele está implícito o possuidor e possuído de modo autêntico, e permanente ainda que abstrato. Numa simbiose obrigatória, mas fisiológica, para a sobrevivência de ambos no âmbito do sexual sem palavras vazias e sem engodo. Possuir um fetiche é ser possuído por ele e tê-lo como instrumento para exercício do erotismo. Eu não exijo amor de alguém, nem o tenho por outrem para o meu prazer sexual.

    – Não existindo o amor, o outro se torna um objeto de uso, você não acha?

    – Nós (entre aspas) não usamos outra pessoa como objeto de prazer, mesmo numa relação suposta amorosa entre ambas. Usamos o uma particularidade inerente a outrem como fetiche, que nos veio por projeção, mas que se torna o instrumento em direção ao prazer. 'O outro' deixa de ser objeto, pois se configura no próprio fetiche... O "amor" não passa da falta de noção conscientizada do fetiche latente, desconhecido, não desperto, ainda não exorcizado da alma humana. O fetiche pode ser o corpo todo ou uma parte dele ou um símbolo que aparenta aquela parte, porque o resto não nos interessa, já que fixamos naquela limitação e não conseguimos configurar o todo. Diz Nietzsche: "quando se olha muito tempo para um abismo, o abismo também olha para você." Às vezes, "fazemos sexo" (repetiu as aspas) com a suposta pessoa amada pensando em outro corpo... Ou numa parte dele. O orgasmo *per se* no sexo a dois, entremeado por fantasias, nunca poderá ser coparticipado. É a fantasia em cada um que se continua, esvoaça e se formata no fetiche e se perpetua no complexo da sexualidade humana como uma muleta, para o nosso egocentrismo no orgasmo. Que é proprioceptivo, só nosso, e incapaz de ser compartilhado. Mas é sempre assim. Todos nós temos necessidade de muleta como da religião, das artes, da filosofia, e da poesia no sentido de seguirmos viagem. O fetiche é uma aparência daquilo que desejamos, mas nele está o segredo, porque toda aparência é real. Só vemos aquilo que é aparente e o que nos salva. É o mesmo quando eu me exponho diferente: produzida no salão de beleza pela maquiagem de rosto delineado e com estilo de cabelo, travestida em outra mulher, para efeito de um esperado fetiche qualquer. Assim não deixo de ser a mesma, mas eu tento despertar em outrem uma atração por mim, não me sendo como a real...

Vi seu copo, estava vazio. Com um gesto sutil, ofereci-lhe do meu. Então surpreso fiquei, pois ela ao mesmo tempo, com impulso incontido avançou e ingeriu o resto da minha bebida, num só trago. Chamei o garçom; Ivana se desculpou com um gracioso sorriso e continuou:

– Com certeza alguém será intimado e me incluirá na esfera de sua libido como seu fetiche. Não importa o se a Física Experimental evidencia na sua desconfiança dos fenômenos que os nossos sentidos apreendem, nem as proposições criativas da Física Teórica, que sabiamente nos colocaram sob o jugo das leis da Relatividade Restrita. A nossa realidade é a aparência dos fenômenos do dia a dia; é o que conta. As pessoas pagam caro pela embalagem de produtos iguais, contudo induzidos pela aparência. Ou não?... "Evitai a aparência do mal", como diz em algum lugar na Bíblia, porque sentindo o fenômeno da aparência constatamos a realidade. Ninguém pertence a ninguém do jeito que querem. Nem a vida é nossa, ninguém sabe a quem pertence... Deus pode, muito bem, ser este sopro eterno alternando em cada indivíduo: onipresente, onisciente e onipotente e que chamamos vida. Ele nos usa a matéria, como corpo possuidor da vida, fazendo-se, ou melhor, mantendo-se dissimulado em cada indivíduo, em cada corpo. E dizemos "minha é a vida"...

Nesse ponto alguma coisa tinha atingido o seu cérebro de estalo: era a vodca. E seu pensamento ficou dispersivo. E continuou:

– Então a nossa vida é pura mentira. Possuímos somente o sentimento de estado de vida, que é uma noção abstrata, inferida por intermédio das nossas faculdades limitadas e frágeis de nossos sentidos. Se esse corpo que pertence ao barro não será nosso, pior o sopro de "vida". Para dizer-lhe a verdade, nós e nada – é a mesma coisa. Bilhões de anos, uma eternidade houve antes de eu existir. Aqui estou, perante mim, à espera de outra eternidade sem minha existência. "Quê" sou eu? Uma ideia abstrata de mim mesma, sem nenhum poder de confirmação através de uma evidência no permeio de eternidades.

– De repente, se acomodou na cadeira num gesto por folga de um sufoco, com uma respiração suspirosa concomitante; e, notando a digressão, recompôs o seu pensamento:

– Voltando ao assunto do qual falávamos e seguindo o meu ponto de vista... Faço sexo, de modo abstrato, usando o fetiche como muleta-instrumento, sem considerar o outro como objeto e sem o nome do amor. Mas para mim, na minha metafísica, esse sexo vem cheio do real através do meu fetiche, sentido com aquiescência, como diz a psicóloga, do sistema límbico do meu cérebro, que, enquanto for matéria vivente, converte a emoção abstrata com resposta objetiva, que é absorvida pelo meu orgasmo no gozo da carne. Quer alguma coisa mais real? Uma pessoa pensa talvez que tenha "amor" quando em relação sexual, mas no real só faz sexo com a sua fantasia ou com o seu fetiche a julgar em nome do amor. Por isso, eu decidi, pertenço a mim, já que não posso compartilhar do meu orgasmo e me encontro como possuidora – o resto para mim é o possuído. Nasci assim. Eu me pertenço e todos me pertencem.

– Não estou entendendo, Ivana.

– Então lhe explico: nossa cidade é pequena, a maioria se vê todos os dias. Você não vai me fugir e, para eu possuir você, só preciso de vê-lo para ter uma ideia de fantasia. Não quero possuí-lo, corpo a corpo, enlaçados numa cama. A presença do seu contato físico não me interessa. Não me envolvo com o sentimento de ciúme, também, se outrem o tenha na carne num suposto intercâmbio de doação amorosa, tomado como autêntico, enquanto estou ligada a você com meu fetiche. Eu não me importo. A outra mulher, por seu modo, somente vai ter uma noção falsa dessa possessão: usará sem o saber o fetiche que é só dela e termina no virtual, no abstrato. Tudo é virtual dentro de uma suposta ilusão de verdade e pouca gente o sabe... É virtual tudo, tudo é virtual! A única coisa real que existe é o meu orgasmo exercitado por mim usando a minha imaginação, que vem do pensamento! O sexo ou o amor, como o queira, é um processo virtual. Eu o faço imaginando você, também visualizando a sua fotografia estática no papel ou em cinética no vídeo, ou vendo você de passagem e mesmo com você corpo a corpo. Para mim, todo acontecimento no âmbito do sexo é virtual: uma vez que a atração erótica vem através de fetiche. Meu pensamento é que fez você ser dotado da característica a transtornar-me receptiva... O atrativo em você é uma projeção minha da ideia de você – daí, é virtual, ou não é? O fetiche fica bem-entendido como o vicariante do belo, que gostaríamos de ter, mas é inerente ao outro...

Outra dose de vodca atingiu o seu cérebro, ela se distraiu, desviou os seus lindos olhos para a janela e os dirigiu ao alto. E lá estavam nuvens brancas bem-definidas, esparsas, flutuando no céu de um azul sem jaça.

–Virtual, também, (deu uma piscada lenta com seus cílios longos) é o espaço entre as nuvens e a terra firme. Virtual é essa roupagem gasosa vítrea, transparente, que na Terra se incrusta e a faz de joia galáctica rara, girando em derredor do Sol. É virtual porque não se vê, só se sente. No entanto, serve de sustentáculo aos ventos, às nuvens, aos pássaros, aos aviões e cada vez mais esse adereço encastoado sobre a Terra se embaça, visível, pela poluição do homem... – fez uma pausa, olhou para os pés, como se admirasse os sapatos e a corrente de ouro no tornozelo esquerdo e continuou: – Virtual é o meu pensamento gerando ideias, associando em segredo coisas e loisas, que despertam meus desejos. Também virtuais. Virtual é a alma, o espírito para a alegria e o que chamamos de Deus – levantou o lindo olhar para mim como se em êxtase e prosseguiu: – Virtual é você a despertar o fetiche, que me leva ao orgasmo sentido na carne, o qual é única realidade tangível para mim; real, porque nele eu me realizo, encontro a calma a limitar o meu desejo; e fico satisfeita... E confirmo o milagre momentâneo da minha existência...

Levantei-me para ir ao sanitário. Ali, respirei fundo...

Recuperado, de volta, sentei-me, e ela indagou:

– Você me diz, deseja ouvir mais?

– Sim. Já pedi outra dose de bebida... Você falava que eu era virtual...

–Então... – ajeitou-se em melhor acomodação na cadeira. Passou de leve a mão esquerda pela fronte, sussurrou para si mesma uma queixa magoada e com o rosto baixo: – Eu estava com dor de cabeça enjoada, mas passou, estou mais calma – fez uma pausa. – Então, ouça! Virtual é toda cavidade, mas sem conteúdo e por suposto pode converter-se em continente. Virtual é a minha mente e o espaço e o vácuo... E agora o ciberespaço mais do que nunca é o verdadeiro virtual... – começou a repetir em círculo o pensamento como se fosse um eco: – O universo preenchido por cinturões magnéticos e fótons... Tudo o que tem contingência de ser preenchido por alguma coisa: minha mente, minha vagina, meus intestinos, meus pulmões. Tudo é virtual. Quer saber de uma coisa: tudo é *virtually virtual,* como falam os ingleses. Virtual é a minha vida: um mistério a nunca ser desvendado com a minha morte, mas ficará registrada nos números que computam as multidões e as estatísticas, também virtuais. As pessoas falam: 'a vida é um sonho' – e daí, uma mentira virtual... Eletrônica, talvez. Eletrônica por certo; haja vista os princípios físicos em que se baseia a imagem do nosso corpo pela Ressonância Magnética.

Num movimento rápido, dei-lhe um beijo de leve na maçã do seu lindo rosto. Ela se estremeceu. Estava sempre de prontidão fisiológica para receber qualquer estímulo em direção ao orgasmo. Juntou as coxas, apertadas uma contra a outra e, nessa adução se mantiveram para o aconchego dos grandes lábios da vulva... Paralisou o olhar e, num relaxamento muscular, deixou cair o copo que levava à boca. Como num estado catatônico, a mão semiaberta, estacionada a meio caminho e, assim, por segundos, ela permaneceu.

O barulho chamou a atenção do garçom que, rápido, recolheu os estilhaços, limpou o chão, tentando aliviar o vexame do incidente com exagero serviçal e trejeitos solícitos. Depois de uma ligeira pausa, emudecida e de olhar paralisado, ela disse:

– Você me surpreendeu; eu não pude controlar-me. Muito gentil de sua parte... Viu, como você me domina? Conseguiu superar a inibição sedativa do álcool sobre as minhas 'reações' – recompôs a postura, ficou pensativa e respirando fundo.

– Qual é o meu forte sobre você – perguntei.

– Sua boca: o entreabrir insinuante dos lábios quando fala ou sorri. É quando o seu rosto forma um conjunto de detalhes...

Enquanto Ivana falava, os lábios carnosos moviam e davam para ver-lhe a saliva límpida entre os dentes em perfeito encaixe. E assoalhando espalhada pelas gengivas vermelhas, hígidas. Deixei-me absorto, observando aquele frescor de boca. E com discreta inclinação do lábio inferior, disse:

– Quem o vê, nunca esquece.

– E daí? Fiz mal em beijá-la? Não me lembrei das consequências...

– Maravilhoso! Só que estava ausente e distraída por demais... – depois de uma pausa, como se esperasse recuperar de um branco no pensamento, pareceu animar-se e continuou: – Você me diz, ainda quer ouvir? Vou lhe falar uma coisa... – acomodou-se no assento com um jeitinho do corpo e, recostando-se melhor na cadeira, prosseguiu: – A gente comentava sobre diferença entre fantasia e fetiche, não foi? Então... A fantasia abre os horizontes da alma para respirar, bate asas e voa purificada, renovada. O fetiche fecha você num mundo isolado, autista, e pode até encerrar perigo ao seu objeto sob a condição de fetiche. O fetiche (vamos dizer) é fato consumado; a fantasia é ensaio... A fantasia é como a alegria, você transmite. O fetiche!... Você não consegue dizê-lo a alguém: é uma percepção engastada nos refolhos do subconsciente e de exclusividade só sua. Na fantasia, você se distrai, espairece o espírito ávido por viajar com espanto, maravilhado, e você viaja. Já no fetiche, você se esbarra e estremece, você tropeça e, se bobear, cai. Vende-se, hoje em dia, mais fetiche sexual do que feijão com arroz. Deixou de ser iguaria no cardápio erótico. Está sendo o pão de cada dia da fome sexual. O artesanato dos fetiches sexuais se faz numa indústria de *marketing* inesgotável. O erotismo se exacerba cada vez mais sob o jugo desses fetiches. Aquela fantasia que se dizia amorosa está sendo substituída por símbolos eróticos. Começamos a dizer adeus ao "amor", acenamos para a fantasia e convivemos *"enfeitichsxados"* (deu um sorriso rebaixando um canto inferior da boca) solitários ou não, felizes ou desesperados, desenganados ou esperançosos. É a metafísica de um novo sistema de vivência sexual. No fetiche está inerente um atavismo carnal, antropofágico. É diabólico com sentido objetivo. Aquele sujeito da Farmácia me traz o pressentimento de um falo penetrando como num empalamento pela minha vagina, atravessando minhas vísceras, atingindo até o topo no meu esôfago, que parece se contrai e transmite para a minha garganta uma sensação de entalo, de um nó engastado com espasmo, ali delicioso... A fantasia é celestial, nela você quer as delícias do espírito, é fugaz e sem propósito de dano algum.

    – Em qual dessas opções se colocaria o estupro?

    – Em ambas. Na fantasia acontece uma magia de céu aberto, azul, de sol ameno de mês de maio, de uma energia sutil que pode levar ao ato do estupro. E só até ali. No entanto, pode ser seguido de tragédia se por descuido. No fetiche, a magia se satura de penumbra num céu nublado e enegrecido, chega-se ao estupro como uma expurgação obrigatória onde o assassínio é uma premissa exigida e fatal. Nesse momento, o celular tocou, ela respondeu:

    – Mamãe, estou aqui conversando com um amigo no "Cibus Italiano"... Não, minha mãe! Bebi só um pouquinho. Daqui a pouco estou aí. – olhando para mim com um ar de desencanto:

    – Vou tomar mais uma dose de bebida... Depois você me leva à minha casa, não?

– Como não?... Achei que tinha ouvido o bastante; e na verdade era um problema sério para a família. No caminho notei a falta do brinco da orelha esquerda: tinha se perdido.

– Não o perdi, eu o retirei de propósito, é que você não o percebeu; gosto do desequilíbrio e da variedade em tudo... O que mantém o pêndulo do relógio no tiquetaque dos minutos? Imagine-o preso ao seu centro de gravidade! Não faria parte do mercado, nem seria exposto como tentação ao consumidor. Claro, o movimento pendular do relógio é isócrono, invariável, mas é cíclico. Tudo que é cíclico se intercala de mudança. O importante está na alternância do seu movimento – é como as estações do ano: são constantes, mas dentro de sua sucessiva variabilidade. Tudo que vai e retorna vence o tempo. Todo movimento cíclico é livre de monotonia mesmo dentro do âmbito da eternidade. Todo fenômeno pendular escapa da finitude. Na morte não existe chance de retorno. Finitude é não ter volta. O movimento pendular equivale também ao estar eternamente inerte e parado, porque se você estipular um tempo, naquele exato momento você se surpreende com o pêndulo no mesmo lugar. Sisifismo poderia ter em semântica o de continuar sem tempo, sem passagem, contudo num vaivém eterno. Cíclico em ser repetitivo, mas sem ser monótono. As sucessivas reencarnações, como doutrina para mim seria o ideal, se quisermos possuir a eternidade da alma. O marcar das horas no movimento pendular é somente para nós e não lhe tem significado algum, ele sempre se recupera e permanece, está sempre eterno, renovando-se em segundos, minutos e anos sem conta. A terra, com os seus movimentos, pouco se dá conta se destruímos ou baguncemos as características com que se perfazem as estações... Ela o sabe e somente se concerne com a sua elipse de translação ao derredor do sol. Tudo que varia mutável, mas constante, persiste dentro de uma fatalidade cíclica que é eterna, como a sucessão do dia pela noite. E feliz porque deixa de ser monótono. Assim também o nosso humor precisa de intermitência. Imagine a felicidade sem momentos de tristeza... Tornar-se-ia insípida, aborrecível e indesejável... Parou de falar. Também, eu a deixei solta nos seus pensamentos. Depois de alguns segundos ela continuou: –pensando bem, felicidade poderia ter um sentido absoluto:– é-se obrigado o sentir-se feliz. Manter-se acesa a chama deste sentimento, por ruim que seja a situação atual, porque há sempre outra pior e ainda péssima, que se pode ter com fatal à nossa espera!

Nisso chegamos a sua casa... Dei-lhe um beijo de despedida sobre a sua testinha cheia de mistério. A mãe preocupada:

– Filha, você bebendo de novo?... Filha, você precisa ir ao médico a ver seu problema de saúde. Você desmaiou à toa outro dia... E agora ainda bebendo!

– Mas, mãe, eu estava sem o café da manhã! Foi só falta de açúcar no cérebro. Assim tomei água doce, eu me recuperei...

– Filha! E no trânsito?

– Ah, minha mãe, o volante do carro... Mas você sabe, está instável, frouxo. Naquele carro às vezes se perde o controle... Necessita de balanceamento das rodas.

Os familiares a conscientizaram de que algo estava errado. Ivana concordou em satisfazer a inquietação da família e foi acompanhada com a mãe à consulta médica. As crises de moleza generalizada como desmaios que aconteciam na Avenida, ora sentada nas salas de espera, ora de pé nas filas; os disparates no trânsito, quando o veículo ziguezagueante provocava pânico, foram descritos pela mãe e interpretados pelo médico com o diagnóstico de narcolepsia. Ivana ficara passiva com as informações da mãe que somente falou. Foi orientada para evitar lugares onde correria perigo de acidente grave e risco de vida. Deveria dirigir com alguém ao lado para mantê-la entretida e evitar crise de sono inoportuno. Ivana sabia que quando estímulos diversos acessavam o arquivo de fetiches dos refolhos do seu cérebro eram impulsos inexoráveis para a sua sensibilidade receptiva, de baixo limiar sensual. Somente ela tinha certeza de que a conclusão do médico caía nas raias da estupidez por incompetência e lá dentro disfarçou um íntimo sorriso. Fez-se calada como toda mulher se faz quando disfarça alguma coisa. Assim dizia ela.

Saiu da consulta com uma receita de estimulante do sistema nervoso central. Experimentou por curiosidade a droga e foi com grande surpresa que ainda frequente e intensa lhe vinha a reação orgástica. Pressentiu uma vez um vulto a trazer-lhe uma reação sensual, quando, ao conferi-lo, com espanto, viu um corpo de mulher e se conscientizou com surpresa de também se sentir sensibilizada pela atração do mesmo sexo. Começou a ter curiosidade aguçada por minúcias do corpo feminino. Que ignorava antes: a relação dos ganchos das calças com o baixo ventre, a eminência dos bumbuns, o sobe e desce das ancas, o balanço em báscula dos joelhos, a diferença do feitio anatômico dos quadris, a miscigenação das raças. E que outro mundo se abria com visões antes dormentes... E os seios...

Então emagrecera. Os olhos se apresentaram com mais brilho e maiores. Do seu corpo curvas musculares, antes encobertas, sobressaltaram lindas. As coxas, as panturrilhas e os joelhos adquiriram contornos mais graciosos. As coxas se abriram bem nas raízes liberando o púbis. A vulva amplamente alargada quando estufava, já não sofria compressão pelas laterais. Os grandes lábios vultosos ficaram livres. E nessa liberdade do vão das pernas tinham amplitude suficiente para executar, durante o orgasmo, contrações rítmicas frenéticas, um de encontro ao outro, que soavam tons secos como de matraca. Mas molhados, envolvidos de mucosidade, davam uma emissão de estalos de língua de cachorro lambendo água. Quando, fora do seu programa, vinha-lhe um orgasmo intruso, que matracava a sincopar o ritmo dos passos, então ela estacava na caminhada e cruzava as pernas; ou relaxava suspirosa e cruzava os joelhos, se estivesse sentada.

Quando lhe acometia uma crise orgástica, dirigindo o carro, contornava o volante, aleatoriamente, desatenta ao trânsito, sem controle, a assustar os motoristas e os pedestres. Se estivesse sozinha, deixava rolar solta a barulhada: —e então acometiam orgasmos, um sobre outro, dependendo da carga de estímulo que lhe abrisse o arquivo sexual. O efeito do matracar, por si próprio, era causa de estímulos rebotes para orgasmos, que entravam intercalantes, com maior potencial, surpreendendo o vigente, com espasmos violentos. Então, vigoravam por minutos num tipo de motocontínuo até o esgotamento dos potenciais bioelétricos neuromusculares para afinal advir o decremento da sequência orgástica. Com o que lhe ocorria um pleno estado de exaustão física. Não havia meio-termo com Ivana: – se é para gozar que goze todo aparelho genital. E de uma convulsão tanto por ação espástica dos componentes embutidos, como aquele aparato vulvar externo. Às vezes, com surpresa, achando-se de vítima, simulava em desespero numa atitude de quem quer pedir por socorro. Terminava exaurida de pernas bambas; apresentava-se absorta, longínqua, simulando pensativa; mas de mente vazia, cega, ignorando tudo e todos. O uso do estimulante ficou só na curiosidade. Decidiu que não lhe convinha. Já lhe era bastante o natural.

- Filha, você não tem saído com rapazes. Você precisa organizar sua vida e pensar num bom casamento.

– Ah, minha mãe! O casamento é uma instituição falida. Os homens vivem hoje em dia num tipo de harém de mulheres livres. Que evitam ser germinadas por qualquer um deles. As mulheres estão soltas e deixam correr à revelia esse negócio de casar.

– A Isabela tem um irmão simpático. Um empresário com quem vocês, com sua Contabilidade, poderiam ter uma linguagem mútua no dia a dia.

– Não é bem assim. Você se esquece, essa linguagem mútua é também, às vezes, outro veículo para o desentendimento. A mãe, ousando aconselhar e dando a transparecer que não conhecia bem a filha, disse:

– Cuidado para não terminar igual "Carolina" do Buarque de Holanda, o cantor.

E continuou pela Avenida com seu charme, mas, de vez em quando, escorando-se em crises de ausência nas vitrines, ou num poste qualquer, mais próximo.

Por último, Ivana pouco sorri. Introspectiva, com o seu próprio drama interior, é-lhe mais propício receber impressões do exterior do que esvair de si mesma qualquer sentimento de expressão emocional ou comunicativa para outrem. Vive seu mundo em círculo sobre si mesma com as sensações de suas distonias vegetativas. Que a apoquentam, e com os efeitos sensuais das suas ideações eróticas... Seu rosto tem um encanto peculiar, denotando, no entanto, uma profundidade inacessível ou barreira impenetrável. Apresenta uma compostura serena de satisfação introvertida, autógena, desligada de outros meios de espairecimento.

Um dia, ela me telefonou. Queria um encontro com alguém para um bate-papo confidencial e sem ter um pressuposto de ideias maliciosas a seu respeito. Encontramo-nos no "Cibus Italiano." Um local apropriado para uma conversa íntima com músicas suaves, num ambiente tênue de luminosidade, e num cantinho discreto. Servi-me de vodca. Ela se contentou com guaraná.

— Tenho comigo que a gente necessita de confidenciar com quem se possa passar um pouquinho de seu. Escolhi você, pois me pareceu compreensivo e discreto para confidente me ouvir, talvez como um tipo de solilóquio, digamos, a dois. Uma espécie de comunhão sem que haja comentários de reprimenda nem de condescendência, mas apenas para ouvir do que me bombardeia o pensamento, ou do que me transborda da alma. Seria como numa espécie de confessionário...

Ivana estava vestida com o mesmo rigor de sempre. De saia curta e com o umbigo exposto mantinha um estilo, parecendo-me sua marca registrada exclusiva. Ajeitou na cadeira o corpinho, agora mais delgado e sensual. Cruzou os joelhos de contornos agudos e suaves, achegou-se para perto da mesa numa postura confortável, ali relaxou os braços, e com os dedos das mãos entrecruzados numa harmonia de carinho mútuo, começou a falar:

— Vejo em tudo uma fonte insinuativa, que se reflete em mim numa dinâmica erótica... No supermercado evito as alas de frutas e verduras. Até numa árvore algumas incisuras da nascente de um galho me trazem ideias de vulvas ou pênis...

O garçom se aproximou, deslocou ampla a cortina da janela e expôs lá fora um céu azul. Nuvens brancas delineavam manchas algodoadas de brancura. Ivana se abstraiu com um longínquo olhar esverdeado dos seus olhos e continuou:

– Um céu nublado traz-me sensações de um espetáculo erótico, por horas e horas seguidas de entretenimento. Os sucessivos movimentos flutuantes das nuvens em suas aglomerações permitem que a luz se filtre em escalas de tonalidade cinza com formatações de onde sempre se me afiguram motivos sexuais. Suas mudanças despretensiosas e sutis de formas abstratas, erráticas, na minha mente se apresentam com indícios eróticos, assim como os antigos viram e denominaram com epônimos as imagens que as constelações estelares configuravam nos signos do Zodíaco. Chego a registrar quadros em sequência na minha filmadora quando suspeito na aglomeração de nuvens a pré-formação de uma imagem conotando senso erótico para depois reconstruí-la numa montagem e refazendo-a de forma cinética no vídeo. Um pôr do sol multicolorido para mim é uma festa de deslumbrante erotismo. Um dia me disseram de estar lendo o Jorge Luis Borges, que era repetitivo sobre labirintos, espelhos e nuvens. Nunca o li. Eu soube da sua cegueira. Talvez antes visse demais muitos significados nas nuvens como a aleatoriedade e a incerteza dos nossos caminhos. Devido à aridez da minha mente, uma vez que o fogo interno do desejo sexual se acende na conjectura de um fetiche, persigo esta fonte pirogênica e me esqueço. E chego a experimentar orgasmos múltiplos, que se fazem sucessivos e quando interativos se tornam ininterruptos por minutos a fio. Não consigo controlar meus pensamentos nem as fantasias, fora da esfera sexual. Minha alma tem gana compulsiva por sexo, como uma centelha em combustível que avança em queimar. Na escuridão dos meus olhos de pálpebras cerradas não consigo evitar formatar escalas distintas e interfaces de claros e escuros e distinguir espectros com contornos de segmentos de um corpo. Que me trazem impressões eróticas tão intensas ao ponto de ter orgasmos sem um fio de luz externa penetrando na retina, mas tendo tudo refletido do pensamento. Eu vou ser sincera com você a escutar-me tão atento...

– Não tenha cerimônia respondi... Acenei para o garçom por mais uma dose de vodca. Assim que o garçom se retirou, ela me observou ingerindo a bebida e fez um gesto concomitante de engolir, como se me estimulasse em brinde de comunhão. Ajeitou-se com elegância o corpinho para uma posição ainda mais cômoda e falou:

–Então ouça: uma noite enquanto na indução do dormir visualizei, várias vezes, um vulto de homem ao meu lado masturbando-se, cuja nitidez me provocava orgasmos, mas, quando me erguia para certificar-me da visão, sumia num relance como por encanto. Ouço o meu nome, de vez quando, com um sonoro sensual e me presto a responder, mas então ter a surpresa de que o chamado era apenas uma alucinação auditiva. Às vezes, tenho visões de parte de um corpo nu: um tórax de homem hirsuto, um par de nádegas nuas e másculas. E, para não faltar de dizer, tenho visões de uma fileira de pênis de tamanhos e formatos diversos, que perpassam à minha frente, nítidos, rígidos, pulsantes, sanguíneos, tão tangíveis que me atrevo com um movimento de apreensão para agarrá-los. Eu me anseio ao pressentir que um pequeno movimento seria o bastante pra segurá-los, mas não o consigo. Existe só um vácuo. Uma angústia imensa me resulta dessas frustrantes tentativas. É-me impossível tocá-los. No final, abstenho-me dessas tentativas e me resigno somente na contemplação do desfile que, por si só, oferece um banquete de deliciosos orgasmos. Sinto uma combustão consumindo outras faculdades intelectuais mais elevadas do meu espírito, que se atrofia e me torna infeliz, com o que me esvazio... "Até doce de coco, doce demais, enjoa", diz minha mãe...

– Por que você não procura socorro com psicanalista, uma psicóloga, um líder religioso? Você...

– Não me exporia em análise e não me serviria de proveito. Seria insincera com o analista para evitar ser devassada minha alma nua, portanto não aderiria ao tratamento, devido ao diagnóstico mal elaborado. Para satisfazer a insistência da minha mãe fui ter com uma psicóloga. Com o jeito empático ao ouvir-me decidi dar a vazar alguma informação íntima minha, do que me arrependo. Concluiu ela que eu tinha uma caleidoscópica introjeção de motivos sexuais, que se reverteu em estado crônico e de difícil contorno. E, assim, seguindo o comando dessa empatia, fui induzida a ser encaminhada com um relatório da sua suspeita clínica para um endocrinologista, no sentido de obter um diagnóstico diferencial. Este então se surpreendeu. E entusiasmado por chegar a diagnóstico definitivo, com o propósito de ser eficiente, pesquisou por algum tipo errático de hormônio androgênico influenciando minha libido. Pesquisou, com uma bateria de exames, meus hormônios: da suprarrenal, dos ovários, da hipófise e até da tiroide... E me fez gastar uma soma absurda e tola de dinheiro com Ressonância Magnética do meu cérebro e das minhas glândulas suprarrenais. Até da coluna lombo-sacra com a suspeita de um provável nervo anômalo, irritativo a meus órgãos do trato urinário ou genital e que funcionasse em parestesia como estímulo erótico. Por último, em tom de desilusão, me indicou uma Retossigmoidoscopia na suspeita de que eu tivesse Colite Espástica referindo nevralgia na minha genitália. De nada disso saiu uma dica para uma elucidação diagnóstica, como diz a psicóloga... Depois, minha família inteira me encaminhou para o psiquiatra; e não certo. Que psiquiatra seria capaz, como eu lhe disse, de, vasculhando os refolhos da minha estrutura psíquica detectar no seu mais íntimo âmago a fonte original dessa minha metafísica? Teria sido de origem atávica inexorável ou tinha eu tido, na minha infância, um incidente que avançou adentro da minha psique e semeou a semente da minha sexualidade? Que fenômeno por mim receptado na minha fase libido-genital, através dos meus sentidos, impregnou-me tanto assim no meu *id* e para sempre se perpetuando no meu dia a dia? Sou um mistério dentro de mim com as minhas introjeções, refletindo os muitos estímulos condicionados da vida. Depois, a coitada da simplória psicóloga chegou a sugerir-me que a minha maneira de caminhar, *per se,* causaria um estímulo direto para os meus orgasmos. Devido aos movimentos do corpo que executo no andar, poderia ocorrer uma dinâmica qualquer, a qual seria transmitida aos meus órgãos da pélvis, já congestos de sangue por excitação sexual crônica, assim ela diz, e com repercussão de ricochete autoerótico... Que posso fazer, eu lhe respondi, nunca andei de outro modo.

– No que tem de bom você falar comigo?

– É bom. Assim faço uma autocontemplação, uma pausa, sem compromisso com a sua ajuda de um ouvinte como você: é como numa encruzilhada onde se faz uma decisão do caminho. Comungo com você o meu problema, pois já lhe disse, confiei em você com afinidade à sua discrição e por não pertencer à nossa cidade.

– Cuidado com o fundo do poço. Sexo é uma droga!

– Claro, faz parte dos neurônios do meu cérebro com as suas aminas transmissoras, como diz a psicóloga... Essa é a química do meu cérebro: é a minha droga. Já estou nesse poço. Existe droga melhor que essa química? A vida para mim se apresenta com uma inconsciência, uma ignorância, uma ausência que não consigo apreender. Mas a excitação sensual me eleva ao patamar perceptivo e traz a mais intensa sensação de vida. E o erótico a invadir-me o corpo num todo me localiza em mim mesma, e tudo me faz sentir numa percepção diáfana, agradável do real e de que estou viva. E então procuro digerir esses momentos numa gula dos sentidos, mas permeada de uma angústia intrusa de que vou passar e que tudo é fugaz. Eterno é o sopro misterioso da vida a usar o meu corpo como ferramenta receptiva dessas percepções, mas esse corpo é tão ilusório tanto quanto o esperar pelo próximo segundo de tempo com vida. E eu lhe digo: só tomo consciência de vida como numa vertigem de espanto em formato de um milagre, quando impregnada de energia erótica perante meus orgasmos. Essa consciência de vida é fugaz, eu a aceito na sua fluidez com resignação, mas a busco com renitência como última opção. Afora isso, sou um tipo de tonta inconsciente de todo da realidade. No entanto, sendo insaciável, sinto-me cansada de muito desejar, consegui-lo, e não me fartar. Cada um de nós carrega traços genéticos de vícios: da mentira, da dependência de drogas, do roubo compulsivo, da política corrupta, da alegria, da tristeza, da glutonaria e do que você pensar... Até de cacoete de roer unha, de escarificar de tanto coçar a região anal ou escrotal, do prurido vaginal paranoico, e de doenças como da diabetes, da esquizofrenia, da hipertensão arterial sistêmica, do reumatismo, da asma. Pior ainda, as doenças autoimunes ou autossômicas dominantes, como diz a psicóloga... Carrego a química como marcador da minha libido. Tudo que nos entra pelos sentidos se transforma numa química interna, íntima, de efeito sistêmico como qualquer droga. Sinto a volúpia da carne diferente de alguém que sente o corpo com morbidez e medo de estar vivo. Enquanto entro em orgasmo, esse alguém entra em crise de pânico. Difícil, para ambos, é sair dessa carne.

Eu a olhava encantado, quando ela expressou a palavra carne. Via diante de mim a estrutura de uma beleza singular que, ao mesmo tempo, me dava a sensação estranha de haver um misto de um duplo à minha frente: uma atração erótica, mas cujo espírito me bloqueava de ter um impulso no sentido de um assédio sexual. Talvez por minha timidez, ou por muita intimidade já desgastada e carente de outro curioso estímulo, mas na suposição de que eu estivesse tímido, acenei para o garçom por mais dose. Quem sabe ficaria mais temerário?

– Você não quer, Ivana, mudar de bebida? –perguntei.
Para minha surpresa ela olhou em direção ao garçom:
– Me traz uma dose. Dose dupla! Por favor... – o garçom ajeitou-lhe com ternura profissional o copo à sua frente. – Coitada da minha mãe – ela disse, ingeriu da bebida.
– Voltando ao assunto. Você não consegue abstrair-se de outro modo? – indaguei.
– Não. Minha abstração é seletiva, infelizmente. Igual o viver faz parte do depender-se de oxigênio. No vício é ser exigente pela repetição do hábito. "Os olhos são o espelho da alma", dizem. No entanto, é pelo que os olhos retêm em reflexos o espectro da vida que se conhece também a alma. Só se vê aquilo que queremos ou conhecemos... Evito bancas de revistas, novelas, o noticiário sem censura dos programas de TV e a permissividade aleatória e infinda

na internet... Estou ficando arredia, avessa ao gregário e tenho medo de chegar à paranoia. Admiro a pessoa que se abstrai na sua rotina semanal com o espetáculo do futebol: assim se recupera e administra as suas angústias pela alegria da vitória do seu time favorito. Vive na dependência do seu humor dirigido à espera do próximo jogo; esquece-se das dívidas, da divergência doméstica, do abuso do patrão exigente e de outras misérias da família. Surpreendo-me com aquela gente que se envolve na trama das novelas; que exercita a prática religiosa dominical; que relaxa na pescaria com amigos, ou se comunga no churrasco gregário do fim de semana, ou no jogo do baralho com alguém. Deslumbra-me a pessoa que espera a felicidade na lotérica e no jogo do bicho. Não terei a mesma fé de quem apela e espera pelo santo preferido de sua devoção. Sinto-me alienada aos pequenos prazeres comunitários, mas que posso fazer? Acabei por aceitar sem muita ansiedade essas minhas injunções, do mesmo modo que me conscientizei da minha finitude como mortal. O resto para mim é lucro. Às vezes sinto-me apossada em crises de prazeres intensos, depois lamento não ter sido envolvida numa trombada do carro que dirijo e encontrada a morte ali naquele momento. E dar tudo por encerrado. E não ter de perceber de novo quão desnuda de sentido é a realidade do existir... Não pedi para nascer; sou feita assim e estou aqui, sacrificando você com este bate-papo casual...

– Fique à vontade, não tenha cerimônia... Ivana. Eu estou deliciado em somente ouvi-la. Estranho! Você me parece deprimida quando lamenta a vida.

– Mas se assim lhe digo, é como me sinto.

– Que tal, me permita a pergunta, a companhia de uma namorada?

– Homem nenhum me tolera. Imagine, você meu namorado! Ponha-se no lugar de um deles. Você ao conhecer-me, nem se comoveu. Também tive o meu tempo de fetiche com você, assim o tempo de outro alguém, também, passa. É muito perigoso brincar com o sentimento alheio. É um assalto devassar a estabilidade emocional de outrem, por simples devaneio. Quando me envolvo com um namorado, de propósito guiada por sentimento de simpatia, ele desconfia de mim sem motivos óbvios e, inseguro, implicado por algo insólito se desentende comigo. Devo ter bom-senso. Já incorri perigo de vida. Quando desconfiam do meu jeito de ser, se não me desprezam, então me tomam como desafio e me perseguem. Também, de outro modo, antes de qualquer desentendimento, meu inconsciente me informa pelos sonhos que, de alguma maneira, meu namorado me maltrata ou não me merece. E, ancorada na informação onírica, sinto aquela amizade não me ser digna, termino em rejeitá-lo e desfaço a relação... Uma vez me envolvi, no que me pareceu ser um sentimento de amizade muito forte, com um rapaz movida por admirá-lo, tanto por ser inteligente, quanto por ter uma compleição de físico atrativo. E que para mim o seria uma mina de fetiches. E tivemos uma discussão banal, mas no alvoroço da teimosia de ambos ele prosseguiu ao nível de agredir-me com um esconso e casual empurrão. Ao atingir-me deste modo tão tolo fui estimulada por uma descarga de humores quaisquer no meu sistema, e induzida por uma aura de sensação agradável, que, para minha surpresa, roubou todo o meu corpo num crescendo, quando terminei em crises orgásticas. Com sua inteligência e perspicácia desconfiou ser eu uma pervertida sexual com tendência masoquista. O que lhe seria um potencial perigo. Julgou melhor desligar-se de mim. Nunca mais o vi... Esse incidente pessoal me fez meditar sobre a aplicação indiscriminada da lei Maria da Penha, sem uma investigação judiciosa das causas a manterem um casal em intriga doméstica. O homem se surpreende, ignorante, quando automático bate numa mulher. Mas ela sabe muito bem do motivo por que foi agredida... Acho-me mais confortável só, do que ser má companhia a outrem... Quanto a uma namorada... Não faz parte dos meus fetiches. Seria outro tipo de desencontro, talvez pior. Tenho o bastante.

— Pelo que sinto, você é vítima de algum recalque e adotou como fixação os símbolos-fetiche a que você se entrega, submissa.

— Sim, você está certo. Aceito a sua ideia na minha condição de neurótica excepcional como instrumento ao meu próprio bem-estar... E com discreto sarcasmo num disfarce de um suave sorriso, Ivana comentou: — Viu como se tornou, de amigo, o meu bom analista?

– Então! Vamos lá: que é que você tem contra o amor? Ivana levou o copo à boca, ingeriu um gole lentamente e o repôs sobre a mesa, pensativa:

– Mas qual amor?... Já lhe expliquei sobre meu sentimento quanto ao amor. Não me posiciono contra ele se é que alguém o considera como autêntico. O coitado do amor deu lugar a outras conveniências. Pobre do Cupido! Aquele suposto amor que todas as alegrias traz não mais existe, ou nunca existiu, como lhe disse... Uma luz só existe se brilha em oposição ao escuro; existe se há a sua carência. Assim o amor. Outros brilhos o ofuscam e o mantêm despercebido, se é que para alguém ele existe. O seu tropismo para o romance a dois perdeu ação para outros interesses. Esse amor de que todos esperam aquela química endorfínica com a sensação de euforia e encantamento faz parte só da busca erótica. E dura pouco. Faz parte, também, da falta de conscientização de que o amor não passa de um consenso adequado de conveniências realizáveis, ou mesmo da expectativa desse consenso; até provar que são ou não realizáveis.

– Eu tive a oportunidade de conhecer um primo seu muito ciumento. O que você me diz dele, e daquele ciúme?

– É um estúpido, ele. Invocado de paixão me persegue e se deixa levar pelo ciúme, cujo significado para mim vai além da estupidez; chega ao nível do irracional, da falta de lógica total. O macho selvagem luta pela fêmea por puro instinto inscrito arquétipo no seu comportamento, no sentido da preservação do mais forte para a sobrevivência da espécie... Imagine você, o ter ciúme significa o pretensioso estado mental de possessão de outrem com sentido absoluto! O que é impossível... O ciumento é escravo de um sentimento de posse fantasma. Nem o Criador é dono dos nossos pensamentos, nem nós mesmos somos donos do que pensamos. Aquilo que pensamos vem com a fenomenologia ambiente, das coisas e dos acontecimentos, quando não vêm de uma cascata de conexões sem controle de pensamentos abstratos quaisquer... Quem é capaz de controlar o mecanismo dinâmico da minha metafísica?– Vi que rebaixou o lábio inferior da comissura direita da boca e continuou: – O ciumento é digno de piedade pela sua idiotice e imaturidade... Tenho medo de um homem ciumento, tanto quanto de um psicótico no seu estado maníaco ou de um drogado no seu estado de intoxicação e fora de sua própria consciência. Todos são capazes de atos automáticos, impensados e impulsivos. O ciúme em si é tão estúpido como falácia do suposto amor. E pior, o ciúme se disfarça aceito como vicariante desse amor. É a sensação reativa do ego com receio de ser ferido por uma projeção de uma perda vigente, ou pressuposta, de posse adquirida. Essa posse pode ser óbvia, material, como no caso de um objeto tangível e de estimação, ou subjetiva na condição de um compromisso amoroso recíproco. O sentimento de ciúme é uma armadilha abstrata; e é a maior prova de que o virtual nos domina muito além da realidade em que vivemos, ou do que o nosso querer nos passa.

– Na sua psique feminina, não lhe faz falta uma gestação?

– Neste sentido me sinto castrada, apesar de meu útero ser exercitado nos meus orgasmos. Acho absurda a ideia de dar à luz uma criança, que não pediu por isso. Moisés, na sua peregrinação pelo deserto com o povo judeu, ao elaborar os Dez Mandamentos não fez nada mais do que estender a intenção do Criador ao proclamar: "Crescei e multiplicai-vos" para a humanidade determinada a descender de Adão e Eva. Moisés (homicida, ele próprio) decretaria mais tarde: "Não matarás." Certo. Não temos o direito algum de tirar a vida de alguém no homicídio, igualmente, acho, não temos o outro direito oposto de fazê-lo nascituro. De que vale a pena o viver?... Não suporto ouvir um choro de criança, por qualquer motivo que lhe venha essa reação, por mais fútil que seja. Padeço como se fosse em mim o sofrimento daquele choro. Que garantia tenho, se minha geração será uma pessoa feliz? Por que tenho eu, por simples e fugaz prazer pessoal, o direito de submeter uma criança às lides da vida no âmbito do mundo a não me pertencer, nem tolerar influência alguma de mim para realizar essa criatura mais feliz? Não entendo a atitude eufórica e de maneira inconsequente de pessoas a festejarem o nascimento de um filho ou de um neto. Para mim, esse comportamento mantido condicionado na mente humana se aproxima muito ao irracional e instintivo. Tenho até ojeriza pela entonação infantil a construir sentenças em linguagem comunicativa com o tatibitatear que se adotam para tentar agradar as criancinhas. Talvez essa ideia de termos razão seja pura ilusão da própria razão. E a nossa capacidade de exprimir arrazoados superestima o cérebro, que se ilude pensante. Mas não se acha tão instintivo como o resto dos animais. Se chegarmos a pensar em termos uma alma, não a submeteríamos ao inferno da civilização humana, mesmo que por um prazo curto de sua existência. Que essa alma permaneça lá onde devesse estar.

  –Mas do jeito que você me diz, onde fica a continuação da vida?

  – Que vida?...(Notei que as suas pupilas se abriram e fecharam-se rápidas). A vida se perpetuará sem ser encarnada: nas árvores, nos ventos, nas águas e nas pedras; na energia da luz vibrante de eletromagnetismo; e feliz sem a interferência das intrusas distorções e sofrimento da fisióloga do corpo. Os meus orgasmos vêm para contrabalançar na carne o implícito sofrer que as funções vegetativas demonstram com um tipo de tortura e para sobrevivê-la. Por que a vida? Prefiro recordar com saudade os meus entes queridos mortos do que desejá-los vivos em sofrimento A "vida," uma vez encarnada, condena o corpo ao 'suor do rosto' pelo pão de cada dia, à angústia de enfrentar a dor e às distonias da enfermidade. Submete o cérebro ao pânico sorrateiro, crônico, com o pavor fantasmagórico à fatalidade da morte, e de não ter certeza se continuará numa esfera de outro existir e de que jeito... Não. Não quero parir qualquer criança, que outras mulheres o façam, por burrice. Não tenho intenção nenhuma de uma gestação. A vida em si é um joguete que nos faz de idiotas, nos submete escravos dos nossos mais íntimos e banais desejos quando estamos destinados ao nada. É tão sem sentido que é de uma inutilidade total. Se não o fosse não haveria tantas vidas desfeitas em lutas de guerra de modo bestial, ou trágico como num acidente casual. Vidas nascem em berço de ouro, ou gênios como verdadeiros deuses, e outras são encarnadas como o pior das escórias, excrementos humanos. Melhor lhes calharia ser um animal irracional... A vida seria de modo inverso se tivesse significado sério e proveitoso para todos. Submetidos à mesma pressão atmosférica, sob o mesmo peso da frágil carne, sem exceção. Se ela se mostra inútil para a maioria, é porque evidencia exemplo cabal de significância alguma. É um acontecimento aleatório banal, como o resto de irracional que existe na esfera biológica. O mistério de alguns nascerem premiados enfrenta a trágica futilidade com que se condenam outros... O mistério da coincidência de encontros felizes perante os desencontros infernais de outros... Tudo não passa da aleatoriedade das coisas sem interferência de um ser superior; se é que Ele existe. No universo do puro astral parece ter mais lógica, mas não o tem. É um *big bang* cíclico, vicioso de um sisifismo inútil, incansável, eterno, sem proposito para nós. Mas escravo das leis da física. Vivemos (sugeriu aspas nos gestos) infelizes, mas apegados à carne pela ignorância cega de não termos certeza alguma de outra saida. E fazemos de 'nossos desejos' como se fossemos imortais em busca de riqueza, poder, fama, prestígio, tão inúteis como minhas obcecações pelos fetiches. Nunca chegarei ao ponto de conclamar em tom de exaltação ou de júbilo: "Que viva a vida"! No entanto, sem saber quão boa poderá ser esta vida. Sabendo que aproveite em apoteose a minha existência e em consequência tenha a minha morte com dignidade, em serena e natural apoptose, mesmo assim sendo, eu digo: "Que viva a morte". De igual maneira eu vejo a comemoração da 'virada do ano novo' de uma estupidez própria de nosso comportamento. Que chegou a ser um arquétipo para as gerações futuras. Imagine comemorar-se a entrada do ano novo, justamente aquele em que talvez estivesse escrito como o seu fatal. O ano, talvez, da desgraça financeira, da enfermidade, que de subclínica se tornasse declarada, ou de uma imprevista tragédia na família. Deve-se comemorar a passagem daquele que foi um passado evidenciado de glória e vivido. E não a chegada de um período estipulado pelo calendário e de que não se é capaz de predizer qualquer minuto futuro. A estupidez dessa euforia de espalhafato pirotécnico explosivo e colorido camufla o nosso comportamento coletivo inconsciente. O sinistro do desabamento de terra em Angra dos Reis, naquela virada de ano novo de 2010, nunca foi concebido como uma alerta profética... "As pedras clamarão" quando alguém não é capaz de conceber o óbvio, pois clamam com enigma... Do mesmo modo não consigo disfarçar certo grau de tristeza no dia do meu aniversário, que por último não mais o comemoro. Se eu tenho noção de tempo, por que me alegro com o próprio passar dos meus dias?... A vida em essência, também a morte, não passam de uma impressão ilusória, de uma nuance sutil na escala do nada e de uma suposta interface de um só fenômeno dentro da eternidade... A minha carne se fosse permitida a ser degustada com alho e óleo, (como o quis aquele louco masoquista, que acordou, pela internet, com o alemão antropófago), seria assim bem aproveitada no prelúdio de retorno ao pó... Esse imenso universo galáctico eterno existe para si próprio e tem o tempo suficiente para inventar tendência fenomenal de todo tipo. Inclusive de criar-nos a nós. O Universo parece que, egoísta, criou-nos para somente conferir a sua própria existência. E dizemos sermos capazes de exercitar raciocínio para diferenciar a realidade do nada.

– Que pensa você da vida além-túmulo?

Com esta pergunta notei que me perdera numa trilha de arguição, mas nesse exato pensamento ela se interpõe:

– Você parece curioso por ouvir e se mantém como numa entrevista. Isso para mim é bom, assim fico mais à vontade. Respondo-lhe: não me interessa nenhuma outra existência de que não peço, porque a desconheço. "Que volte ao pó o que do pó foi feito." Falo o nome de Deus por achar bonito e como demonstração de falsa moral, mais para impressionar do que por mim mesma. Nós somos muito de carne; e com nossa fisiologia para a sobrevivência estamos por demais ao nível do resto dos animais; aquém de qualquer âmbito de espiritualidade. Se é que existe algum tipo de espírito de que tanto falam deveríamos ser isentos de necessidades fisiológicas tão chãs. E o apóstolo São Paulo falava: "Nascemos de modo horrível," ele queria dizer: pelas vias mais imundas. Deveríamos utilizar outra fonte de energia que se esgotasse com escórias mais dignas. E lá bem no fundo intuímos, às escondidas, que temos uma via de entrada e saída como qualquer outro ser. Mas, diferente dos animais, somos autoconscientes e dizemos: "Eu penso, logo existo". E apelamos com este arrazoado por uma compensação em busca de algum elevado nobre espírito. Nosso corpo é de uma fragilidade que dá medo até de pensar de estarmos respirando neste exato instante, quando podemos não existir nos próximos e inesperados segundos. *"All we have is now"* (tudo o que temos é o agora), li estampado numa camiseta de um transeunte... Estou em deterioração progressiva e rápida. Terminarei sendo, como disse alguém, nada mais do que "urina e fezes"... Sendo assim, é de esperar-se que não nos conformemos com a nossa insegurança e sonhamos, fantasiamos esperançosos de sermos repositório de alguma réstia de sopro divino. Tem de ser assim, para não nos desesperarmos. É como se propagam informações sobre a AIDS, como já li em cartazes dizendo que não pega num beijo do rosto, num aperto de mão, mas omitindo mencionar um beijo na boca e assim evitar desespero geral... Meu corpo é de uma fragilidade extrema que me parece pesada a sua carga, tão instável de reações incontroláveis. A mim me basta esta existência da qual você participa. Mas eu desejaria que o além-túmulo devesse ser nada mais do que aquela sensação de felicidade somente pelo fato de o saber existindo sem a condição de encarnação alguma, nem ligada à conotação de morte. O saber-se existir mesmo em estado de nuvem, ou de pedra, com uma sensação individual legítima, invisível, mas feliz e que se acha por alma – a bem dizer... Ou que volte ao sono eterno aquilo que acordado nada foi. Ou, talvez, nesse além-túmulo, permanecessem como num sonho na nossa memória dessa encarnação somente reflexos diáfanos de feixes luminosos penetrando em tênue sombra pelos escaninhos de nossa casa onde morávamos. Também a ilusão de que ainda é dia com céu azul algodoado de brancuras esparsas e de variadas tonalidades de cinza. E isso seria o suficiente para que o pretérito fenômeno da presença de nossos entes queridos permeasse em nossos sentimentos. Se recordar é viver, calha bem. E que o dia nesse além-túmulo fosse eterno. Quem tem boas lembranças de um só ente querido, não se sente alheio e será o suficiente para encher-lhe a alma de encantamento...

Com essa atmosfera cândida e íntima, mas impregnada de tanto mistério eu não poderia evitar a seguinte pergunta:

– E do inferno?... Ela também se perguntou:- E do inferno?... Permaneceu vários segundos em silêncio, piscou os seus cílios em paroxismos rápidos anunciando seus lindos olhos e com voz de timbre rouco de ternura, quase de si para si, tristonha, continuou:

– Seria a falta deste autoconhecimento do autêntico existir; e nessa falta, por si, ser infeliz. E associada à angústia pela busca inútil de um novo estado de vida usando os sentidos, perseguindo prazeres como orgasmos ou outro qualquer. Pensando assim, o inferno seria a angústia pelo desejo da própria reencarnação da alma em busca de vida por onde há miríades de opções, que se dizem hedonistas. Ficou pensativa com o olhar longínquo, a dar-me uma sensação de tristeza. E também me calou no fundo certa depressão negativista com as suas ideias. E prosseguiu: – Mas tenho a suspeita de que não nos adianta fugir da ideia de um Criador, que nos tem no Seu propósito de sermos apenas para a Sua grandeza e glória. Só nos resta aceitar a nossa condição humana de uma existência, que não nos pertence como nós a queremos, a não ser apenas como participantes dessa glória; e Amém.

Talvez querendo fugir dessa sensação pessimista, eu quis mudar de assunto... Ela se interpôs no meu pensamento e comentou:

– Você me parece incômodo!...

Para desligar seu julgamento sobre mim, perguntei rápido e de modo inapropriado

– Como você encara os filmes pornôs e a masturbação? Ela respondeu sem rodeios:

– Fica tudo bem para quem tem carência por eles. A mim eles não me atingem. Faço abstração desse tipo de cultura, que é uma aberração quando vem impregnada de morbidez sadomasoquista e homossexual, ou de revanche machista, ou feminista. Minha metafísica, na sociedade, pode ser uma própria contracultura sexual em relação aos fetiches e aos símbolos eróticos, mas está ligada à fenomenologia sob a égide dos sentidos com as suas limitações perceptivas e intuída por minha própria mente... Minha abstração nesta metafísica liga-se na despretensiosa fenomenologia das coisas. Vivemos (fez com os dedos indicadores as aspas no vazio) alimentados por migalhas de pequenos incidentes: por "bocados," como diz Fernando Pessoa... Também não aceito alugação com disfarçado despropósito de persuasão sobre a minha mente e como joguete comercial. Sinto-me além desse patamar que não me atrai, talvez eu esteja deslocada dos estímulos, que provocam reação erótica no comum das pessoas.

– Muita gente pensa assim como você?

– Não sei, meu problema é dentro de mim mesma, minha cibernética erótica tem muito de egocentrismo e excentricidade. Para mim, esses filmes são como não existissem. Procuro no inconsciente aquilo que me equilibra na psique pela fenomenologia do dia a dia. Eu rejeito tudo que vem de fora, como disse, com intuito de alugar meus pensamentos. Além disso, meu orgasmo é executado de modo ergonômico, expurga-se fácil. Não é como percebo mulheres queixando-se de bursite no punho, ou então na goteira bicipital de um ombro direito ou do outro, depende se são esquerdas ou não. Escravas renitentes dos seus fetiches em busca de orgasmos trabalhosos, sem esperança de liberdade. Pior se são afeitas a acessórios sexuais os mais diversos ou seguidoras de catecismos de *Kama-sutras*. Talvez eu queira ser diferente do resto por vaidade ou por medo de perder minha individuação, não sei. Cada um deve desenvolver sua própria busca daquilo de que necessita. E não se engane: as buscas são como uma ordem, já traçadas pelo nosso destino. Tudo já vem escrito nas páginas da nossa genética... Fatalmente, chegaremos ao fim da escrita...

Fez-se um silêncio. Aproveitei da pausa, pedi licença, fui ao banheiro e pensei num monólogo: "Tudo é fatal!". Então voltei, e ela, como se tivesse por telepatia o meu pensamento, para minha surpresa, continuou:

– E é fatal. Jung tem razão ao afirmar que o nosso inconsciente tem ação preponderante nas atitudes e no destino de nossa vida. Não sei mais distinguir aquilo que me vem pelo inconsciente, ou não. Meu inconsciente adquiriu a função de estabilizador das minhas emoções. Parece um porto, um local de onde ali ancorados os meus pensamentos se prestam a socorrer a minha consciência durante o estado de sono. E realizo todos os meus desejos através dos sonhos. Nem são mais simbólicos, não carecem de interpretação. Neles eu realizo "literalmente e/ou virtualmente," (como você o queira), todos os meus desejos. Quando acordamos de um sonho ou pesadelo e rápido podemos distinguir a realidade, é que já não estamos loucos nem caducos. O caduco ou o psicótico se confunde e acorda em pânico agudo, ou numa paranoia crônica. A minha atitude perante os sonhos é sutil e gratificante. Assim, se numa situação onírica um homem me é gentil ao entrar num elevador e me reconhecera pelo nome, cuja companheira reagiu com ciúme... Ou se notei alguma mulher a parecer imitar o meu jeito e o meu estilo... E que certa mulher se mostrou num gesto inconsciente com uma dica de sensual atração por mim – seria como se eu namorasse comigo mesma. E me conforto; e me equilibro dormindo na minha psique. Acho que é quando eu tivesse, sem o saber, uma sutil carência de reafirmar-me. E nesses sonhos eu me estabilizo. Eu sei que os meus sonhos são um *continuum* das minhas percepções. Também, fora da área sensual, sonho com pessoas íntimas com quem fui ingrata e já não há mais tempo para redimir-me, porque morreram; ou encontram-se ausentes, perdidos em outro endereço para um reencontro. Então nesses sonhos tenho a chance de proceder a minha gratidão, demonstrar o meu sentimento e perdoar-me a mim mesma. O alívio dessa redenção onírica persiste na vigília em minha consciência num tipo de missão cumprida... Ivana fez uma pausa, transparecia ausente e inacessível. Em seguida ela lamentou: minha mãe se preocupa–"filha, você atende ao telefone e conversa com pessoas sem ouvir as chamadas e encontra alguém na linha numa coincidência que me faz desconfiar por um tipo de telepatia eletrônica!". Mas eu realizo o assunto com meu homem que eu estava desejando no momento. E, também, aquele homem às vezes me acompanha por todo um dia. Eu o sinto ao meu lado, senta-se comigo nos bancos dos jardins, nas praças públicas, bebe comigo, passeia na Avenida. E nos sonhos realizo com ele os meus orgasmos mais intensos.

Então me perdi dentro de mim, como se uma nuvem de desconfiança ou de desencanto perturbasse o meu cérebro... Talvez necessitasse de mais combustível como estímulo. Chamei de novo o garçom:

– Dose dupla, por favor.

Ivana como que festejando o meu pedido, estendeu-me a mão Num aperto de confraternização e soltou um sorriso suave e carinhoso...

– Aceita outra dose de vodca? – perguntei.

– Ainda não. Estou me sentindo bem – mas ainda ligada a continuar o seu propósito de desabafar, prosseguiu: – A psicóloga suspeitou eu tivesse abusado de testosterona quando frequentei a Academia, ou que o próprio desenvolver hipertrófico da musculação teria produzido efeito androgênico e, portanto, afrodisíaco. O fato de um fenômeno ou uma configuração qualquer me transparecer conotação de caráter erótico e tê-lo refletido na minha carne com uma reação de prazer através do desfecho orgástico, para mim, afinal, é o maior privilégio de sentir-me viva. Eu me administro e me conformo. O esteticista apreciador daquilo que se chama de 'belo' não poderia desejar privilégio maior. Nem o que abusa de esportes radicais pondo em risco a sua vida em busca de inusitadas sensações, carente pela secreção de adrenalina, nunca alcançaria o privilégio que tenho comigo. Talvez aquela mulher sádica americana, na prisão militar Abu Ghraib do Iraque, passasse por um processo excitante à procura de estímulo para crises orgásticas em torturando os coitados dos iraquianos. O privilégio natural que tenho comigo é a única recompensa de dizer-me com vida e poderia até lamentar a morte. Enquanto o belo é sentido por outros numa abstração intelectual para regozijar-se no espírito, num patamar de levitação agradável, eu, na minha metafísica, tenho outro sentido de busca e me baixa fundo nos deleites da carne com a conscientização da matéria vivida no momento orgástico... Desse modo também o sentem os drogados com alucinógenos. Mas droga nenhuma, até agora, que eu saiba, é capaz de convocar, como na minha metafísica, todas as funções do cérebro e dos sentidos, integrá-las juntas na carne. Que, incitada, comprometida, fanática, decidida, se resolve no propósito da eclosão orgástica.

     – Acho, também, que supondo você, representante da humanidade, reergueria um pênis ereto para todos, como símbolo, no lugar de Deus. Esse símbolo implicaria sua submissão de total dependência ao deus Eros, feito de um renascimento, vicariante ao Deus antropológico.

     – Certo. Você acertou de novo. Na Índia antiga, isso aconteceu com o símbolo *lingam*. Todo esforço humano, toda pesquisa científica, toda indagação filosófica, toda busca de espiritualidade, enfim qualquer busca de progresso na atividade humana decorre de uma única insatisfação – a inquietude por encontrar a fantasia ideal para a sua expressão erótica. E não a encontram. Nunca encontrarão. É um vazio insondável, misterioso, que, por si próprio carente, é incapaz de concebê-la. Inquietação essa imposta pelo Criador na ambiguidade da "árvore do bem e o do mal," que se fez um enigma de indecifrável a qualquer indagação. Enigma, 'símbolo-marca' a condenar somente a espécie humana a ter consciência do ato sexual como conotação de desobediência. Mas para mim, a "árvore do bem e do mal" é uma semântica donde se conota a rejeição do ego no uso do próprio corpo na tentativa de comungar com outro gênero. O ego, em se debatendo, segmenta-se infeliz quando não ganha paz de conciliar essa ambiguidade. Se todos, cada um ao seu modo, concebessem a minha metafísica, evitariam, com os seus fetiches, as consequências advindas por terem provado da "árvore." E essa ambiguidade, extrapolada, anularia no exílio a sentença pela excomunhão do Éden decretada pelo Criador. É necessário que se conscientizem cada vez mais de um novo nascimento sexual dentro da esfera da minha metafísica. Sem expressão erótica adequada 'somos' levados a sermos infelizes. E a compensar nossa infelicidade tentando superar nossa carência sexual com a busca de reconhecimento por autorrealizações quaisquer. Ou de proezas sexuais insólitas, ilegais, no âmbito da sentença do pecado original... É necessário que se criem academias para treinamento do sexo como eu o faço em prol dos fetiches. Uma vez realizada no sexo, a humanidade para e limita-se, digamos, infantil e feliz sem essa busca por evolução tecnológica que será, quando não aleatória, interminável. Toda ganância e angústia por poder, riqueza e sabedoria estariam relegadas à extinção por tornarem-se inúteis para a humanidade, fosse ela realizada apenas no sexo.

– Como no sexo?

– Seja ele como for. Tanto como eu o faço a sós, ou como no sexo a dois na coparticipação dos parceiros, entrosados, resgatando a inocência, a paz, a pureza da alma e felizes. No entanto, dentro dos seus fetiches. Algumas comunidades de tribos humanas da mesma idade antropológica das civilizações avançadas permanecem terra a terra, talvez pela sua cultura e tradições que as mantêm realizados no sexo. E não sentem a angústia que promove as civilizações, ditas evoluídas. Hoje em dia se tornou difícil a comunhão adequada de parceiros que se correspondem justos no sexo ocasional, pior ainda, a harmonia da conjunção sexual continuada no matrimônio. Se houvesse alguma legalidade nos cartórios o meu casamento seria comigo mesma. E acontecia a mais autêntica união compartilhada com uma eterna lua de mel.

Ivana se dispunha sem embaraço às minhas perguntas; e me aventurei mais adiante e comentei:

– Você pareceu denotar não ser simpatizante de relações homossexuais... O que me diz sobre isso?

– Não tenho ideia alguma formada sobre isso. Uma vez possuído do uso de livre arbítrio a qualquer um, tudo é lícito para uso e abuso, mesmo cerceado pelo código de ética no âmbito inerente à sua atual legítima cultura. Temos o direito à nossa liberdade de pensamento e comportamento. Possuímos um ego que busca o ter-se por lícito e autêntico dentro da sua própria paradoxal ambiguidade. Mas é necessário restringir-se pelos limites da licitude do outro... – Ajeitou-se o corpinho mais cômodo na cadeira cruzou os joelhinhos bem definidos e, em tom conclusivo como que numa sentença, terminou:

– Contanto que não agrida certos preceitos estruturais da biologia antropológica concernente à irremediável instituição familiar a qual eu pertenço.

– Mas você me parece contraditória, quando supõe a instituição de família ao tempo em que sugere um tipo de celibatismo na esfera da sua metafísica. Ela, num gesto ligeiro de descaso à minha interpelação, absorta não se deu conta de reformular seu pensamento e continuou, impassível:

– O lesbianismo silencioso nunca se mostrou e sempre conviveu às escondidas com a cidadania numa estrutura familiar pela despretensiosa aceitação amoral. As predisposições para o homossexualismo se fazem carregadas de mistério tão complexo de motivos, que levam as duas partes à comunhão do mesmo gênero. Mas tenho pra mim de que a sua existência tem muito a ver com o afrouxamento de princípios morais cívicos e religiosos vigentes. Situando-se no mesmo patamar que apresenta o mistério do criminoso, ou do ladrão recidivo, do inveterado estuprador, do político corrupto. Eu acho quem perde a noção do distinguir o seu próprio gênero de outro nunca será capaz de conceber o conceito de humanidade.

De modo compulsivo, mas já me arrependendo e sem tempo para retrocesso, acrescentei:

– Agora, uma vez entendendo tão bem sobre símbolo-fetiche, por que você não entra no mercado de Sex Shop?

– É uma boa ideia, nunca pensei em tal propósito. É um comércio a parecer compatível com a minha metafísica.

– Ninguém melhor que você com conhecimento de causa para conseguir sucesso em convencer suas freguesas com o problema do ciúme peniano de que falava Freud. E, quem sabe? Abriria uma rede de lojas com um logotipo de uma grife só sua...

– Mas eu acho não daria certo. É como lhe disse: prefiro a própria dinâmica da convivência com as pessoas e coisas aleatórias, que para mim são uma mina de fetiches. Isso seria, também, no meu caso, o mesmo que um alcoólatra ser dono de boteco ou um traficante ser escravo da droga. O projeto empresarial morreria no seu próprio nascedouro.

Nessa altura, pressenti que não conseguira alcançar um teor de alcoolemia, cujo limiar me desinibisse numa abertura psicológica e me libertasse um estado de espírito propício a incutir-lhe uma suspeita de um ensejo em direção ao sexo. Senti que entre nós dois uma cortina de gelo me mantinha nessa abstenção, de fracasso prematuro. Ela pareceu desconfiar do meu sentimento, abaixou um pouco a cabeça e, pensativa, murmurou:

– Nós dois somos incapazes de qualquer ensaio para fins de sexo, parecemos já devassados e sem perspectiva de curiosidade de um para o outro e para isso.

Surpreso com a sua perspicácia e então, para meu conforto, lembrei-me de ter um compromisso comercial agendado. Chamei o garçom e lhe disse:

– Traz mais uma dose; esta é a "saideira", portanto capricha – e concordamos que eu a levaria à sua casa. – Que dó! Ivana, eu gostaria de ouvi-la mais... – falei.

No caminho fomos em silêncio, ela percorria com seus lindos olhos os detalhes das residências nas ruas ou, às vezes, mirava as nuvens no céu. Depois de um tempo, ela quebrou o silêncio e, pesarosa, comentou:

– Eu acho que deveríamos retroceder a nossa crença ao passado e diante de tanto mistério, no momento, sem clarividência, retornar a crer no Sol como o nosso legítimo deus, porque dele para tudo dependemos. E dar toda indagação desse mistério por um enigma já encerrado. Olha como é lindo o seu brilho e como resplandece nos esconderijos e reflete em todas as coisas! O planeta Terra lhe oferece a clorofila... E nada lhe escapa, e tudo depende dele. Chegando à sua casa, e, em nos despedindo, ela me disse

– Eu tenho um pressentimento de que nunca mais vamos nos encontrar. Você é um bom *conversateur* ou um bom *conversationalist,* como o queira: não desconversa, sabe ouvir. Saber ouvir é, também, saber conversar.

– Muito obrigado, estou às suas ordens.

Mas eu não o estaria: tive que ser transferido para outra cidade e assim perdi contato com a Ivana.

Dois anos depois, voltando à sua cidade e subindo as escadarias do Banco do Brasil passei por ela que trajava uma blusa cor-de-rosa, estampada com figuras de carecas, de barbudos, de nuvens e do Sol... Parecia distraída no seu próprio íntimo, em solilóquio, concentrada no seu drama interior. Mesmo nessa pressa me prestei em saudá-la: – Oi, Ivana!... Reagiu, dirigindo-se a mim como num espanto, mas sem surpresa de ver-me, sem ter noção de onde vinha a vibração do som de saudação. E eu me senti fora de foco do seu olhar, frio e sem indagação. Daqueles olhos verdes, guardo, para minha frustração, a lembrança de estarem mais lindos, porém deslocados de mim e direcionados enormes, inquisitivos, para uma imensidão de vazio. Lembrei-me do seu arrazoado, quando os olhos são o espelho da alma. Então o seu pressentimento de nunca nos vermos outra vez se cumpria, com a sua descompensação mental. Ivana carecia da antiga energia dinâmica dos seus passos, como se estivesse sob efeito letárgico de droga psicotrópica: acredito por receita médica. A sua antiga energia se esgotou célere, por excesso de uso e abuso. Tornou-se vítima, agora, de um catabolismo sistêmico ativo, impregnando corpo e mente. Vítima dessa entropia físico-mental, com menos frequência circulava pela Avenida. Não se dava mais aos prazeres de ver, nem às graças de ser vista. E quando o fazia, de cabeça baixa, o seu olhar tinha por ausência de foco e só enxergava o chão.

O PODER DA MENTE

*Compreensão correta, pensamento correto,
palavra correta, ação correta, modo de vida
correta, esforço correto, atenção correta
e concentração correta.*
Senda Óctupla– Buda (483 a. C.)

Entrou Joana d'Arc no bar... Sentou-se. Pedro Ivo, logo que a viu, trocou de mesa e se sentou noutra, rente ao seu lado. Ela cumprimentou:

– Olá, Pedro!

– Opa!... Sumida! Você viu a Dora?

– Viajou, semana passada.

– Fiquei gamado na Dora. Aquela, sim, é muita mulher. Uma cama e tanto!

– Como assim?

– Boa de cama!

– Como! A Dora?... Ela é frígida!

– Comigo, não foi! E se o for, pelo menos, gozou dezena de vezes. Disse ele, com ar de tranquilidade, com voz impostada em tom de vitória.

– O quê? Aquilo é uma pedra de gelo!

– Você gosta de pichar os outros.

– Pois ela frequentou o "Centro de Ajuda à Mulher" na "CLÍNICA FEMINA" e se deu como desenganada com o diagnóstico final de frigidez primária. A única coisa que lhe valeu a pena foi o treinamento de iniciação ao "Orgônio," que é o ultimo recurso a que elas, as frígidas, apelam: um tipo de engana marido A Dora nem se masturbando ela chega 'lá'. Aprendeu o treinamento com o que se condicionam os músculos abdominais e pélvicos a ter imitação de contrações orgásticas: –"Diplomou-se".

– Desgraçada!... Vou dar-lhe o troco, quando encontrá-la...

– Você nunca mais vai vê-la. Foi-se com um quarentão carioca, que a conheceu pela internet; encontravam-se com frequência aqui em São Paulo. Não lhe falou?

– Nunca me disse... Mas, você tem certeza...

– Você não é amigo do Dr. Jorge, o ginecologista da Clínica? Informe-se dele, será uma afronta à sua ética, mas vale tirar alguma dúvida.

– Eu sou como São Tomé... "Ver para crer".

– Continue dando de bobeira. Vou lhe contar. A Dora pode muito bem imitar contrações orgásticas por movimentos bruscos da bacia, por contrações dos músculos da barriga e do diafragma e jogar para baixo o peso do ventre a tapear o trouxa entoando grunhidos teatrais que só elas o sabem, quando bem treinadas. Essas as mais burras; e pra seu governo, se você quiser saber, outras se treinam tão bem por cilindros vaginais com sensores eletrônicos direcionados a um monitor de vídeo para autocontrole dinâmico dos exercícios. É quando são também solicitados os glúteos, inclusive os músculos a envolverem cada articulação coxofemoral e os adutores das coxas. Este treinamento requer que o corpo seja exposto e condicionado por contrações em posturas apropriadas ao ponto com o que ficam peritas em contraturas do assoalho pélvico, como verdadeiras contorcionistas orgásticas. É o mecanismo de "bio-feedback", se você quiser saber. A Dora passou por avaliação neurológica, ginecológica e psiquiátrica. Terminou apelando por acupuntura, hipnotismo e regressão. E deu no que você está sabendo agora. Eu trabalhei lá.

– Ouça aqui, Joana, aquilo que espicha, também encolhe... – Pedro Ivo se mudou para a mesa da Joana e falou-lhe bem baixinho:

– Vou ficar tonto. Quer beber alguma coisa?

– Eu já estou meio zonza, mas pode chamar o garçom...

Pedro Ivo é um jovem de trinta anos, de classe social média, abastada, da cidade de São Paulo. Estudou engenharia eletrônica no Mackenzie, mora no Bairro Higienópolis, ali nas proximidades da universidade. É portador de pequenas cicatrizes esparsas pela fronte, malares e pescoço, sequelas de ferimentos por farpas de garrafada durante uma briga. Mas ele os justifica como sendo causados por estilhaços de vidro num acidente de carro. Sua boca se enche de língua volumosa, que lhe presta suavidade à fala por entre os lábios carnosos. No expressar seus pensamentos, executa com a cabeça gestos rítmicos discretos concomitantes com as palavras, que lhes saem com tons agradáveis aos ouvidos. De mente serviçal, suave, sem agressão e de bondade pródiga que tentando passar ternura expõe casual mensagem de macho dúbio a causar suspeita dos seus pares. Contudo, exibe certo erotismo que é uma atração fatal para as mulheres. Por isso, foi levado a envolver-se sem querer na briga da garrafada com um marido ciumento. De cabelo moreno-escuro luzidio, tipo brilho molhado, corte clássico para trás a demonstrar autêntica elegância, dir-se-ia dele a figura típica de gigolô em permanente estado de exercício desta profissão. Há dois tipos de gigolôs: um que é entendido pela classe social de pouca renda, em que é tido como aquele preguiçoso, que exerce as funções domésticas, enquanto a mulher trabalha. Esse tipo tem significado pejorativo. Cuidado para não ser machucado quando supuser algum homem com essa tipologia, mesmo por simples brincadeira. Agora, existe um segundo indivíduo que o Jô Soares preza como sendo o 'gigolô francês'. Esse tipo se considera possuidor da mais sublime profissão que se possa ter. Aquela tarefa de ser exclusivo em dispensar prazer sexual à sua vítima com o intuito único de arrancar-lhe os bens até o último centavo, se possível. Parece pertencer ao subgrupo de misóginos enrustidos; eles não se manifestam como tal, mas exercem uma discriminação sorrateira, no sentido proposital de destruir a suposta amante financeiramente ao ponto de ela chegar a morar de favor com a ex-empregada doméstica. Eles são aves de rapina no mundo 'sentimental-erótico' feminino por serem dotados de qualidades excepcionais: físicas, culturais e sexuais. A atriz Anita Ekberg, que engrandeceu o filme italiano: "A Doce Vida," teria sido uma dessas vítimas. O Pedro Ivo se enquadraria nesse último perfil. Contudo, sua mente pertencia a outro âmbito de bom caráter, além de seu estável poder econômico.

Seguindo o conselho da Joana d'Arc procurou o médico na Clínica no dia seguinte. Mas este se limitou a dizer-lhe a não se espantar: –"Cerca de cinquenta por cento de mulheres teriam anorgasmia com parceiros. E que o fato seria despercebido pelo macho, ou quando não por, muitas vezes, o ser fingido." Depois dessas, Pedro Ivo estremeceu dentro de toda a sua estrutura psíquica com um cataclismo. Sentiu-se em destroços com a sua formação antropológica de arquétipos que dormitavam tranquilos no leito de crença insuspeita sobre o orgasmo feminino. Percebeu que necessitava de reformular suas atitudes, não somente emocionais como comportamentais, quanto ao seu relacionamento com as mulheres. Ignorante, descuidado em certos aspectos quanto à resposta sexual feminina, não observara eventual sinalização para precaver-se de possíveis percalços. Perplexo, exclamava de si mesmo: –"Burro que fui, mas de agora em diante, vou ficar esperto!" E então se encontrava ligado no drama do: *ser ou não ser* – na alternativa de que o orgasmo da fêmea poderia apresentar-se real, ou como uma farsa. O drama de não ser capaz de obter com certeza este maldito orgasmo, imbuído por circunstâncias sentimentais e de tanto ardor antecipado. E esse drama se tornou para ele uma paranoia; não mais suportava conceber que numa relação amorosa tão repleta de insinuações prazerosas pudesse terminar sendo uma deslavada mentira.

Pedro Ivo tinha por preconcebida a noção insuspeita de que toda mulher se aceita a cama com certeza busca e encontra orgasmo. O orgasmo feminino era admitido por ele, desde jovem, como afiançado, praticamente certo. Mas agora, muito o implicava com desesperada inquietação, quando esbarrou com o fato de o ser um mistério. "Mistério por ter a prerrogativa de não ser explícito. E, por isto mesmo, poder ser disfarçado," lamentava. E resolveu passar o problema a limpo, ao menos para si mesmo. E colocá-lo em pé de igualdade com a mulherada – o que seria passar para todas as parceiras a experiência dessa dúvida. Tal qual ele então se sentia vitimado durante relação amorosa sexual com elas. Planejava, então, transmitir-lhes no sentido de vindita a sensação do seu orgasmo presumido, porém, frustro e mascarado. Prometeu a si mesmo poder satisfazer as mulheres, sem chegar ao orgasmo ou torná-lo dissimulado.

– É muito trabalho, não compensa – disse-lhe um dia a Joana d'Arc.

– Para mim vale como exercício de um tipo de vingança; quantas vezes não fui enganado? – e sentia-se frustrado. – Vou dar o troco. Elas, também, precisam passar pelo drama da incerteza. De hoje em diante não vou mais ejacular em relação amorosa nenhuma. Elas vão ficar na mão.

Assim, decidiu que, como as mulheres fazem do seu orgasmo um mistério, daquele dia em diante iria tornar-se misterioso. Permaneceu obsessivo com suas ideias ao ponto de amigos lhe imputarem os seus planos caindo nas raias da psiconeurose esquizofrênica. Com tenacidade, relutava em aceitar críticas: "talvez as mulheres não fizessem do seu orgasmo disfarçado um teatro proposital... Não restaria alternativa para a fêmea senão o disfarce para salvar a aparência de um vexame pela eventual ocorrência da anorgasmia, devido à interação de diversos fatores. Inclusive, o fator de um parceiro incompetente que, neste contexto, poderia ser ele próprio..." Não se rendia, achava inconcebível um disfarce tão falso para um momento assaz importante: – "Não é uma paranoia, ou uma coisa minha – é uma questão de honra." Repetia: – "e... que o mundo está repleto de trouxas – todos os eleitores, os seguidores religiosos, os fanáticos, os patriotas, os poetas, os amantes, e eu, o maior deles!". Lamentava o fato de tantos mitos e inverdades acompanharem o ser humano. Que se tornou encabrestado sem ânimo para reagir, ou mesmo sem aviso consciente das mesmices que há séculos dominam

Pesquisou em textos de tratados relativos à fisiologia da excitação sexual, a função das vias nervosas autonômicas, a importância da atividade neocortical límbica e emocional. E completou sua pesquisa com leitura de disfunção sexual orgânica, psicogênica e por influência de fármacos ou droga qualquer...

Desde que se envolvera com mulheres tinha tido plena confiança da transparência das emoções de suas parceiras com quem ele se relacionava de puras intenções, "de corpo e alma". Agora era portador de uma sensação de impotência, desamparo e solidão sentimental equivalente à perda irreparável de uma fatia de sua estrutura psíquica. Que o deixava deficiente no seu mundo de fantasias eróticas. Dúvidas quanto à recuperação dessas fantasias sem jamais poder exercitá-las e o receio de permanecer um coxo sentimental o deixavam em desespero, angustiado, inseguro, infeliz.

Só havia uma única saída: dar o troco e saborear a revanche. Quem sabe seria também a saída para a cura. Essa defasagem de sua vivência com o mistério orgástico da mulherada tinha de ser como "uma questão de honra pessoal", falava. "Esse tal de orgasmo implícito...", resmungava. E que sua mente aberta, seu hábito sincero e direto de administrar sua convivência com pessoas não comportavam aceitar o orgasmo no contexto do implícito ou fingido; ou mesmo do preconcebido, sem uma expressão óbvia, patente, evidente, declarada, tangível, já que era sentido pelo corpo físico. Não aceitava a pressuposta abstração da mente infundada com o arrazoado de que esse orgasmo sempre poderia acontecer. "Isto é a antítese da transparência", falava. "Tudo o que não é transparente é mentido, e é diabólico. O fingimento não deve fazer parte da interação social entre seres humanos, uma vez que foge das regras de etiqueta da mais sadia razão. E muito menos da interação sexual, porque destrói a comunhão da família e ricocheteia na estabilização da sociedade como um todo".

"O orgasmo feminino é oculto", repetia. "Aquilo que você não vê, é coisa abstrata. O que é abstrato é pura indagação transcendental, não caracteriza evidência. E como a mulher, desde tempos imemoriais, é parceira natural da mentirinha e do engodo, conclui-se que orgasmo feminino, mesmo confessado, é subjetivo, não é plausível. Entra no âmbito do pressuposto e do empírico. E para ser óbvio tem sido evidenciado apenas com parafernália experimental de laboratório. Tudo nelas é embutido. Já que a resposta sexual feminina fica em aberto com o privilégio de optar por simulação do orgasmo e consegui-la, sem outra via explícita e natural de evidência, pode, muito bem, ser uma defesa por recalque. Uma máscara inconsciente, convertida em somatização fisiológica, por pura inveja e despeito ao orgasmo declarado do macho. Ainda bem que, na ocasião da gravidez, com as barrigadas elas não se negam: rendem-se sem engodo. E depois, com a função dos órgãos da amamentação, elas se expõem tanto a denotarem ser dotadas somente para a procriação, de explícitas que ficam. Também as dores do parto, preestabelecido por sentença do Criador, tornam-lhes, nesta fatalidade, autênticas. No macho tudo é transparente e sem rodeios. Tudo nele é explícito, tanto no seu sexo de órgãos expostos à vista como durante a consumação do seu ato supremo pelo o esguicho glorioso da ejaculação."

"Isto de não sentir prazer, é coisa de prostituta. Aí, sim, ninguém exige que ela tenha prazer com você, na carne. Você não o exige e paga o preço do produto, que lhe foi exposto como mercadoria carnal, viva. Aliás, você está comprando o sentimento de sua própria projeção erótica, elaborado por sua psique na sua ideação, e transferido a ela que está cobrando a você o preço do seu próprio sentimento introspectivo. E quanto mais refinado você o supor, mais caro lhe fica. Você está comprando o orgasmo da sua própria carne e que tem de ser explícito, só o seu... Na prostituição, nada vem de graça, nem o seu sentimento, e você o sabe. Da carne dela você não exige resposta como mercadoria a pagar. Você paga pelo que pensa ou sente e pela atração erótica que ela faz de mercado explorando a sua fantasia. Aí, sim, eu concordo. Com o gigolô, rabicho dela, não deve haver também evidência de orgasmos, mas neste caso, o próprio compromisso exclusivo entre os dois já é em si certeza de reação orgástica dentro do não explícito... Agora... eu já não sei mais de nada. Sei lá... Mas deve haver uma mostra física do seu gozo ou uma mensagem mútua intuída entre os dois que transparece ao macho alguma evidência de orgasmo para mantê-lo fiel. Esse prazer, não sendo para ele sentido no tangível, talvez lhe seja garantido mesmo no âmbito do implícito, pois haja vista a energia gasta por ela com o propósito de mantê-lo no símbolo de gigolô e subentendido como o seu homem".

"Onde implica um jogo recíproco de sentimentos iguais, e fora da prostituição, e preconcebido entre dois parceiros amantes ou casuais, eu não aceito essa negação ou deficiência fisiológica, seja o que for do mecanismo orgástico feminino. Então, há de reformular-se um código genético atual com toda essa engenharia biológica e tecnologia de manipulação laboratorial do genoma com o intuito de corrigir essa disfunção. E chegar-se a um compromisso imparcial e equânime entre a cópula dos sexos. Não compensa ficar omisso ao problema e deixar persistir essa farsa sob o pretexto de falta de comunicação anátomo-fisio-funcional do corpo feminino. Parece um subterfúgio específico inerente à mente feminina de não se expor, fingir, mentir, acobertar veracidade e relega essa resposta à mercê de probabilidades e do acontecer. Macho, sim, é natural por apanágio do seu próprio gênero, sem meandros. Além de ser autêntico no elaborar do seu pensamento, quando armado – é direto; no orgasmo – é explícito; e quando ejaculatório – é evidente."

No entanto, não estaria no ideário de Pedro Ivo a preferência pelo relacionamento homossexual, porque pudesse encontrar prazer explícito no parceiro. "Sou heterossexual, estou intolerante com a pressuposta implodida reação orgástica das minhas parceiras, mas sou macho, dê no que der, venha o que vier. Fui programado desde a fase uterina a ter testosterona circulando no meu sangue, como macho: funciono à base dela. Não me rendo na luta pela competição da conquista da fêmea, tenho autoconfiança, autoestima e não pretendo compartilhar tendência masoquista".

Pedro Ivo foi em frente... Via um caso particular de uma

mulher como todas as mulheres, ou todas as mulheres numa só mulher. Generalizou todas num só golpe, como se não houvesse exceção, nem índice percentual de probabilidades. "Não vou mais ejacular em relação amorosa nenhuma. Elas vão ficar na mão", repetia. Treinou-se em técnicas do ritual tântrico, conseguiu o domínio dos circuitos da ação cortical concernentes à secreção de aminas neurotransmissoras do seu chacra pélvico, como dizia: "que descarregava estímulos ao parassimpático para controlar inativa a drenagem do sangue estancado nos seios cavernosos do pênis". E para manter-se ereto o tempo quanto quisesse. Exercitou-se, também, em contrações localizadas, voluntárias e rítmicas, dos músculos do assoalho pélvico com o que conseguiu hipertrofiar o conjunto dos feixes que compõem o chamado músculo pubococcígeo. Principalmente o elevador dos ânus contíguo à próstata no sentido de ser capaz de frear o pico orgástico. Para isso necessitou de submeter em vigor, como o fazem na Clínica Femina, todos os músculos circundantes da pélvis: a musculatura dos glúteos, os envolventes coxofemorais e das raízes das coxas, e de modo muito específico: os músculos adutores. Tornou-se, afinal, condicionado no controle psicossomático do seu corpo. Foi um treinamento assíduo, que não lhe causou desencantos. Pelo contrário, ao sentir-se senhor do comando dos seus reflexos involuntários e dono da sua fisiologia, surpreendeu-se orgulhoso de ser possuidor, como ninguém, do seu próprio corpo antes relegado ao esquecimento.

Os esquizofrênicos apresentam possuir com relutância sensações proprioceptivas do funcionamento interno dos seus órgãos. Mas Pedro Ivo precaveu-se fazendo consultas periódicas ao médico urologista, que lhe dava apoio técnico e psicológico para não se aventurar pela trilha de leigo ou ser taxado de esquizoide. E não se importava com críticas de um ou outro amigo mais achegado. Ignorou a opção farmacodinâmica de tadalafila, pois já era capaz de manter-se ereto horas seguidas sem chegar ao termo do orgasmo. O seu treinamento promovia estímulo às vias aferentes do plexo nervoso medular sobre os vasos para manter a corrente sanguínea sempre a montante de suas artérias penianas. Com o que promovia sangue à sua ereção com a concomitante reação bioquímica do óxido nítrico para o relaxamento dos seios cavernosos do pênis. E não dava a torcer a sua intenção de não mais ser explícito numa relação amorosa a dois. "Agora, sim, sou capaz de vencer aquele último milissegundo traidor do pico orgástico". Então se viu como bem o queria, sem ação de droga nenhuma, e de modo voluntário ser o administrador da fisiológica da sua função para a cópula timbrada de vingança. E se assegurava: "Pela ação do pubococcígeo, mais a contração do trígono da bexiga, consigo bloquear expulsão do sêmen, abortar o orgasmo, perpetuar a minha carga de potencial bio-eletromecânica e estar pronto em ereção, sem nunca esgotar o mecanismo fisiológico para a rigidez peniana". Estava premeditado e preparado para o que ele chamava de "questão de guerra ao senso comum" em que ele mesmo se envolvera, porque se dizia vítima...

Fui visitá-lo no seu apartamento. Uma visita curta de tempo suficiente para algumas doses de vodca. A sua empregada direcionou-me com um gesto e um sorriso maroto ao seu quarto. Desta vez, estava nu, sentado no chão sobre um pequeno tapete, em posição de yoga, com o pênis semiereto. Segurava-o com o polegar e indicador da mão esquerda numa atitude de ternura e admiração. E ouvindo um CD com sinfonias clássicas de Richard Wagner.

– O que é isto! Com desculpa de seu treinamento, você virou budista? – perguntei.

– Estou concentrando na minha próstata. – Explicou-se outra vez: – Estou treinando *Yoga tântrico:* algo mais na busca de uma nova fisiológica de sexualidade. Estou adestrando-me sobre o plexo pélvico uma nova e programada excitação sensual no sentido de promover ereção peniana. Também para condicionar os músculos pélvicos a exercerem estímulos mecânicos à sensibilidade do meu ponto G prostático por prazer orgástico mais intenso. Evidenciou-se, com experimentos, que a inalação de éter etílico, ao tempo do orgasmo, seria a única maneira, até o momento, capaz de induzi-lo ao pico de maior prazer. Que estivesse relacionado ao fato de conduzir-se ao cérebro certo grau passageiro de hipóxia. Não sei disso, mas ao meu modo, venho a adquirir maior intensidade de gozo, e além do mais com o controle da descarga do sêmen durante a convulsão orgástica. Portanto, já sou capaz de gozar sem ejacular e manter-me ereto. Então, eu estou apto de obter orgasmo programado e espontâneo quando quiser, com ou sem ejaculação, com ou sem parceira. Equivale a executar um tipo de automasturbação sem apelar pela libido, nem por estímulo mecânico externo qualquer.

E afirmou não carecer da libido para elicitar seu estímulo erótico. A libido, dizia, depende de elaboração psicoestimulante de ação cortical e é de caráter inerente ao estímulo erótico no seu preparo ao coito.

– Comigo, tudo acontece pelo controle da minha mente sobre a química dos impulsos neuromusculares, que executam a dinâmica do orgasmo. Mas sem ejacular, repito. E não sinto a pressão ou apelo ao esvaziamento do repositório da vesícula seminal; pelo contrário, pressinto certo alívio. Acho, não sei; talvez por embotamento dos estímulos eferentes sintonizadores dessa repleção. Comigo, é ser possuidor, com o **poder da mente**, de outra extensão do prazer sexual sustentado, intenso, inigualável. É adquirir as graças equivalente ao supremo nirvana ou ao Santo Graal do prazer erótico. Se, para alguns, o melhor órgão sexual é a vagina, ou ainda o é a mão, ou ser lá o que for... Para mim, vale o órgão da mente. Essa vantagem não me deixa satisfeito, nem realizado, se não o significar, aliás, como vindita. Será a complementação de um prazer ainda maior: o de expor na cara das minhas parceiras a camisinha vazia. Antes, também, fazê-las crer que já me esgotei de toda carga de sêmen pelas contrações orgásticas, porém, sem evidência da esperada fatal ejaculação.

– E por que mostrar tanta erudição de sinfonias clássicas? Não lhe seria melhor um tipo de música de orquestra popular mais relaxante? Ele me respondeu:

– Era assim, ouvindo orquestrações de Wagner, que Hitler se inspirava nas suas ideias de revanche pela derrota da Alemanha na Primeira Guerra Mundial. E minha intenção corresponde a uma vingança. Vestiu-se e levou-me em direção à sala e nos sentamos no sofá. A empregada trouxe-nos, de modo automático, a garrafa de vodca, blocos de gelo, suco de laranja e dois copos; e retirou-se.

– Escuta, rapaz, como você não percebe quando uma mulher tem orgasmo? Dotado em tamanho, como você o é, o seu pênis fica circundado, sugado, mastigado, estrangulado pelas contrações vaginais e você não o sente? Fez de conta que não me ouvia, talvez não ouvisse mesmo. E continuou obstinado falando:

– Está na hora de inventar-se um detector de mentiras para desmascarar o falso orgasmo; uma aparelhagem que não seja estorvo e não ofenda no psíquico a ação harmoniosa, conjunta dos parceiros.

– Quem sabe, Pedro, talvez lhe faltasse preâmbulo e preparação para a sua parceira?...Não me deu muita atenção e em tom de quem confabulava:

– Não aceito também confiável a assertiva de que o órgão sexual mais infalível ainda é a mão, nem também que o orgasmo clitoridiano seja o autêntico para a satisfação sexual feminina.

– Assim, como o sexo oral, Pedro, com as suas variantes em técnica, tudo é válido no intercâmbio da cópula: o beijo, o cheiro, a entonação da voz, a ternura, o jogo dos trejeitos, a indumentária, a mística do amor. O avanço estimulante do assédio ou da entrega negaceante. O papel maleável de atitudes de ação ativa ou passiva; até o apelo por algum fetiche. Tudo se integra na dinâmica de um protocolo no sentido de implantar um clima de igualdade em busca do prazer. Apesar de ser dono de toda essa atração física que Deus lhe concedeu, talvez você seja direto, dominante e muito seco...

Não respondeu. Eu sabia do seu jeito educado e terno com as pessoas, quis provocá-lo. No entanto, apresentou uma atitude de defesa reativa com aparente desligamento; e entreteve-se examinando as suas unhas, uma por uma, com meticulosa ausência e continuou:

– Estou preocupado com minhas unhas... – nisso pegou da

mesa de centro, bem à vista, um novo estojo de luxo com um rico instrumental para unhas e que, talvez por acaso, estivesse ali. E em abri-lo, com admiração, comentou: – A gente tem de manter as unhas aparadas, rentes com as polpas, limadas rombas para dar-lhes a entender que, também, somos ciosos com a toalete... Aí, notei que a sua aparente ausência era um jeito de insinuar-me sua mensagem: "eu estava ensinando padre nosso a vigário."

Ele considerava anacrônica ou chantagista a ocorrência antropológica do orgasmo da fêmea, não manifesto:

– Isso lhe empresta um status biológico; e de podê-lo tomar como vantagem sobre o macho. E que nos bastidores dessa vantagem vêm, como consequência, muitos outros pequeninos ganhos. Entre eles, a eterna inquietação do macho em relação ao misterioso mundo erótico da fêmea. Que o enfraquece na sua autoestima. Elas são coligadas entre si, por natural, numa confraternização antropológica. Não é à toa que amantes, poetas, e até heróis bem-intencionados sucumbiram, choramingando pela clarividência da alma erótica feminina. Essa condição de operabilidade dúbia do orgasmo feminino não passa de um engodo antropológico em código oculto mantido arquétipo. E que a mulher de contínuo o vem perpetuando, sem ter a consciência de desvendar-se dessa farsa com propósito racional. Há quem diga: só a fêmea humana tem orgasmo, dentre as fêmeas do reino animal. Todas as outras fêmeas cumprem uma ordem genética instintiva 'à perpetuação da espécie, ' quando se entregam ou se sujeitam à prática do coito. E, aliás, as nossas fêmeas têm a prerrogativa de usar e abusar do autoerotismo para usufruir dos prazeres sexuais em qualquer tempo, também por meio de parafernália alternativa, ou mesmo com parceira de gênero semelhante. Depois essa prerrogativa continua pelos anticonceptivos hodiernos, e assim a ter orgasmos sem o intuito de procriação. Com exceção do ato sexual na espécie canina, em que o evento do orgasmo chega a ser dramático pela ejaculação lenta por gotas entre o casal, a falta, que eu saiba, de evidência orgástica no resto das fêmeas do reino animal seria logo aceita como normatizada na sociedade humana. Mas essa farsa pode ainda e deve ser racionalizada para um equacionamento entre os parceiros. Pois o orgasmo feminino humano permanece meioinstintivo. E com resquícios atávicos:> meio-mistério; do meio-mistério:> resta meia-verdade; de meia-verdade:> vem mentira... Por isso vou à desforra. Vou ser autêntico misterioso, vou mentir e fingir; e segurar...

E decidiu agir à desforra... Com gana tinha encontros aleatórios com mulheres em motéis, no apartamento e aproveitando oportunidades até em elevadores ou praças públicas. Mas nunca chegava ao cabo de confirmar-se com as suas dúvidas ou contradizê-las, e continuava a exercitar a sua vindita. Mesmo sabendo que algumas de suas parceiras chegavam ao esgotamento por tantos orgasmos, ele persistia em sua obsessão de não mais fazer-se de trouxa: "Olho por olho, dente por dente", lei de talião. "O que a natureza no instinto concebeu; eu no racional o desfaço!... Está errado!"... Fui visitá-lo depois de oito meses. Lá estava ele, deitado.

– Entre, meu amigo!... De novo com o pênis semiereto apoiado pelos mesmos dedos, com carinho e admiração pelo que lhe foi dotado. Minhas narinas detectavam uma suspeita de discreto odor de esperma. Aventurei-me no palpite:

– Aqui virou zona?

– Ainda não. Mas às vezes solto com orgulho meu sêmen pela descarga abaixo...

Como a sua obsessão se resume à prova de sinais do orgasmo da parceira e não do próprio prazer em si: quem procura, acha! Começou, então, a contar-me novidades. Era o seu encontro com Rafaela. Que tinha como principal atração os olhos grandes, esverdeados, cílios longos, pupilas escuras e sempre com o visual de dilatadas. Também, diferente da maioria, Rafaela fazia sexo de pálpebras abertas; um hábito que o encantava. Pedro Ivo percebeu os olhos a focar parados, estatelados, ainda mais lindos e que logo em seguida entravam em movimentos rápidos e horizontais. De princípio espantou-se com a lembrança do seu primo epiléptico com crise convulsiva. Cujos olhos vibravam num vaivém lateral de movimentos rápidos, depois decrescentes até o final da convulsão. Manteve-se calmo, poderia ser um tipo variante de epilepsia. E os movimentos dos olhos de Rafaela teriam intermitência de intervalos, como no *status epilecticus,* equivalente ao estado de convulsões repetitivas. Contudo num lance intuitivo, concluiu que eram coincidentes com orgasmos. Foi um achado que preencheu ao extremo as suas expectativas ao ponto de elevá-lo sobre o patamar de uma emoção nunca antes experimentada. Maravilha! Seria o pico a que poderia chegar as suas indagações e o fim de suas queixas. Agora sim. Um sinal incapaz de ser simulado pela mulher, uma evidência insofismável.

–E então, com essa mulher deu para resgatar a sua desfeita?

– Não tinha pensado nisso. Agora me lembro de que, devido à emoção da novidade, até me esqueci de segurar o gozo. Parece que voltei a ser sem propósito

– E por que não se casa com ela?

– Sou celibatário assumido! Você sabe disso...

Os sinais dos olhos de Rafaela despertaram-lhe a curiosidade para canalizar as suas buscas quanto aos músculos que controlam os movimentos dos olhos durante o orgasmo feminino. Habituou-se a pedir que as suas parceiras se mantivessem com os olhos abertos, porém lhe pareciam inúteis os seus esforços... E aconteceu, meses mais tarde, perseguindo essas manifestações na sua nova percepção do orgasmo no contexto dos olhos, sempre atento e obsedado por descobrir tipo de olhos com possível tendência a tais esquisitices, Pedro Ivo teve sua atenção fisgada em se deparando com Ana Maria. Esta jovem se apresentava de olhos que lhe pareceram esbugalhados, de um verde-amarelo, pupilas imensas, com um halo esbranquiçado. E era incapaz de manter as pálpebras de todo abertas. Ana Maria nascera com ptose palpebral bilateral congênita. Para visualizar, mantinha o queixo erguido por compensar a queda das pálpebras, que não lhe permitiam plena visão frontal. Então o olhar teria de ser dirigido angulado, de cima para baixo. Assim que a viu, em direção ao metrô, foi ao seu encalço. Apresentou-se, procurando abertura de diálogo para fazer-se conhecido por ela. E nessa intenção, conseguiu agendar um novo encontro. Depois de encontros seguidos terminou por conquistar-lhe a confiança, mas com muita dificuldade. Ana Maria se tornara resistente a qualquer parecença que poderia ser de um assédio, amoroso ou mesmo amigável, por recalque ao seu defeito ocular congênito. Pedro Ivo estava determinado nos seus propósitos a não se desanimar assim tão fácil. Cerceou as arestas psicológicas da moça e afinal se terminaram entendendo em relações sexuais... Pedro Ivo não se contentava com a aguadilha a escorrer coxa abaixo pela vulva de Ana Maria, nem das contraturas vaginais que, às vezes, eram sustentadas sobre o seu falo. Só lhe interessava a curiosidade de ver se captava sinais e que tipo de manifestação ocular explícita os orgasmos lhe traziam. Com cautela para não lhe impor mais trauma psicológico, tentou convencer Ana Maria que gostaria de ver seus lindos olhos abertos durante uma relação amorosa. E chegou a usar de alguma chantagem, pois a depender de sua aquiescência bancar-lhe-ia a correção do defeito com cirurgião plástico. Contou-lhe a história de como conhecera uma vez o Pitanguy e que teria acesso fácil ao grupo do cirurgião. E que ela lhe permitisse executar a sua curiosidade... Inventou meios de conter suas pálpebras. Usou esparadrapo que lhe causou irritação da pele e quase lhe escoriou a córnea. Puxou pela internet descrição de cirurgia oftálmica em que se usava anestesia local e afastador cirúrgico de pálpebras, mas concluiu seria um dispositivo intruso causando desconforto ao ato sexual. No fim, sem a aquiescência da moça em receber qualquer tipo de acessório optou, com muito zelo, por convencê-la de manter os olhos abertos com o uso das próprias mãos. Com esse método tão simples instalou uma Web Cam e do rosto de Ana Maria transmitido ao vídeo esperava obter, quem sabe, evidência de respostas orgásticas explícitas...

E, de novo, quem procura acha. Surpreendeu-se, quando viu que um dos olhos se paralisava numa posição lateral, enquanto o outro em posição oposta como em estrabismo bilateral excêntrico. Foi imensa a sua surpresa, maior ainda quando esses movimentos poderiam ser em sequência enumerados e que correspondiam aos espasmos orgásticos. Cumpriu sua promessa, pagou pela suspensão das pálpebras. O desvio estrábico dos olhos de Ana Maria persistiria durante os seus encontros. Informou-se mais tarde do oftalmologista que o desvio de foco dos olhos era devido ao desequilíbrio de forças oponentes sobre alguns músculos motores hipotônicos e fracos do globo ocular. Também, de origem congênita.

Voltei a visitá-lo outro tempo depois. Assim, ele continuou: contou-me como conhecera Camila. Esta chamou-lhe a atenção pelo olhar penetrante e profundo, de olhos negros, enormes, que parecia possuído de amor intenso. Mas esse olhar imprimia maior mensagem de sensualidade quando as pálpebras se fechavam lentamente. Convidou-a para a cama, impulsionado mais pela sua atração sensual que outro propósito e foi, até, por esse motivo casual que a sua surpresa veio-lhe com maior impacto. Camila apresentava movimentos circulares discretos durante a fase de excitação sexual e durante o orgasmo um dos olhos se punha em foco estrábico de fixação medial. E assim permanecia após o orgasmo: de olho com o desvio do foco, dor de cabeça homolateral e queda da pálpebra em paralisia, no mesmo lado da dor e do estrabismo. Continuava com essa aparência esquisita por horas e exposta à curiosidade. Essa intercorrência causava-lhe transtornos em ser vista por outrem nos seus contatos sociais e vexame com a família por ter de responder a perguntas sem respostas adequadas; e de que não tinha ideia alguma a não ser a sua relação dos encontros com o Pedro Ivo. E assim se apresentava desestimulada ao sexo. Camila tinha lembrança de que já lhe acontecera antes esse fenômeno, mas de maneira fugaz. Pedro Ivo de pronto se ofereceu de levá-la ao médico especialista em cefaleias. Saiu do consultório com o diagnóstico de 'oftalmoplegia enxaquecosa.'

– Mas, doutor, que nome esquisito! – exclamou Pedro Ivo.

– É simples, significa enxaqueca com paralisia de pálpebra. Também é simples o mecanismo dessa patologia: durante o ato sexual ela entra em hiperventilação, isto é, respira profundo e com maior frequência. Claro que é uma reação normal a uma situação prazerosa. Mas, se muito intensa, apresenta uma sensação de sufoco, então ela se pressente em pânico. Sem o saber, exacerba ainda mais a frequência respiratória, perde gás carbônico pelos pulmões, desequilibra o pH sistêmico pela alcalose, donde decorre a dor de cabeça junto com a paralisia temporária das pálpebras. É um tipo variante de enxaqueca.

A cura seria ensiná-la a conscientizar-se do controle do ritmo respiratório e evitar, assim, a perda de gás carbônico do sangue pelos pulmões...

Foi outra imensa felicidade para o Pedro que começara em fazer-se em paz com as mulheres e consigo mesmo... Camila continuou incapaz de controlar a frequência da respiração.

Um dia enquanto tomava um café cappuccino no Shopping Center Norte uma jovem loira, à sua frente, com a mãe comiam sanduiches. O Pedro Ivo notou com surpresa que as pupilas dela de um azul-claro permaneciam com movimentos finos aleatórios, extremamente rápidos. Apesar de ambas estarem entretidas numa conversa animada, ele não se conteve. Intrometido, achegou-se pediu desculpas e se apresentou como dono de uma ótica. A moça já acostumada a ter de justificar-se por ser alvo de curiosos, de antemão lhe informou ser portadora de 'atrofia girata'. "Uma doença rara meu senhor, aposto que nunca a verá no seu comércio. Contudo lhe sou muito agradecida pela atração que me causou a ser esposa de um excelente marido". O Pedro Ivo sentiu-se desarmado. Teria tido propósito de eventual assédio. Desculpou-se mais vezes, sem muita delonga foi ao caixa pagou o seu cappuccino.

O acaso teve a sua ação, se é que o acaso possa agir, pois acontece sem a comissão volitiva de qualquer agente. Mas foi a vez do acaso. Que tem, entretanto, a sua frequência de ação dentro do caos. Só se encontra aquilo por que ou por quem se espera e põe fé. Assim, muito tempo depois das suas buscas, ocorreu-lhe outra fonte de sinais. Bem, aqui, Pedro Ivo já não procurava mais por olhos, esgotaram-se os esforços. Então foi um reencontro em função do acaso e por pura sorte. O fator sorte também escolhe os seus protegidos e são justamente os que esperam e lhe mantêm as antenas ligadas que ele indo conferir o mulherio numa boate, deu de cara com Amanda. Estarreceu-se, paralisado, por alguns instantes, quando lhe veio à memória aquele tempo em que Amanda tinha dezesseis anos, como garçonete no restaurante "O Gato Que Ri" no Largo do Arouche, há quatro anos. Com o seu tipo físico de ombros largos, troncuda de mamas avantajadas, o tórax amplo se estreitava lento pelo abdômen, depois se afunilava até alcançar a bacia. E sem dar notícia do contorno dela, incluía depois o relevo do quadril, descia em curvas suaves até alcançar as longas pernas, cujos passos preguiçosos, descuidados, faziam desse tronco com o plano horizontal um balanço pendular tendo como fulcro a coluna. Aqueles movimentos fisgaram-lhe bem a mente, por serem insólitos. Eram de caminhar libidinoso e *sui generis* porque simulava a ideia de que uma música de fundo inaudível ritmava seus passos. Era outro tipo de "artimanha feminina"– e tão jovem!...

Ficara freguês do restaurante, não pela excelência dos pratos, mas pela visão que aquele corpo em movimento lhe oferecia como um cardápio erótico. Talvez por timidez ou por que notasse outros fregueses a apresentarem igual deslumbramento por Amanda, decidira não entrar em competição e censurou-se. Desligou-se dos seus encantos. Censurou-se por algum outro motivo de que não se lembra. Talvez seu interesse pela jovem fosse apenas exagero libidinoso de seu celibatarismo. Com essa desistência, uma penumbra de desapontamento permaneceu na sua memória como uma saudade sofrida e não resgatada. Aquele caminhar, o pendular de ombros em relação com a cintura lá embaixo, os quadris andróginos, com os passos das pernas soltas cadenciadas, descontraídas e bem dirigidas no chão pareciam-lhe que estivessem bem treinadas. Mas eram passos naturais e de cadência divina. Obedeciam a um ritmo musical oculto e marcaram, tatuaram de imagens simbólicas o seu mundo erótico. Quem lhe ensinou o estilo de passarela, onde foi buscar a ginga dos movimentos? Em que universo interligava lhe a rede dos pensamentos? E fez-se de fracassado... Saindo dessa penumbra de lembranças que duraram alguns segundos, resgatou a vigente realidade. Olhou para Amanda, ainda longínquo, e perguntou:

–Você!...Que faz aqui? A resposta veio de soslaio:

–'stou puérpera... de quatro meses.

– Casou-se?

– Um namorado... Aconteceu... Estou em dificuldades... Minha mãe cuida do bebê.

– Você ficou mais linda!

– São seus olhos... – viu na sua beleza aquela marca típica da gestação puerperal. – Venho aqui por poucas horas, é duro. Que fazer?...Pedro Ivo não se fez de rogado nem de tímido:

– Aonde vamos?

– Aonde você quiser!

Pedro Ivo a levou no seu carro para o seu próprio apartamento. Emocionado, pensando nas nuvens, aéreo, irreal, via diante de seus olhos o óbvio que só pressentia no abstrato da alma. Mas não quis voltar à realidade, preferia continuar sonhando. Chegou a desejar que o tempo se estendesse em demora até chegar ao apartamento.

Sem querer chegar, chegou. Acendeu as luzes que lhe pareceram mais fulgentes, expandindo a ampla sala do seu apartamento. Respirou fundo, como num alívio. Olhou-a em silêncio, fez rodar do CD sua música orquestrada preferida: *Unchained Melody* (sucesso inigualável do tenor de The Righteous Brothers). Expôs-lhe o ambiente da sala abrindo os braços. Depois lhe confidenciou com voz meio trêmula o desejo de vê-la servindo-lhe doses de vodca, igualzinha, como no restaurante, mas através da sala, doses, uma após outra do seu barzinho. Sentou-se no sofá e, enquanto ela servia-lhe as doses sobre a mesinha de centro, ele notou que tudo de lembrança estava fiel. Com seus movimentos intangíveis resgatados com aquele corpo *vis-à-vis* e refletidos pela luz na sua retina em momento real, agora os pressentia palpáveis. Por último, assim que lhe entregou o copo com a vodca, ele, sentado no sofá, pediu-lhe que ela permanecesse de pé em frente. E percorreu às apalpadelas, sob as vestes, deslumbrado e sensitivo por cada parte do seu corpo. Absorto, percebeu a parede abdominal enxuta e que não tinha sofrido a flacidez dos músculos, própria no puerpério. Sentiu uma cicatriz cirúrgica transversal de uma cesárea um pouco acima do monte de Vênus recém-depilado por tricotomia pré-operatória. Depois o contorno da pele lisa aveludada das nádegas; tateou descendo as curvas das coxas de músculos delineados; o relevo ósseo dos joelhos; as linhas secas das panturrilhas, os tornozelos e os pés. Percorreu ateando-lhe o corpo, sentindo com leve pressão dos dedos a carne e os ossos em uma transubstanciação daquilo que antes lhe era fantasma. E, portanto, até pouco antes impalpável e transcendente.

Levantou-se, abraçou-a. Solicitou que se dispusesse a ser carregada nos braços e deitou-a suave sobre a cama. Ali ela se despiu então sem muitas palavras, sem questionar, nem se escandalizar do comportamento efusivo e inesperado de Pedro Ivo, por motivos que nunca seria capaz de suspeitar. Amanda se divertia encantada, por ser alvo de tanta recepção festiva. Deixou-se ficar receptiva e, ao mesmo tempo, tentando sintonizar os sentimentos de Pedro Ivo para fazer vibrar ainda mais suas emoções. Seu corpo recuperou a carga, há muito adormecida, do antigo charme, sua atitude física adquiria um êxtase erótico, e seu humor refletia uma alegria irradiante, inesperada e com dignidade.

Sob a luz tênue do abajur, a imagem daquele corpo longo, disposto em horizontal, ainda figurava a Pedro Ivo como irreal, se não fosse o tornar-se atento por dois vultos enormes de seios firmes, pontiagudos, túrgidos, extravasando leite... Amanda pediu-lhe o lenço de papel ao lado do criado-mudo e desculpou-se pelo vazamento, que escorria brilhante da aréola... Pedro Ivo sentiu-se maravilhado perante aquele corpo e não teve outra saída senão descer, mergulhar pelo seu baixo íntimo dentre as coxas longas, abertas, amplas; e aventurar-se num obscuro mundo e descobrir o eldorado dos seus sonhos. Sentiu a maciez dos grandes lábios da vulva e fez-se em língua, melhor, todo ele era só boca e língua, sensitivas, gustativas. E aos bocados, com sofreguidão controlada, saboreava as delícias de uma fantasia transfigurada em realidade – de tudo aquilo que antes tinha sido um sonho irrealizável.

De súbito lhe tira da concentração o impacto forte de um jato de líquido atingindo o rosto e os olhos, obstruindo lhe a visão. Parou um pouco, piscando as pálpebras para livrar-se do intruso e deduziu rápido o que poderia ter acontecido; balbuciou qualquer coisa tentando confirmar a sua suspeita.

– Desculpe-me – disse ela. – Foi sem querer, mas uma toalha ajudaria-me a não molhar sua cama!

Como se não tivesse sido interrompido, continuou com a sua

gula erótica. Não se importunou mais com os jatos até quando, então, deduziu que vinham em série, mas tinham intermitência por intervalos curtos. E apreciou que jorrassem sobre o seu rosto com uma deliciosa brancura. Parou um instante, lambeu o líquido sobre os seus próprios lábios.

Dirigiu-se ao bar para uma pausa suficiente no sentido de interpretar o incidente. E perspicaz em seus propósitos de inquirir por orgasmos explícitos, rápido induziu sem receio de dúvida: encontrou o que procurava. Inspirou-se com mais doses de vodca e voltou à carga. Porém, de outra maneira: enquanto a penetrava jogou-se sobre aqueles imensos seios com toda volúpia sedenta de leite e deslumbramento. Engasgava-se de jatos de leite caudalosos que vibravam na sua boca e nas tetas de Amanda ao serem expulsos. Então, mais deslumbrado se tornou em verificar que, cada série de jatos persistia com intermitência coincidentes com orgasmos múltiplos, visíveis; explícitos pelas suas mamas. As contrações das mamas podiam, também, ser apalpadas por impulsos dos mamilos retesados, vibrando sob as suas mãos suspensas levemente sobre eles. E correspondiam aos orgasmos a estremecer o corpo de Amanda em espasmos fora de controle. Amanda entrara num estado de torpor tão intenso durante os orgasmos que no final teve dificuldade em abrir os olhos de tão imobilizadas ficaram-lhe as pálpebras. Como se se recuperasse de um sono profundo num ambiente desconhecido, no abrir os olhos os músculos das pálpebras o faziam com movimentos bruscos claudicantes que repercutiam no seu cérebro qual chispas ou descargas vibrantes tipo freado de carretas pesadas. Via-se que ela conferia a abertura das pálpebras a verificar se os ruídos detonantes que seguiam à ação dos músculos palpebrais tivessem cessado.

No outro dia, Pedro Ivo não se lembrava de muita coisa, inclusive se ele próprio tivera orgasmo explícito. E outra inquietação ocupava o lugar das antigas memórias... Até já não se preocupava tanto em rever como eram os seus movimentos e os balanços do seu tronco entrosados com a harmoniosa dinâmica dos seus passos. Permanecia a inquietação de não confiar na sua memória e de desejar ter a certeza de que tudo aquilo se passou dentro da realidade. Agora um fantasma se lhe afigurava na mente como uma paranoia insistente.

Queria de novo ter aquela experiência, mas sóbrio. E ter a consciência de que também não era penumbra distorcida por antigas recordações que, por serem tão desejadas e arraigadas no seu cérebro, talvez se fizessem patológicas em alucinações... Amanda se tornou sua amante aquiescente às suas exigências, vencida por tanta ternura e encantamento nas expressões de Pedro Ivo. Ele, no entanto, era incapaz de evitar as doses de vodca servidas, de acordo com o protocolo daqueles passos, e do seu barzinho. Amanda era solicitada a executar longas caminhadas através da ampla sala para servi-lo no sofá, diversas e repetidas vezes, no intuito de preencher o vazio de suas lembranças com visões sólidas do presente e apagar de todo esse fantasma engendrado no seu cérebro. Às vezes, as caminhadas se faziam sem propósito algum, mas como simples simulação de serviço.

Outros encontros se sucederam. Obcecado, a ponto de insensatez, Pedro Ivo sugeriu a Amanda e ela concordou que se dispusesse a usar ventosas em ambos os seios ligados por tubos de drenagem a uma bolsa de plástico como receptáculo e reservatório de leite, que seria como corroboração à prova cabal de um sinal explícito dos seus orgasmos. Depois queria descobrir com que frequência e intervalos se dariam os orgasmos; e instalou uma câmera para registrar os eventos. Então contava a repetição dos jatos das mamas e calculava, meticuloso, o volume final do leite... Essa percepção não mais seria sentida, logo que o volume de leite se tornou escasso, pois a turgidez se amaciou com o progredir dos meses de amamentação. Alcançou-se, então, o período de desencanto, vindo com o desmame.

Haveria uma força mecânica mamária que respondia pelas sensações orgásticas? Pensou em enviar sugestões para o centro de pesquisas de bio-nanotecnologia de Tóquio. Sugestões para que se inventasse um dispositivo com implante de sensores a captarem a energia mecânica da contração mamária e que a convertesse em energia eletromagnética. E após recepção das contrações em um transdutor enviaria sinais eletrônicos a vídeo: sinais coloridos ou em preto e branco, ou de sinal sonoro musical/ruído, o que fosse. Contanto que se evidenciassem as contrações dos orgasmos, pois já não se apresentavam em evidências lácteas. E nem poderiam ser fictícios... Seriam de modo biônico, mas aceitáveis... Pedro Ivo implicou por falta natural de evidência dos orgasmos, que não eram mais explícitos pelo jorrar de leite. Ele imaginou, mais além, que através dessa nanotecnologia poderiam implantar-se esses sensores em espaços de exiguidade diminuta, como nos músculos elevadores do ânus; na musculatura do esfíncter anal; na ampola retal; no canal da uretra; nos grandes lábios da vulva; na musculatura do clitóris e na parede vaginal. Assim resolver-se-ia toda essa indagação a que ele, Pedro Ivo, estivera comprometido.

Melhor ainda seria se com o avanço da biotecnologia molecular e através da engenharia de manipulação do genoma humano pudessem chegar-se a executar a recombinação de genes e reproduzirem-se novas gerações de fêmeas. Somente o intuito de distribuir sobre o Planeta características genéticas por ser explícito, de uma forma ou de outra, o orgasmo feminino. E dizia:

– Essa mutação genética então, por natural, nos passaria a resposta feminina com o orgasmo que, já inescusável, não se prestaria mais ao dissimulado nem ao presumido: e sim o orgasmo explícito. E aí preencheria este vazio de dúvida do macho. E com o percorrer dos séculos e das gerações ocorreria uma reformulação para a franqueza do comportamento feminino que, por sua vez, iria refletir na família, na sociedade e no advento de políticos mais verdadeiros. Ainda, extrapolando tudo isso, abriria um amplo diálogo de comunicação entre os dois sexos com transparente e alegre verdade – e quase faltando fôlego terminava: – e com a volta do paraíso perdido aqui na terra...

– E... Mas, que tanto tem a ver orgasmo explícito feminino com bons políticos? – perguntou-lhe a Joana gozando do seu discurso almejando coordenadas...

– A mulher em se revelando pelo seu corpo com o explícito dos orgasmos faria todo relacionamento entre os casais, honesto e sem artimanha. Mais fácil e harmonioso. Por isso, as lésbicas se entendem, os homossexuais se entendem, porque não necessitam sondar segredos com o protocolo de abrir a cortina da intimidade. Isentos de atropelos descobrem-se sem pudor nem medo entre si próprios. Então, sem engodo, a mulher, mãe, adquiriria hábitos transparentes e passaria ao filho padrões éticos de intercâmbio social, sem apelar pela mentira. Ou você nunca soube de Rui Barbosa? – "A mão que embala o berço governa o mundo!".

A Joana fez um gesto de pouco caso, deu uma gargalhada, depois ironizou:

– Ouça aqui, Pedro, você mesmo diz a vida é como se fosse um palco... Acontece que nós, mulheres, atuamos melhor do que vocês, homens. Pedro reagiu com uma atitude passiva de vencido e conformado; deu de ombros e se calou.

Em outubro, durante o dia de eleição para presidente da República é proibido a ingestão de bebidas alcoólicas. Pedro Ivo, após cumprir sua obrigação de voto em trânsito no interior de São Paulo, refugiou-se numa casa disfarçada de prostituição. Ali, às escondidas, foi-lhe favorecido, em sigilo, bebericar a sua vodca. No meio do entretenimento, apareceu uma mulher de meia-idade com duas mocinhas que ela resgatou das ruas e que se davam à prostituição aleatória. E as conduziu para uma hospedagem discreta, já que vieram da uma cidade vizinha. A mulher, surpresa com a ousadia negligente das garotas desinformadas sobre o Estatuto da Criança e do Adolescente, se propunha encaminhá-las de volta à família. Eram lindas as garotas e de uma inocência típica da cultura de cidade pequena do interior: sem a percepção dos perigos a que se expõem, nem a noção dos limites das suas idades.

Pedro Ivo fez de conta que não as notava e batalhou duro no seu comportamento para interpretar o papel de desligado. Guardou com muito zelo o nome das garotas e da cidade de onde vieram. E fez-se de satisfeito, como se o dia lhe fora vitorioso e estava ganho. Ingeriu a sua bebida rápido, emocionado com o acontecimento de uma descoberta. Um achado que não pedira nem esperava. Retirou-se com receio de permanecer mais tempo no local, cometer algum deslize compulsivo ou correr o risco de exibir, de uma maneira ou de outra, o intuito de sua mente erótica.

Dias depois, viajou a investigar na cidade o paradeiro das garotas. E ficou surpreso que na própria residência, um quarto contíguo era disponível para encontros fortuitos com fazendeiros locais, constituindo, assim, uma prática de prostituição com conivência doméstica; e de propósito lucrativo. A garota mais nova, de treze anos, tinha sensibilizado Pedro Ivo com um impacto numa revelação de um tesouro de beleza em potencial, despercebida ainda pelo resto de toda a gente. Era morena cor de jambo, de cabelos negros, longos, escorridos e portadora de olhos como duas jabuticabas encaixadas na face. Que lhe davam vivacidade; com o que expandia receptividade e suposta inteligência. Dos lábios de uma boca voluptuosa emanava um sorriso rasgado, expondo uma fileira de dentes hígidos e alegres de onde eclodia uma energia, uma emanação de encanto a mascarar o seu analfabetismo e a sua inocência. E extrapolava a sua juventude por um charme erótico de mulher madura. Pedro Ivo pensou: a beleza, em si, não reflete tempo, não tem idade. É de imanência eterna desde o seu berço; de atrativo perigoso que aceita todo e qualquer sentimento por ela mesma inspirada.

Assim, Pedro Ivo não via inocência nem juventude na garotinha. Para ele, era a própria expressão de um chamamento sexual. Do corpinho juvenil seco, de músculos enxutos, duas pequenas tetas apontavam sob o vestido. O longo pescoço amparava um palmo de rosto firme, que sob a reação de espasmo de dor, mal estar, ou trejeito tosco, próprio da sua cultura rural, não permitiria decrementar os traços da sua beleza. Falava um português de sotaque esconso, como se fosse um dialeto de uma etnia desconhecida, ou fora da atualidade dos tempos. Tinha um comportamento sem freio, sem censura e de uma liberdade virgem, como se nunca tivesse tido uma noção do certo ou do errado, do que é de boa fama ou de etiqueta social. Seu superego nunca tinha sido estimulado por qualquer ação de vigilância e permanecia dormente. Mas, devido à sua beleza, qualquer deslize de comportamento seria aceitável, quando não, admirável. Uma beleza firme, natural, definitiva que poderia perdurar para sempre.

Mas o Pedro Ivo, também se perdeu sem censura, soçobrado por tanto encantamento. Via na garota um mundo incógnito de que se enchia de felicidade. Não havia sensação mais prazerosa do que receber daqueles lábios um sorriso tão inebriante a ocorrer-lhe fácil. Para ele, era como se tivesse a sensação de que o mundo todo, ali se resumia em plenitude de graça divina. Fora disso, nada mais de outros predicados ou defeitos da garota poderiam ter-lhe importância. Uma espécie de levitação enchia-lhe a alma no desabrochar daquele sorriso. Logo se manifestou ciumento e a censurava por ter um sorriso tão fácil, direcionado a qualquer desconhecido. Estava apaixonado... Era o amor! Ficou surpreso: acreditou no amor. Sim o amor existe, sim... E chegou a ter dó de quem nunca tivesse experimentado sensação semelhante.

Mas descobriu, para miséria sua, que a garota não tinha muito interesse sexual por ele, talvez pelo hiato nas duas idades... Chegou até a pensar que nem mesmo lhe tinha alguma simpatia. Mas ela lhe fazia companhia de maneira voluntária, descontraída e acomodada. Levava a garota no seu carro a passeios pelas cidades do interior, aos restaurantes, a festas; e suportava ser alcunhado de "tio", ou ser tido como fosse seu progenitor.

Um dia, passeando de carro numa dessas cidades, ela lhe pediu para ouvir músicas sertanejas: – Que música você quer ouvir? Ela pensou um pouco pensou um pouco:

– Aquela que canta: "é o amo-ô-ô-or"... – repetiu: – "É o amor... é o amor..."

Pedro Ivo estacionou o carro um pouco mais à frente de uma loja-discoteca e disse:

– Vou comprar o seu CD.

Entrou na loja. Voltava com alguns discos sertanejos e se surpreendeu, de longe, quando um moço de vinte anos mais ou menos se encontrava a meio corpo reclinado adentro do seu carro e, através da porta direita, beijava a sua garotinha... Pedro se aproximou mais rápido, assombrado, perguntou:

– Que é que aconteceu com você, rapaz? Como você tem esta coragem? Este carro é meu e tudo aqui é propriedade minha! Justificou-se o rapaz sem muito de pedir desculpas:

– Não suportei a tentação do sorriso e o impulso de beijá-la! – e continuou no seu caminho sobre o passeio com displicência de quem tivesse sido perdoado por uma justificativa legítima...

Outro dia, Pedro Ivo foi induzido pela garotinha, que mantinha muita curiosidade para conhecer um motel.

– Você vai ter que ir dentro do porta-malas...

– Você ficou doido?

– Você se esquece da sua idade?

– Tá bom! Tá bom! – e resmungou: – Que diferença idade faz de uma perereca para outra?

Ali, no apartamento, a garota observava atenta, embevecida nos detalhes do luxo como se uma visão de um paraíso se lhe estampasse de repente. Testava com passos pesados o piso do carpete, deslizava as mãos tateando os lençóis da cama, passeava pelos espelhos admirando-os, com os olhos focados longínquos além do que se vendo a si mesma... Olhava assim, absorta, para os espelhos do teto, verificou o sanitário, a banheira; girou a torneira da pia a ver escorrer a água.

Pedro Ivo a deixou solta para que sintonizasse o ambiente antes de tomar ou insinuar uma oportunista proposta sexual... Foi ao bar, abriu duas minigarrafas de vodca, misturou o líquido com suco de laranja e aumentou o volume do som musical. Ela deu alguns passos de dança e sorriu encantada com o ritmo da música; e que mudasse para um tipo de ritmo mais quente na espera de ter outro, adequado ao seu gosto para dançar. Pedro Ivo sentiu-se satisfeito com um pressuposto de que estava dando tudo certo. Mas esse estado de alma foi desfeito quando a garota numa atitude inesperada de espanto parou de dançar e exclamou em tom de revolta:

– Não vou lhe "dar"!"– e ameaçou: – Você faça o que quiser, Mas eu não vou lhe "dar"!" E permaneceu imóvel, encostada ao espelho grande da parede. E mirava-se de vez em quando, sem propósito algum, a si mesma. Pedro Ivo sentou-se na cadeira junto à mesa a ingerir vodca... Ele, decepcionado, tentava desconversar a sua intenção: "Que apenas gostaria de fotografá-la com os avançados megapixels do novo celular".

E pedia que desfilasse pelada ou mesmo poderia simular poses de passarela ou, se não o quisesse, que pudesse caminhar no seu natural indo e vindo pelo recinto do apartamento.

– Tira pelo menos o sutiã; você tem seios lindos. Vai ser uma lembrança da sua juventude, que logo passa. Ele já tinha filmado cenas da garota na sua vistoria do ambiente e capturado as expressões do seu deslumbramento em visualizar o apartamento. Cenas essas que ele desfez depois, precavendo-se de vazamento acidental das imagens e de porventura serem aproveitadas como prova autêntica de sua relação aliciadora e de assédio sexual a criança. A garota sentou-se impassível, calada, bicuda. E ainda mais bela parecia ao Pedro Ivo, embora não demonstrasse o mínimo de receptividade às suas exortações. Depois dessa, Pedro, aos poucos, foi esfriando seus intentos de levá-la a alguma iniciação de prática sexual. Ela permanecia indomável, insensível a qualquer acordo.

Resolveu, desde então, desistir dos assédios e com o correr do tempo conformou-se só em conscientizar-se da sua presença de beleza insólita: daqueles olhos, da espontaneidade do sorriso; e daquela inocência permeada de erotismo sem censura... A figura da garota à sua frente descortinava sensações de maravilhas intangíveis, inexplicáveis e de um bem-estar semelhante à ação de uma droga no feitio de um vício. Descobriu que se envolvera numa enrascada, por tanta angústia no confronto de sentimentos díspares. E chegou a pensar que, naquela insensatez de tentação, estaria perdendo um pouco sua sanidade mental.

Pedro Ivo não conseguia render o ânimo por essa aventura amorosa. Que tanto mais lhe parecia estranha quanto tentadora; e roubava-lhe os sentimentos. E viu-se imbuído de puro amor, não pela garota em si, mas pela fantasia do próprio amor sem propósito erótico, pela beleza de uma figura a trazer-lhe um paraíso de sensações com enlevo sentimental imensurável. E queria que esse sentimento de amor fosse sem teor de chantagem para não ser tachado, por ele mesmo, de ilegal ou de sedução proibitiva. E sentia-se remido... Aqueles olhos, aquele esgarçar de lábios transmitiam-lhe fantasia de sensualidade sem tempo e sem censura; e só isso. Aceitou a companhia da garota, com resignação. Só lhe restou tê-la como uma experiência agradável e inesquecível: "A sensação fantasiosa que nos desperta o objeto do nosso grande amor é o que importa; e não se esse amor é mútuo ou retribuído. Somos escravos dos nossos sentidos predestinados a serem instrumentos dos nossos desejos", pensou Pedro Ivo. Indagava o que poderia vir primeiro: se os estímulos dos sentidos ou os arquétipos antropológicos engendrados no evoluir do seu desejo.

Numa das lojas do Shopping Center Norte confessou à vendedora a origem humilde, inculta da garota; e deixou as duas à vontade. A garota experimentava uma roupa e mais outra; fazia uma mímica-bico para uma aqui, encantava-se com outra acolá. Escolhia um estilo, rejeitava outro e, no final, depois das compras, ele indagou da vendedora:

– Que você acha?

Dando a entender sua seriedade de bons intentos, a vendedora, muita arguta, com a sua já sedimentada experiência no julgar o íntimo dos fregueses, respondeu:

– Ela é esperta, meu senhor, faltou-lhe a cultura de um berço. Pedro Ivo recebeu aquilo com exultação esperançosa e repetiu para si mesmo, confortando-se em tom de indubitável vitória: "Que importa o ninho, se o ovo é de águia?"

Chegou o mês de fevereiro e, durante o Carnaval, foi buscar a sua garota. No trafegar pela Marginal, ela viu o movimento festivo naquela noite de baile no Clube dos Sargentos, à beira do rio Tietê. Exigiu que ele a levasse para a festa. Pedro Ivo se informou: mesmo não sendo sócio, poderia ter ingresso ao Clube. Pagou a entrada e lá dentro permitiu que a garota, deslumbrada com o agito do festejo, fosse dançar sozinha no meio do salão. E para não perdê-la de vista, comprou-lhe um grande balão vermelho e recomendou-lhe:

- Não solte o balão para que eu a localize mais fácil na multidão. Cuidado para não se perder. E vou ficar sempre aqui, nesta pilastra, onde estou agora – apontou para altura da coluna e depois abaixou o olhar à base no chão.

Foi ao bar e voltou com a vodca para o local, antes, combinado. Viu logo com surpresa que um garoto já se tinha ligado a ela e, mãos sobre os ombros, pulavam ao ritmo carnavalesco, alegres, saltitantes, girando no sentido da corrente de foliões em círculo, pelos limites do salão. Pedro Ivo, de vez em quando, dava uma conferida, localizava o balão vermelho por sobre a pequena figura dando pulos e sempre ao lado do seu par. Confortou-se que ia tudo a contento. E até chegou a descuidar-se por alguns minutos da presença da garota, atraído por corpos seminus de mulheres sensuais.

De súbito, Pedro Ivo sentiu-se tomado de angústia com receio de algum esperto perscrutar a origem ingênua da garota e submetê-la a violência sexual. Percorreu com o olhar todo o salão até avistá-la. Notou que o garoto agora, também, carregava um balão azul, e os dois pareciam divertir-se sem outra intenção a não ser pelo embalo simples do ritmo do Carnaval... Depois de reconhecê-la sentou-se no chão, recostou-se na pilastra, entediado por toda aquela alegria. Sua mente não permitia espaço para outro conteúdo a não ser ocupar-se com sentimentos de amor pela garota... E sentiu-se vencido...

Nisso de frente dele uma mulher que observava a multidão dançante advertiu num tom de solilóquio, mas em voz alta e suficiente para quem pudesse ouvi-la:

– Aquela garotinha ali é menor de idade para frequentar este ambiente na *soirée!* Como é que o porteiro não a viu entrar? Não seria permitida a sua entrada...

O Pedro Ivo fora advertido, mas convenceu o porteiro que estava em trânsito e era o pai da menina. Com esta exortação da mulher abelhuda, fez-se de alheio, engoliu sua dose de vodca. Permaneceu um tempo quieto, depois disfarçou – deslocou-se para outro ângulo e decidiu procurar a garota. Teve dificuldade em reconhecer o balão e, pior ainda, quando o viu, localizou somente o garoto que agora com o balão vermelho, e sozinho, saltitava ao ritmo da música. Trocaram, talvez, entre si os balões, pensou; e todo balão azul ou vermelho ele localizava, mas nunca com a garota. Um calafrio percorreu lhe o corpo; um senso de aflição dispersou-lhe o cérebro num vácuo. Sem saber a quem pedir ajuda, nem por onde começar uma busca, pressentiu-se julgado por assédio perante uma tutela protetora do Menor de Idade.

Foi ao bar. Ingeria mais uma dose dupla de vodca para acalmar-se, quando, de repente, desponta do sanitário, ao lado, a garota abraçada ao balão azul encharcada de suor como se tivesse estado debaixo de chuveiro.

– Vem aqui, sua putinha! – ele a agarra pelo braço por detrás antes que ela se desvanecesse: – Vamos sair daqui; tem Polícia por toda a parte, disfarçada à paisana; e perguntam quem é você. Vamos! Vamos rápido! Na saída o porteiro o reconheceu e comentou:

– Está cedo ainda.

– Nós vamos viajar logo hoje para o interior.

– Boa viagem – disse o porteiro...

Hotel nenhum na capital os recebia, não tinha documentação para provar legitimidade de pai. Não teve coragem suficiente para levá-la ao seu apartamento e expor-se no seu próprio ambiente com uma companhia daquela idade, num dia de Carnaval. Decidiu ir para a praia Perequê em Guarujá, apreciar a paisagem que lhe parecia num feito de um cartão postal: delimitada pelo litoral na fimbria do horizonte na noite estrelada. E dormiram à beira-mar dentro do carro. No outro dia, saiu percorrendo as praias pela Baixada Santista com a folia do Carnaval. Comprou-lhe um biquíni azul-celeste; e permitiu que ela desfilasse pelos arredores, postada de pé em cima do teto do seu carro. Nessa disposição, em lento deslocamento, ela, equilibrada, animava a festa carnavalesca sentindo-se orgulhosa ao receber as ovações que a sua figura solta despertava a distribuir sorrisos para todos os passantes. Pedro Ivo considerou-se, também, como o dono do mundo e do seu próprio coração...

Teve muita sorte que nenhum policial estivesse disponível na região durante o Carnaval, porque foram deslocados para outras áreas de vigilância mais premente. Estacionou seu carro na Praia Grande.

– Você sabe nadar? – perguntou Pedro Ivo.

– O córrego lá onde moro é muito raso.

– Então, você está vendo aquelas boias vermelhas lá longe no mar?... Até ali a água dá pé, não vá mais além daquele limite– repetiu isso para ela, cara a cara, outras vezes. Chegou quase a ajoelhar-se para, frente aos olhos, dar ênfase à exortação. Ela, impaciente, reclamou:

– Não precisa tanta lengalenga, não sou tão burra assim!

Achou-se como missão cumprida e, enquanto ela se dirigia às águas, ele se sentou no bar ao lado. Na paz do encanto das ondas na praia e no horizonte azul no mar, ele relaxou. Nesse desligamento de paz esqueceu-se por instantes da sua amada. Decidiu percorrer a vista e lá estava ela acompanhada com dois garotos, também da mesma idade. Enérgicos, corriam atrás da garota ainda mais enérgica, derrubando-a em ligeiros mergulhos nas águas: uma brincadeira com parcos contatos físicos, mas eram contatos. E, ora agarravam-se; ora mergulhavam; ou pulavam para vencer a resistência das ondas da água na correria; ora esbarravam entre si na fanfarrice alegre da idade – que lhe parecia um inocente trio na visão do horizonte.

Logo, o Pedro pressentiu o perigo: "Meu Deus, os garotos são praieiros... Ela nem sabe nadar." Resolveu aproximar-se da praia, gritar pelo seu nome, cujo som parecia sem eco, sem repercussão. Esbarrava num vácuo, ali mesmo. Juntou côncavas as mãos num simulacro de megafone com o intento de projetar os gritos em vibrações mais fortes e deu certo: a garota olhava para sua direção num relance tão curto como se não o visse... O Pedro, no seu temor, via cada vez mais a garota distanciando-se além da praia. Pensou: "A subida da maré... o período da maré alta. E o retorno à praia vai ser mais difícil, pode necessitar algum avanço com braçadas de nado... Está ficando mais fundo à beira-mar." Ele gritava pela garota, sem ser ouvido. Ou, então, ela com virada curta do pescoço olhava à sua direção, calada e insensível ao seu apelo com gestos desesperados, sinalizando que viesse de volta. Mas as mensagens se perdiam no horizonte. Convidou um garoto, que presenciava o seu desconforto e prometeu pagar-lhe para achegar-se à garota de biquíni azul, lá longe, e que viesse rápido à praia. O Pedro acompanhou com olhos de uma sôfrega esperança o seu trajeto, viu sua fala com a garota e o seu retorno.

– E aí?

– Falei que o seu pai está chamando; ela não me disse nada, ficou mouca. Ela não vai vir, meu senhor... Agora, o senhor me paga!

O Pedro desesperado, já se antevia acusado de assédio sexual e assassinato por afogamento de uma criança. Entrou em pânico: "Enchente da maré!..." Seu coração acelerado batia forte e rápido querendo saltitar pela boca afora. A falta de saliva fazia-o movimentar a língua de um lado para outro em busca de mucosa úmida. Com sufoco arfava a respiração, sentiu um aperto no peito, ficou zonzo. E acometido de uma sensação de vertigem e de desmaio.

Voltou ao Bar; com articulação da voz ríspida, pela secura da língua, pediu ao garçom:

– Uma dose dupla de vodca, moço – o garçom não o entendeu e repetiu o pedido. Teve uma sensação de morte próxima. Requisitou outra dose de vodca: "Quero me anestesiar," pensou. Tinha alcançado o pico máximo do desespero e não lhe restava outra saída, senão capitular indefeso... "Mas vou, agora, de gravata e paletó, trajado como estou, buscar essa garota e trazê-la na base da bordoada", reagiu pensando. Quando se levantou em direção à praia, Pedro viu que os garotos ainda na brincadeira de correria e com ela retornavam à praia. Os garotos sorrateiros se dispersaram. Achegou-se a garota com propósito de dar-lhe bofetadas em desabafo, mas percebeu a presença de muitas pessoas e reconciliou-se somente com a intenção. Toda encharcada, alegre, mas desconfiada, trêmula de calafrio, não tinha ainda notado a ausência dos brincos, do colar e da pulseira de ouro que o Pedro lhe ofertara. Os garotos os tinham roubado. Pedro Ivo ficou mudo, sentou-se ao bar, pediu uma dose de vodca. Então se sentiu livre de um drama infernal com uma sensação de liberdade intensa.

E Pedro Ivo assim se dispôs a não ficar sem a presença da garota. Não se continha de apaixonado. Viajava com frequência à cidadezinha para encontrá-la. A mãe sugeriu:

– Seu Ivo, cuida desta menina para mim, leve-a para morar consigo. Eu confio no doutor... – e a levou para o seu apartamento.

Numa suíte de solteiro, em separado, decidiu que a garota ali dormisse sozinha. Tentou evitar situações de desacordo, entre ambos, para não perturbá-la, e se sentisse à vontade sem ser oprimida por qualquer tipo de embaraço. A garota, inquieta, de cabeça dispersiva, preferia perambular pelas ruas do bairro para divertir-se. Estava acostumada ao relento. Paredes de apartamento para ela significavam clausura e estimulava desconforto de claustrofobia. Vê-la nas ruas, parecia uma cadela no cio, sendo perseguida por cachorrada, tal o bando de garotos enfeitiçados pela beleza, pelo seu inusitado comportamento liberto, no entanto, sem nenhum propósito definido.

O próprio Pedro Ivo no apartamento permanecia na maior parte do tempo em discreta ereção como um macaco exibicionista na presença de mulheres. Mas se reprimia, sem agressão erótica, para não cair nas raias do estupro, entendendo como pôde a rejeição da garota como uma inexperiência, típica da idade de sexo ainda incipiente, não desperto, suposto que com inquietação errática por algo desconhecido. Era explosão dos hormônios sexuais no seu sistema, modelando a mente num corpo imaturo. A sua empregada já percebia o vulto de sua braguilha e disse-lhe em tom de gozação:

– Você está num sufoco, seu Pedro. Ele respondeu:

– É um pecado, não acha? Ela lhe disse:

– O pecado já foi perdoado na cruz. Basta ter paciência. Toda fruta fica madura, mesmo que bichada. Mas amadurece.

Durante a primeira semana em que fora exposta aos estímulos e ao agito da cidade grande, a garota vivenciava emoções diversas, inclusive por estímulos, naturalmente, eróticos e, de certo, estressada – urinava na cama. Mas a mãe o havia advertido: "Ela, de vez em quando, urina na cama, seu doutor. Protege o colchão de dormir com plástico"...

Foi, então, tardio que lhe despertou a ideia de comprar um novo colchão protegido com cobertura plástica. Sua empregada aconselhou:

– Devolva-a a família, ela só lhe traz problemas. Ela é indomável como um animal silvestre.

Um dia, a garota saiu de surdina do apartamento. Pedro Ivo estranhou a sua ausência tão súbita e desceu ao andar térreo à sua procura. Lá estava ela, no saguão do edifício, de calcinha e sapatos de salto alto. Passantes na avenida prestavam-lhe demasiada atenção.

– Eu sou bonita! Será que estou mais bonita? – perguntou...

– Minha filha, você está na rua quase pelada com esta roupa – disse-lhe Pedro Ivo.

– Mas como? Eu não me vesti assim na praia com você?

– Minha 'filha!' Na praia é diferente, aqui você está na cidade. E você estava de biquíni, você agora está de calcinha.

– Ah! Pedro, você é um babaca mesmo! – e ficou bicuda de frustrada. Pedro Ivo, perturbado com provável escândalo do seu comportamento, viu-se, de repente, tomado em estado de pânico, Veio-lhe a ideia de que algum inquilino do prédio poderia denunciá-lo de expor-se de maneira tão absurda e vergonhosa ao público local. Dentro do elevador, desorientado, cego de raiva e maquinal deu-lhe tapas no rosto; outro mais enérgico na cabeça fê-la sentir-se zonza e então lhe rogou, apavorada:

– Já chega, Pedro Ivo, não me bata mais – não fez reação de choro, nem de dor, nem de revolta. Apenas concebeu que assumiu seu erro: – Chega, Pedro, não vou fazer mais isso. Pedro Ivo com pulsações francas do coração, exibidas nas carótidas, e sanguíneo de rancor na face, dentro do apartamento pediu limão à empregada. Espremeu-o sobre a dose de vodca e tentou disfarçar suas emoções. Justificou-se perante a empregada, pedindo-lhe, ao mesmo tempo, colaboração em cuidar da garota com conselhos e admoestações.

– Com esse hábito de urinar na cama não há conselho que o valha; e maior trabalho eu tenho...

Um dia, a empregada lhe segredou:

– Seu Pedro, eu a surpreendi dormindo cedinho e também urinando; mas a urina não flui de vez, sai aos poucos, em jatos, de curtos intervalos e tive a curiosidade de observá-la por um tempo suficiente para notar a fluidez da vulva que se contraía no expelir a urina.

– Não se preocupe, isso se chama enurese noturna, muito comum em crianças ansiosas.

– Senhor Ivo, mas nunca acontece junto com sonos molhados. E ambos, a um só tempo, suspeitaram que orgasmos durante o sono davam-se simultâneos com os jatos de urina. Também se resguardaram em silêncio de tal suspeita e o assunto ficou desconversado.

Pedro Ivo acatou a sugestão da empregada, pagou um táxi para levá-la de volta. Depois, perplexo, confabulava consigo mesmo: "Não consigo evacuar sem urinar, disso estou certo. Também não me é dada a prerrogativa de gozar e esvaziar vesícula seminal com o relaxamento do colo da bexiga, simultaneamente. Mas esse orgasmo, ao tempo que urina, a mim se afigura como apanágio dependente da fisiologia das funções musculares autonômicas do feminino, ou dependente de algum controle voluntário com propriedade de reforço ao pico do êxtase. Suspeito que ela é capaz, diferente do comum dos homens, de evacuar sem urinar e, por outro modo, pelo mecanismo de descontrole autonômico antagônico, pode chegar a ter propriedades de evacuar durante o desfecho orgástico. Praticar sexo oral com esta garota pode levar o parceiro a incorrer numa alternativa de ser vitimado por urina ou fezes, se não se prevenir em defesa com antecipação".

E abstraído nessas duas possibilidades viu-se sem perversão sexual, mas apenas deslumbrado por peripécias fisiológicas insólitas da garota. A mãe recebeu a filha; e simpatizante à figura do Pedro Ivo enviou por escrito, com ajuda da vizinha, um bilhete: "Pedro Ivo, meu doutor querido, por favor, queira minha filha de volta. O senhor é de idade e sabe cuidar dela". O taxista se recusou em transportá-la de retorno, apenas se prestou em trazer o recado. Pedro Ivo sentiu-se aliviado com o feito. Pelo menos lhe confortou a consciência de ser digno de respeito e confiança da mãe, que poderia ter feito ação pior se lhe delatasse o caso usando de chantagem no Tutelar do Menor. E fez-se de vitorioso tanto no amor como no comportamento erótico.

Dois anos depois, no restaurante ao lado do edifício do seu apartamento, Pedro jantava com um amigo. Envolveu-se num bate-papo agradável, intercalado por doses de uísque, então sentiu que exagerara nas doses e julgou-se bêbado. Eram vinte e duas horas. Em se despedindo do amigo que se retirava, entraram no restaurante as duas garotas irmãs. Permanecia ainda sentado à mesa quando lhe chegou a irmã mais velha e disse:

– Fica com ela... Eu vou passear com meu namorado...

– Como vieram à cidade? – perguntou Pedro Ivo.

– Meu namorado nos trouxe – disse a garota mais jovem e continuou: – Vamos, rápido, sair daqui. Hoje, eu quero você. Iludi meu namorado numa viagem de passeio até aqui, mas só para ficar com você! Ele advertiu-a:

– Fala baixo! Não vê toda essa gente?

Ela não estava acostumada a modular a voz, mesmo que o quisesse:

– E vamos antes que o meu namorado me encontre! Está à minha procura – e quase falou gritando:

– Vamos, rápido! Pedro Ivo acedeu aos rogos da garota como um autômato, encharcado de uísque que se encontrava. Ela estava linda com um vestido longo, sem pintura nenhuma, sem adereço, com a prerrogativa de ter o charme natural da juventude, com a arrogância de ser bela e de selvagem inconsequente. Mas a burrice seria um suplemento de sua beleza, calhava certo, por isso perdoável. Pressionado, empurrado por ela, Pedro Ivo foi levado para o edifício ao lado do restaurante. Subiram pelo elevador até o seu apartamento. O silêncio da garota era substituído pela ansiedade com os olhos fitos nos números gradativos dos andares, à espera do quinto.

Entraram no apartamento; então, ela falou:

– Os rapazes vieram iludidos conosco. Minha irmã queria me ajudar a encontrar você, ela toma conta deles... E aqui estou. Meu homem é você!... Cadê você? Você se dizia leão com aquele tesão todo... Hoje eu quero você. Fugi do meu namorado, só para ver você– e despiu-se, enérgica. Foi, também, em seguida, desfazendo a fivela do cinto de Pedro Ivo, que a reprimiu:

– Deixa que eu mesmo o faça. A garota, impertinente, arrebatada pelo propósito a que se propunha, deu-lhe um empurrão. Ele já se encontrava ao lado da cama, não teve outra opção a não ser renunciar ao impulso e com o peso do seu corpo entregar-se à gravidade. Deixou-se cair ao amparo da cama. Permaneceu deitado, nu e indefeso. Estava do jeito que ela queria. De pronto, ela impulsionada por uma impetuosidade sôfrega, deitou-se em cima do Pedro. Abraçava-o, roçava-lhe o corpo, de olhos fechados, irrequieta, com movimentos desordenados, e não permitia ao Pedro uma chance para reconciliar-se a si mesmo e recompor um tipo de protocolo para alguma ação producente entre ambos. Agarrava-o com força e quase o sufocando, exclamava:

– Vamos, desgraçado, cadê você? Pelada, sem sossego, como perturbada por uma angústia premente, virava o seu corpo inquieto, ora em direção aos pés do Pedro, ora montava-lhe sobre a cabeça, ora de viés de modo transversal, depois se tornava para outro no sentido contrário. E viu que o Pedro estava apagado de tudo. Tentava estimulá-lo com pequenos tapas sobre o pênis que descambava frouxo de um lado e para outro; e ela exclamava:

– Vamos, homem, hoje eu quero você! Pedro Ivo, confuso, acossado, perdido, incapaz de qualquer iniciativa, quando tentou erguer-se já em desespero procurando uma posição mais cômoda, surpreendeu-se com a pélvis daquele corpinho enxuto pressionado em cima do seu rosto abafando as suas narinas. Encontrou-se preso entre as perninhas, indefeso e sem ereção ou estímulo sexual algum. Justificou-se tentando libertar a voz espremida:– Eu estou tonto demais! Espera um pouco que a bebida passa.

– Passar o quê?... Você ficou veado!

O Pedro não teve outro pensamento senão o de fazer qualquer coisa, a mais propícia, a mais viável: e segurou firme pelas laterais a bacia daquele corpinho seco com as coxinhas abertas, amplas, envoltas sobre sua cabeça. Então discerniu o monte de Vênus, agora feito adolescente, maduro e soberbo. Como num deslumbramento, a intoxicação alcoólica, de repente, não lhe empanava mais o cérebro. Tornou-se atento: as suas narinas afiaram-se, e o seu tato fez-se sensível. Recompôs-se concentrado naquele pedaço de fêmea e aos poucos se conscientizava com apalpadelas pelas curvas da pélvis, que amparava o recém-maduro monte de Vênus. E rente ao seu nariz reconheceu as polpas estufadas entreabertas, túrgidas, da vulva brilhante refletindo um charque de muco tomando todo o vão entre as raízes das coxas. E respirou fundo o aroma suculento dos seus humores. Quis testar o paladar daquele fluxo de aguadilha com a sua língua circundando tudo, descendo pelas laterais das coxas. Respaldou a língua esticada no máximo que pôde para encher a boca com uma só lambida de tudo e de uma vez. E se deparou com a vulva pletórica em combustão erótica. A garota, no momento que sentiu a maciez da sua boca, entre grunhidos de desespero e agitação incontida, demonstrou um desejo indômito. Impulsionada por uma repentina reação como que de vingança protraída, roçava no rosto de Pedro Ivo a vulva encharcada de muco.

— Vamos desgraçado, cadê você? Pedro Ivo, no que foi abrindo a boca para dizer-lhe: "calma que a cachaça passa, eu vou ficar bom", recebeu na garganta um jato de urina; depois de um segundo, outro jato mais forte. E, em seguida, outro... Desarrancou-se por debaixo da garota com um sustentado empurrão. Entendera de pronto a mensagem. Levantou-se e falou:

— Vamos descer da cama — foi em busca do colchão plastificado, e estendendo-o sobre o assoalho ao lado, disse:

— Agora pode urinar! Restabeleceram as mesmas posições com que se encontravam antes. No início pensou, talvez, por ter a bexiga cheia urinasse ao gozar. Mas terminou por conclusão de lembrança pregressa junto à empregada que era a sua maneira de ter orgasmos durante os seus sonhos molhados. Então, não era uma autêntica enurese noturna, mas orgástica. Lambeu lhe a vulva com sofreguidão cada vez mais renovada sem a embriaguez, que se esvaía. Com delicioso prazer engolia cada carga de urina; mas temeu por cujo volume, que poderia acabar... Com esta suspeita, desfez-se de novo da contensão em que se encontrava, foi à procura da cartela de Furosemida da empregada, retirou um comprimido e disse:

— Engole isto aqui!

— Por quê?

— Engole! É bom para você gozar melhor... Engole! — e fez um gesto de pegar o cinto. Ela ingeriu o comprimido sem pedir por água, no seco. Foi à geladeira trouxe-lhe Coca-Cola, fatias de melancia, guaraná, água mineral e disse:

— Escolhe o que você quiser, mas tem de beber água — fez outro gesto de pegar o cinto:

– Bebe agora bastante água ou então a deixo na rua. Bebe! Vamos!– ela foi direto à melancia, e ele falou:

– Então acabe com esta melancia, toda! Rápido! – ela apresentou um aceno de negação. Pedro pegou do cinto:

– Bebe água ou leva uma cintada. A garota querendo variar de sabor decidiu que beberia Coca também. Depois de pouco tempo, a Furosemida veio com o seu efeito diurético. Quanto mais líquido tomava ainda maior volume de urina expelia, e a sede aumentava. O desejo de urinar e beber lhe sucedia num círculo vicioso. Tomou uma posição de cócoras, apoiando a vulva sobre o rosto de Pedro Ivo; e ali, montada, gozava e urinava. E com sede bebia água. Pedro Ivo com a cabeça encharcada regozijava-se em ser urinado. E, noite adentro, ele se deliciou engolindo urina, que lhe escorria da boca e empoçava no colchão e no assoalho – urina abençoada pelos orgasmos tanto de explícitos quanto de procurados. Os jatos de urina eram expelidos, no início, em sequência rápida que aos poucos se prolongava quando os jatos esvaíam-se lentos e fracos à medida que as contrações orgásticas se esgotavam. Pedro Ivo os tinha como referência, de maneira incontestável e poderia, então, provocar-lhe orgasmos a seu bom prazer. Administrando-os por estimulá-la, às vezes mais, outras vezes menos.

Com surpresa, Pedro Ivo percebeu que sua boca se moldou nos contornos da vulva num encaixe perfeito, numa acoplagem anatômica casual:- desde o osso cóccix até à protuberância do osso púbis. Nesta oportunidade, foi impulsionado a introduzir fundo dentro da vagina a sua longa língua. Exercendo rotações no sentido horário na sua introdução e alternando na saída no sentido contrário, localizava pontos de extrema sensibilidade erótica. E penetrando-a mais a fundo, percorria com a ponta da língua em movimento circular o colo uterino. A garota se sentiu em levitação numa onda de êxtase. Não se conteve, e neste transtorno repentino, inverteu o corpinho para trás e, sem apoiar as mãos no colchão, com um impulso relâmpago executou uma cambalhota e caiu de pé num salto-mortal em equilíbrio perfeito. Pedro Ivo, estupefato, estranhou aquela peripécia acrobática, entretanto, mostrou-se embaraçado com a impregnação na ponta da língua de uma secreção espessa, pegajosa, de uma filância intensa, adocicada, que teimava em não se desgrudar. Tentava repelir o visgo de modo a cuspi-lo e ver-se livre daquele tampão colante na sua boca... Mas antes que o removesse de outra maneira qualquer, a garota ágil, sem perda de tempo, já retornara como se sentisse a premência de recuperar um momento de êxtase frustro. E rápido se posicionou de novo sobre sua boca resgatando o mesmo encaixe – do cóccix ao púbis. Segurava firme agarrada no tórax do Pedro Ivo, e pressionando a vulva sobre o seu rosto com violência, sem piedade e com requinte de sadismo revanchista, desfechava-lhe jatos e mais jatos de urina... E em tom de revolta:

– Eca!... Babão nojento duma figa, engasgando-se com a própria baba!... Pedro Ivo não teve outra opção, tentou engolir a goma, que lhe não desgrudava da garganta e lhe estimulava náusea com contorções de vômito. – Catarrento imundo! Vou afogar você, seu desgraçado! – e um jato de urina encheu lhe a boca. Com a fluidez desse volume maior, sentiu que o tampão viscoso se deslocou pelo esôfago abaixo. A garota continuou: – Você precisa engasgar com coisa pior...

Pedro Ivo se assustou quando lhe veio a suspeita do que poderia ser esta coisa pior... Rejeitou a indagação, mas depois a superou, e até chegou a achar que seria muito interessante se tal acontecesse. Preparou-se estratégico de modo a não ter de ingerir excremento. Mas rendeu-se disposto a ser vítima – do que tiver de vir, que venha. E Pedro Ivo exercia com a sua língua, usando dos vários músculos de que é estruturadas, rotações alternantes no sentido horário e anti-horário na função de um parafuso teimando em repetir sua entrada e saída. A garota, pressentindo os impulsos de nova cambalhota, repeliu o embalo de sua ação motora: "Que besteira! Não vou cair outra vez!... Nunca repito o mesmo erro!" – resmungou. Procurou evitar o impulso da cambalhota no que tomou uma atitude de retrocesso com os joelhos apoiados firmes sobre a cama. Com os braços enlaçando o tronco do Pedro, posicionou-se, arrebitando as pequenas nádegas; e o seu corpo em relação à sua coluna torácica, em declive, adquiriu acentuada lordose lombo-sacra. Agarrada com veemência sôfrega ao Pedro e com o descontrole da bexiga no espasmo orgástico deixou esguichar célere a urina em forma de jato hipercinético em direção às alturas, que no final se tornou turbulento, e dispersivo em gotas. Quando borrifos ao caírem atingiram lhe as costas, ela surpresa exclamou:

– Arre, égua! Urinando para trás!

Nesse estado de espírito, Pedro Ivo sentiu-se realizado. Sentiu-se completo como se tivesse recebido aquela noite, enfim, por prêmio às suas indagações. Que já não lhe pareciam de tudo um problema insolúvel; e também como não fora uma extrapolação de seus pensamentos na esfera de uma loucura. E no final, amanheceu o dia. A garota com ar de esgotada, olhos lerdos e foscos, mas vitoriosa, virou-se para o Pedro e lhe disse num tom de solilóquio e de segredado espanto:

– Sua boca! – e em tom de admiração e encantamento: – Essa boca de chupador, eu não me enganava!... Com os olhos amarrados, fixos no rosto do Pedro Ivo: – Boca de chupador, duma figa!... Agora eu tirei a prova!... – ele contornava o corpo, tentando destorcer-lhe a visão e desestimular-lhe os comentários, mas ela o perseguia mantendo os olhos arregalados de encantamento e fisgados no seu rosto: – Boca de chupador... duma figa! – enquanto se vestia:

– Não foi à toa que lhe cortaram a cara. Você não presta. Minha irmã é sua fã, talvez ela desconfiasse você fosse bom de língua em cima de uma xoxota. Pedro Ivo não se fez de intimidado, por tanta bênção recebida. Sem pensar duas vezes chamou de novo o seu taxista de confiança e a mandou de volta à sua cidade. Dormindo sono pesado, deitada no banco traseiro do carro, ao tempo de acordar e urgente para urinar, não acreditou quão rápido já estava em sua casa.

Pedro Ivo sentiu-se perplexo dentro de uma penumbra de uma aventura, como num sonho. Nunca mais reviu a garota que pareceu, também, tinha uma missão a ser cumprida e deu-se por satisfeita.

No entanto, um dia estando ele no mesmo restaurante, desta vez ao lado de uma mulher que tinha encontrado naquele momento e com quem terminaria por um relacionamento numa alcova, ele já o pressentia, quando lhe apareceu sozinha a irmã mais velha da garota. Veio entrando com alvoroço no restaurante, dirigiu-se direto para cima da companheira recém-encontrada do Pedro e puxou-lhe os cabelos dizendo: – Desgraçada, você também não presta! Quem anda com este homem, só Deus sabe que não presta!

Pedro Ivo, atônito, sem saber o que faria, segurou-a pelos braços e a conteve. Envergonhado com a cena, pediu desculpas esconsas à mulher; e, tentando amenizar a cena de agressão, aconchegou-se à garota num abraço, disfarçando carinho. E os dois se retiravam do recinto quando ele, então, voltou o olhar para a mulher e expressou uma mímica de desespero no intuito também de conotar seu estado de impotência perante a moça.

– Você está louca? – perguntou Pedro Ivo depois de levá-la até ao saguão do seu edifício. Aquela mulher é gente decente.. Ela, cortando as suas palavras, retrucou:

– Então indecente é você. E agora que minha irmã não está aqui, chegou a minha vez de experimentar você. Minha irmã até hoje não o esquece, sonha de noite e repete o seu nome dormindo, desesperada. Tudo isso me fez curiosa em descobrir que tipo de homem é você... – subindo o elevador, ela lhe disse:

– Eu sei do andar; é no quinto, e o apartamento é de número 506. Até esses números minha irmã clama nos seus sonhos. Você é um desgraçado! Nós duas parecemos que estamos loucas de tanto mencionar em casa o seu nome. Minha mãe quis apelar para a justiça e processar você, mas eu desfiz as suas ideias com a intenção de vê-lo e experimentar que tipo de homem é você...

Pedro Ivo, ao abrir a porta, topou com a empregada que, por

coincidência e tardia, retirava-se dos seus deveres; e ao tempo de sair advertiu:

– O senhor parece ter invadido a família e encontrado uma mina. Cuidado, seu Ivo! Ele retornou-lhe um sorriso pálido, e permaneceu calado.

– Boa noite, seu Ivo! – despediu-se a empregada.

Pedro Ivo não lhe deu resposta como era de costume e fechou a porta. A garota, do mesmo jeito que a irmã mais nova, obedecendo à genética ou ao hábito por convivência mútua, agressiva tirava-lhe o paletó, quando ele a reprimiu:

– Deixa que eu mesmo me desvista. – Ela já se encontrava pelada. Pedro Ivo foi ao seu barzinho, ingeriu uma dose dupla de vodca e perguntou-lhe:

– Você quer alguma coisa?

– Você tem chicletes? – ela perguntou também.

– Não, mas eu posso descer e comprá-los para você.

– Então, vá depressa homem e não se demore. Pedro Ivo retornou com chicletes sabor melancia; escolhido de propósito, ou de modo inconsciente. Ele não saberia dizer da sua escolha.

– Este sabor para mim era desconhecido, disse a garota. Pedro Ivo, brincando e já relaxado, acomodado, com a situação:

– Sua irmã adora melancia...

– Seu desgraçado! Eu sei de tudo, não é preciso lembrar-se de minha irmã... – e denotando devido ciúme.

– Você quer tomar um banho?

– Eu já banhei o bastante, de propósito, só para ver você. Empurrou Pedro Ivo sobre a cama do mesmo feitio que a irmã mais nova. Ele pressentiu, por experiência pregressa, como deveria ser o resto da noite. Quem sabe seria igual à irmã? E, curioso, perguntou:

– Você não quer beber alguma coisa?

– Não, eu já bebi o bastante com sede nervosa, de tanta gana de ver você.

– Então, não gostaria de uma Coca?

– Gostaria, sim. Esta bebida me põe alerta tanto quanto se eu tomasse café. E bebeu a Coca-Cola, em tragos seguidos, num só fôlego. O Pedro se sentiu com sabor precoce de vitorioso nas suas suspeitas e disse:

– Com você, no seu hábito sexual, o que gostaria que eu fizesse?

– Nada, não desejo nada além desse seu pinto duro dentro de mim. E respaldou a mão ao longo do pênis do Pedro, dando a entender que a possessão já era só sua... Deitou-se de banda em lateral esquerda com a perna direita fletida sobre o abdômen, como numa atitude de espera. Ele observou o mesmo corpo da irmã. Pareceu-lhe tudo se repetia ou então teria de repetir-se. Quase se ocupou em trazer o colchão protegido de plástico, mas ficou no 'quase'. Distraído pelas formas do corpinho jovem, não teve muito tempo que pensar e esqueceu-se do receio de ter o colchão ensopado de urina. Gastou alguns segundos de tempo para refazer-se e recompor seu relaxamento para não perturbar a sequência do ensejo. Ereto, procurando posicionar-se, tateou uma vulva túrgida, sanguínea e brilhante de secreções viscosas.

– Vamos homem – ela reclamou – por que tanta demora?...

Estremeceu-se quando se sentiu invadida no seu ventre. Suspirou fundo, fechou os olhos. Pedro Ivo teve um sentimento de desencanto pelos olhos agora fechados. Em compensação, com surpresa, viu que a boca da garota se abrira e respirava fundo pela garganta. A respiração se fazia de estertores ruidosos pela ventilação do ar a vencer a resistência da língua esticada fora da faringe, quase expondo a glote em extrusão por incontido arroubo de prazer erótico. Ele achou esquisita aquela boca aberta tentando abocanhar alguma coisa inalcançável, esperando como que receber um bocado de alimento como o fazem filhotes de aves. Ou como se tivesse alguma coisa engastada na garganta. Por ele o ato sexual em si não tinha significado por anseio erótico. Resumia-se na sua busca de orgasmos explícitos. Frio, calculista, exercitava-se nos seus movimentos de cópula como um autômato, desligado de outro sentimento a não ser o da busca. Esse quadro de aparente gozo da garota com a boca aberta se manteve por algum tempo. Depois, Pedro notou que em seguida ela ruminava o chiclete em ritmo cadenciado durante alguns segundos, quase um minuto, para depois em sequência alternada esticar a língua por entre a boca e mantê-la entreaberta por outros segundos, e então de novo ruminar a goma. Não teve outro pensamento – levantou-se, rompeu o invólucro das barras de chicletes, desencapou-os abertos ao redor da garota e disse:

– Estão pertinho de você, caso você engula um, pode então alcançar outro – e voltou ao ato de cópula programada.

Ela, neste momento em que se sentiu penetrada, terminou de engolir um chiclete da boca e agarrou com sofreguidão duas barras e disse com sotaque de quem tem a boca ocupada:

– Você não presta mesmo! E vou fazer você descer muitas vezes para comprar chicletes, se você quer saber – Pedro Ivo deu-lhe um tapa na cara. Ela murmurou: – Me bate outra vez! – Ele se conteve. Poderia iniciar um tipo de comportamento sadista e levá-lo de modo inesperado por trilha perigosa. No que ela confiou-lhe *me bate outra vez,* ele sentiu uma onda forte de tensão sensual. E que se perdia no entusiasmo da garota. Então teve de ser firme para resgatar as suas qualidades tântricas, executar os seus orgasmos, segurar a ejaculação e manter-se ereto. Contudo sem o pressuposto de vindita, já que poderia regozijar-se na visão de tantos orgasmos explícitos. Percebia a concomitância da ruminação com a contratura espasmódica da envoltura vaginal engolfando o pênis. Tornou-se terno e comovido; e exclamou:

– Minha filha, você é quem me deixa louco agora; vamos dar um tempo... Você quer uma bebida?

– Não. Não estou acostumada... Também não preciso dessa droga, faz mal à saúde. Meu irmão morreu de tanto beber. Pedro Ivo então iniciou um tipo de conversa cândida que a fez envolver-se numa atitude tendendo ao informal. Ela se sentou e lhe disse:

– Eu não poderia mais viver ouvindo minha irmã falar de você; decidi pôr fim à curiosidade enfrentando aquela mulher que também me deu ciúme. Você se arrependeu de ter me trazido aqui? – mas antes de receber qualquer resposta, exclamou:

– Deixemos de conversa fiada, vamos ao assunto que nos interessa. E como num ato há muito condicionado, posicionou-se da mesma maneira anterior. Pedro Ivo ingeriu uma dose de vodca, disse para si próprio: "agora quem vai ser explícito no gozar sou eu". E se sentia num platô erótico de levitação e extático, pois sem o trabalho da busca tinha encontrado o seu objeto de procura. Foi solicitado pela garota a vestir-se e de novo comprar chicletes do restaurante que fechava as portas às três horas da madrugada. A garota os consumira e reclamava por eles. O garçom gracejou:

– Poxa, seu Pedro, o senhor hoje deu fome de mastigar, mas. sem comer.

– Não, meu amigo, ao contrário, estou comendo sem mastigar... O garçom entendeu a mensagem e fez um gesto de cumprimento, apontou o polegar em sinal de positivo:

– Vivamos!

De manhã cedo, a garota, com olhos opacos, descambados e de olheiras fundas, murmurou com a voz sem aquela energia inicial de agressiva:

– Você foi o homem mais gostoso que eu tive; nunca encontrei homem assim.

O Pedro Ivo também nunca tinha sentido sensação igual, mas guardou para si mesmo o sentimento. Julgara-se vitorioso, fugira do explícito e manteve-se fiel à sua proposta anorgástica. Chamou o seu taxista de confiança com quem a encaminhou de volta para a cidadezinha onde morava. Ela, na despedida, disse:

– Agora, sim, vou conseguir dormir em paz, sem me importar com os sonhos da minha irmã. Eu volto qualquer dia desses, gostosão!...Ele lhe pôs nas mãos uma boa soma de dinheiro em cédulas:

– Recebe isto, como pagamento... Sei que não tem preço, mas

dá para muito gasto de chicletes de melancia. Ela exclamou:

– Gostosão!...

Também, nunca mais voltou, graças a Deus. Pedro Ivo chegou a concluir que certos encontros por mais agradáveis que forem têm um entrave intrínseco entre as partes, que as mantêm separadas evitando reencontros, porque já se recompensaram o bastante e estão repletas para sempre... Outro relacionamento seria decepcionante e desgastado em relação ao primeiro, por excesso de expectativa...

Nunca chegamos a conhecer ao todo as pessoas, por mais que lhes tenhamos como íntimas. Essa história do Pedro Ivo com a garota da enurese orgástica, ele, por algum motivo recôndito próprio, cuidou de não me confidenciar. Nem a ruminação orgástica da irmã mais velha, que fez a empregada admirar-se escandalizada ao cuidar de remover tantos envelopes vazios de chicletes pelo chão no dia seguinte. Recebi todos esses detalhes numa descrição minuciosa por tabela e pelo ideário de sua empregada. Perguntei:

– Mas afinal, conseguiu fazer sexo com a garota mais nova?

– Diz ele não se lembrar, de tanto que estava bêbado... Trabalho eu tive a desfazer do cheiro de toda aquela aguaceira no chão. Também fiz de conta que nunca soube de nada.

Sempre havia surpresa nas ideias de sua mente diletante, desligada de outros problemas básicos da vida. Lembro um dia ele me confessou que dotes para as aspirações do seu modo de ser, a vida os tinha negado. Sentia-se desprovido de qualidades requeridas para chegar às suas realizações. E conseguiu superar-se a si mesmo por aspirar alto, além do alcance de suas faculdades, talvez através do inconsciente propósito de aceitar desafios. E pressentia-se frustrado com o complexo de não realizado, apesar da excelência com que exercia o que terminou sendo... Assim, mediante o desafio como 'recurso motivador', começou a desconfiar de seus objetivos no que implica exercitar-se de modo sistemático e consciente...

– Podemos, induzidos por qualquer motivo, tornarmos qualquer coisa sem os pendores requeridos para sê-lo– e seguindo esse pensamento, decidiu ser celibatário e não constituir família por desconfiar-se inadaptado para o que ele chama "manias de família":

– Seria igualar-me ao resto em comportamento, submetido ao arquétipo do instintivo, na condição também de ser animal irracional. E um dia, muito tristonho, ele me confessou:

– Viver não compensa, procriar filhos seria uma estultice, suicidar-se uma temeridade, portanto suportar a carga é uma ordem, que o tempo passa com paciência. E o destino se cumpre; só nos resta tê-lo dentro de uma aceitação passiva e submissa, no entanto sem nos comportarmos masoquistas. E tentar de bancarmos estoicos, é só o que nos resta...

Voltei a visitá-lo no seu apartamento depois de algum tempo sem revê-lo. É sempre agradável reencontrar um amigo. A empregada abriu-me a porta.

– Opa, rapaz, que bom! Andou sumido! – levantou-se do sofá, rápido, alegre em ver-me; e trouxe uma dose de vodca, com a certeza de que a aceitaria. – Sente-se – e sem mais rodeios começou a falar:

– Posso lhe dizer uma ideia? O melhor bem é não possuir coisa alguma para não se chegar ao drama de perdê-lo. Portanto, seria também melhor não se sentir bem em higidez para não se viver apavorado com a expectativa da sua perda: em estado de pânico crônico, com o espectro da morte infernizando a mente. Melhor é conviver com o sentimento de abnegação perante a fatalidade inexorável e sem retorno. Descobri, também, não há mais nada que se discutir ou pensar. Tudo de abstrato já se tem tido por questionado: todas as assertivas, das quantas que tomaram espaço no cérebro humano, são apenas repetidas ou emitidas como num tipo de eluição ou disfarçadas no acervo das obras de arte e da literatura. O cérebro humano esgotou-se das suas faculdades racionais. É como diz Salomão: "Não há nada de novo embaixo do sol". Todo tipo de filosofia será vã e todo axioma do conhecimento humano será falho. Os neurônios do cérebro terão suas descargas elétricas limitadas, circunscritas, tentando criar novas ideias apenas por associações das suas interconexões, mas se esbarram no mesmo limite de nossos sentidos num círculo vicioso entre si. A não ser que mudemos para outro sistema, em outro extremo da galáxia, ou mesmo para outra longínqua e tenhamos um novo sol e uma nova terra, outra gravitação e inércia, uma nova pressão atmosférica e um homo *novi*. Permaneci sentado, atento, disposto a ouvi-lo do jeito que ele gosta de ser ouvido.

– Nada mais se cria em pensamento abstrato. O cérebro humano se esgotou em entropia. A não ser que se lhe acrescentem células-tronco a sintetizarem outras aminas neurotransmissoras entre os neurônios, o que seria equivalente a criar-se um novo e mais evoluído córtex cerebral. Somente a tecnologia com todas as outras ciências exatas, paralelas, que ela exige, podem progredir ainda, mas terão também as suas limitações. Eu tenho comigo que um dia a tecnologia aplicada sobre o estudo da biologia celular e à engenharia da genética chegará à culminância mais extrema do conhecimento humano. Que será a descoberta do segredo da vida e dirá: *Fiat vita,* sem o auxílio do verbo do Criador. Não passará de um ignoto e simples específico DNA, um tipo de vírus, cognominado de *spiritus vitae;* para uns: *spiritus;* ou, ainda: *bios,* para alguns outros concorrentes. Daí, então, o interesse do conhecimento humano se desligará de teimar em sondar o imenso Universo das galáxias e derivará para outro ínfimo, e ainda infinito, num mergulho de viagem pelos segredos do Criador, em si mesmo. Mas teremos um preço, tal qual se diz: "a curiosidade matou o gato"... Meu amigo, então haja pandemônio no planeta Terra. Será uma catástrofe muito pior do que explosão de bombas atômicas e num cumprimento apocalíptico, O Criador se sentirá devassado no Seu reino. E no final a própria criatura, não mais dependente de

Sua sabedoria, entrará em contenda competitiva com o seu Criador. Que, indignado, removerá o princípio biológico do Planeta. e nunca mais outro fio de vida vingará no seu solo, por eterno que seja. De que jeito? No Seu jeito, sempre natural e lógico. Ele fará com que as próprias criaturas, nas suas buscas, e litigiosas entre si, por maior poder de ciência, experimentarão um tipo de DNA, genômico, oportunista: um: *vitae-cida*. Que terá por casualidade fatal as águas como hábitat de veiculação e com um tropismo específico por qualquer sistema embrionário. E promoverá, através de um descuido (ou por propósito de um louco), vazamento deste vírus biocida, numa pandemia universal sobre o Planeta. Usando a água como veículo (e por onde não se encontra água?), ocorrerá uma catástrofe destruidora, uma hecatombe escatológica sobre todo e qualquer fio de vida. Desde o mais profundo dos oceanos até além na estratosfera, onde houver um microscópico embrião e uma molécula de H2O. Pois foi por ela que o Criador um dia fez-Se presente aqui no Planeta: "E o espírito do Criador pairava sobre as águas", assim diz a Bíblia. E aí o planeta Terra, por mais que perdure em eternidade, não mais será capaz de recuperar-se desse novo período geológico fatal. E que será o seu último. Quando, então, num paradoxo, o espírito biocida da criatura, agora, é que perdurará sobre as águas. E junto com as águas estéreis – as pedras, as areias, os ventos e as nuvens manterão o Planeta em extinção biológica. O planeta Terra se achará completo na sua recém-adquirida função de um corpo celeste sem presença de vida, mas soberbo – um mundo repositório de paz infinita... Desse modo é o que deveria conceber-se de "céu"– o que não passa de ser a suprema incógnita de total inexistência de princípio vital, mas de pura divindade. "Volte ao divino somente o que é puro" e permanecerá de qualquer forma o mesmo espírito do Criador agora puro, esterilizado do que antes era peste humana. A Natureza, por si, não perdoa. Tudo está condicionado dentro do âmbito do círculo vicioso na reciclagem do *nada se cria, nada se perde, tudo se transforma:* tanto na plasticidade intrínseca da matéria, quanto na esfera intangível e transcendente do mental. É a cobrança direta do Criador. A Natureza é pura Lógica.

– Mas por que essa sua preocupação agora com estas coisas?

– Não é preocupação. No que você chegou, veio-me de repente... Estou lendo o livro *Psique*, leia este trecho aqui:

"Rebelou-se contra as circunstâncias de estar sob o jugo em condição da natureza humana. Nesta rebeldia decidiu livrar-se com aquilo de posses que toda uma vida de trabalho lhe tinha proporcionado. Eliminou a família num crime perfeito. Desfez-se dos bens, decidido a mudar-se para o desconhecido. Estava determinado naquele dia de começar tudo de novo, mas sem levar em conta implicações da condição humana. Não obedecer aos seus instintos naturais, às exigências de suas necessidades básicas, nem às suas pulsões afetivas, que o condicionam ao homem comum. Tornar-se num ser apenas existente pelo fato de o saber existindo".

"Contudo chegou à conclusão de que, para tanto, teria de pertencer à outra dimensão de existência, tipo apanágio dos deuses".

"Ainda assim também os deuses teriam as suas atribuições e com elas as suas limitações. Aí então, mais uma vez, reformulou o seu pensamento e chegou à outra conclusão – de que melhor que tudo isso fora existir numa outra amplitude de natureza de um ente de patamar superior e ter a atribuição de usufruir da liberdade, sem entrave, para determinar o seu próprio destino. E de optar por ser nada. Então na sua concepção de poder sê-lo nessa segurança (do nada), e expandir-se nesse extremo de ser, concluiu, afinal, que não havia outra opção senão a de renascer para revelar-se. E para renascer implica também morrer – e suicidou-se".

– Já leu?... Então foi um desespero que se afigurou na alma do coitado que não teve outra saída senão enlouquecer e racionalizar desse jeito.

– Você está divagando por caminhos estranhos!... Por que não volta às suas mulheres?

– Mas o sujeito aí teve bastante motivo. A mulher fazia sexo virtual pela internet.

– Devia ser muito ciumento e egoísta, pelo que fez, é um louco. Talvez fosse só diversão da esposa, próprio de internautas. Isso parece coisa de japonês com comportamento camicase.

– Qual! Nada de diversão. Os fluxos de aguadilha que escorria dos orgasmos da esposa encharcavam a roupa e deixava o assento úmido de secreção. De princípio, suspeitou que ela tivesse problema com urina solta; foi o seu primeiro pensamento: "Mulher, você se distrai tanto no computador e se esquece das urinas, que vazam no assento... Procure o sanitário mais vezes, e vá ao médico ginecologista, se você sente o urinar e ao neurologista se o faz sem sentir!" Demorou para o coitado desconfiar da verdade. E você notou que até deu em uma de médico: "se a sensação do urinar estava presente ou não". Quando sentiu o impacto da verdade, não suportou o fato de ter de continuar a vida sob a carga do irrefutável. "Quem tem sensação de urinar ao tempo que tem orgasmo?"...

Ficou confirmado, com a sua pergunta, que ele não tinha uma sombra qualquer de suspeita de que eu tinha tido informações da garota com enurese orgástica... Notou algum trejeito traiçoeiro em mim e de repente mudou de tom: "Bebe mais uma dose de vodca... Tem tempo para ouvir?"

– Pode falar. Hoje eu tirei o dia com o intuito de visitar você...

– Vou dizer-lhe um fato... Cheguei à conclusão de que tudo está certo, rapaz.

– Certo o quê?... Na resposta, engasgando-se com as articulações das palavras e tentando deglutir alguma coisa, que terminou sendo o ar que protelava a palavra do pensamento ou da mentira, disse:

– Tudo está no seu lugar. Deus fez assim... Acho tem de ser assim: mulher necessitaria de ser fingida. Nós homens é que não podemos ser hipócritas iguais a elas, para equilibrar as coisas...

Não entendi. Pedi outra dose de vodca e quase ficou por isso mesmo, se eu não me dispusesse a mais explicações.

– É o seguinte. Parece que através de uma inconsciência fi-logenética as mulheres tendem a compartilhar com a frigidez uma da outra, cuja incidência entre elas é de porcentagem significante. E para não descriminar as frígidas, todas elas tendem a esconder, como disse, fora do consciente, e já por fixação psicossomática os sinais dos seus orgasmos. Aliás, aproveitando a própria anatomia feminina que colabora sobremaneira para a dissimulação desse orgasmo. Faz parte do feminino como fatalidade genérica. O que se pode fazer? Tolerar a sina delas que não pediram nada disso ao nascerem fêmeas. Sem falar no drama psíquico do ciúme fálico. Para homens só nos interessa a contingência da penetração, já que somos armados para esse fim. E isso elas não nos pode negar.

— Afinal você se rendeu aquiescente...

— É bobeira tentar mudar a humanidade, melhor é contentar-se em mudar o nosso próprio mundo individual e fizer as pazes conosco mesmos... Mas eu gostaria de ter um pênis curto e grosso igual ao seu.

— Qual nada, o meu pênis se limita a si próprio. O seu tem amplitude de perscrutar por simples curiosidade vários pontos nos meandros vaginais aventurando-se por eldorados, a descobrir paraísos... Como você sabe que o meu é curto e grosso?

— Você se esquece de que uma vez ou outra nos relacionamos com as mesmas mulheres.

— É verdade. E não guardam segredo...

— Além disso, você tem o perfil físico, o biótipo do curto e grosso... Fiquei calado. Não lhe pedi nem lhe despertei para definir que perfil seria esse, porque não tolero a minha própria figura física. Dissera-me uma vez sobre o perfil físico de mulheres frouxas e fundas e sobre aquelas em que não se sente no fundo o gancho. Nunca cheguei a entender este tal de "gancho". Pelo que ouvia, ele expandira suas preconcepções sexuais direcionadas à tipologia do físico masculino e que agora se faziam no sentido de atingir-me na minha congênita timidez. Tentando desconversar o assunto, logo acrescentei:

— Vou tomar outra dose e lhe contar uma novidade minha!...

A garrafa estava vazia, ele me apareceu com outra, entornou uma dose no meu copo num gesto rápido.

— Não me venha dizer que se descobriu e/ou se converteu a Jesus.

– O que quer você dizer com isso?

– Porque alguns neodesmunhecados procedem assim: quando se conscientizam de que na sua ampola retal consiste o seu ponto G sentem um deslumbramento como se recebessem uma extra-humana bênção e se convertem com uma desordem psicológica de gênero.

Então se anunciam bem-aventurados por uma descoberta das bênçãos do Senhor Jesus... É que desmunhecou!

– Nem uma coisa, nem outra; ora, Pedro, você me conhece!... Quero dizer-lhe do meu caso amoroso com a Camila!

– Está louco! Haja dinheiro e saco para aguentar tanta dor de cabeça... Até que o olhinho dela caído, depois de uma relação amorosa lhe dava mais charme.

– Então se você não importar ainda mais... Aprendeu com treinamento a controlar a frequência respiratória. Está curada. Pedro Ivo se levantou, ingeriu o resto de vodca do copo e, como num gesto de fazer engolir, também, qualquer resquício de ciúme, veio na minha direção e me deu um grande e forte abraço. E comentou:

– Estou satisfeito. O meu trabalho não foi em vão; quero ser padrinho de casamento.

– Mas já estamos casados! Pedro Ivo olhou para minha mão esquerda e reconheceu a aliança:

– Não reparei suas mãos! Quero ser padrinho do filho ou filha que vier a nascer.

E continuamos bebendo como se fosse uma comemoração ao meu casamento e/ou à nossa amizade o e/ou ao misterioso orgasmo das mulheres. Pedro Ivo ia levando o copo à boca quando de súbito para o movimento e, como se recebesse um pensamento gratuito, sem o trabalho intelectual de tê-lo procurado, exclamou:

– Espera aí.

– O quê? – perguntei.

– Se a Camila não tiver mais enxaqueca, também, do mesmo modo não terá mais a evidência dos orgasmos pelos olhos que é o efeito de uma mesma causa!

– Que causa?

– A falta de controle da respiração.

– Sim... Já tínhamos pensado nisso, e ela decidiu ser treinada, frequentando a "CLÍNICA FEMINA" de que a Joana d'Arc lhe falou. E resultou que somente a cefaleia e a oftalmologia (queda das pálpebras) faziam parte da hiperventilação. Os sinais oculares persistem como manifestação autêntica de emoção orgástica. Além disso, a iniciação aos segredos dos músculos perivaginais na Clínica lhe confere complementação ao explícito do orgasmo. Eu me considero, muito agradecido a você, por tê-la encontrado. É como uma dádiva sua, e de suas buscas.

– Você venceu! E tem muita sorte! Quem está satisfeito com o seu cardápio alimentar em casa não se consome em buscas de outro. Essa é a opinião de Wilhelm Reich quanto à felicidade conjugal. E acionando o gesto de beber que ficara incompleto no trajeto à boca, disse:

– Beb'bamos! – enquanto a palavra e o gole de bebida sem sequência de tempo e sem licença por cortesia, ambos de uma vez se confundiram na sua garganta...

– Bebamos! – eu disse quase também me engasgando... Notara seu discreto ciúme e o gole não me desceu redondo.

– Descobri, também, uma coisa terrível: a melhor vagina é Tão ilusória quanto ao prazer do sexo manual e autoerótico.

– Você procurou muito e se perdeu. Faltou-lhe amor na procura ou então está deprimido, ou desgastado. Dá um tempo, rapaz...

– Você quase acertou. Mas, afinal, meu urologista me afirmou que os meus esforços para melhor desempenho do complexo músculo pubococcígeo deveria estender-se a toda a gente, tanto homem como mulher. Diz ele, muitos males que costumam acometer a idade adulta, como prolapso retal, prolapso hemorroidário, até as simples hemorroidas poderiam ser prevenidos. Depois citou as mazelas femininas decorrentes do parto natural, como extroversão do períneo carregando por contiguidade a vagina, útero, bexiga unária e o reto. E concluiu, citando a incontinência urinária das multíparas e dos homens prostáticos. Tudo isso, ele falou: –poderá ser prevenido se exercitassem a musculatura do assoalho pélvico como eu o fiz, E como fazem as frígidas na "Clínica Femina" da Joana d'Arc. Então, e numa só voz levantamos os copos no ar e entoamos juntos:

– Bebamos!

– Que fim levou Ana Maria? – indaguei, de novo, sobre as suas pesquisas...

– Converteu-se em sapato. Os semelhantes, apesar da repugnância entre si, entendem-se porque se comunicam melhor. Difícil é a combinação dos opostos, apesar das atrações. Mas hoje em dia, de tanto se fazer a cabeça da comunidade pela mídia, a repugnância de um pelo outro, entre si, arrefece. Por outro lado, a atração também dentre os opostos perde a carga. Você não vê na televisão a e em qualquer mídia a campanha aliciando o povão contra a homofobia? E coitado daquele que se diz homofóbico. E haja confusão!...

– Mas, quem diria!...

– Também com aquele recalque todo. Foi seduzida por outra mulher numa espécie de amizade, com requinte de estupro. Você vê? Nelas, os acontecimentos sexuais são embutidos, só as paredes mudas, cegas e surdas dariam conta de denunciá-las, se assim o pudessem. Você não encontra notícia em mídia nenhuma a relatar de prisão por assédio sexual sobre uma criança, seguido de estupro por outra mulher. Isto aí rola à revelia, mas no escuro, às escondidas. Família nenhuma se queixa ofendida no seu seio. E se acontece tal ofensa, logo vem a resposta da mãe, ou do pai: "Trabalho demais, você sabe. A gente confia e se descuida. Minha filha está feliz – é o que importa"... Faltou-lhe raça à Ana Lúcia para competir, e acomodou-se à lei do menor esforço. Um 'novo nascimento' lembrando o bíblico, vamos dizer, é viável em qualquer época na mente do ser humano. Nós nunca somos o atual, mas apenas o potencial do que viremos a ser. O homossexual tem de assumir-se perante a sua psique ao cindir o seu ego, no sentido de violentar o seu corpo físico; e conspurcar-se perante a sociedade, perante a tudo que é sagrado. E, depois disso, reafirmar o seu caráter *trans*, com conformismo, em outro gênero de sua antiga persona perante o seu companheiro de alcova para sintonizar-se com seu id... É uma verdadeira e trágica cascata de profissão de fé em conversões da psique por um cadinho de um inferno. Você leu meu livro, na primeira página, sobre as peripécias da Criação?

– Já ouvi falar.

– O ouvir falar só necessita de ouvidos. Fácil como entra, célere também sai. Tem de ler para exercitar o esforço de sua concentração e o discernimento... Assim como estamos vulneráveis a neuroses traumáticas, também às conversões comportamentais. Tenho receio dos extremos, porque se equivalem... Como dizem: *Demon Est Deus Inversus*. Prefiro, se tiver de decidir entre Deus e o diabo, ficar no meio com Buda ou um guru qualquer.

– Pensei que iria mencionar Jesus Cristo ou Maomé.

– Vamos mudar de assunto. Entramos num beco sem saída. E nós dois não entendemos coisa alguma disso... Eu só pretendia entender de mulher. Após minhas experiências junto à mulherada, cheguei à conclusão de que o importante não é ter, muitas vezes, várias mulheres, mas ter a mesma mulher indo e vindo várias vezes. E cheguei a estabelecer uma classificação empírica da fisiologia feminina quanto à reação sexual, que poderia ser comprovada através de evidência laboratorial. E assim, teriam mulheres simpaticotônicas e parassimpaticotônicas. As primeiras têm tendência a orgasmos rápidos e múltiplos e nunca chegam a satisfeitas, mesmo quando exaustas e taquicárdicas. Sempre podem ser reanimadas ad libitum. As últimas são lentas, exigem mais e mais estímulo e chegam ao orgasmo tardio, mas com uma intensidade quase igual ao branco cerebral do macho, e se resolvem relaxadas e fim de papo. E se você quiser, ainda há aquelas mulheres distônicas – nunca chegam a ser classificadas. E nesse leque de atributos se encontram as frígidas, inanimadas. É uma ponta de um iceberg escondendo um mundo incógnito de misterioso drama íntimo, submerso num oceano de traumas. E aí você pode topar as lésbicas de ordem primária por opção intelectual e diletante. São as chamadas feministas ativistas. Há as iniciadas, ditas de ordem secundária, vítimas do assédio e/ou estupro doméstico sorrateiro de complacência legal /social. Porque é difícil o flagrante de prova de crime, em que no experimentar a primeira vez, se faz vítima. E igual à de qualquer outro fator promotor de hábito em que, nele exposto por atos repetitivos, torna-se num vício sexual sem retorno. Restam as de ordem terciária com distúrbio de aversão sexual ao macho com o que se fazem de lésbicas para companhias de mulheres casuais, vítimas solitárias que num recurso de último apelo sexual a elas se entregam. E são usadas, como pura diversão por suas parceiras, no entretenimento esportivo de submeterem-nas ao delírio orgástico. Mulher tem disto– quando foge do fogo, cai na brasa– ou são usadas pelo macho, ou pelas machonas. E são de uma vulnerabilidade fácil em questão de sexo. Então, Pedro Ivo me lembrou, implicado, de ouvir de Joana d'Arc quando lhe confessou segredos de um inesperado gozo orgástico. Enquanto chupava os mamilos do namorado, aconteceu que roçava a vulva escancarada, também, na rótula do joelho e sentiu um impulso incontido de agarrar com mão cheia outra mama avantajada. Assim desconfiou de um feitio de lésbica ativa que lhe veio como uma revelação. Entretanto, graças ao bom exercício do seu ego na dinâmica às suas introjeções, rejeitou tal comportamento. Pedro Ivo terminou:

– Está vendo como é de fácil influência e de introversão projetiva o pensamento das mulheres em questão de sexo? Também a vagina é um greta de elasticidade infinita, não passa de um poço bem fundo; ali cabe de tudo. Haja parafernália a rodo e de todos os tipos e tamanhos para a prática vicariante em satisfazer a sexualidade feminina. Também, pudera! Elas até certo ponto têm razão quando chegam a realizar que por aquele estreito vaginal acontece a extrusão de um feto maduro de quatro ou cinco quilos.

Imagine que potencial de abertura imensa não tem aquele introito vulvar e que área aquele recôndito embutido de vagina não teria se sua superfície fosse exposta num só plano! Terminaria sendo um verdadeiro campo minado de pontos "Gs" com os gatilhos na expectativa de serem deflagrados por qualquer bem-vindo estímulo. Nós, homens, deveríamos ter um pouquinho de polvo que são octópodes. Nós deveríamos ser cada um *octópenis* para ficarmos quites com elas apesar de termos mãos e dedos. E a língua, com tantas terminações nervosas sensitivas, teria de possuir também propriedades orgásticas seriadas. Desconversei as suas conclusões quando notei a minha ignorância em relação à sua experiência e prossegui em minhas curiosidades:

– Sabe notícias da Amanda

– Fez plástica de mama por burrice, perdeu as fibras sustentadoras 'interlobulares' do fáscia peitoral que lhe transmitia em conjunto a cinética das contrações musculares sobre as glândulas mamárias. A secreção do leite, se um dia fecundar-se, não terá a descarga dos jatos concomitante aos orgasmos. Nem haverá mais contrações visíveis nem palpáveis. Perdeu uma função explícita por uma estética paralítica. E até chegou a perder a antiga sensibilidade das aréolas das tetas ao tato. Um trouxa lhe financiou o procedimento cirúrgico.

– Por que você o taxou de trouxa? Tomou uma atitude pensativa enquanto ingeria uma pequena bicada de vodca e disse:

–Trouxa?... Porque nunca chegou a conscientizar-se dos atributos das mamas da Amanda e também, porque em questão de mulher, a gente deve bancar de trouxa, passar por bobo, por inocente, sem malícia; engolir sapo e até ser chifrudo. Fingindo-se de conformado. E, numa relação sexual, você deve até dar uma de sapato e/ou de veado... Pedro Ivo nessas alturas tinha as conjuntivas vermelhas, ardentes, com a dilatação dos vasos pela intoxicação etílica do seu discreto pterígio e continuou: – Senão, elas se tornam duronas e aí você é macho e dois bicudos não se beijam. É como em toda relação humana: um tem de ceder.

Quando, então, às vezes, você dá uma de lésbica passiva e respira ao contrário do seu padrão de ventilação pulmonar de macho. Até na homossexualidade um tem de ceder. Você já abraçou mulher que tenta ter respiração diafragmática para imitar o macho? É como se agarrar em beijos com a sensação de luta corpo a corpo num ringue de UFC, com um macho pressionando barriga contra barriga em cada movimento respiratório. Com uma mulher respirando no seu normal acontece o oposto: enquanto o diafragma excursiona durante o fôlego do macho, a respiração da mulher libera o atrito abdominal pela respiração torácica feminina que tem excursão reversa. E se você for bom observador fica-se numa harmonia perfeita tanto nas emoções como no papel de gênero de cada um. A natureza sábia deu um toque de excelência no centro respiratório do cérebro da fêmea dotando-a com o padrão de expansão torácica, que facilita ventilação pulmonar durante a gravidez e o crescimento fetal encontra mais espaço com diafragma liberado durante a expansão das costelas. Esse centro deve ter sido moldado à ação do genético. Toda a criança nos primeiros dias de nascimento tem respiração diafragmática. Depois, a depender se é macho ou fêmea, esse tipo de respiração adapta-se ao seu próprio gênero e muda para padrão torácica, no caso de feminino e permanece diafragmática no masculino. Basta ser bom observador para comprovar essa assertiva. E Pedro Ivo continuou nas suas divagações:

– Já notou a busca de fôlego de cantor bichado? Ele puxa pelo fôlego no tórax, num requinte de fêmea. E personaliza o tom da voz em falsete e seguindo na psicologia feminina torna-se passivo-masoquista sem autoestima, renega a genética e fica naquela aberração antinatural. Como se amálgama a química do cérebro e do pensamento com a fisiologia funcional do corpo! A somatização é fatal! E o corpo se submete à mente: - com a fala na sua aberração distorcida, cheio de sotaques e trejeitos travestidos... Pedro Ivo parecia empolgado, uma onda emocional tomou conta do seu discurso como se numa plateia à sua frente:

– Para mim isso é falta de consenso com os ideais humanos. É uma alienação total para a evolução dos costumes éticos; da cidadania; e dos preceitos cívicos. Está bem, não se crê num Deus, mas não se pode desprezar o humano. Tolerar essa aberração corresponde retroceder à barbárie dos costumes de antanho, levantando com máscara chantagista uma bandeira e tendo como plataforma a luta pela liberdade de pensamento. O assassino tem liberdade extrema de pensamento... É tudo uma questão de nuances no espectro da liberdade. Depois, entra-se num dilema sem saída: "Existe cerceio à liberdade?" Porque enquanto mortal o ser humano tem liberdade infinita. O escape pelo suicídio de si próprio – é a maior das liberdades. E haja liberdade... Mas tem uma coisa: sobrevive-se com todo tipo de liberdade, porém, nunca com a liberdade de conjurar-se contra uma relativa moral social.

Na natureza tudo está implícito num contexto de um dualismo e vivemos no desconforto de uma corda bamba por axiomas de opostos. Até na teoria quântica, um elétron, essa partícula ínfima, está submetido ao pressuposto de opções no comportamento da sua cinética. Pensa-se até que existem mundos paralelos ao nosso, em que teríamos vivência igual ou diferente. Assim, também, a nossa psique está sujeita à dialética de determinar-se num ou noutro sentido daquilo do que poderíamos ser. Estamos submetidos dentro de uma esfera de dilema de opostos em que temos de sacarmo-nos de sua dinâmica apegados numa escolha para nosso equilíbrio salvacionista. Mas a ideia de conceito de ética e moral é uma simples questão de razão e bom-senso, vai durar enquanto houver resquício de vida inteligente, que estabelece os arquétipos salutares à fisiologia psíquica. É quando a gente se conscientiza de que uma misteriosa inteligência superior impõe equilíbrio ordenado em tudo. Aliás, esse retrocesso faz parte do comportamento de todos os fenômenos do universo em que tudo é cíclico, tudo acontece em sequência de ondulações pendulares num eletromagnetismo contínuo, num vaivém eterno.

– Tem mais uma dose? – perguntei.

– Sirva-se, fique à vontade... Ouça mais esta: e agora, com a minha ergonomia sexual de faculdade *tântrica*, tenho para mim que o macho só deve usar o orgasmo e expulsão do sêmen por motivo reprodutor. Do contrário, o orgasmo em si torna-se nocivo e intruso por desfazer aquela corrente de energia erótica que deve fluir constante entre um homem e uma mulher. Manter uma atmosfera sensual entre os pares é o que conta. Eu não tenho medo de chegar ao tempo em que a minha impotência se manifeste por disfunção erétil. Meu medo maior, e me apavoro, seria a perda do sentimento erótico – quando chegar à vez de olhar para um corpo feminino e, com meu cérebro apático, não perceber uma aura de êxtase para continuar especulando aquele corpo descortinando nuances de beleza. Ou de não mais estremecer com impacto de um achado que ali, naquela matéria viva, exposta de graça, tem motivo de erótico e de prazer. Isso sim, a impotência erótica do psiquismo me apavora. Seria para mim a suposta morte física, sem ao menos pensar em tadalafila como recurso terapêutico, porque o intelecto já se foi. Então não há mais desculpa para continuar-se vivente, sem o sentido do deslumbramento.

Entretanto, no perder a função do óxido nítrico nos corpos cavernosos do pênis, mas mantendo em alerta a mente no psiquismo erótico, outras opções alternativas insinuam-se fatalmente no ato sexual de modo compensador ou, quem sabe, mais gratificante, seguindo a lei de conservação da matéria e da energia. Na natureza nada se perde, nada se cria, tudo se transforma – viva Lavoisier! Igualmente meu pai comentando sobre tipos de predadores na sua sobrevivência: "quando Deus tira os dentes, aumenta a garganta." E com essas opções vicariantes ter a galhardia de poder erotizar minha parceira de modo mais gratificante e com qualidade de experiente na senectude... Ao macho, que é logo nocauteado no orgasmo por um passamento, compete conservar sua parceira em perene estado de excitação permeado por orgasmos múltiplos ao seu bel prazer. Como eu o faço: a fêmea se perpetua com sensações mais fortes, ondulantes, intermitentes sob um continuum de platô de delícias e paz, que somente se desmonta pelo mal-estar físico da exaustão. Mas não se esgota também de todo, após um intervalo de tempo e com persistência, renovam-se as cargas elétricas das vias receptoras do estímulo erótico que revertem inesgotáveis. Fica-se dentro da pura fisiologia feminina.

Pedro Ivo foi ao banheiro. Veio de retorno direto em direção ao copo com vodca e à sua poltrona, sentou-se, exalou uma respiração suspirosa e comentou:

– Até agora, os homossexuais estão mantendo-se num círculo esotérico de liturgia com técnicas não difundidas e prevalecem numa onda de regozijo sexual com exclusividade tida como próprias. Mas vai passar... O melhor expert em conhecimento da anatomia e fisiologia feminina tem de ser a própria parceira, é claro, do mesmo gênero. Que vasculha a outra, com conhecimento de causa, nos seus receptores eróticos dos mais recônditos refolhos. Seria como na situação de revendo-se a si mesma na parceira proceder a um protocolo de uma transferência sensitiva para um jogo de prazer sexual de autêntica explosão orgástica. Mesmo assim, na ausência de uma comunicação verbal íntima, entre ambas, é difícil para uma discernir evidência certa dos orgasmos de outra, que pode talvez se mascarar com fingimento. De qualquer maneira chegam ao pique máximo de estimulação erótica e ao patamar pleno de orgasmos através de uma 'automanipulação' terceirizada. Como disse, essa exclusividade vai passar. Espero que, no final, ocorra vazamento dessa privacidade de técnicas entre quatro paredes. E com a disseminação universal desses conhecimentos haverá um equilíbrio no protocolo do ato sexual para o macho desvendar os segredos da fêmea e vice-versa. Assim, haverá, com certeza, recrudescimento, ou para melhor dizer, uma redescoberta do amor heterossexual entre os pares. A conscientização da fisiológica no mecanismo de feed-back: de dar estímulo e receber outro com rebote, apropriado ao mesmo tempo, é essencial para o casal. Criar-se-á no núcleo da família heterogênea um apoio primordial para evolução do ser humano na sua autoconsciência evolutiva da humanidade em prol de uma redentora felicidade dos seus parcos dias sobre a terra. E no final os homossexuais não se reciclarão. Num bolsão da mesma coorte, continuarão sendo o que sempre foram. E fugindo dessa esfera homossexual, nós, os heterossexuais vamos parafrasear Sócrates de um modo diferente, mas contemporâneo: Conheça-te a ti próprio para conhecer ao outro; e partindo desse aforismo cair numa outra proposição de Jesus Cristo: "Fazei ao outro, aquilo que ele gostaria de fazer-se a si mesmo".

– Por que você não expõe melhor "ao outro/à outra?"

– Você sabe, muito bem, que até na gramática, em flexão de gênero, eu sou machista...

Nisso o seu celular anunciou uma chamada, ele o pegou com displicência de quem não gostaria de ser incomodado e não o atende, recoloca-o sobre a mesinha de centro. Perguntei-lhe:

– Por que você não aceita a chamada? Alguma cobrança?

– Seria melhor que o fosse... Mudei de ideia... É de uma recente namorada... Ela me pede com frequência que tenha sua amiga em nossa companhia quando saímos a passeio... Vou lhe dar um conselho – nunca aceite namorada sua ter uma amiga ao lado. As duas se namoram e você faz parte de um triângulo amoroso sem o saber. É aí em que se situa o cúmulo do trouxa. A outra se porta desligada, sacrifica-se com o ciúme, contudo sabendo que o preço do sofrimento compensa, porque não se dá conta de ficar sem a companhia da namorada mesmo junto de você, o concorrente. As duas fingem uma amizade simples de inocência diabólica que nem as alcovas como testemunhas confessam.

E tem aquela namorada insegura de si que, se você tem uma amiga, chega ao cúmulo de assediá-la por uma relação homossexual, mesmo que fortuita, movida por ciúme. Na suspeita paranoica de tê-la como concorrente desenvolve um sentimento de revanche: "Se o meu namorado pode ter a chance de fazer sexo com ela, eu me adianto, avanço no assédio, a faturo primeiro e assim fico quite com ele. E mato esse ciúme". Contudo, não o mata. E o ciúme se complica duplo, mútuo entre elas, por você; de uma reciprocidade infernal.

Pior é aquela namorada que manifesta ter ciúme de você por outra amiga dela, mas se encontra traída no subconsciente através de uma projeção defensiva que mais tarde se decodifica com sentimento de amor pela amiga. E continua com você, no seu pé, de modo beligerante, dividida, neste caso, em sentimentos ambíguos, e você se enche de ego e cada vez mais inocente até acontecer de decifrar o enigma; e já é tarde demais...

Com mulher, meu amigo, você fica esperto. O diabo não acreditou em Adão, mas dotado como o fora de origem divina pela sua vidência de cara percebeu a malícia de Eva. Encetou com ela o diálogo dissidente e abelhudo nos planos do Criador. Passou-lhe segredos da árvore do bem e do mal. De uma trama oculta entre os dois, que ficou ali selada e estabelecida para sempre para influenciar Adão de um modo e de outros no que veio a ser essa catástrofe maldita até os nossos dias. O Criador nunca teria errado quando, na fisiologia das funções vegetativas de Adão, estabeleceu a região retossigmoidea hipersensível para o corpo ver-se premido à evacuação de suas escórias. O diabo, esperto, com tantas finuras de dicas reconhecia que essa mesma região seria propícia para desgastar para pior a imagem da criatura divina. E o que era destinado a ter a específica função de via de saída, também se converteria em via de entrada. Desde aquela trama secreta, quando Eva induziu Adão a experimentar da "árvore", da qual seria ela mesma o seu fruto, seguiu desobediente: foi ainda além. Curiosa por paladar experimentou mais 'outro' com o seu companheiro. E fez ver a Adão que, sendo dotado de igual modo da via anatômica, calharia ser-lhe lícito valer-se do sabor desta outra variedade gustativa do fruto, inerente à "árvore do Éden". E aí, ele confuso, rendeu-se mais uma vez. Levou-se por imitá-la e conhecer desse paladar. E o que era para ser de uso privativo, discreto como simples função fisiológica, tornou-se via de entrada antinatura para abuso, numa devassa de gula mórbida, com promiscuidade entre pares de gênero semelhante.

Com mulher não se brinca. Meu tio tinha um ditado do próprio estro, tentando ser poeta, que me contava com festejos de gostosa gargalhada:

Com mulher de bigode
Nem o Diabo pode...
Se inventa assobiar,
Tem hábito de escarrar,
Você a refuga
E não fode.
Coçou o sobaco...
Ajeitou o 'saco'...
Cuspiu no chão:
"É sapatão!".

Não se iluda com o comportamento delas, sempre mutável, seguindo obediente à sua psique: inventando fantasias. Influenciam tanto no vestir a indústria da moda com dicas, que se torna escrava estética da extravagância feminina e vice-versa. Não se espante, um dia, com a notícia de que a sua esposa, no viajar sozinha longe da sua presença, noutra cidade, foi flagrada usando óculos escuros que nunca usava, insinuando uma aventura sexual a mais propícia e casual com qualquer parceiro/parceira... Fique ativo. Senão dá tudo errado, meu querido. Então, meio cambaleante, dirigiu-se para o lado oposto da sala e me apontou uma moldura amparando em letras garrafais, escritas de fonte Garamond e entre aspas: "Quem quando novo não soube viver que, quando velho, aprenda a sofrer", e me disse:

– Leia!

– Já li.

– É do meu velho pai esse pensamento quando lembrou o avô que se queixava de uma velhice sem dignidade

– Como assim?

– Ele se dizia indigno de si mesmo com as peripécias de sua mulher e dizia que a pior das hipóteses é aquela que você tem de si mesmo. Meu velho pai também me alerta que, quando somos jovens, incorremos em aventuras com o propósito de aproveitar a vida e cremos realmente que a desfrutamos. Chegamos ao tempo quando descobrimos que contávamos com uma noção falsa. Fala assim, porque na senectude ele está usufruindo sexo autêntico, e comenta:

– Estar idoso e conservado com as artérias pudendas patentes fluindo sangue é um apanágio que nos permitem os tempos modernos. A mulher, diz ele, libertou-se com o uso do anticoncepcional, escrava que fora da sua ovulação mensal e de gravidez a quase cada ano. O homem velho, por outro lado, readquiriu, com o apoio de novas drogas, também, dignidade na sua função de macho procriador. Degustando as delícias do ato sexual com um estágio de platô prolongado, próprio da faixa etária, ele alcança um orgasmo de pico mais intenso. No entanto – ele continuou em tom de depressivo crônico ou de mal-agradecido – quando nos ocorre muito depois, por encanto, aquilo de que buscávamos na mocidade, já estamos embotados e dizemos: indaguei por tudo; vi tudo; provei de tudo; e não gostei de nada. Alguém nunca será capaz de aproveitar seus dias com motivos hedonistas. Será falsa e fugaz e ilusória essa felicidade. Então, comentei:

– Pelo que ele diz, sendo falsa e sem o reconhecimento de sua natureza ilusória, pode ser-se feliz. Pedro Ivo sem dar sequência ao meu pensamento apenas murmurou, com displicência:

– Você tem o direito de pensar também assim... Depois meu pai... – acrescentou: – A vida é como um pau de sebo, com uma. nota falsa na ponta. E na hora da morte antes do último suspiro, você poderá ter seu derradeiro pensamento: "Não ganhei nada!". – E continuando no seu pessimismo, terminou: – Somos tal qual um touro na arena da vida esgotando-se pelo desafio inútil às ilusões que camuflam a espada do tempo para a estocada em golpe fatal.

Então Pedro Ivo de aspecto pletórico, vermelho de congesto pela dilatação alcoólica sobre os capilares da face, estendeu o braço em minha direção com o copo vazio. De olhar longínquo e desiludido, numa atitude de refazer-se de uma fadiga qualquer com uma leve pausa, expeliu um suspiro profundo e murmurou num tipo de solilóquio:

–Eu sou contra a existência do Homo sapiens, autoconsciente, no entanto sujeito à condição de propósito indefinido. É uma espécie animal carregada de modo irrevogável a tantos sofrimentos! E de tanta maldade! – e ainda com o copo na mesma posição como que esquecida, continuou:

– Se eu fosse um animal irracional, ou inseto, quem sabe, talvez eu pensasse do mesmo modo e tão ontológico: "Por que sou eu tão impotente que um bípede monta em mim?", pensaria como um elefante. "Por que me bitolam a visão e de carne e osso me fazem competir com máquinas de ferro na avenida?", eu me queixaria como um cavalo do carroceiro. "Por que sou tão inquieta, sendo tão insignificante?", seria o meu pensamento como uma formiguinha... Tudo é difícil! Muito difícil!... Depois de outro suspiro fundo de alívio, reagiu:

– Eu estou me lembrando daquele suicida do livro *Psique*, que se desesperou por uma condição de ser um deus na esfera do nada... Ele desconhecia que não existe "o nada". O Universo é infinito. E pela teoria da Criação Contínua, é justamente na esfera do nada onde se origina, espontaneamente, um átomo de hidrogênio, e daí moléculas mais complexas e em progressão sucessiva, cria-se tudo o mais que existe. Também, extrapolando essa teoria, descamba-se para outra suposta paródia da lei de Lavoisier: *Do nada se cria, em nada se perde, e do nada tudo se transforma.* Eu tenho comigo que o ideal para todo ser humano consistiria no sentido de educá-lo em adquirir sanidade na sua razão por aturar as peripécias da vida com apropriado autocontrole, mesmo que se sinta ausente de qualquer significado real no seu existir. E ressentiu-se que não percebeu o peso do líquido dentro do seu copo, então olhou interrogativo para mim e exclamou:

– Tem mais uma dose? Segurei a garrafa de vodca, entornei-a por uma gota restante qualquer:

– Acabou-se!

SUE HALCO

"Nós gostamos da beleza sem ostentação e do prazer sem fraqueza" Péricles (443 a. C.)

Sue Halco entrou no Laboratório de Análises Clínicas para a coleta de uma amostra de sangue. Ela vinha notando que o coração perdera o silêncio natural de suas batidas e sempre ouvira falar que é um caprichoso: faz questão de ser sutil, trabalha escravo do seu órgão automatismo e sem protesto. Mas por último parecia reclamar com sinais de claudicação por um sincopado no ritmo e palpitações que lhe causavam incômodo. Procurou o seu médico e apresentou-lhe informações sobre um provável contato com o inseto transmissor da Doença de Chagas durante pousada de noite numa casa de campo. A suspeita do contágio com essa doença tem-na deixada tanto ansiosa quanto se estivesse contaminada com o vírus HIV.

Dirigiu-se à sala de coleta de sangue, sentou-se na cadeira e sobre a extensão de uma calha ali repousou o seu braço esquerdo esticado. A atendente circulou lhe no antebraço uma faixa elástica estreita que o garroteia, estanca o sangue, dificulta a sua circulação de retorno e estufam lhe as veias. Sue deu uma piscada, e os seus lindos olhos se fecharam, mas os manteve de pálpebras cerradas assim que a agulha acoplada na seringa fisgou lhe a pele... Ela, que tinha neurose fóbica de sangria, evitou a angústia de observar o líquido vermelho esguichando dentro do vão da seringa. E, enquanto durou esse tempo, fora ele o suficiente para o seu pensamento divagar pelos acontecimentos que a fizeram passar uma noite na casa infestada pelo bicho barbeiro transmissor do Trypanosoma cruzi, agente causador da doença, epônimo do seu descobridor Carlos Chagas.

Assim, naquela divagação, Sue Halco se ausentou. Seu pensamento, rápido, retrocedeu em lembranças bem íntimas. E ressentiu-se por não ter dado ouvidos ao alerta da mãe: "Filha, dizem que *a beleza está na simplicidade calma e serena*". A sua mãe de origem religiosa da seita Menonita do Estado de

Pennsylvania, sob circunstâncias de amor conjugal com o marido brasileiro, e de descendência italiana, desligou-se do seu grupo social e terminou por firmar-se no Brasil, mas conservando resquícios de sua religiosidade. Motivada por princípios morais exorta a filha:–Você exagera tanto em mostrar-se; e de modo lúbrico a compleição física do seu corpo, com deliberado propósito de despertar atenção e desejo sexual dos homens! É um erro que você comete quando urge compulsiva por ganhar destaque inapropriado em ambiente público. Isso é sintoma de vaidade descomedida ou carência fútil por afirmar-se a si própria e que transcende para o exibicionismo. A sua busca para o seu autoconhecimento e autoestima não necessita muito exagero... As qualidades físicas da estética que temos não precisam ser expostas tão de propósito a atrair atenção de outrem para serem vistas; elas se mostram por si próprias – que lucro tira você disso? Convém a você apresentar-se elegante, mas impondo compostura e charme natural, do que sendo julgada como mulher débil, de cabeça fútil. Isso de ser fútil, já debanda em abundância por aí.

– Se sou bonita, minha mãe, e sensual, deixe-me gozar dos meus direitos legítimos, fora eu mulher feia sofreria pelas minhas carências, sem consolo nem piedade. Para alguém o seu quinhão de bonança, é a dádiva da vida; assim como para outro, a sua cruz é a sentença da vida.

- Certo, filha, mas não é preciso incomodar a estabilidade emocional dos outros, seja comedida; viva a sua felicidade interna que ela influenciará a vida de outrem. Você pratica um tipo de assalto invadindo a alma das pessoas de propósito, ferindo-lhes a quietude, despertando-lhes desejos desnecessários, invadindo-lhes a privacidade dos pensamentos. Em troca de quê? Isso é um tipo de vandalismo moral e por pura vaidade sua. O retorno será fatal para você. Leia na Bíblia sobre nossos desejos fúteis: –tudo é vaidade. Veja o apóstolo S. Paulo: "Tudo que é respeitável, tudo de puro, tudo que é de boa fama, nisto pensai".

Mas os conselhos da mãe tinham sido de modo tão rotineiro

que se perdiam na monotonia do diálogo por diálogo, comum no meio familiar e sem eco na mente de Sue.

Olhares de espanto por encantamento ao seu requinte sexual eram-lhe dirigidos e sentia desenvolver-se dentro de si o desassossego de uma energia que exigia expandir-se. E conscientizou-se de mulher bonita. E como tal, cada olhar ela recebia, aos poucos, alimentava a sua libido, que por si só, dormente, já não se continha. Tornou-se incapaz de resguardar a sua crescente tendência de pôr em atividade o seu potencial de exuberância erótica... Com que outra finalidade, então, teria de submeter-se ao desconforto ou ao estresse de reprimir-se? Apoderou-se de real senso erótico cuja força de atuação de modo sorrateiro tomou espaço nas raias da sua consciência. O seu ego se expandia numa dinâmica sem cerceio por autocrítica e crescia. Atingira alturas, e isso lhe conferia impulsos, fora de autocontrole, sequiosos de mais e mais aplausos.

Sue com esse hábito de seduzir a curiosidade masculina aproveitava de qualquer atividade física em que tivesse a chance de proposital exibição. Nessa oportunidade ela se expunha, com afã, em atitudes programadas na certeza de que havia alguém perto em caráter de *voyeur*. Assim, essas posturas preconcebidas eram há muito tempo evidenciadas como uma fatalidade atraente ao macho. Ou, quando fugiam do preconcebido, a sua intuição improvisava jeitos, que tinham o esmero para maximizar repercussão na libido do observador. A mãe sempre lhe alertava:

– Filha, você se desligou dos princípios da nossa Igreja. Não há tanta necessidade de roupas exóticas, evite gestos supérfluos, pensa em receber de tudo o que você fizer um retorno positivo. Só recebemos o equivalente ao que damos: é a Lei de Reciprocidade na esfera do espiritual.

E acontecia que, quanto mais obstinada Sue expunha as suas exibições, menos producente chegava-lhe o assédio do macho, que se reservava bloqueado com ressentimento de frustração... A lei da oferta e da procura interferia firme nos seus intentos. E de resultado negativo. Os homens ressentiam-se, em contrapartida, do seu exibicionismo e julgavam que as ostentações egoísticas da sua beleza consistiam-lhe a única satisfação. Ficou estabelecido que homens fossem atraídos por ela, no entanto, dentro do encantamento recíproco de emoções entre ambos, uma barreira fatal se interpunha contra qualquer desempenho ou desfecho erótico dentro do ato sexual. Permaneciam estáticos, ambos na contingência do desejo, e nunca chegavam ao ponto de rolar um intercurso físico... Havia sempre uma incutida desculpa que justificava a impossibilidade de chegar-se além de um namorico, tanto pela ação do macho, quanto por ela. Ressentida, também, com a circunstância de desencontros direcionava mais esforços para adquirir reconhecimento por outrem. E com isso agora Sue Halco condicionou-se num padrão de rotina com que ativa num crescendo o seu potencial lúbrico à compulsão de pôr-se em exibição o seu corpo e exercitar com exuberância a sua vaidade.

— Filha, suas roupas são por demais de propósito, talhadas para exibir-se com excesso de artifício; nota-se de cara o seu pretenso objetivo. Disfarça um pouco para o natural. Com esse seu intuito erótico cuida que não desperte a atenção de algum homem com desvio sexual patológico. Há tantos casos de estupro com violência e morte nestes dias. Um dia a casa cai, filha; e tudo por culpa sua.

Sue Halco, com dezoito anos, tem um metro e setenta e três centímetros de altura. Suas longas pernas resultam-lhe ainda mais torneadas com sapatos de salto alto quando uma leve lordose da coluna suspende o seu quadril de nádegas enxutas e mantém um tronco que avança firme com mamas rígidas e amplas às laterais, balançando tesas, roçando nas vestes ao ritmo do andar. As coxas longas, expondo músculos delineados, descem dos quadris num paralelismo perfeito até a articulação dos joelhos, como se as articulações coxofemorais tivessem em valgus apropriado para alinharem as pernas retas. E é uma das poucas mulheres que se enquadram de calças curtas rematadas até as canelas. Porque a maioria vestida desse modo perante Sue Halco simula homens de pernas esconsas e de bermudão... E essas pernas se deslocam num andar atraente que os olhos do observador custam por se desligarem da sua dinâmica por ser de uma harmonia pacificadora para a alma do *voyeur*. Essas pernas, quando expostas de saia curta, deslancham à frente coxas que na extensão do movimento imprimem ameaça de ultrapassar por cima de um obstáculo, que seria o próprio observador; e passam-lhe a sensação de um chamamento. O pescoço roliço ampara com elegância e orgulho os cabelos longos, soltos, que descem e emolduram um rosto de olhos negros, redondos, grandes, protegidos por fileira de cílios, esticados em leque curvos, e pelo rímel ficam mais escuros. Os cabelos espessos, escorridos sem embaraço, com fios por si independentes, mas unidos pela gravidade, caem volumosos, pesados, sobre os seus ombros, como desfiladeiros em nuance de cascata. É difícil tentar segurar um punhado de seus cabelos com as mãos. Com teimosia frustrante eles escapam insinuando incontroláveis por entre os dedos como se despencados juntos por efeito de imantados. Suas mãos tentando suspender-lhe os cabelos dão a sensação de impotência de tão escorregadios. Sua boca carnosa, delimitada por linhas fortes na interface da mucosa com a pele, faz emanar do seu rosto uma ideia de mente segura de si no seu erotismo... O nariz longo e estreito de linhas angulares dá-lhe, ainda mais, um feitio de autoridade de autoconfiança, como uma barreira à intimidade. Assim, nas suas insinuações eróticas, essa transparência de segurança dificulta o assédio mais efetivo do macho, pois suas atitudes exibicionistas camuflam as suas prováveis boas intenções à expressão sentimental.

Seus olhos negros, grandes, de ângulo aberto, suscitam-lhe uma beleza de rosto viçoso, com exuberância intrigante, transparecendo a possibilidade de estar sempre a exprimir motivos sexuais. De ângulo aberto, os olhos aparentam atitude de espanto e para os mais perspicazes, maldosos, suspeitam que aquilo de escancarado não passasse da fácies típica de quem pratica frequente coito anal; e está sempre na busca. E para os simples de malícia, seria quando os neurônios do seu cérebro estão inativos por um distúrbio dos seus circuitos e num branco total. Ela sabe que os olhos a denunciam e, dependendo da ocasião, tenta disfarçá-los sem aparente foco de atenção, e por estarem desligados ou alheios a nada de sentimentos. E assim os olhos simulam olhar, mas sem ver; pretendem ver, mas com foco da visão distorcido. Então, do rosto lindo, ela se previne eliminando-lhe qualquer conteúdo empático e como que dizendo: "Te vejo, mas não te olho; e se te olho não te vejo; o que eu sinto ou desejo é falsa impressão tua!"

Às vezes, a languidez do olhar, lento, mas indeciso e sem agressão parece preparado para dissimular a vergonha de estar sendo flagrada numa crise orgástica, vigente e imprevista, mas bem-vinda; ou dissimular a ação de que está a localizar o estímulo para uma crise orgástica proposital. E o desconforto é autêntico; se você o suspeitou fique vigilante, se lhe apraz conferi-lo. Contudo, aí você é vítima de outra provocação íntima subjetiva e só sua: "O meu orgasmo, só eu o sinto, e você apenas supõe que o percebe".

Quando quer expor algum charme apresenta-se com uma atitude de olhos furtivos a transmitirem a sensação de que estão timidamente tentando evitar o observador, mas lhe dão a mensagem de que ele é quem foi flagrado entorpecido por ela. E, então, permanece aquele jogo de olhares fortuitos entre ambos, sequiosos de nova busca: e a dinâmica persiste na recíproca da evitação e, ao mesmo tempo, no impasse de uma insatisfação viciosa. Esse olhar furtivo também se apresenta com insinuações de estar sendo torturada por ser alvo de olhares a devassarem a nudez do seu pensamento ou de suas emoções. Mas desta outra maneira, não estaria sendo torturada: faz parte do charme a apresentação desse incômodo, que ainda mais intimida o desejo de alguém para o êxtase de admirá-la...

Numa consulta com qualquer psicóloga, seria anotado no histórico da ficha de Sue: "Foge do olhar." E sua mãe, um dia, num bate-papo casual, aconselhou:

– Filha, então lhe digo outra coisa, procure ter mais firmeza no olhar, você transparece evitar o contato dos olhos e a comunicação visual. Os olhos fazem parte do bem ouvir e do falar. Seus olhos são lindos, é o dom mais natural que você possui, conserve-os assim. E o rosto de Sue no esplendor de sensualidade natural apresenta uma mulher no máximo de feminil que causa espanto e surpresa.

Essa propensão continuada de Sue Halco de usar meios para seduzir a atenção dos homens, é insaciável. A mãe repetia: "Filha, a beleza está na simplicidade calma e serena". Às vezes, com o seu modo exibicionista calhava cometer uma rata e que seduzira o homem errado, mas que, à primeira vista, pareceu-lhe atrativo. Então, ao sentir-se perseguida tenta afugentá-lo ou dissuadi-lo de um assédio: e rápido ela modifica o intento das contorções do corpo para um passo firme – e pisa duro. Ou dá em uma de sapato: inventa um abrir de boca, uma cusparada no chão, um franzir de testa com gesto de coçar o sovaco, um assobio, ou repetidas pequenas bicudas no chão (imitando um jogador ajeitando as chuteiras ao entrar no campo)... Nunca falhava com um desses disfarces e causava dó ver o atraído que de modo condicionado via-se desmontado, vítima de tanta decepção e fracasso...

Experimentou, uma vez, ser frentista num Posto de Gasolina, por pura farra.

-Filha, ali não é o seu lugar de trabalho. Você pertence à outra casta de gente.

– Mãe, eu gosto de experimentar essa descontração. Ali calçou tênis; também estilizou o feitio do cabelo colado, esticado para trás e com duas mechas laterais descendo de cada lado frente às orelhas como costeletas para testar outro visual, talvez mais singelo. Nesta opção, mais uma vez, fugiu-lhe o cortejo dos homens. Que pressentiam o estilo como um golpe de uma afronta ou de insinuação de que qualquer tentativa de assédio seria frustra: no que lhes parecia uma mulher de tendência sexual ambivalente e duvidosa. Por sua vez, os sapatões, também frentistas, se desencorajavam com tentativas de assediá-la implicadas por vê-la sem o perfil mental do estereótipo que a enquadrasse no grupo. Enquanto suas colegas aproveitavam de mulheres quando lhes enchiam o tanque de combustível e tinham orgasmos. Sue, ao contrário, via em cada motorista macho o motivo para o mesmo deleite. No final, por mais que expunha seu charme ou sua sensualidade, contudo difícil lhe ficava um contato natural e íntimo com os homens. Dizem que os extremos se equivalem; e isso se aplicava à situação de Sue. Bonita demais, dizem alguns, eu não o quero. Se os extremos equivalem-se por isso se torna difícil à predominância de qualquer extremo, quando se torna aconselhável o princípio de: "a virtude está no meio". (Mas alguns acreditam na equivalência das graças de Deus ou do diabo que são os extremos absolutos de tudo... E assim uns se tornam santificados recebendo bênçãos em contraposição de outros a procederem de diabólicos com o mesmo propósito de bênças; que, também, as recebem e se dizem felizes.)

Sue Halco seguia pela Avenida e observava os movimentos do seu corpo nos reflexos da vitrine da Loja de Modas da esquina. Curiosa, também aproveitou para visualizar outro lado da Avenida. De repente, ela parou no limite extremo do calçamento do passeio a meio passo para descer o desnível e pisar a rua transversa à esquina. Manteve a perna esquerda suspensa no ar, formando um ângulo reto em relação ao quadril e com a direita sustentou-se de pé. Notara com os seus olhos de amplitude angular, de quem sempre tem no alerta o buscar, que além na lateral esquerda do lado oposto na Avenida um homem de óculos escuros a observava. A coxa esticando o tecido leve e solto das calças pantalone fazia delinear a sua nádega esquerda, contrastando com a outra contígua, e deixando-a transparecer num círculo perfeito, em leve lordose. E sobre a coxa, assim em flexão, descansou a sua bolsa que abriu e fingia a procura de um objeto qualquer. Nessa postura, configurava uma sinuosidade longitudinal da face posterior da coxa esquerda, que se delongava com suave aclive e morria na junção com o círculo globoso e perfeito, roliço e carnudo dos glúteos. Ela tinha a certeza de que se expunha adequada à frente de alguém que estava tentando desnudar aquele corpo com olhos de maravilhado por tanto charme.

No que ela se postou naquela atitude, que eu sabia ser proposital e provocante, fui intuído a julgá-la ser só para mim. Certo ou não, permaneci impulsionado a aceitar aquele chamamento com profundo interesse e indagando pelo mistério daquela beleza ter o senso de oferecer-se tão exibida. Eu recebi esta exposição como um achado de graça. Imensamente concentrado, com o pensamento focalizando intenso a especular sobre a sua pélvis, senti-me levado por uma sensação de transe numa espécie de transfiguração dos meus sentidos. Assim tão estimulado transportei-me possuído, com assombro, da faculdade instantânea de ultra percepção que tive de conter-me para não entrar em estado de pânico.

E com uma visão estereoscópica, assim expandida, identifiquei todas as estruturas anatômicas da sua pélvis com uma clareza de resolução cristalina por ressonância magnética. Vi que a sua vagina, em estado de cavidade virtual, pelo relaxamento de suas paredes contíguas entre si, deu início numa dinâmica fisiológica a discretas contrações erráticas. As dobras parietais de contornos sinuosos e salientes expandiam-se. A vagina avolumou-se vazia, oca. Com o nivelado das rugas, que se definharam, vi que a vagina abaulada e de superfície lisa continuou ainda em movimentos de distensão. E pretendia teimosa invadir com ganância e sem limite definido todo e qualquer espaço dentro da cavidade óssea da pélvis. Via tudo claro em tempo real com qualidade de alta resolução de ultrassonografia de ponta, em terceira dimensão. Ao tempo que um turbilhão de corrente sanguínea preenchia toda a sua bacia pélvica, as paredes da vagina se encharcaram congestionadas, embebidas com a enxurrada de sangue venoso tomando característica esponjosa. Depois desta congestão, vi que o seu útero, trompas, ovários, ligamentos (redondos e útero-sacros) aumentaram por mais um terço do tamanho natural... Com a vagina assim de dimensões avantajadas espremia a via retal, que esvaziou algum resto de gás para cima em direção ao sigmoide. A ampola retal permanecia colabada contra o osso sacro. O útero sobrou fora da pélvis e posicionou-se na face anterior do ventre. A bexiga cheia de urina fez-se comprimida entre o útero e parede pélvica do abdômen.

E vi que a vagina como um todo em formato de globo teimava em contrações intermitentes por expandir-se com intento receptivo. E às vezes apresentava movimentos de implosão como que dando a entender sucção por algo que a preenchesse na busca de preensão. A bacia se transformou num vazio imenso, cerceado a contragosto por contenções das estruturas ósseas e dos músculos do assoalho pélvico. Seria o inverso de um pênis que, de cilíndrico, metamorfoseou-se globuliforme, mas de tensão erótica igual, de angústia palpitante igual e de eretismo sustentado igual... De repente, vi também que em tempo de segundos, aflorava um líquido mucoso em miríades de gotas das paredes da vagina, como de lágrimas ou de sudorese ou de chuviscos, lubrificando-a brilhosa. E já adelgaçada, compactada, sem o aspecto esponjoso de que se desfizera.

Aos meus olhos tudo acontecia, nítido, claro, com qualidade de alta resolução, e como na tela de um dispositivo digital. Desviei minha atenção para Sue que ainda se mantinha equilibrada. Outros transeuntes passavam por ela, sem abalroá-la. Manteve a postura o tempo quanto bem o quis. Ela permanecia parada e vasculhava dentro da bolsa por qualquer suposta coisa, sem balancear. Conservou a visão desse alguém, ao mesmo tempo num equilíbrio estático e firme. Voltei a minha visualização ainda privilegiada para a sua pélvis. De repente uma contração universal de todas as estruturas anatômicas ali em conjunto, numa ação agonística aliaram-se com um só propósito de intenso e inevitável orgasmo. Então Sue perdeu o balanço desequilibrou-se e descansou a perna no chão. Tentando avançar um passo para atravessar a rua, abalouse com outro intenso orgasmo. Mas conseguiu o passeio aposto. Ali, torceu para trás apontou um olhar direto, certeiro, para quem se encontrava a mais ou menos trinta graus de suas costas. Ela acertou-me de cheio no outro lado da Avenida, logo a mim – quando, naquele momento, surpreendi-me real. E com o impacto da consciência de mim mesmo perdi a propriedade do recém-adquirido encanto de uma revelação. Esboçou-me um discretíssimo e maroto sorriso, assim que satisfeita do seu intento como missão cumprida. De óculos escuros mantive-me como uma estátua, pois disfarçar o flagrante já não valia... Seguiu depois em frente radiante e recuperou os trejeitos do andar. Ela nunca erra. Aqueles ângulos de visão fazem parte da sua rotina exibicionista.

Vindo, por viajar, num dia de domingo, Sue decidiu parar na rodovia em frente de um restaurante ao lado de um posto de gasolina situado no local chamado Vale Bonito. Estabelecido na planura de uma área rodeada de morros verdejantes que dispersos em sequência hierárquica por altura uns dos outros apresentavam numa formação coletiva para uma foto de uma paisagem do tipo cartão postal. O Vale Bonito era como se fosse um oásis para os viajantes na aridez da estrada. Estacionou o seu veículo debaixo de uma cobertura de vinil azul, ao lado do restaurante e de acomodação suficiente para quatro ou cinco carros. Devido ao exíguo espaço da armação, a proximidade com estranhos seria inevitável. O lugar aprazível para o viajante, naquele dia de domingo, era também um convite aos poucos fregueses locais que se dispunham a relaxar ou a apreciar uma boa refeição. E no posto, além ao lado, o supermercado nos dias de domingo sempre se encontrava fechado. Então, no local, o movimento se resumia em abastecimento de carros e de carretas que ali se quedavam também na demora estrita à troca de óleo ou a borrifos de água na limpeza do para-brisa.

Nessa acomodação de sombra, Sue estacionou o seu carro que ficava livre na extrema direita. Ao seu lado, à esquerda, outro carro de portas escancaradas era ocupado por três jovens que, alegres, com gargalhadas descontraídas, papeavam. Um dos jovens estirou-se no banco dianteiro direito e, semideitado, bebericava cerveja em lata. Outro se deitou no chão ao lado do volante, e o terceiro se postava em frente aos dois, escorado com uma perna em flexão contra uma das colunas da armação. E nessa distribuição de posições, assim conversavam.

Um bêbado, pedinte, asqueroso, passou rente ao carro de Sue, que se retraiu no assento, travando as portas, e insinuou-lhe gestos rígidos direcionando-lhe caminho; e que se ausentasse. Então Sue reconheceu a presença descontraída dos rapazes. Era a sua oportunidade de exibir-se. Não perdeu tempo; trocou as sandálias com que dirigia pelos sapatos de salto alto. Abriu a porta do carro e deflexionou a sua longa perna esquerda afora. Estendeu num esticão seu longo corpo, inclinando-o em direção lateral, e fez de conta que, num movimento tardio, mas a tempo, assim em atitude esconsa, tentava resgatar uma suposta intenção esquecida. E vasculhava no porta-luvas por alguma coisa, talvez seu cartão de crédito, talvez seu celular – no que manteve a sua saia repuxada ao meio da coxa. Houve um intervalo de frações de segundo, quase imperceptível, de silêncio entre os rapazes, com o impacto da presença de sua beleza. Os jovens continuaram em bate-papo como se nada tivesse acontecido. Mas ficou na consciência de cada um, *per se*, que um pensamento intruso os perturbava. Sue deslocou-se, desceu uma discreta rampa no chão de paralepípedo em direção ao Restaurante – de estilo moderno, amplo, aberto, limitado com parapeito de estacas torneadas e polidas de madeira, que apoiavam travessas também de madeira e deixava exposto à visão o ambiente interno da construção. Na descida, ela efetuou uma contorção do corpo de modo inusitado. Parou para equilibrar-se, insinuou um ar de desgosto, ao tempo que, com a perna direita dobrada em cruz sobre a esquerda, tentava retirar do salto do sapato com a unha do polegar uma suposta saliência que seria no feitio de um hipotético caco de pedra, ali encravado. Concluído o gesto, retomou a sua usual soltura dos passos. O fenômeno aconteceu. Foi uma simulação que tentou dar com o incômodo de um imprevisto; e de aparecer. Os jovens acompanharam a trajetória de Sue até ao recinto do restaurante, observaram o seu insinuar-se, desviando por entre as mesas e depois do balcão de compras até o caixa. Sue retornou com duas barras de chocolate e duas Cocas. Sentou-se dentro do seu carro. Manteve a mesma postura com a perna esquerda frouxa de fora, com o sapato de salto alto apoiado no chão, mas que forçava seu tornozelo torcido a expor o relevo dos tendões e dos ossos de viés, imitando desconfortável, no entanto de maneira intencional. E bebericava, também, a sua Coca, alternando cada gole com mordida na barra de chocolate.

O jovem ao lado sentiu-se intimidado e estranhou a coincidência, logo a ele que tinha como diversão percorrer toda a avenida comercial de sua cidade e apreciar com divagação erótica os contornos dos tornozelos de manequins, expostos nas vitrines das lojas, estilizados com diferentes marcas de sapatos. Demorava-se tardes inteiras induzido com as poses dessas estátuas. Que para outros conotavam um propósito de incutir convite ao consumismo, mas para ele estampavam-se como uma festa de fetiches com disfarçada persuasão de caráter erótico... Fez-se receptivo à presença do seu fetiche preferido, que lhe aparecera de graça como uma cortesia e reagiu com ereção. E um monte elevou-se sob sua braguilha. Então deduziu que Sue percebera a sua reação. Ela se mostrou desligada, procurou posicionar-se mais cômoda no assento com discretos movimentos, mas que calharam por expor ainda mais a sua linda coxa numa atitude literal de maliciosa provocação. O jovem sentiu-se desafiado: desinibiu-se e, por força de um ato compulsivo, desceu o cursor do zíper da braguilha – num arrojo brusco, irrompeu pela abertura o seu alavancote rígido e palpitante. Sue recebeu o impacto da surpresa e reagiu com súbito susto, ajustou seus óculos escuros a tentar disfarce, mas com um movimento de cacoete inconsciente, condicionado, que terminou por trair lhe a dissimulação para mais transparência. Contudo, no intuito de conservar sua autoestima, não se render à ousadia nem aos dotes genitais do jovem e, também, não se sentir aquiescente, ela liberou sua psique numa livre associação de ideias que a induziram a resgatar na memória o nome do famoso pintor espanhol Pablo Ruiz!... E como opção de defesa num apoio mnemônico justificou-se bem no íntimo: ...y 'Picasso'! E aceitou a sua exclamação como epônimo de uma criação oportuna sua, fora do rude deslize pela baixaria.

O jovem, então, compelido pelo estímulo que seria o seu fetiche, tornou-se concentrando com seu olhar intenso nos contornos das saliências ósseas do tornozelo torcido de Sue. Recebeu aquele pedaço de corpo num vislumbre de uma iluminação divina e que, cada vez mais, num crescendo, avultava-se imenso. E aquele pedaço de visão mais e mais se avantajava sobre ele, indefeso, a absorvê-lo, como uma onda abrangente a agigantar-se frente à sua direção. Englobando tudo; e vindo, mas que nunca o alcançava. Veio vindo, achegou-se perto do seu rosto aquele imenso *zoom* de tornozelo. E via a protuberância do côndilo do osso perônio na articulação; o contorno delicado do calcanhar; chegou a discernir o osso astrágalo; e também os metatarsos e viu que se lhe delineava a sutileza longa do encaixe do tendão de Aquiles. Distinguiu os adereços no couro verde do sapato a realçarem a pele macia de mulher bonita, quando concebeu discernir também os folículos pilosos. E que o verde da alça de couro do sapato tinha detalhes brilhantes e que, em cada unha dos dedos do pé havia um decalque de uma rosinha de cor amarela sobre o esmalte azul. E pressentiu no tato a maciez da pele de Sue sobre a sua face. As suas narinas afiadas perceberam uma fragrância, que ele julgou ser próprio de pés de mulher linda: "Mulher frequenta pedicuro e usa sapatos arejados", pensou. No entanto, o odor seria de gasolina do posto, que o vento errante desviou-lhe ao rosto, e na transfiguração dos seus sentidos aspirava uma fragrância nunca experimentada. Abriu amplas as narinas no ar e puxou forte a inalação que estimulou os receptores do olfato nos refolhos do seu cérebro. E o aroma preencheu todos os seus sentidos quando, através de uma ausência, entrou na levitação de um transe divino. Assim, com parcos estímulos manuais sobre o pênis fizeram jorrar do seu orgasmo jatos convulsivos de secreção prostática.

Antes, porém, sentira que iria desfalecer de tanta sensação; por pouco não foi levado ao pânico e a gritar por socorro. Um fluxo de liberação sensitiva em gozo percorreu, demarcando nítido e descendente em sequência tomográfica, todo o seu corpo, da cabeça aos pés. Antes da capitulação, puxou mais uma vez o suposto odor da carne de Sue, mas não se contentou. E de boca sôfrega, entreaberta queria sentir o toque daquela pele com a ponta da língua. Então, aquela aura sensitiva mais se intensificou direcionada com a cinética de um projétil, tendo por alvo a próstata. Ali se impactou. Uma baba de saliva escorreu-lhe da boca semiaberta e desceu pelo queixo relaxado. E, no clímax da explosão orgástica, o seu corpo todo tenso, encurvado em contraturas, entregou-se sem rogo ao precipício da descarga inevitável. Foi quando jatos de secreção prostática espirraram pela palma da mão e para o alto... Nesse transe de ausência divina, em pânico de novo, quase gritou por socorro... Então, o zoom tão próximo, desfez-se...

Sue recebeu aquele desfecho, reagiu com concomitância orgástica, perdeu também o seu o tônus muscular de preensão e deixou cair a lata de Coca que se verteu sobre o seu colo. O líquido desceu sobre as coxas e se misturou com as secreções vaginais, abaixo, no assento.

Sue tinha por preconcebido que aquele namorico de intercurso erótico-visual limitava-se num âmbito privado, íntimo somente entre os dois, entre si e sem maiores consequências. Mas ainda ausente, atordoada com os orgasmos, aos poucos foi recuperando a coerência do ambiente e tem à sua frente a figura de um dos jovens, e também de relance, pelo retrovisor, percebeu outro atrás do carro. Ambos descamisados, peitos nus, cabeludos, seguravam latas de cerveja e usavam óculos escuros. O jovem de trás observava a placa do seu carro e com certeza a memorizou. Sue sentiu-se atemorizada, entrou em desespero sem saber naquela perspectiva que epílogo teria tal assédio. Retraiu-se para dentro do carro e travou as portas. Buscou no seu celular a lista de Emergência, teclou o telefone da Polícia Rodoviária Federal, declarou as suas queixas e pediu socorro. O que lhe valeu a sorte. Por acaso, a Polícia se encontrava rondando as imediações do Posto e, em tempo de segundos, os policiais abordaram os supostos agressores no flagrante descrito por sua queixa... Exigiram documentações, encontraram irregularidades. Foram submetidos ao bafômetro e, no final, autuados por falta de decoro, atentado ao pudor e embriaguez no trânsito. Chamaram Sue à parte e disseram-lhe que os elementos eram conhecidos no trecho. Sue agradeceu-lhes a presteza com que foi atendida, pediu desculpas por encontrar-se molhada nas vestes...

Seguiu viagem. Na frente, rememorando a cena erótica dos rapazes experimentou outros orgasmos, desta vez nem tão espontâneos, pois já se manipulava na junção dos grandes lábios retesando o clitóris, e intensificando as sensações. Olhou-se no retrovisor, regozijou-se consigo mesma e soltou um leve sorriso. Quase o seu carro deu de encontro ao acostamento, segurou firme o volante com as duas mãos e seguiu em frente.

Pouco tempo depois, à noite, estando na Danceteria de sua cidade, percebeu a presença de um dos jovens. Depressa solicitou pelo celular a companhia do irmão mais velho para não ficar desprotegida. Então estranhou o fato de não mais avistar o jovem no recinto. Eram três horas da madrugada. Ao sair, encontrou o seu carro no estacionamento com os vidros estraçalhados e os pneus perfurados por cortes lacerantes. Um dos rapazes tinha falado: "Vamos tocar fogo nisso." Outro retrucou: "Não vamos complicar as coisas... Alguém pode nos dedar." E com certeza alguém os via. Um senhor grisalho apareceu, veio até Sue e disse: "Jovens desconhecidos na cidade queriam incendiar o seu carro. Escondi-me para que não me vissem. Você teve sorte". O irmão murmurou:

"Você se expõe demais. Minha mãe sempre a alerta". Sue conformou-se com desesperada resignação.

Quem ela deseja, escapa-lhe de forma inexplicável. Quem lhe assedia no erótico o faz de modo inapropriado, sem chegar à chance de sua aceitação. E, nessa trama de desacertos, os dias passam. Ela mesma se ressente dessa conjuntura e tem estado desconfiada de que a sua malhação na Academia com certeza repercutiu com efeito positivo na sua libido. Mas tinha também hipertrofiado os seus músculos à flor da pele, e talvez por isso, em contraposição, recebesse uma reação enfraquecida do assédio dos homens. Teria perdido o charme do feminino, exagerando-se na sua musculação? Revista o seu físico de propósito sob juízo de autocrítica, e cada detalhe do seu corpo incita-lhe para si própria uma euforia de ânimo libidinoso e torna-se mais carente de sexo. A sua libido, assim contida, tende a tomar pressão cada vez mais expansiva em ação centrífuga no sentido de quebrar as forças de contensão próprias. A sua carga erótica necessitava de uma válvula de escape ou de explodir de uma maneira qualquer; e isso vai de encontro aos princípios de sua mãe: "Filha, seja comedida com os sentidos que nos são dotados para uso oportuno. Veja o apóstolo São Paulo: "Tudo me é lícito, mas nem tudo me convém"...

Restava-lhe a masturbação. Era a única escapatória para a tensão acumulada e reprimida dos impulsos eróticos terem por onde extravasarem-se. E não carecia de manipulação direta sobre o seu sexo no seu autoerotismo... Tomando uma posição enroscada, envolvida num abraço íntimo próprio, o peito contra as coxas, na carícia terna de contato contra si mesma e executando contrações fortes intermitentes dos músculos do assoalho pélvico, elicitava desfechos de orgasmos automáticos até a exaustão. Nesse exercício o efeito dos seus estímulos nunca falhava. Outra posição sua, alternativa, era de colocar um travesseiro sob o lombo e na posição dorsal supina se estendia em posição oposta da enroscada. Adquiria uma lordose da espinha toracodorsal com o pescoço em extensão máxima e mantendo os braços também expandidos acima e paralelos, assim permanecia... Posição de quem intenta na plataforma um mergulho em competição olímpica. E a sua espinha em lordose forçada estimulava os músculos paravertebrais e sensibilizava a longa fileira de vias sensitivas nervosas da medula espinhal desde o pescoço até o osso sacro na bacia. As raízes dos nervos da medula espinhal, assim estirados, davam-lhe uma de percepção agradável de parestesia legítima em todo o seu corpo, da polpa dos dedos das mãos aos dedos dos pés, como se num exercício de automassagem. Então, executando contrações intermitentes do assoalho pélvico pelos músculos pubococcígeo, elevador do ânus e pelo próprio constritor vaginal alcançava um limiar de graça numa levitação de repetidos orgasmos, seriados, sem noção de tempo ou preocupações...

Sue experimentou outra forma de masturbação que rejeitou por ser de baixo teor intelectual. Tomando uma posição altamente técnica na posição dorsal supina curvava-se em extremo a sua coluna de encontro à pélvis, que também adquiria flexão sobre o abdômen e todo o corpo côncavo tendia a formar um semicírculo. Nessa postura as pernas se estendiam em abdução ampla pelas laterais; em seguida, ambas são fletidas sobre as coxas no seu extremo de flexibilidade. Seria quando, com os braços expandidos e as mãos agarradas em uma perna e/ou noutra, os calcanhares eram forçados a aprisionar a vulva até onde lhe permitia do clitóris ao cóccix, e a exercer movimentos pendulares dos pés sobre a ampla abertura dos grandes lábios. A dinâmica dos movimentos de uma sofreguidão deliciosa exigia sobre todo o conjunto dos membros um entrelaçamento de maneira laboriosa que se apresentava à visão num bizarro simulacro (dedos dos pés, das mãos, braços e pernas e calcanhares) de uma aranha tecendo sua teia sobre seu próprio ventre... Inusitadas secreções viscosas vaginais em abundância se manifestavam com efeito saponáceo espumante e assim mais lhe aparentava a ideia da elaboração do aracnídeo no ardiloso zelo de perfeita tecelã. Que se lhe afigurou sem estética e de baixo mau gosto.

Negava-se o uso de parafernália artificial sexual vicariante ao ponto de detestar a aproximação da loja Sex Shop: talvez por recalque pela influência da mãe com tanta exortação a fim de pureza de pensamento e excelsitude moral. De qualquer maneira, o hábito da masturbação contribuía para a sua lerdeza, preguiça e/ou desinteresse com o que protelava maior esforço para uma relação efetiva com parceiros. E acomodava-se, apesar de todas as suas exibições com a sua autossatisfação sexual. Também, a teimosia compulsiva em afirmar-se quanto a sua beleza e *sex-appeal* superavam outros intuitos e a deixava por satisfeita...

Um dia, surpreendeu-se seduzida por um colega na Escola de Informática que lhe pareceu muito tímido. E, para quebrar essa timidez, usou a técnica agressiva, direta e chocante, no intuito de dar-lhe, sem rodeios, uma oportunidade para uma abertura de relações mais íntimas e confessou-lhe:

– Ontem permaneci toda a noite contorcida em mim mesma; Não consegui dormir. Tesa, carne contra carne, como um caracol. Enrolada num circuito vicioso, como fios de uma bobina sobre mim mesma e indutora de uma energia, que necessitava descarregar.

– Por quê? – perguntou-lhe o rapaz dissimulando não captar a mensagem que lhe transpareceu muito direta e deu uma de vendido.

– De tanta excitação... – ficou por isso mesmo; e sem retorno.

Como Sue recebeu reação aquém do esperado acrescentou: – Hoje à noite vou viajar de carro para a capital e passar o fim de semana lá – e como num nocaute: – Aqui nesta minha cidade não tem homem!

Piorou ainda mais a timidez do rapaz. Que para tentar a digressão do suposto desafio, mas permanecer um bom ouvinte, comentou:

– Sozinha? Não tem medo de ir sozinha?

– Vou eu e Deus, que de mal me pode acontecer? Se for de homem é um mal que me será bem-vindo. Que mal me traz um homem? Lobisomens!... Não existem mais, infelizmente... Ele, desperto, afinal pressentiu também na entrada do púbis entre o vão das coxas, pela calça jeans de Sue, uma delícia de vulva que lhe deu água na boca. E causou-lhe um abalo com uma tremura do reto pela contração reativa ao que lhe pareceu ser da próstata. Ela deu uma guinada de corpo e no virar o colega sentiu o ímpeto de morder aquela nuca. Mas o discurso de Sue veio desproporcional para a sua timidez. O impacto da sua queixa resultou numa resposta sexual controvertida. Não reagiu com ereção como se fosse reprimida por tanto exagero de insinuação erótica. Deixou passar o assunto como se de pouca repercussão atingira-lhe as emoções.

E foi daqui em diante que as suas íntimas divagações relâmpago no laboratório de Análises Clínicas resgataram as lembranças da hospedagem na casa de campo e a sua suposta contaminação com a Doença de Chagas. Sue Halco estava decidida a viajar naquela noite seguindo a consideração do diálogo com o colega imbecil. E preparou-se disposta para cinquenta e cinco minutos de rodovia na viagem à capital. Então tinha vestido uma saia longa, verde, com fenda; uma blusa branca, curta e decotada; um sapato de salto alto de cor azul-claro; um cinto com fivela coberta de couro também azul. Fez uma maquiagem superficial e quase desnecessária. Os cabelos soltos luzentes e volumosos caíam-lhe sobre a amplidão dos ombros. Estava armada para o que desse, se viesse. E disposta, com uma energia física condizente com o seu estado de espírito inquieto de movimentos energéticos, impregnados de adrenalina que transparece a própria carga erótica das mulheres no pique da libido.

No posto de gasolina, perguntaram:

– Conferir o óleo? Calibrar pneus? Repor água?

– Não, está tudo bem, estou é com muita pressa. Basta a gasolina... 'Brigada... Tchau!

Acelerou o carro como quem estava com tempo curto para ser coberto pela velocidade em função do longo espaço. Assim que se achou saindo do perímetro urbano, ligou o farol para luz alta e esticou-se no acelerador. Sentiu uma sensação prestes a orgasmo com o que ela balbuciou: "bobo" e que a deixou mais carregada de um desejo de desfecho mais digno. Na rodovia, no dia de sexta-feira, os caminhoneiros estão no fim da jornada, o trânsito apresenta maior congestão de veículos e o risco de acidentes tem probabilidades crescentes. Sue não se dava por conta ainda de precauções. Sua mente ensimesmada, absorta com um só propósito, punha pressão e peso do pé sobre o acelerador até que quase não conseguiu ultrapassar a tempo uma carreta quando o carro na contramão empanou a sua visão com luz alta como advertência. Um frio percorreu lhe o corpo numa onda de medo, quando nessa contingência de acidente pressentiu vívida uma tragédia como se já estivesse num retrospecto registrado no centro do cérebro o estalo dilacerante do impacto explosivo em estilhaços de vidros numa colisão de veículos...

Sue começou a ter mais precaução nesse sorrateiro temor pela sua mente. E tornou-se inquieta. Mudou o CD com músicas de estilo quente para uma orquestração suave de My Way, sucesso do Frank Sinatra, mas a suavidade musical da melodia não lhe trouxe relaxamento. Junto com a emoção da expectativa de curtir o seu fim de semana, vinha um misto abelhudo de premonição e de perigo na estrada. Esse presságio transmitiu-lhe de modo irracional um medo crescente. "Descuidei-me de calibrar os pneus!... E a água do radiador? O termômetro estaria adequado?". Viu um símbolo de advertência que há muito estava aceso no painel, mas só agora lhe despertou a atenção quando o desconheceu e indagou: "Seria aviso de baixa pressão de pneu? O óleo estaria baixo? Tinha vencido a data de sua troca?" Enxaguou o vidro do para-brisa ativando as palhetas com movimentos sobre jatos de água para obter melhor visão, mas a limpeza embaçou-lhe ainda mais a transparência, assim lhe pareceu. Procurou sensibilizar-se na direção do veículo com a trepidação dos pneus que saltitavam no asfalto irregular daquele trecho da rodovia. Nessa preocupação, veio a suspeitar que o volante tornara-se duro, puxando um pouco para a direita. Ela decidiu sinalizar, parar no acostamento e conferir o estado dos pneus. Da agitação na rodovia passou uma carreta com deslocamento de uma onda de ar que lhe tangeu o corpo e lhe transpareceu excesso de velocidade. Converteram-se em desvario os seus pensamentos, e tudo lhe assumia uma ideia de pressa descomedida... Um luzeiro despontava no horizonte da rodovia e aos poucos se aproximava ruidosas carretas com luzes cada vez mais intensas. Os vultos sombreados das carcaças férreas perpassavam dando uma sensação de intermináveis e de assombroso ranger mecânico, produzindo comoções do solo com o atrito pesado dos enormes pneus, e com uma dinâmica de rompimento à inércia, anunciando excelente força motriz. O arremesso da onda do ar deslocado com o fumeiro de combustível de cada carro que passava agitava em rajadas seus cabelos e a vestimenta, desnudando amplas suas pernas, já com estilo de laterais entreabertas. Ela circundou um giro rápido em torno do carro e exclamou: "Ai, meu Deus! O pneu está murcho!". Sentiu-se no desamparo do medo... Uma carreta perpassava trazendo de novo os mesmos transtornos; e o caminhoneiro seguinte, vendo sua beleza entremeada de luzes dos faróis, soltou uma buzinada que ecoou como um elogio ou um desaforo.

Ela despertou, então, do desamparo quando se voltou para si mesma, que quase se esquecera de ser mulher bonita. Acalmou-se, já não se incomodou com o reboliço do trânsito, readquiriu adequadas poses e deixou rolar: "Que me vejam... É um direito meu: que eu apareça". Retirou as sandálias que usava com o propósito de dirigir o carro com mais segurança e conforto e calçou os sapatos de salto alto com intuito de exibir-se. Não seria capaz de deter do seu cérebro a compulsão para executar os trejeitos há muito habituados em exporem aquilo de seu direito com charme estudado e calculista– a sua beleza. Desequilibrada, sem jeito, mas glamorosa, retirou do porta-malas o macaco com a chave de roda, estocados num só conjunto. Um passo em falso com o sapato de salto longo sobre uma fenda do acostamento causou-lhe discreta entorse do tornozelo direito; e sentiu uma leve dor. De longe, outro caminhoneiro discerniu o vulto daquela beleza solitária, vítima dos holofotes e do mistério das sombras. Experimentou um alento erótico, esboçou um sorriso sádico, acelerou ainda mais o carro, soltou a sua buzina para produzir vibração mais alta a ecoar agudo para depois ceder num efeito Doppler de quem estava gozando da sua penitência. Ela, então, chegou a suspeitar com requinte de paranoia que esses caminhoneiros estavam em comunicação entre si, via rádio. O deslocamento do ar espanava os seus longos cabelos, que esvoaçando sem controle ora lhe tapavam a visão, ora lhe entravam pelas narinas; e configuravam-na mais bonita e sensual. Esse transtorno permaneceu constante quando carretas seguidas sem muita distância uma da outra, ou vindo à mão de sentido contrário deslocavam lhe uma frente de onda de vento entremeado por roncos infernais.

Lembrou-se do treino de troca de pneus com o irmão na garagem de sua casa e concebeu ser capaz de fazê-lo por conta própria. Tentou afrouxar os parafusos, mas se frustrou na primeira tentativa. Quando realizou que girava a chave de roda no sentido horário e, confusa, sacudiu a mão direita, depois a mão esquerda para ter orientação de referência e certificar-se do sentido anti-horário. Então se animou com a tarefa e calhou que na nova tentativa girava a chave de roda no sentido certo para o afrouxamento dos parafusos. Mas as roscas apresentavam-se muito compactadas e faltava-lhe força suficiente para distorcê-las. E frustrou-se ou imitou que se frustrara. Em seguida, já impregnada pelo premente hábito de exibir-se, ela se converteu, mudou de ideia. E sem muita lógica procurou engatar a ranhura do macaco no chassi do carro, contudo o fazia com despropósito, sabendo da sua ineficiência. E concentrava-se cada vez mais com a pressuposição de expor-se com atitudes atraentes à visão curiosa dos passantes.

E lá veio um carro com um casal em sentido oposto, viu o drama de Sue, sinalizou ao acostamento e parou. O casal indeciso discutia:

— Que é que você acha?

– Aquilo pode ser mais um travesti do que uma mulher! Veja os músculos: é uma isca. Veja! E como posa provocante à nossa visão – respondeu a companheira.

– Não parece estar em apuros, pode ser armadilha de um assalto – falou o outro.

– Olhe aquelas luzes, vêm do alto; são de uma casa e está perto de uma porteira por onde uma estrada se adentra, não se sabe para aonde – comentou, desconfiada, a mulher.

– Esqueça!... O Bom Samaritano foi na época de Jesus Cristo e assim mesmo existiu como uma parábola...

O casal decidiu seguir em frente. Pelo retrovisor, o parceiro do volante deu uma ligeira conferida nos trejeitos de Sue, resgatou em seguida um dos seus antigos atos reflexos há muito esquecido: fez o sinal da cruz sobre o peito e acionou pesado o acelerador.

Veio um caminhoneiro mais atrevido, com um festejo acendeu as inúmeras lâmpadas laterais num pisca-pisca total por uns segundos, saudando a visão daquela mulher. Sue, como que possuída de uma discreta paranoia que ela tentava rejeitar, mas desconfiou por instantes, outra vez, de que caminhoneiros se comunicavam via rádio entre si e estavam coniventes em saudarem a sua beleza... 'Não, não seria paranoia, era real e autêntica a reação daqueles homens'... E manteve-se confortável. Caminhões passavam nos dois sentidos tanto na mão como na contramão.

Sue Halco dispôs-se em movimentos alternados entre uma postura adequada e técnica para encaixar o macaco e a de tomar a sua costumeira postura de fita para observadores. Um drama que era um feitio do seu cérebro agora de difícil controle. Ficou de pé um pouco, olhou ao derredor. Uma brisa fresca soprava e acrescentava-lhe uma sensação de bem-estar. Olhou para cima, o céu límpido permitia na noite a tênue claridade das estrelas cintilantes. Lá no horizonte, na fímbria e longe, relâmpagos em ímpetos fulgurantes dilaceravam com faíscas a negritude de nuvens pesadas. Sue não se aventurava a pedir por socorro; parecia muito improvável um sucesso de obtê-lo. Também não precisava o intimidar por voluntários. Entrou no carro e, de sua pequena garrafa de uísque mantida no porta-luvas, ingeriu dois longos goles, entornando-a sobre sua boca. Esperou com paciência e continuou administrando simulacro da troca do pneu, ao tempo que se deliciava em expor-se à admiração dos motoristas. Era um dia de folga e de busca por aventura; dessa maneira poderia aguçar a boa vontade de alguém decente e bem-intencionado. Valia apostar nesse jogo. Ingeriu outro gole da pequena garrafa de uísque. Observou uma casa, cujas luzes se distanciavam a trezentos metros do outro lado da rodovia, mais à frente outra residência a quatrocentos metros e calculou pelo relevo da paisagem local que adiante, próximo, estaria o restaurante do Vale Bonito. E lembrou-se dos jovens impetuosos... Não tentou raciocinar solução nenhuma, acomodou-se...

Ocorreu, neste ínterim, que, com um olhar casual, ela distinguiu ao lado rente à rodovia uma cerca e uma cancela para onde se dirigia uma estrada de chão, que subia do acostamento onde estacionou o carro. A estrada que o casal observou adentrando-se para uma fazenda e com conotação de perigo. Atrás do moirão da cancela e sob o lusco-fusco, ela visualizou algo misterioso a despertar-lhe a atenção por executar movimentos sucessivos, rítmicos, entre pausas intermitentes. Reassumia suas ações assim que ela posicionou-se para tentar adaptar o macaco no carro; e chegou à conclusão que um sujeito detrás da porteira se masturbava. Sue admitiu aquilo com agrado – é um voyeur e ficou dividida: ora fingindo-se importando com o problema do pneu por removê-lo, ora exibindo-se em posturas deliberadas ao desconhecido de trás da cancela. A vulva expandida entre as coxas era um estorvo entre as pernas e travava-lhe os passos. Sentia-se no pique da excitação como sempre lhe agradava. Foi de novo à pequena garrafa de uísque e ingeriu outro gole. Nem tinha engatado o macaco e girava a manivela da chave de roda com displicência, mais para expor-se ao curioso da cancela do que por resolver o seu problema; e nessa faina de exibir-se em movimentos erráticos, fez que decidira, afinal, esperar por uma casual ajuda. E já tinha colocado o macaco dentro do porta-malas aberto quando, de repente, sentiu um forte impacto num abraço pelas costas, e uma respiração ofegante, úmida e quente aos seus ouvidos. Julgou que sentira algo rombudo pressionando por trás de suas nádegas, então numa mistura de medo e arroubo sensual desfechou o gatilho incontrolável no disparo de um orgasmo intenso. Caiu desfalecida ao chão. Sua mente gerou impressões sem discernimento, mas ligadas à circunstância erótica, outros gatilhos repetiram-se reentrantes e perpetuaram-se em efeito dominó numa sequência com intervalos curtos de orgasmos múltiplos e sucedâneos... Quem procura acha. "Um dia a casa cai", como previra a sua mãe...

Endureceram-lhe as mãos, a respiração ficou curta. Um formigamento espalhou-se pelo seu corpo e petrificou-se imóvel, conturbada, sem muito conceber o acontecido. E quando, aos poucos, foi recuperando a noção do meio ambiente apareceu-lhe agora estimulada pelos faróis dos carros que passavam a visão indistinta de um homem forte e alto, com uma coleira enrolada numa das mãos e parecia abotoar-se na braguilha. Quando o viu recompôs-se de pé, limpando-se com as mãos os resíduos do chão, ajeitando as dobras do vestido para manter uma atitude elegante, e a tentar charme...

– Viu meu cachorro?

– Não, meu senhor, não vi seu cachorro – respondeu ao homem.

– Ele, às vezes, dá uma de esperto e não responde ao comando. Eu acho que ele veio nesta direção – e seguiu em frente.

Sue respirou fundo... Reconfortou-se com a sensação dos orgasmos. Livre do susto e recompensada pelo que lhe pareceu veio de graça, julgou, por fim, que tudo fosse pela soma de sua própria indulgência mais conivência alcoólica. E, assim, iniciado o processo de explicitação erótica, sentiu-se mais livre e passou a aceitar uma sensação crescente de sua libido: a vulva estufava enorme projetando-se e pressionando ainda mais as coxas. Uma fluidez encharcava-lhe o períneo e escorria-lhe pelas pernas. Uma sensação de urinar de bexiga cheia ocorreu-lhe, mas se configurou no sentido de exacerbar o seu desejo erótico. Contraiu as estruturas do músculo pubococcígeo, apertou uma coxa contra a outra e conseguiu abortar pelo retesamento do trígono da bexiga aquela urgência de urinar, que se esvaiu. E o que era desconforto tornou-se uma sensação agradável de excitação sexual suave; pronta a receber e aceitar com facilidade um estímulo qualquer para outras descargas orgásticas.

Passou um carro, cujos faróis permitiram-lhe uma visão de algo brilhando no asfalto do acostamento. Sentiu desejo de ir até ali por curiosidade. E, em meio a um molhado disperso no chão, discerniu uma depressão alagada do asfalto. Veio-lhe o impulso incontido e automático de tocá-la. Com os dedos da mão trouxe o líquido a testar na sua língua – era sabor salgado e de urina. Percebeu ao lado, na periferia do charco, uma nódoa compacta como que viscosa. Na costumeira intenção de exibir-se, adotou uma postura ereta, de pernas em extensão máxima dos joelhos, mas com o tronco angulado em horizontal. O que para ela foi fácil, condicionada pelos exercícios de estiramento muscular na Academia. E nessa elasticidade do seu corpo, aproveitou a fazer charme. E sem perder essa posição, devido à curiosidade incontida, inclinou mais ainda a postura do tronco ancorado sobre os quadris e aproximou o seu nariz bem perto da goma. Parecia a figura da deusa egípcia Knut, exibindo divindade encurvando-se num rotundo abraço imenso sobre um suposto globo terrestre. Com a diferença de que, em vez de convexa sobre um circuito, a sua coluna era mantida extensa num plano inclinado em relação ao quadril. A sua longa perna exposta pela fenda lateral da veste oferecia um banquete sensual de curvas femininas, tão belas, mas em prejuízo tão somente pela inusitada solidão naquele ermo de estrada. Contudo algum motorista mais arguto não desperdiçaria aquelas curvas de mulher bonita. Uma carreta perpassou ziguezagueando com o descontrole do motorista à visão da postura estática daquele corpo flexível... Ela se distraiu olhando de viés para a carreta, como uma contorcionista. E limpando os cabelos dos olhos, quase perdeu o equilíbrio se não se apoiasse com uma das mãos no chão. Outra carreta mais rápida irrompeu em onda forte de ventania, e fios de cabelos em desalinho penetraram na sua boca. Tentou expulsá-los com extrusão em movimentos da longa língua. E nessa tentativa foi quando um caminhoneiro seguinte conotou naquele jogo de língua uma provocação erótica. Perdeu o controle do volante, desviou o veículo num ziguezague a incomodar o caminhoneiro de trás que emitiu uma buzinada de alerta ao motorista imprudente; e ambos a seguir sinalizaram luzes de emergência para o acostamento. O último caminhoneiro desceu e abordou o companheiro de volante duvidoso:

– Que foi? Você de novo descuidando da sua diabete? Está perdendo a visão, homem! Dirija com mais cuidado. Vi tudo! Não havia necessidade para tanto disparate! A estrada está limpa!... Concordou o outro, no entanto também confessou: – Não sei!... Mas aquela mulher na beira da estrada transtornou minha cabeça. Nunca vi tal aparição, parecia coisa de outro mundo. Uma visagem!

– Você precisa ir ao médico...

– Você não a viu?

– Não vi coisa nenhuma! Você está ficando é cego!... Ficou *brocha* também, e se compensa com visão sensual. Vá em frente que eu acompanho...

Sue continuou absorta nos seus pensamentos. A sua volúpia com graus cada vez mais num crescendo. Voltando-se para a goma, ainda não convencida, mas de suspeita preconcebida por intuição, como certa do que seria aquilo, e com indômita curiosidade esfregou os dedos sobre a nódoa de visgo e levou-os às narinas. Era odor forte de concentrado esperma que ela aspirou. E arrebatou-se no pico da sua excitação. Foi quando acessos de orgasmos múltiplos desencadearam em paroxismos e dominaram o seu cérebro; perdeu o tônus muscular e, desequilibrada, caiu desfalecida sobre a estagnada porção de urina. Relaxou o controle de reter a bexiga e expeliu o volume acumulado de sua própria secreção, que defluiu rápido entre as pernas molhando-lhe as vestes... Não conseguia levantar-se; achou-se em seguida com seus músculos tensos, contraídos. Sue permaneceu imóvel sobre o asfalto do acostamento, somente o seu peito arfava com respirações rápidas buscando por ar. Tesa em paralisia, fora de seu próprio comando, procurou pelo sentir das mãos, que lhe davam a sensação de dormência, de falta de tato. Os longos cabelos deixavam-se encharcar da prévia estagnada urina.

As luzes em feixes dos faróis dos carros, os roncos e o atrito das ferragens dos motores confundiam-lhe as intenções de decidir alguma iniciativa ou concluir uma ideia do que tinha acontecido. Um carro seguindo no mesmo sentido diminuiu a velocidade e sinalizou desvio para a direita. Estacionou logo em frente, no acostamento. Mantém as luzes de emergência piscando. Um casal se aproximou. O marido achegou-se ao seu lado e fez esforços para levantá-la:

– Coitada! Deve ser epiléptica, entrou em convulsões, urinou-se toda. A esposa retrucou:

– Nosso carro com os filhos não tem mais espaço. Mas olha ali detrás parece que há uma casa... Será que ela é doente mesmo?

Entrou em ação de ajuda, segurando Sue e, com o seu aguçado nariz de mulher curiosa, elevou o lábio superior, afiou o olfato com uma inalação ruidosa e rápida por duas ou três vezes, e reconheceu a fragrância de sêmen. Deu um disfarçado ar de escândalo, mas se conteve lembrando, também, da parábola que, desta vez, seria executada, como o fez o Bom Samaritano.

– Vamos ver se podemos deixá-la ali naquela casa de luzes acesas, pelo menos até se refazer das crises – disse ao marido. – Na Europa a estatística acusa que o índex de acidentes de carro com os epilépticos bem-controlados com medicação adequada é igual ao resto da população – acrescentou ele.

A casa ficava a centenas de metros de distância, quase escondida por topo de uma discreta subida do terreno ao lado da estrada de chão, que se adentrava além para alguma fazenda à direita. Seguraram ambos os braços de Sue e a levavam assim, amparada, pelo caminho amplo em direção à cancela. A esposa estimulava:

– Respire forte, filha. Respire bem fundo, vamos devagar, fique firme – e de leve, mais uma vez, roçou o nariz pela mão de Sue e surpreendeu-se com espanto de mímica muda da testa pela desconfiança de estupro.

Sue percebia com a visão turva, faíscas como escotomas ou manchas cintilantes dos seus olhos.

– Respire forte, filha... E ela respirava fundo e puxando ar. Voltou-lhe a sensação de tato e sentiu o pisar no chão. Clareou lhe as vistas e, já mais desperta, mas um tanto zonza, no passar pela cancela observou com rápido olhar e de viés que os movimentos a simularem de um homem vinham do balanço de saco de estopa em trapos à força da brisa. Seguiram em frente pela estrada até as luzes que mostravam a moradia. Foram recebidos por um homem alto, forte, e o seu cachorro. Sue notou que ainda continuava um pouco estufado um monte sob a braguilha do homem – alguma coisa ali encoberta não tinha ainda se acomodada de tudo. Sue então inferiu que, enquanto se envolvia com o fantasma da cancela, estava sendo objeto de estímulo sexual para outro homem real; tão perto e despercebido. O perigo já passou, graças a Deus. O cachorro pastor alemão simulou acercar-se de Sue, compulsivo ao poder do seu faro de reconhecimento e conferir-lhe a presença, quando o homem cortou lhe o movimento:

– Comporte-se, Monrô!

O cachorro de pronto se sentou onde estava e ficou imóvel, olhando para Sue com uma atenção receptiva. Logo apareceu a mulher do homem que após ouvir o casal prestou-se solícita em amparar a moça, dando seguimento ao cuidado pelos "socorristas." E como se tivesse preocupação que ela se desequilibrasse e caísse, falou:

–Vamos, moça bonita! Parece gente boa! Venha deitar-se no

quarto da minha filha que retornou aos estudos depois das férias. Ela estuda Veterinária e Zootecnia. Vamos, filha, você descansa no quarto aqui, até meu marido providenciar-lhe socorro.

O casal ficou convencido de que tinham feito o ato adequado para a segurança da vítima. Agradeceu-lhes a hospedagem:

– Então nós vamos seguir viagem, tenho certeza de que está em boas mãos. Anotaram o número do telefone da mãe de Sue e assim que recebessem sinal de área de serviço celular comunicariam à mãe do ocorrido e a família, por certo, mandaria socorro no dia seguinte. Sue garantiu-lhes que não era epiléptica e tinha passado mal, por acaso; e com certeza estava bem. A esposa "socorrista," ao retirar-se deu mais uma conferida desconfiante na pessoa de Sue: "Uma moça linda com vestes em desalinho, com manchas de urina, exalando odor de esperma e de bebida alcoólica"; e não se convenceu da justificativa de Sue. "Mulher linda, mas de olhar muito negaceante!". Sue ressentiu aquele olhar e tentou mostrar-se de feição melhor desfiando e ajeitando entre os dedos os cabelos molhados.

O casal deu-se por satisfeito, tornou à rodovia e com os seus filhos seguiram viagem. Sue foi conduzida ao quarto pela esposa do homem: uma mulher branca de pele franzida por rugas solares, de meia-idade, magra e ligeira de passos. Mas assim que ela ligou o comutador, a lâmpada do quarto com estalo abafado e seco se queimou... Houve um desconforto da mulher que logo improvisou luz de vela com apressadas desculpas. Preparou-lhe a cama desfazendo com carinho as dobras do lençol sobre o colchão ao tempo que sempre comentava os estudos da filha. Falou do seu progresso na carreira de estudante e de sua amizade com o cachorro e um gato como seus melhores amigos:

– Fazem parte dos seus estudos os animais, assim são amigos dela. Minha filha fez Veterinária agora estuda Zootecnia... Você, não tenha cerimônia, fique à vontade... Quer comer alguma coisa?

– Não, eu jantei. Muito obrigada.

– Bem, como você não teve sorte, a lâmpada se queimou.

Vamos deixar outra acesa na sala; e a porta semiaberta para que não fique totalmente no escuro, está bem assim?

– Ótimo! Muito obrigada!

O homem, é claro, já se tinha feito omisso. Interpôs-se entre ele e Sue uma barreira psicológica de negação, onde ambos se esconderam numa defesa mental de desligamento como se nunca houvessem topado antes. E se sentiram dissociados. Ele perguntou à mulher por sonífero, ela afirmou que não conseguiu aviar a receita médica. O casal manteve alguns instantes de quase silêncio, depois desligou a televisão e se acomodou como para dormir. Os minutos se passaram, e Sue teve dificuldade em conciliar seu sono quando se deparou com um inseto rondando pelo travesseiro. Ela o jogou ao chão com um impulso certeiro do dorso da mão. "Meu Deus será que já me picou?". Suspeitou ser o bicudo, transmissor da Doença da Chagas... Uma penumbra trêmula da chama da vela enchia as dimensões do pequeno quarto retangular. Notou em frente da cama do lado oposto uma fotografia ampliada da filha quando tinha quinze anos. De olhos verdes, cabelos longos, com a candura da faixa etária e na foto duas gotas de lágrimas factícias apareciam descendo até metade da face. Ao lado do retrato, uma moldura rica amparava uma dedicatória em letras maiúsculas e cor rosa: "Era como se eu tivesse sede insaciável... Já tinha o meu poço, mas queria mais água como uma lagoa; e desejando mais, já tinha adquirido o meu córrego, mas exigindo ainda e consegui o meu caudaloso rio, e também, já não me bastava, queria o Amazonas; já possuía o Amazonas como meu, e seria o meu Oceano... E continuei à procura com essa sede e encontrei a mim mesma. E com a internet e os livros eu concebia uma humanidade dentro de mim... E continuei com sede... Então conheci você, meu querido Monrô...".

Sue sentiu-se de mente acesa e sem sono com a presença do bicudo. Olhava para o teto da casa; e pelos caibros viu um ratinho, que, não se sabe como, lhe apareceu sobre a cama. O bichinho veio achegando-se em passos sincopados, tímidos, com frequentes e curtas farejadas de reconhecimento. Ela sentiu-se tranquila, pelo menos não era o bicudo e talvez até lhe servisse para afugentá-lo. Recebeu-o com atitude controlada para não espantá-lo; não lhe era estranho o animalzinho. Na sua infância, uma vez chegou a domesticar um deles com estimação e com a complacência da mãe. Até que um dia, nunca mais o viu. Sue então se sentiu com uma bem-vinda companhia. O bichinho percebeu a mensagem e aos poucos com o narizinho trêmulo inalando aqui, cheirando ali, enroscou-se no corpo de Sue que controlou um impulso de tocá-lo de leve. Depois de uma pausa executou um pequeno salto e montou em cima do seu antebraço. Fez outra pausa, então conferindo segurança relaxou com as perninhas esticadas para manter-se apoiado na cama; deu uma suave mordida com seus roedores na pele de Sue e entrou em frenéticos movimentos próprios de uma cópula. Sue reconheceu seus impulsos, sentia o roçar do seu sexo no antebraço e de vez em quando também aceitava algumas mordidas mais fortes com estoicismo. Já nesta altura, também entrara no jogo do animalzinho com orgasmos incontroláveis e que há muito estavam de pronto no limite extremo de tensão explosiva e inesgotável. Ambos se sentiram à vontade. Num êxtase supremo, o ratinho deu-lhe uma mordida mais forte com seus roedores afiados, mas com cautela. Parecia reclamar por alguma coisa negligenciada; talvez uma porção de queijo como oferenda. Sue já fizera um movimento para acariciar lhe o lombo quando ele expeliu um pequeno jato rápido de urina e, num salto curto, pulou fora e sumiu, agarrando-se em descida engenhosa pela perna da cama. Uma solidão sensibilizou o pensamento de Sue que se voltou à lembrança da mãe e sentira sua falta com uma saudade dolorida; num misto de arrependimento por não lhe ouvir as reprimendas. Pior foi lembrar que da urina de rato provem uma doença com amarelão dos olhos e dos casos de que ouvira falar tinham tido desfecho fatal. Ajeitou-se, tentando adquirir relaxamento e não se desesperar, quando ouve um miado de timbre rico de sonoridade que não lhe pareceu de fome, nem de peregrino, mas de autoconfiança e suspirou: "Pobre do ratinho, está sendo rastreado". Recebeu a visão de um gatinho preto, cujos olhos azuis tinham reflexos de luzes faiscantes. Uma mecha de cabelos brancos contornava a base do pescoço delimitando a região peitoral com contornos de perfeito artesanato genético. Descendo na linha dos olhos até as narinas de cada lado uma fileira de fios de cabelos esparsos, longos, espessos, brancos, resplandecentes, quase translúcidos no reflexo da pouca luz e que lhe davam um ar de dignidade respeitosa e agressiva. As duas patas traseiras tinham marcas brancas circulares e simétricas, assim também a pata dianteira esquerda. Com um propósito casual, ou não, de desfazer tanta simetria do conjunto, a patinha direita carecia dessa característica e permaneceu negra. O bichinho tinha a imagem de uma diminuta criatura diabólica expandindo tantos reflexos contrastantes. Sentou-se, quieto, observador, olhar fixo, paralisado na figura de Sue. Depois num salto surdo, ligeiro e suave, alcança o leito como se não tivesse peso nenhum, amortecido pelos seus controles musculares de felino ágil. Sue respeitou sua beleza, sua candura e o seu domínio sobre a gravidade. Contorcendo-se, insinuando carência de contato, ronronando e com artimanha, veio roçando sobre o braço de Sue, e lambeu lhe o rosto. Ela passou-lhe as mãos com carinho da cabeça ao lombo e até o rabo; ele se apoiou entre as quatro patinhas, deitou-se cuidadosamente sobre o dorso de sua mão e começou movimentos num exercício de autoerotismo... Ela não se espantou. Fora a vez do ratinho... Recebeu com conivência a ação do gato. Por longo tempo ele se deleitou roçando seu sexo sobre o suave dorso da mão de Sue com a qual até lhe tentava propiciar posições adequadas, oferecendo-lhe colaboração que em princípio nunca a tem de suas fêmeas. Cada mudança de posição que Sue proporcionava ao conforto do gatinho correspondia de modo casual à concomitância de seus próprios orgasmos. No final, o gatinho lambeu lhe o rosto, pescoço, ombro, e a face e, por fim, num suave miado farejou o molhado de urina do ratinho. Despencou-se sobre o chão e ali se enroscou numa madorna. Sue encantou-se com a companhia e artimanha do gatinho que poderia ter sido acostumado com a filha da casa, mas e o ratinho? Lembrou-se da mãe com suas exortações de versos bíblicos. E agora, estupefata, chegara ao encontro do simulacro do cumprimento das profecias do profeta Isaías naquele paradoxo de felicidade "de um novo céu e uma nova terra, quando o lobo e o cordeiro pastarão juntos." Meu Deus! Rato e gato ambos 'pastando' em sexo na mesma cama! Mas este simulacro para ela, com o seu caráter de mente aberta, até lhe seria simpático por um instante sem tom de aberração de novos tempos e sem impregnação apocalíptica. Porém um sentimento de depressão como um lampejo interferiu, feito uma ideia intrusa, na sua mente. Sentiu-se vazia e pervertida. Lá veio a advertência da mãe: "Filha, guarda com todo zelo o teu coração porque dele procedem as fontes da vida". E Sue não conseguia ser induzida ao sono: concentrada no seu sentido do tato que se tornou todo ele em guarda como atalaia à agressão dos bicudos.

Enquanto lhe chegavam as lembranças da mãe, antes mesmo De refazer-se com um sentimento mais cômodo para sua alma, no lusco-fusco tênue da luz tremeluzente da vela no quarto, sobressaiu-lhe o vulto impreciso do cachorro pastor alemão. Que, como num gesto costumeiro, abriu a porta, entrou devagar, de cabeça baixa e sentou-se à sua frente. Olhava fixo, e assim postado, seus olhos enormes refletindo sequiosos e inquisitivos pareciam dois luzeiros intensos na semiescuridão. O gato num lampejo e veloz irrompeu porta afora. Num golpe de meio pulo suave, o cachorro colocou as duas pesadas patas sobre a cama, conferiu em reconhecimento a presença de Sue: farejou úmido, perto do seu rosto, seu pescoço, depois sobre o vão de suas coxas. Num outro movimento reverso postou-se de novo sentado no chão, em seguida num segundo pulo achegou-se todo ele sapateando ao lado de Sue e ajustou-se deitando na cama. Sue reagiu com um empurrão lento e firme; ele se levantou e retornou pesado ao chão. Ali se sentou de nádegas e apoiado pelas patas dianteiras estendidas numa atitude de mente reflexiva. Sue com a experiência do gatinho pressentiu-se com estremecimento e lembrou-se do abraço na rodovia. "Foi ele, o que me abraçou", concluiu. Tendo a porta semiaberta e pelo feixe de luz que perpassava a sua abertura antevia o cachorro esticar cada vez mais e lentamente o pênis, que em se avolumando crescia a descoberto pela bainha de pele cabeluda. "Meu Deus, que monstro: tão dotado como num homem!". Lamentou o orgasmo mal sentido na rodovia com a perda de sua consciência. "E olhe lá que são poucos os homens!". O cachorro simulou um gesto como se desejasse pular sobre a cama de novo, um gesto indeciso na esperança de uma confirmação ou uma ordem. E mantendo o rabo tenso e concentrado permaneceu paralisado em posição de sequiosa obediência. Sue se sentou querendo sugerir também um ato de proteção, mas ao tempo que, no acme de excitação erótica, deixava percorrer pelo seu sistema uma onda de doçura pré-orgástica, impulsionada pelas batidas do seu coração fortes e lentas. Monrô farejou o odor dos seus humores sexuais, todavia, valendo-se da sensibilidade inata da espécie canina, pressentiu também a aura do seu receio como mensagem e naquela atitude esperou mais paciente ainda. E ela, em meio a esta indução e em refreando sua libido, recorreu como defesa à lembrança da advertência do homem: "Monrô, comporte-se!". E repetiu murmurando baixinho e firme: "Monrô, comporte-se!". O cachorro atendeu ao comando de Sue que lhe atingiu mais como num rogo do que numa ordem em extremo de desespero. Contudo, não se deu por vencido. Humilde, apenas cruzou as pernas dianteiras, ajeitou-se posicionando o assento no chão à busca de uma postura mais técnica do que cômoda. Em seguida cruzou as pernas e por debaixo do cruzamento traspassava o pênis. Depois, executando adequados movimentos de vaivém das nádegas apoiadas no chão e num crescendo de esticão, com o fluxo e volume sanguíneo nos seios cavernosos, conseguiu aflorar pelo cruzamento das pernas as batatas globosas dos bulbos para-uretrais na base do pênis... Sue se espantou! Seria aquilo a próstata? Dizem que o cão tem hipertrofia prostática igual homens!... Pela fresta da porta entreaberta, uma réstia de luz tênue clareava. Sue via reflexos incandescentes de vermelho úmido do falo entre as pernas de Monrô, mas como uma tocha de carne em chamas! Esse vaivém demorou-se por dezenas de minutos. Assim, os dois se extasiavam face a face. Sue que vinha possuída de uma carga erótica inesgotável não seria capaz de conter-se e deixou-se à solta, sintonizada com o assédio sexual do animal, perdurando nos seus orgasmos um, após outro. E Monrô com seu olhar piedoso de respiração estertorosa e úmida, com a língua longa caída fora relaxada e babando encontrou o que era o seu limitado jeito de degustar a beleza de uma mulher em delírio! Sue achou-se por satisfeita. No entanto, afinal, quando a primeira gota de ejaculação orgástica do cachorro espirrou, Sue temeu por aquele desfecho imprevisto e, já com uma ordem quase em desespero repetiu firme: "Morno, comporte-se!". O cachorro afeito a comandos sem teimar, mas com ar de desagravo e de fracassado respaldou de leve a língua sobre o pênis, retirou-se arrastando o seu sexo exposto e saiu porta afora.

Sue levantou-se, tentou sem ruído fechar a porta com uma volta lenta na chave da fechadura. Suspirou gostosa e aliviada. O seu rosto resplandecia uma tranquila expressão de satisfeita e de surpreendida, apesar dos pesares. Desceu da cama e acomodou-se na cadeira ao lado. Ali permaneceu disposta a não ser vítima do cachorro, nem dos bicudos; e decidida a passar a noite em branco!... Percebeu no assento da cadeira uma friagem, levantou-se e verificou o líquido frio de suas próprias secreções orgásticas que desceram e juntaram-se ao molhado nas vestes da urina do asfalto na rodovia. De novo lhe vieram lembranças da mãe. Não retornou para a cama. Continuou na cadeira com os olhos fitos no chão e com a mente ligada em qualquer sensação de contato, por mais leve que fosse à sua pele. O seu sentido do tato em alerta contra a bicada do barbeiro era suficiente para mantê-la acesa e sem sono. Já se apagara a chama da vela; os galos anunciavam a madrugada; amanhecia o dia. Sue, sem ter tido oportunidade de fechar os olhos na noite, sentia-se, no entanto, satisfeita pela inesperada aventura. Levantou-se

Percebeu somente agora a ausência da chave do carro e de sua bolsa. Retirou-se do quarto, as portas da casa e janelas estavam escancaradas deixando clarear a luz do dia. Sue saiu lá fora. Era um dia lindo sem umidade e prenunciava uma temperatura amena. Com a sua cabeça pesada, de quem não recarregou de eletrólitos a bateria do cérebro, e com um mal estar do seu corpo sem descanso, desejava continuar na cama numa posição supina e na horizontal, como alívio. Além o homem conversava com a esposa que de bicicleta partia; e pelo que Sue entendeu iria à casa do filho ali próximo. No terreiro, em frente à casa, os bichos domésticos festejavam o amanhecer. Uma galinha sendo subjugada e sob o galo reagiu debaixo do peso, ouriçou as suas penas numa reação de agressiva e ameaçou bicar o galo após a cópula. Ele comemorou a vitória sobre ela dando uma meia-volta com uma das asas raspando lateral no chão num gesto de reprimenda à intimidação da machona. E ela despistou da ameaça bicando, em disfarce, qualquer coisa como se fosse um inseto oportuno no chão. Sue presenciou a cena e, nesta distração, ganhou um pouquinho mais de energia. Então se viu, com espanto, sozinha, somente com a companhia do homem. Ele a saudou com um bom dia, e com um sorriso gentil insinuando hospitaleiro ofereceu-lhe café da manhã. Sue recusou, agradecendo a gentileza, mas frisou que apenas gostaria de recorrer ao seu carro e requisitar por socorro. O homem adiantou-se que a sua mulher tinha ido à casa do filho para que ele levasse o seu pneu à borracharia perto e que tudo estaria a contento.

— Mas é de troca de pneus, o que eu preciso!

— Não, eu já estive lá e você não tem o seu estepe. Nisso passou perto de Sue o gatinho, roçou-lhe nas pernas, voltou, roçou-lhe de novo, deu-lhe uma lambida.

— Você usa o mesmo perfume preferido da minha filha. Assim que você entrou em casa, minha mulher sentiu a fragrância, também. Garanto que os animais de estimação da minha filha devem tê-lo reconhecido é claro, são os donos do faro. Não foi à toa que o Monrô e o gatinho ficaram insones durante a noite. Pareciam visitá-la várias vezes à espera de carinho que a minha filha costuma dar-lhes. Estão carentes e com saudades, os coitados. O homem afirmou serem esses dois animais de estimação da filha, a sua maior saudade na ausência com os estudos; não lhe faz falta os pais.

— E não é para menos. Veja que belo de animal! Monrô é diplomado, tem certificado de treinamento como cão de guarda e classificado de excelente; mas um guarda civilizado no seu posto, ou em comando, sem agressões desnecessárias. Ele esteve internado três meses em treinamento no canil da Polícia Militar, na capital. A minha filha julgou que o treinamento do cão numa escola militar torná-lo-ia muito duro em comando. Então arrematou o seu treino com outro suplementar durante o período de um mês e meio num canil especial, onde se treina cães adequados à companhia feminina, tornando-os mais dóceis e com relacionamento mais íntimo, diz ela. Também diz ela que mulher tem ideias, é diferente de homem, assim, também, um cão deve ser treinado à maneira de mulher.

— O Senhor quer dizer: ela é feminista? – perguntou Sue, mas já se arrependendo de dar dica para o homem tornar-se ainda mais digressivo e prolixo.

— Disso, não sei, até pode ser. Eu não entendo dessas coisas. Minha filha vem visitá-lo a cada trinta dias. Faz zootecnia, gosta da vida do campo. Nasceu aqui com a gente, não quer mudar; diz que se estressa com a dinâmica da cidade grande. Você pode vir aqui a visitá-la um dia deste, se quiser. Ela gosta de aproveitar a vida; diz que a vida é para ser bem-desfrutada no momento atual, do contrário seria aceitar a deterioração do corpo antes da morte. Fez um curso rápido de Filosofia e tornou-se por demais confusa. Eu mesmo não gostei desse tal estudo. Ela que possuía um sentido real e prático dos fatos, de repente apresentou-se desligada, apegando-se às coisas de outro mundo, seguindo as ideias de tal Agostinho.

Acredito, agora acertou o pensamento. Mas ao mesmo tempo diz ela que a nossa memória é frágil e nela tudo passa e é incapaz de resgatar a noção se vivêramos bem ou mal. E que o importante, se é que se pode dizer assim, é a qualidade do momento com o que se termina a vida. Eu tenho pra mim e acredito que de tanto voltear seu pensamento, derreou-se. Fala até sobre o suicídio como cabível no que tange a evitar um mau término de vida. Com isso desconfio também que ela nem mais põe fé no Criador. Eu sempre digo à minha filha: – os tempos mudaram, mas a gente necessita de fé e manter a alma pura no sentido de alcançar o reino dos céus. Sue ressentiu-se bem no íntimo: "Coisas da minha mãe." De novo, o galo perseguiu outra galinha que desta vez se safou. O homem presenciou a cena e voltou-se para Sue:

– Viu como foi esperta!... Neste terreiro se algum galo dá-se ao luxo de abusar demais das galinhas é quando eu pego do meu revólver e mando-lhe um tiro certeiro. Ao tempo que comemos carne de galo faço também treino de pontaria. Minha filha se desespera e diz que é pura inveja minha, diz que quero dar em uma de machista. Mas ela também se esquece de que não tolera perus e pavões. Diz ela que eles têm uma exibição de um ritual chantagista de prepotência perante a fêmea. Eu sou de opinião de que as galinhas lidam com uma atitude de um completo desligamento da presença do galo, sem dar-lhe o devido crédito. Já ele permanece num contínuo de tensão erótica deslumbrado pelo pastoreio. E para despertar-lhes no sexo tem de apelar por ataque de surpresa, com uma atitude agressiva, que se segue a uma perseguição de correria. De ir atrás, subjugá-las por montar em cima delas, equilibrar-se pelo apoio da bicada firme na cabeça que somente aí, com o impacto do peso nas suas costas estimulam-se e rendem-se possuídas no chão. É quando cloaca com cloaca resolvem-se num espasmo mútuo. Pensando bem, quanto de estímulo físico ele proporcionou à sua perseguida para que se desse o despertar erótico e a aceitação da cópula. Desculpe-me o uso de termos tão concretos, mas é literalmente um macho de primeira. Até a ação da

gravidade ele usa. E o terreiro é todo seu... E o homem prosseguiu:
– Minha filha acha, e é de opinião muito exclusiva dela, que mulher foi feita para ter prazer de sexo em qualquer tempo e em qualquer situação, inclusive no trabalho de parto. Diz ela que da mesma maneira que um trabalho de parto tem sido treinado em indolor, pode também ser condicionado em crise de prazer orgástico: –o que seria a maior glorificação do papel da mulher em excelsitude como fêmea. Ela acha que certos animais, como as aves, denotam muito prazer na postura, quero dizer na "parição" do seu ovo. Nós discordamos muito de opiniões. Para mim, o galo é o melhor exemplo de macho. À prole, é-lhe indiferente; e com orgulho briga pelo seu terreiro. E tem mais essa: não dorme no ponto. É um exemplar marcador das horas. Ninguém, como o apóstolo Pedro desejou tanto que o seu cantar das horas falhasse naquela madrugada de traição fatídica, prevista pelo Mestre. Sendo independente, não adota negócio de macho paparicar a prole: que é coisa impetrada por lavagem cerebral da mídia na mente do macho com a fachada de cidadania para melhor convivência familiar. Nos dia de hoje domestica-se o macho numa castração educacional proposital. Tem de ser assim. São os tempos. É-se obrigado ser cível...

Sue sentia-se miserável, com a fadiga da ressaca da noite não dormida, o assunto do homem atingia-lhe o cérebro em feitio de tontura. E, quase desesperada, clamou:
– Sua esposa está demorando!...
– Decerto meu filho deve estar muito ocupado com a ordenha das vacas e prometeu resolver o seu problema, do contrário ela teria retornado antes e sem demora... Você estuda?... Sue com a mente lenta demorou na resposta. O homem no impulsivo falatório sem perda de tempo comentou: – Minha filha aceita os percalços da vida com resignação, e as suas dádivas sem muito entusiasmo. Aprendeu essas atitudes perante as ideias de tal de alemão bigodudo, de quem ela mantinha um pôster na parede do quarto. Não consigo guardar seu nome, muito complicado.

– Seria Nietzsche? – entrou de novo Sue, já com maior arrependimento ainda pela compulsão da pergunta.

– É esse o nome mesmo. Ela sempre repetia o dizer deste bigodudo: que "o homem é uma corda atada entre o animal e o além-do-homem: uma corda sobre um abismo". Um dizer que pra mim é um mistério, mas ela o entende. Então minha filha acrescentou que devemos interferir nas coisas da natureza tentando reformular seus hábitos distorcidos de que somos carregados. E com essa sua opinião desenvolver uma tese sobre a homossexualidade, quando aqui tivemos um galo efeminado. Ele competia com as galinhas perfilando disfarçado entre o galo e a pretendida quando notava um ar de interesse do galo por ela. E quando o galo a perseguia em disparada, ele também na corrida se interpunha no meio, atrás da galinha e, naquele embaraço, ela conseguia livrar-se do assédio que então lhe sobrava. E o galo não tinha alternativa, senão montar em cima do bicho e fazê-lo passar por fêmea. Minha filha andou documentando numa filmadora o comportamento coletivo das galinhas, do galo e desse efeminado durante meses com o intuito de desenvolver uma tese sobre as aberrações e o seu efeito na comunidade e como deveríamos controlá-las. Ela buscava, a meu ver, se haveria interferência de um tipo-axé entre os 'bichas' que resgatava esse modo de comportamento.

Sue pensou no íntimo: "É um estudo etológico"; e não mais tolerando o disparate do homem que lhe afligia, outra vez impertinente, comentou:

– O senhor quer dizer arquétipo?

– Acertou! Esse é o termo certo, troquei as bolas. A senhora sabe corrigir a minha ignorância. Um dia, não avaliando a importância do seu projeto que seria útil para o seu currículo, 'apaguei' o galo simulando treino de tiro ao alvo, desta vez com flecha. Arma de fogo está proibido. É a lei... – e então o homem repetindo a perguntou:

– Você estuda?

– Estudo Informática – respondeu, depois de uma pausa demorada e inapropriada. Sentia-se um trapo.

– Minha filha fez um curso desse. É necessário em todo setor de trabalho hoje em dia.

Sue pressentia-se de mente obnubilada. A brisa já lhe soprava quente, e a manhã agora se manifestava de mormaço. Não conseguia distinguir detalhes, a mente se tornara lenta. Experimentava um aperto desconfortável na cabeça, num vazio dispersivo do pensamento e, ao mesmo tempo, estressada pela ansiedade, que também lhe tirou a fome. Já não tinha reserva alimentar nenhuma para seu metabolismo sistêmico. Pressentia sensação de desmaio e gotas de sudorese causavam-lhe incômodo sobre a testa. Tentava desviar o suor com o dorso das mãos. Procurava desviar seus cabelos que teimavam em encobrir-lhe o rosto e tinham de ser contornados usando de movimentos do pescoço de um lado para outro. E a desgastar ainda mais as suas energias. Desejou tanto que melhor seria estar dentro do seu carro no assento, relaxada, em frente ao volante e na estrada. O cachorro veio de cabeça baixa como que farejando, sentou-se um pouco distante de Sue e firmou-lhe o olhar.

– Só falta falar esse cachorro – continuou o homem. – É difícil separar os sentimentos de um animal como este dos sentimentos de nós, humanos. Se não fosse pela fala, não haveria diferença nenhuma. De vez em quando, ele passa por momentos de desobediência, que é por pura vaidade, suponho. E veio passeando uma ovelha, devagar, lerda com displicência, prosseguiu entre Sue e o homem, e dirigiu-se à frente. Mas não estava tão desligada assim. Ela, no deslocamento, chegou-se próximo ao carneiro parado, que, de distraído, pôs-se em alerta: manifestou-se concentrado e pareceu ligado em decifrar a mensagem da sua presença. De repente, a ovelha como que anteviu uma sensação agradável no seu ventre, num gesto brusco agachou o traseiro, escancara-o entre as pernas e expôs a amplitude da vulva. Deu a entender uma premência de expulsar aquela sensação pelo vão do seu sexo afora. O carneiro reagiu numa rapidez instantânea e executou uma arrancada relâmpago, oferecendo à frente o pescoço esticado num movimento ansioso demonstrou chegar a tempo por algum evento e não perder vantagem. Então expandiu abertas as narinas ávidas por ar e odor, mas estacou de vez numa parada brusca para não desfazer a postura da ovelha; e tangeu-lhe o nariz de leve sobre a vulva semiaberta. Então recebeu um jato torrencial de urina que despencou pesada abrindo um charco sobre a terra fofa entre as suas patas... Distendeu a língua, entrecortou a corrente do jato, achegou-se de novo à vulva com outra narigada e estremeceu-se como se pelo seu corpo perpassasse um choque elétrico... Deslizou o seu couro várias vezes, deslocou-lhe solto sobre a sua carne como a desfazer-se dele, ou no intento de tosquiar-se do excesso de lã. A fêmea permaneceu catatônica, ruminando, desligada das circunstâncias com a traseira numa atitude de disfarçado e delicioso festejo de chamamento. O homem esqueceu-se do cachorro, apontou a cena para a atenção de Sue que, lenta, demorou-se em percebê-la...

– Você viu? – o carneiro ainda lambia de raspão a poça de urina entre as pernas. – Que grande lição nos dá o comportamento dos animais. Viu com que linguagem os dois se comunicaram? Sem rogos nem rodeios, sem intenções de suborno nem de recompensa. Apenas se comportaram. Mostram somente o que deve ser evidente. Apenas vivem sem preconceitos, de mente limpa como no estágio inicial do Éden. Essa lição dá pano para mangas de muita filosofia. E que o primeiro homem conivente com a primeira mulher perverteu com sua lógica intrusa tentando intelectualizar tudo isso... Foi daí que nasceu a ideia de pecado e desfez essa beatitude de pureza. Adão e Eva eram animais. O Criador lhes foi injusto... Não podiam fugir da regra: somos animais ou não? Eu sou de opinião particular minha de que deveria haver mais intercâmbio social e inclusive mais íntimo da gente com os animais...

Sue percebeu pelo seu corpo, agora em extremo cansaço, uma sensação de desfalecimento. Desejou ajoelhar-se no chão, ou encostar-se a apoio qualquer. O homem não percebia a angústia de Sue com olhos sempre evasivos. Reparou, no entanto, a atitude do cachorro de olhar fixo em Sue; e, sem intermitência, persistiu:

– Este cachorro da minha filha, por exemplo, só falta falar. Veja o que é capaz de fazer. E o homem postou-se espigado de frente ao cão:

– Monrô! Atenção: deita!– e o cachorro deitou-se. – Sentado!– o cão se senta. – Dá a pata! – o cão obediente estendeu-lhe a pata. – A outra pata! – e, assim, dando ordens em seguimento: "Abre os dentes, dá um sorriso!"; "Fecha a boca!"; "Pisca um olho; o outro olho!"; "Senta!"; "Morto!" – o cão se fez relaxado no chão, e mal respirando; "Senta de novo!"; "Cruza as patas!"; "O pinto... Mostra o pinto!"; "Recolhe o pinto!". O homem fez uma pausa, espigou-se com gesto de impor maior comando: "Agora... E sem cerimônia!... Monrô!... Atenção!"...

Essa exortação penetrou decodificada no cérebro de Sue, que tendo por base a experiência da noite anterior, num tipo de transtorno de súbito e inesperado pânico. Sem capacidade por discernimento com a mente confusa e cansada, não entendendo a que fim chegaria tanto comando, estranhou aquela situação... Ou entendendo já por demais sobre o cachorro... Ela entre um homem desconhecido e um cão dotado daquele jeito sentiu-se tomada de renovada energia e de um impulso incontrolável de correr. E correu. E num olhar relâmpago para trás viu a atitude do homem perplexo e o cachorro sentado como se ainda sob comando... Porém, pareceu-lhe que alguma figura a perseguia. Girou outro olhar, e o homem gesticulava no ar expressões de desespero. Sue esforçava-se com velocidade cada vez mais crescente, entretanto, desta vez, sem querer, expunha sensualidade pelas aberturas do vestido que se alargavam com as esticadas estendidas das passadas e obrigavam expor a estética perfeita das suas longas pernas. Apresentava-se, na dinâmica do seu corpo, de uma beleza sensual que lamentei a pena de não ter no momento alguém com um vídeo câmera para registrá-la. Ela, no seu feitio, quase concebeu, por sua vez, essa possibilidade, mas o medo superava o pressentimento e parecia-lhe que quanto mais se esforçava não adquiria vantagem na distância. Tornou-se invisível ao homem na curva da estrada, ultrapassou a cancela, que permanecera entreaberta sem as amarras dos trapos de estopa, e não lhe retardou a velocidade. Também não olhava mais para trás com medo, pois desconfiou em desespero paranoico que algo estranho a perseguia. Alcançou o carro. A porta estava livre. Terminou dentro do carro com o impulso da corrida e sentou-se com peso de uma queda freada no assento em frente ao volante. Ao assentar-se não deu para julgar, desconcentrada devido tanta dispersão do pensamento na correria, que o barulho do impacto e o estremecimento do carro eram incompatíveis com a proporção do peso do seu corpo. Admirou-se de quanto de veloz ela fora capaz de deslocar-se.

O ruído surdo da combustão dos motores de duas carretas perpassou pelo seu cérebro com algazarra despretensiosa que ela interpretou no seu estado de perseguida como uma sádica reprimenda. A chave do carro estava inserida no seu próprio local pronto para a ignição. Esquecera-se do pneu furado: girou a chave; engatou a marcha de partida; depois mudando de marchas acelerou o motor do carro e deslanchou na rodovia...

Talvez o homem apenas tencionasse que o Monrô se dispusesse a expelir um ou dois esguichos em jatos rápidos de urina. Sue haveria de conceber, por sua vez, que o Monrô necessitava de um comando incisivo para ser premido em chegar por exibir-se expelindo esguichos de urina usando ação voluntária. Necessitava de receber uma ordem mais enérgica para concentrar sua resposta de ação sobre os músculos do trígono da bexiga, fora da compulsão condicionada do instinto perante um detalhe geográfico, como um poste, uma árvore, ou uma esquina. O que seria fácil como todo macho o faz para dar a entender à fêmea de sua presença, ou ao rival do limite do seu domínio; ou mesmo por puro deboche de cachorrice abusada. Assim, durante aquela inusitada instância, o cachorro teria de ser convencido a abdicar de suas instintivas "cerimônias" e submeter-se ao intrometido comando. Ou a "cerimônia" que o homem anunciou seria a própria do perder o pudor? Mas Sue influenciada pela experiência da noite anterior não teve outra dúvida ou alternativa para opção a não ser precipitar-se na escapatória rumo à rodovia...

No seu deslocamento pela estrada o porta-malas que permanecera aberto (não tinha sido fechado nem pelo homem que reviu o seu carro pela manhã) se rebaixou com o repuxo abruto do movimento do carro contra a inércia do peso da tampa. Sue ouviu uma pancada de ressonância abafada e oca e concebeu o barulho como se fosse o impacto do pneu traseiro vazio de encontro à borda de algum buraco no asfalto e exclamou: "O pneu furado!" Mas imprimiu rapidez sobre o veículo, mesmo dentro dessa possibilidade, arriscando o imprevisto e pisando forte no acelerador. Uma carreta em velocidade continuou e sem freio desviou-se de Sue para não se chocarem. Ela estremeceu, respirou de alívio, contraiu os maxilares, cerrou os dentes numa expressão de propósito, seguiu em deslocamento crescente e se surpreendeu que o veículo corresse firme e suave. Por curiosidade, sinalizou desvio ao acostamento e estacionou o carro com o intuito de examinar o pneu murcho. Circulou pelos quatro cantos do veículo e completou com forte pressão o fechamento da tampa do porta-malas entreaberto que se travou. Chutou cada pneu firme, tenso, sonoro e constatou que todos estavam estufados de cheios. O pneu murcho fora resultado de uma conclusão enganosa, intuída apenas pela ilusão de óptica entre uma depressão do asfalto e altura do pneu que se lhe apresentou supostamente desinflado – falso vazio. Entrou no carro assim que se viu segura com os pneus, girou o volante no sentido da rodovia, observou com cautela o trânsito e executou o retorno de volta para casa. No regresso, viu o homem do outro lado no acostamento com a mesma coleira em uma das mãos acenando, gesticulando, parecia estar dirigindo alguma mensagem para Sue, e uma carreta atravessou a visão entre os dois.

Portanto, ficou frustrada com o seu fim de semana que não ocorreu de acordo com as suas intenções. Respirou aliviada como se pudesse ter sido pior. Depois, antecipou, em contrapartida, com tristeza, a contingência de manter como inevitável o antigo padrão de noites, torturada, sem saber pedir auxílio nem alcançar ouvidos para o seu "SOS" de solidão orgástica.

Dentro do carro, Sue se sentia desconfortável, sem muita concentração e com a capacidade de percepção diminuída. Talvez necessitasse de um café doce, uma refeição matinal para recompor lhe a carga energética do cérebro. Regulou a temperatura do ar-condicionado do seu carro. Sentia-se zonza, com um oco no cérebro e sensação de vertigem. E tinha um pressentimento de que mesmo assim dentro do seu carro aquele receio de perseguição, como um bafo, uma umidade ou um sussurro, continuava. Tinha um pressuposto de que algo estava errado no recinto, porém se sentia mais segura quando relembrava o homem, o cachorro e o seu medo. Rememorando com alívio a escapada daquela noite às vezes se surpreendia deixando o seu pensamento falando alto: "Comporte-se, Monrô!", e até lhe surtiu um discreto sorriso nos lábios carnosos e sensuais: "Comporte-se, Monrô!", e regozijava-se de que tudo era passado. "Só quero chegar", pensava. "Tenho de concentrar-me mais na estrada. Minha capacidade de raciocínio e minha energia de alerta atentiva parecem gastas". Parou no Posto de Gasolina próximo, comprou barras de chocolate e Coca. Após ingeri-las, sentiu-se melhor. "Não posso deixar complicar a minha volta." E mantinha-se num exercício de concentração evitando muita digressão de pensamento, limitando-se a repetir enunciando de vez em quando: "Comporte-se, Monrô!". Que lhe ficou no pensamento como uma frase de liturgia paranoica e maldita. Mas que também era um tipo de recitação que lhe servia de alívio e alento para recompor-se até chegar e relaxar em casa...

Alcançou a sua residência, entrou na garagem. A mãe,

percebendo a sua vinda, correu ao seu encontro; deu-lhe um beijo:

– Filha, esperei preocupada por você. Recebi o telefonema... – apalpou com carinho o rosto da filha, os braços, o tronco com o medo de encontrar algum ponto dolorido de machucado. – Você foi estuprada por um estranho! Disseram que a encontraram lambuzada de urina e esperma! Filha, você está bem?... E que a deixaram aos cuidados do caseiro ao lado do local do estupro, mas que você estava bem e sem nenhuma queixa do ocorrido. E de certo modo tivera conivência passiva do fato e que cheirava a álcool... Sempre eu lhe aconselho: uma coisa puxa outra, faz parte da lei de Murphy, filha. Faça agora de imediato um registro da ocorrência na delegacia para que a Polícia possa ter uma pista do criminoso.

– Mãe, não houve nada disso. Aquele pessoal tem um poder de fantasia muito exuberante. Não desconfiei que eles fossem assim tão maldosos; por isso foram tão sutis.

– Não sei, filha; bom seria que você consultasse um médico para receitar-lhe as chamadas pílulas da anticoncepção do dia seguinte e, melhor ainda, medicação profilática contra doenças venéreas. E, mormente, contra a AIDS. Pior seria a AIDS, filha... E você viajou sem o pneu de reserva: no que você limpou o porta-malas esqueceu-se dele. Sue decidiu abrir o porta-malas.

– E o que é isto aqui dentro do seu carro?! – exclamou a mãe.

– Meu Deus! O cachorro...A sua mente lenta retardou a realização da surpresa que ocorreu depois da exclamação da mãe.

– E agora?...

O cachorro ergueu-se, amparou-se com as patas no beiral da traseira do porta-malas e parecia majestoso com a cauda saudando as curiosas. Com uma bocada, deixou escapulir saliva que parecia acumulada sobre sua longa língua, o restante foi recolocada na boca e ingerida num sufoco de respiração entrecortada pelo balanço do rabo de tanta alegria. Sue segurou a tampa do porta-malas mais firme para protegê-lo:

– Monrô! Agora eu vou ficar com você; não é, Monrô?

O cão desceu do carro, achegou-se perto de Sue e, num pulo

suave, estendeu-lhe as patas sobre os seus ombros, tão alto quanto ela mesma, e lambeu lhe com carinho a face. Ela estendeu-lhe um grande abraço. Monrô, com respiração ofegante, segurou um pouco o ritmo com uma pausa para o abraço, retrocedeu um passo, deitou-se no chão aos pés de Sue. Lambeu o excesso de saliva que lhe escorria da boca e parado demorou-se, fitando fixos os olhos da moça, esperando uma resposta de comiseração. Ela se agachou, abraçou-o de novo e deu-lhe um beijo.

- Está vendo mãe, no que perdi a viagem, ganhei um amigo. A mãe logo percebeu os dotes sexuais do Monrô e resguardando seu pensamento retrucou:

– Por que você não o devolve ao seu legítimo dono?

– Parece um cão independente. Qualquer pessoa terminará sendo dono dele. Estou certa de que ele me escolheu.

– Os cães, minha filha, são os melhores amigos, porque são amorosos e fieis até a morte; como diz a Bíblia: "Não há maior amor do que daquele que perde a vida pelo seu próprio amigo."E são capazes disso. A mãe dessa maneira se justificou a si mesma e reparou o primeiro pensamento abelhudo.

– E de muitas outras coisas mais, minha mãe.

– Disso eu não duvido também, minha filha. É um cão de guarda, não é?

– De guarda, mamãe! – e sorriu.

Assim que a atendente lhe pressionou o algodão com álcool sobre a local da agulhada, Sue pareceu ter recobrado a noção do local e do tempo. E sentiu dedos suaves com unhas de um polido cor de rosa aderir-lhe um *band-aid*. A sua divagação tão curta no tempo e de passagem rápida no pensamento até lhe pareceu longa ao relembrar o motivo de estar naquele laboratório. Quis posicionar o seu cotovelo em flexão:– Não... Não o dobre: deixe o seu braço livre – e ouviu também:

– Seus olhos são lindos, estavam tão longe e me deram uma sensação estranha. Pensei que fosse desmaiar. Pensava em quê, assim?

– No meu cão de guarda. Enquanto injetava a amostra de sangue no frasco com anticoagulante para o laboratório, virou-se para Sue e comentou:

– Você viajou muito distante. Seus olhos são muito expressivos. Dá para ter-se ciúme desse seu cão de guarda.

– E não duvide. Muito obrigada. Até logo... – então Sue voltou-se para a atendente:

– Se eu estiver com Chagas vou trazê-lo para também ser examinado.

- Acho que nem você nem ele estão infestados; essa região tem um tipo de ecótipo, um bicudo não transmissor, que tem caráter de ocorrência endêmica. E não existem nas nossas matas os hospedeiros definitivos, nem domésticos infestados com o agente parasita transmissor da doença.

– Que boa informação você me deu. Isso para mim é um alívio... Sue, ainda uma vez, foi mais longe com outra curiosidade:

– Vocês aqui no laboratório têm experiência ou relato de transmissão do vírus HIV entre humanos e outros animais?

– Até agora, não... A atendente numa atitude de um susto de súbita e inesperada intuição, perguntou:

– Você quer dizer em uma relação ordinária com animais, ou outro tipo de relação atípica mais íntima?

– Seja como for...

A atendente arregalou os olhos e, quando estava prestes a fazer um ar de escândalo e ao mesmo tempo de curioso deleite, Sue bloqueou a sua reação:

– É que tinha sido dona dele outra mulher e, pela estatística, está aumentando a incidência do vírus HIV entre a coorte feminina. Mas a atendente não conseguiu desfazer aquele espanto e assim em pleno estado delicioso confessou:

– Você me desperta pelo que eu estou imaginando um imenso interesse ao ponto de ter ciúme do seu cão. Como seria bom conhecê-lo!

– Você vai vê-lo. Vou desfilar com ele por aí.

– Não só de vê-lo. Estou curiosa; tenho ouvido histórias de cães com os seus mais íntimos donos... Eu gostaria...

– Nem pensar!

– Egoísta!...

No que ela falou egoísta e o fez com tanta ênfase que nessa distração a pipeta contendo a amostra de sangue escapou-lhe das mãos e caiu com estrondo, rolando pelo chão em estilhaços. O derrame de sangue borrou o assoalho numa situação de escândalo de vermelho e num misto de trágico.

– Meu Deus, todo trabalho perdido; você me perdoe, mas tenho que colher outra amostra. Mil vezes, perdão! Sue deu-lhe um sorriso:

– Não se assuste, não estou mais preocupada com a doença. Meu médico também acha que tudo não passa de sintomas emocionais. Fique tranquila. Esqueça – acenou-lhe as mãos com um beijo e saiu sorrindo. Deu uma olhada para trás, depois de certa distância e falou:

– A gente se vê por aí!... Tchau! A atendente, de um branco elegante, adaptou mais justas nos dedos as luvas. Com profissionalismo ocupou -se a limpar as borras do líquido vermelho e grudento do chão. Então pensou:

"Não posso contaminar-me com este sangue", mas o seu pensamento usou esse propósito, já num processo de um artifício traído, para disfarçar o pesar de não ter sido capaz de precaver-se contra a contaminação de parafilia em sua mente. E exclamou:

– Que desgraça

Este livro foi impresso na oficina da Asa Editora
Gráfica/ Kelps, no papel: Off-set 75g, composto nas
fontes Minion Pro corpo 12; Trajan Pro corpo 20
fevereiro, 2012

A revisão final desta obra é de responsabilidade do autor

A revisão final desta obra é de responsabilidade do autor

www.ingramcontent.com/pod-product-compliance
Lightning Source LLC
LaVergne TN
LVHW020316200726
843507LV00012B/2124